国境

黒川創

［完全版］

河出書房新社

国境〔完全版〕・目次

国境〔完全版〕

鶴見俊輔氏に

漱石・満洲・安重根——序論に代えて

今年（二〇一三年）、私は『暗殺者たち』（新潮社）という小説を発表しました。

伊藤博文が、朝鮮の独立運動家・安重根によって満洲のハルビン駅で暗殺されたさい（一九〇九年一〇月二六日）、この報に東京で触れた夏目漱石は、ただちに「韓満所感」という随想文を執筆し、遼東半島の租借地・大連の日本語新聞「満洲日日新聞」に寄稿していたという事実がありました（同年一一月五日・六日掲載）。この文章の存在は、長く忘れられたままでしたが、私は機会にも恵まれて、それを発掘することができたのです。『暗殺者たち』は、これの全文を明らかにしながら、その周囲の世界に生きた人びとを語り進めていこうとした作品です。

ミッシングリンク（missing link）という言葉があります。失われた環。次つぎに連なるものとしてあるべき鎖の輪っかの一つが、脱落して、欠けてしまっている。その部分をさしています。

漱石の「韓満所感」は、原稿としては短いものですが、まさにミッシングリンクと呼べそうな文書です。いや、それがこうして出現したことで、初めて私たちは、そこに日本の近代文学史上のミッシングリンクがあったということに気づかされる。ミッシングリンクとは、しばしば、そういうものです。その存在に気づいていないあいだは、それなりの違った理屈をつけて（あるいは、それさえもつけずに）済ませてきたのですから。

たとえば、漱石は、この一九〇九年（明治四二）の九月初めから一〇月なかば、つまり、安重根による伊藤博文暗殺のニュースが飛び込んでくる直前の時期まで、満洲と朝鮮を旅行してきたばかりでした（そして、帰国後まもなく、「満韓ところどころ」という紀行文の連載を「朝日新聞」紙上で始めています)。もとはといえば、この旅は、学生時代からの親友で、目下は南満洲鉄道(満鉄)総裁をつとめる中村是公が「満洲に新聞を起すから来ないか」と誘いにきてくれたからだったと、漱石自身が日記に書いています。

とはいえ、満韓の旅から帰国した漱石が、ただちに、満鉄が実質的に経営する「満洲日日新聞」との約束に応えて原稿を書き送っていた事実が確認されたのは、今回が初めてです。つまり、歴史学の方法では、事実のレベルと、解釈のレベルとを、峻別することが要諦です。つまり、帰国後ただちに、漱石が「満洲日日新聞」に寄稿する。そういった新たな事実が判明すれば、それと関連する事柄に対するこれまでの解釈には、変更の必要が生じないかを検討しなければなりません。

この満韓の旅について、従来なら、漱石は親友の中村是公に誘われて漫然とその旅を続けてきた、というように理解されてきたと言ってよいでしょう。満鉄側が、これと言って漱石に旅の見返りらしいものを求めた形跡もなかったからです。つまり、「満洲に新聞を起すから来ないか」という中村の言葉さえ、ただ漠然とした友人の誘い言葉として見過ごされてきたわけです。

ですが、今回、「韓満所感」の寄稿という事実がわかると、同じ中村の言葉が、当初から、はっきりした目的を伴うものだったことが理解できます。むろん、そのことと、彼らのあいだの友情は矛盾するものではありません。むしろ、多忙な大のおとなが、胃病をおして一カ月半も海外に長旅をするのですから、その程度の目的意識が互いにあったことと判明して、こちらもやっと腑に落ちようかというものです。

本書では、まず、そうしたところから、語りはじめることになるでしょう。

『暗殺者たち』という作品を書く上で、私自身の関心の一つは、明治末のごく短い期間に、漱石と満洲の関わり、伊藤暗殺、さらに大逆事件が、重ねて起こったということでした。これらは互いに絡みあって展開し、当時の日本社会全体を包みはじめます。伊藤暗殺と大逆事件、この二つの事件は、二一世紀の現在に至っても、まだ全貌が解明されていません。

大逆事件（一九一〇年）は、逮捕・検挙者が全国で数百名に及んだと言われながら、その総数さえ不明のままです。

伊藤博文暗殺については、さらに多くが、謎のまま残っています。たとえば、初代韓国統監を辞してもない伊藤が、このとき、ロシアの財務大臣ココフツォフとハルビンで非公式に会合を持ち、いったい何を協議するつもりだったのか？

当時のハルビンは、清国の領土でありつつ、領事裁判権を各国に認める「開放地」で、さらに、事件現場のハルビン駅頭は東清鉄道附属地としてロシアの行政警察権の下にあり、しかも、実行犯として捕縛された安重根は日本への併合前の韓国（大韓帝国）人でした。つまり、どの国の法律にもとづき取調べと裁判が行なわれるべきかは、それぞれの国家の立場によって、見解や方針が複雑に対立しやすいケースです。にもかかわらず、彼の身柄は、ほどなく日本の支配下にある関東州の旅順監獄（関東都督府監獄）に送られました。これは、どんな協議を各国間で経てのことだったか？

こうした基礎的な事実関係さえ、まだ、明らかにされていません。

漱石と満洲の関わりの実情さえ、いま述べたように、これまでわからないまま来たわけですから、ここに挙げたことは三つながら、一世紀を越えて謎を持ち越してきたわけです。

本書では、いわば〝評論〟のスタイルに立ち返り、ここから先の世界の広がりにも迫る努力を続けたいと思います。

『ボヴァリー夫人』が、初めて日本語に訳されるときのこと

夏目漱石は、「満韓ところどころ」の旅から東京の自宅に戻って、わずか一〇日後、一九〇九年（明治四二）一〇月二六日に、ハルビン駅頭で伊藤博文が暗殺されたとの新聞号外に接します。ハルビンは、漱石自

身も満洲旅行中に訪ねてきたばかりです。だからこそ、彼の驚きも大きく、書きかけていた「満洲日日新聞」への寄稿文の執筆はいったん中断し、翌朝、事件の詳報を確かめてから、改めて「韓満所感」との題で、その文章を書きすすめていきました。

《昨夜久し振りに寸閑を偸《ぬす》んで満洲日日へ何か消息を書こうと思い立って、筆を執りながら、二、三行認《したた》めだすと、伊藤公が哈爾賓《はるびん》で狙撃されたと云う号外が来た。哈爾賓は余がつい先達《せんだつ》て見物に行った所で、公の狙撃されたと云うプラットフォームは、現に一ケ月前《ぜん》に余の靴の裏を押し付けた所だから、希有の兇変と云う事実以外に、場所の連想からくる強い刺激を頭に受けた。ことに驚ろいたのは大連滞在中に世話になったり、冗談を云ったり、すき焼の御馳走になったりした田中理事［引用者注・満鉄理事の田中清次郎］が同時に負傷したと云う報知であった。けれども田中理事と川上総領事［引用者注・在ハルビン総領事の川上俊彦］とは軽傷であると、わざわざ号外に断ってある位だから、大した事ではなかろうと思って寝た。……》（「韓満所感」上、「満洲日日新聞」一九〇九年一一月五日）

随員などとして事件現場に居合わせた知人らが、負傷はしたものの「軽傷」であると号外で知り、漱石は「大した事ではなかろう」と安心して寝てしまう。「伊藤公狙撃さる」「藤公即死」と号外が報じた伊藤博文の身については、それ以上の関心を向けていません。

さらに、翌朝には、

《――今朝《こんちょう》わが朝日所載の詳報を見ると、伊藤公が撃たれた時、中村総裁［引用者注・満鉄総裁の中村是公］は倒れんとする公を抱いていたとあるので、総裁も亦《また》同日同刻同所に居合わせたのだと云う事を承知して、又驚ろいた。……》（同）

伊藤博文によるお忍びの旅の一行には、漱石自身の親友、満鉄総裁の中村是公まで同行していたということを彼はここに至って知ります。しかも、被弾した伊藤の体を、中村が抱きとめたとわかって、さらに漱石は驚きました。

「わが朝日」とあるのは、当時、漱石は、朝日新聞の専属作家として、朝日新聞社員の身分を持っているからです。ちなみに、確かめられるかぎり、「東京朝日新聞」が「……弾丸三発公爵の右腹の肺部に命中せるより中村総裁直《ただち》に公爵を抱き居《お》る中《うち》、露国官憲一同介抱して汽車内に連れ込み……」と報じるのは、同月二八日（第二版）になってのことです。しかし、二七日の時点で、すでに「毎日電報」号外が「伊藤公暗殺詳報」として、「公は左胸部及腹部に三ヶ所撃たれたり、傍《かたわら》にありたる中村総裁は公を抱き止めたるも……」などと報じていて、漱石はこれらの報道にも併せて接していたのだと思われます。この年、満鉄理事の田中清次郎は満三七歳、川上俊彦ハルビン総領事は四七歳、中村是公と漱石自身は四二歳です。そして、安重根は三〇歳、伊藤博文は六八歳でした。

一方、漱石は、ここから筆を転じて、この一文を書く動機のようなものも述べています。

《——満韓滞留中は諸方で一方《ひとかた》ならぬ厚意を受けて、至る所愉快と満足を以て見聞を了した。是《これ》は、余の深く感銘する所である。余は余の此《この》一機を利用して、満洲日日の紙上により改めてわが在外の同胞諸君に向って、礼謝の意を公けにしたいと思う。》（同）

今度の自分の旅でお世話になった人たちに、「満洲日日新聞」の紙上を借りてお礼を伝えたい——というのです。

ただし、それより先に、「余は余の消息の此一機を利用して」、つまり、——自分はこの寄稿文を書く機会聞」とのあいだにあったわけです。いったい、それが何のための、どういう約束だったかについては、また別に考えなければなりません。

手がかりはあります。

およそひと月後の晩秋、漱石は水上斎《みずかみひとし》という人物に宛てて、一一月二一日付で、こんな手紙を書いているからです。

《拝啓、先日のボヴリー夫人の原稿は満洲日々新聞の小説としてやる事に致し候。一回（四枚半）の割にて二円請求致し候につき、あれにて四十二円に相成候。猶取急ぎあとを御訳し願度候。

御相談の上と存ぜしが取り急ぎ候故《ゆえ》勝手に取りはからひ申候。但し掲載後の所有権御心配に相成候はゞあらかじめ談判致し御都合よき様取計可申候、返す〳〵あとを御書きつゞけの程願候。あれは二十回程につきそれが出切《キ》る迄に二巻を御廻し願度候。草々頓首》

つまり、水上から預かったフローベール『ボヴァリー夫人』の訳稿の発表について、漱石が「満洲日日新聞」と交渉して、連載小説のかたちで掲載できるよう話をつけてやったわけです。訳し終わっているのは、序盤の二〇回分ほどなのですが、漱石は新聞社と相談して翻訳料（連載一回につき四百字詰め原稿用紙四枚半で、二円）も取り決め、続きの部分の翻訳作業を慫慂《しょうよう》しています。

ちなみに、ここで「掲載後の所有権」と漱石が言っているのは、コピーライト、つまり訳者たる水上の著作権のことです。水上には几帳面なところがあるようで、新聞連載後の訳稿をいずれ単行本として出版するときのことを念頭に、著作権は自分にあると考えて版元との交渉にあたってよいか、漱石に念を押して問い合わせたのでしょう。それに対し、ここで漱石は、ご心配なら、自分があらかじめ「満洲日日新聞」と談判し、ご都合のよいように計らってあげます、とまで言っています。漱石は、頼まれごとを引き受けると、律儀にきちんと始末をつけようとする人間です。また、同年春の日記に「トルストイとフローベルに敬服してゐる」（三月一五日）と彼自身も記したりもしているだけに、みずから関与して『ボヴァリー夫人』を新聞読者に供することには、心が強く動いていたのでしょう。

なぜなら、フローベールの『ボヴァリー夫人』は、当時、まだ一度も日本語訳が発表されていなかったからです。漱石自身は、日ごろ、英文学は原書、非英語圏のヨーロッパ文学もたいがい英訳書で読んでいました。（ロシアのアンドレーエフの作品を、独文専攻の門下生・小宮豊隆から教えられながら、独訳で読んだりもしています。この経験は、『それから』で、主人公の代助がアンドレーエフ『七刑人』を洋書で読み、内容を反芻する場面として生かされます。絞首台で処刑されていく元テロリストの囚人たちの描写のくだりなのですが、そこからの連想が、代助自身の父や伯父が幕末の青年時代に藩の家中の者を斬殺したことがある、という記憶をも呼び覚ましていく、重要な場面です。つまり、漱石は『それから』の代助をテロリストの息子として描いており、ここには、作中で対立を見せる〝父と子〟像の隠された背景があります。）

ともあれ、期せずして、漱石はこうして『ボヴァリー夫人』の日本語初訳の版行に関わっていきます。

手紙の相手、水上齊は、一八八〇年（明治一三）生まれ、東京帝大文科（英文学専攻）を一九〇五年（明治三八）に卒業した青年です。第一高等学校時代から小山内薫と同級で、大学在学中には〝水上夕波〟の筆名で、「読売新聞」日曜付録、「帝国文学」、「明星」などに、テニスン、シェリー、バーンズ、ワーズワースなどの英詩の翻訳をさかんに寄せていました。漱石は、一九〇三年に英国留学から帰国して、一九〇七年に朝日新聞社に入社するまで、東京帝大文科で教えています。水上も、彼の英文学の講義を受けたでしょう。

大学卒業後、水上の関心は、教員生活の傍ら、ツルゲーネフ、モーパッサン、アナトール・フランスら、大陸作家の小説に移っていきました。当時、日本の知識層の青年たちの海外文学との接触が、大抵そうだったように、彼も、これらの作品を翻訳するには英訳版からの重訳でした。加えて、「帝国文学」や「心の花」に、自伝的な自作小説を発表したりもしていました。

これ以前にも、水上は、漱石に頼みごとをしたことがありました。確認できるものでは、この年の夏、漱石に頼んで、高浜虚子のもとに原稿を持ち込んでいます。虚子主宰の「ホトトギス」に掲載してもらいたい、と望んでのことでしょう。ですが、「あれは多分駄目と思ふ」（漱石から野上豊一郎宛書簡、一九〇九年七月五日付）と漱石が予想した通り、当時の「ホトトギス」にそれらしい作品の掲載はなく、そのまま没になったと思われます。

その男が漱石宅の書生となる理由

ところで、漱石が今回の水上齊宛の手紙（一九〇九年一一月二一日付）で、『ボヴァリー夫人』訳稿を「満洲日日新聞」に連載できると、訳者の水上に通知を出してから一〇日余りのち。

一二月三日、漱石は、満洲・遼東半島の日本租借地、関東州大連にいる西村誠三郎という人物に宛てて、こんな手紙も書いています。

《拝啓、着後御無事御執務のよし結構に候。寒くて嘸《さぞ》困る事だらうと思ふ。もう帰りたくなつてゐる時分だらうと推察してゐる。いくや否や小説を書くのはえらい。其《その》小説の話だが此間《このあいだ》満鉄の山崎正秀といふ人が来て満日［引用者注・「満洲日日新聞」のこと］の小説は向後僕に周旋を托したいといふから引受けて森田［引用者注・森田草平、漱石門下生の一人］に話すと、森田も書きたいがすぐの間に合はないので与謝野の妻君［引用者注・与謝野晶子］にかゝせる事になつた。処が妻君の子供が病気で、時間が逼《せま》つてゐたから山崎の方へは水上夕波［引用者注・水上齊］のマダムボヴリを送つた。二十余回程やつてあとは今拵らえてゐる。山崎からはすぐ［そちらに］送るといふ返事が来た。然るに君の手紙によるとまだ其原稿が着いてゐない様だ。

がさう云ふ訳だから君のあとはマダムボヷリーを載せてくれ給へ。森田も書きたがつてゐる。居所炊事凡て不便だと思ふが辛抱し玉へ。宅は相変らずだ。御梅さんも丈夫だ。以上》

つまり、こちらの手紙の相手、西村誠三郎という人物は、大連の「満洲日日新聞」の編集部にいて、連載ものなどを差配する立場にあるらしいことがうかがえます。そうした相手に向かって、漱石は具体的な指図を送っているわけです。のちほど、さらに詳しいことは明らかにしていきます。

西村誠三郎も、『ボヴァリー夫人』を訳した水上齊と、ほぼ同世代です。ただし、西村のほうは早稲田大学の出身で、漱石からの手紙にもあるように、彼自身も小説などを書くことがあり、「濤蔭」という雅号を持っていました。

この人物が漱石の周囲に出入りするようになるきっかけにも、「ホトトギス」を主宰する高浜虚子とのことがからんでいます。二年余り前、一九〇七年（明治四〇）の夏、郷里の松山市に滞在している虚子に宛て、漱石はこんな手紙を書いています。

《西村濤蔭と云ふ人が糸桜と云ふ長篇小説を持つて来てホト丶ギスへ出したいから八月十日頃迄に読んでくれと云ひました。所が心よく受合つた事は受合つたが、例の虞美人草の為めによむひまがない。そこで濤蔭先生へ其旨を云ふてやつて虚子へ送るか、又は虚子が帰る迄預つて置くかと聞き合せてゐます。然し君の方の御都合もある事だらうから此事実丈を一寸御通知して置きます。》（一九〇七年八月四日付）

——西村濤蔭（誠三郎）という人物が、「ホトトギス」に持ち込みたいから、原稿を読んでみてほしいと、「糸桜」という長篇小説を持ってきました。受け合いはしたものの、自分（漱石）はいま「虞美人草」の連載が忙しくて、読むひまがない。そこで、濤蔭さんには、事情を述べてこちらから原稿を虚子に送るか、虚子が東京に戻るまでこちらで預かっておくか、どちらがよいか希望を尋ねているところです。しかし、君の都合もあるだろうから、ちょっとこの件をあらかじめお耳に入れておきます。——

と、無名の文士志望の青年からの願いに関して、ここでもまたずいぶん親切に世話を焼いています。（西村濤蔭「糸桜」という作品は「ホトトギス」での掲載に至っていませんが、これより前から彼は重ねて同誌への投稿を行なっており、短篇小説や写生文が掲載されています。）

こうしたことがきっかけとなったか、やがて、濤蔭こと西村誠三郎という青年は、牛込区（現在の新宿区）早稲田南町の漱石宅を頻繁に訪ねはじめます。

門下生の小宮豊隆の日記に西村の名が現われるのは、一九〇九年（明治四二）年に入るころからです。その正月七日（木曜）の記述に、

「木曜会。西村濤蔭。」

木曜会とは、漱石が門下生との面談日として、毎週木曜日に早稲田南町の自宅〝漱石山房〟を開放していた、その日のことをさしています。この席に西村が加わっていたのでしょう。

翌週一月一四日（木曜）の小宮の日記にも、

「西村濤蔭が来てゐた。」

さらに一月一九日（火曜）には、

「『ホトトギス』へ出す論文を書き上げる。先生［引用者注・漱石のこと］に一度見てもらはうと思つて、牛込［引用者注・漱石宅］へ行く。濤蔭が来て談話を筆記させてくれろと言つてゐる所だつた。」

といったように続きます。（小宮豊隆「日記の中から」）

満二五歳になろうとしている小宮の記述には、自分より三つ四つ年長にあたるらしい相手への、いくばくかの警戒心、対抗意識のようなものも含まれているようです。

この年の春には、漱石『三四郎』の単行本が刊行されます。それにやや先だって、漱石自身は、版元の春

陽堂にハガキを出しています。

《啓「三四郎」原稿校正は小宮氏［引用者注・小宮豊隆］に依頼の処都合により牛込区早稲田南町五十一西村誠三郎氏に依頼変へ致し候につき校正は同氏方へ御廻送願上候。以上》（一九〇九年三月一日付）

小説や評論の単行本を出版するさい、漱石は、一高、東京帝大で教えた元学生たちに、校正を任せるのが通例でした。そうした元教え子の一部を中心に、彼の門下生が形づくられています。『三四郎』の場合にも、小宮豊隆に校正が割り振られていたようです。ですが、なにか事情が生じて、漱石は、彼に代えて西村誠三郎を校正者に指名し、校正紙（ゲラ）はそちらに送るようにと、版元の春陽堂に指示したわけです。自身の教え子でもなかった一青年に対して漱石が示した、たいへんな好意でしょう。

この文面によれば、当時の西村の住所は、「牛込区早稲田南町五十一」。漱石宅は「早稲田南町七番地」ですから、まさに町内です。漱石を慕って引っ越してきたのかもしれませんが、こうした地理的条件も、西村が実にこまめに漱石宅に顔を出せる一因となったでしょう。

ただし、『三四郎』の校正者として、ふさわしい能力を西村が有していたかは、また別の話です。この初刊本『三四郎』について、岩波書店版『漱石全集』の「単行本書誌」（清水康次、第二七巻）は、「明らかな誤植が比較的多い」と註しています。

濤蔭こと西村誠三郎の姿は、漱石自身の日記にも、このころから頻繁に現われます。

「濤蔭が書斎で何かしてゐると思つたら、知らぬうちに水彩画の船と海を額へ入れて行つた。是は模写であるが、色が面白く出来てゐる。気持のいゝ画である。」（三月五日、金曜）

「西村濤蔭来る。」（三月一六日、火曜）

「夜、西村濤蔭、小宮豊隆、高浜虚子、松根東洋城来る。」（三月一八日、木曜）

「濤蔭来る。」（三月二一日、日曜）
「夜、西村濤蔭、チユーリツプ一朶を送り来る。」（三月二四日、水曜）
「月末にて濤蔭困るだらうと思ひ『三四郎』の校正料として又十円を贈る。手紙のなかへ封じてやる。」（三月二八日、日曜）
金銭的に西村が「困る」事情について、漱石は何か承知しているらしいことがうかがえます。「又十円」を贈る、この言い方から推測すれば、これ以前にもいくらか用立てたことがあるのでしょう。
一方、漱石は、西村に働き口の世話もしようとしたようで、この日（三月二八日）の日記の来信一覧に「高田知一郎（西村濤蔭の件）」とも書いています。高田知一郎も東京帝大文科で英文学を専攻した教え子で、当時は報知新聞の記者になっています。しかし、色よい返事ではなかったようです。
「夜、臼川［引用者注・野上豊一郎の雅号］、東洋城、濤蔭、豊隆来る。」（四月一日、木曜）
「濤蔭来る。二人で文学評論を郵便局に持つて行く。」（四月四日、日曜）
刷り上がって、版元から届けられた漱石の新刊『文学評論』（春陽堂）を、寄贈すべき知人ら宛に発送するため、二人で郵便局まで運んだのです。
こうして見ると、漱石は門下生らとの面会日としている木曜日以外にも、西村を自宅へ気楽に出入りさせています。にもかかわらず、西村が、ほかの門下生たちから、同輩として認められていた気配は薄いのです。あくまでも、彼らとは距離があり、どちらかと言えば、漱石の〝直属の手下〟といったおもむきです。
「西村濤蔭来る。」（四月九日、金曜）
「西村濤蔭、文学評論を再読して誤植表を作つてくれる。総じて百余。尤も正さなくてもよきものあり。」（四月一九日、月曜）
そして、こんな記述も出てきます。
「……水上薺、東洋城、濤蔭。豊隆来訪。」（四月二九日、木曜）

これは〝木曜会〟の日にあたっています。ですから、やがてフローベール『ボヴァリー夫人』の訳者となる水上齊（夕波）と、「満洲日日新聞」の編集部員としてその訳稿の掲載を漱石から託される西村誠三郎（濤蔭）は、この日の席で顔を合わせていたのではないかとも考えられます。

さらには、こんな記述も――。

「濤蔭又金に困るといつて借りに来る。十円貸す。本を売つて十円になつたといふ。質を入れるかと聞いたらもう五十円程入つてゐるといふ。」（五月六日、木曜）

何か家庭的な重荷を彼は負っているようです。比較的裕福な様子のほかの門下生たちと較べると、そのことが異質です。妹がおり、浅草には母親が暮らしているらしいのですが、その母と妹のあいだに血縁はないようで、入り組んだ事情が感じられます。

漱石自身も、幼少期、どこかそれと通じる境遇にありました。八人兄弟の末子に生まれて、里子に出され、そののち改めて養子に出されて、やがて夏目家に復籍するという、複雑な経緯をたどります。父母から受ける真率な愛情に、漱石は縁が薄かったのです。そうした経験が、西村誠三郎のような青年からの思慕を無下にできない心地にもつながっていたのかもしれません。

「大掃除。濤蔭手伝に来てくれる。

（中略）夜、濤蔭の生立ちから今日迄の経歴を聞く。」（五月一一日、火曜）

「濤蔭また窓硝子を拭に来てくれる。」（五月一二日、水曜）

「臼川、濤蔭来。」（五月一三日、木曜）

「『三四郎』出づ。検印二千部、書肆即日売切の広告を出す。濤蔭が来て表紙がよく出来てゐなかつた由を話す。濤蔭は町で見て来たのなり。（以上昨夜の話）」（五月一七日、月曜）

そして、また――。

「濤蔭、文学上の談話をなす。濤蔭、学力未熟にて人のいふ事も自分の云ふ事もよく分らず。段々悟るべきなり。濤蔭、衣食の途に窮して愈《いよいよ》没落せば書生に置いてくれといふ。妹は浅草へあづけるといふ。其浅草の事情をきくと妹は到底辛抱が出来る所にあらず。困つた事なり。」（五月二〇日、木曜）

前半の記述は、この日の〝木曜会〟の席でのことでしょう。

帝大卒ぞろいの門下生たちを前に、西村という青年はみすぼらしく、教養も及びません。それでも、この日、彼は文学というものについて、思うところをぶったのでしょう。これを評して、漱石は、この若者は学力不足で他人の言うことがわからず、また、「自分の云ふ事も」ろくにわかっていない、と記したのです。

ここには、漱石という人間にまつわる、憐憫のありどころがうかがえます。「段々悟るべきなり」と。

後半の記述は、いよいよ暮らしに窮したらしい西村が、自分を書生として、この家に置いてください、と漱石に懇願しているのです。妹は、生《な》さぬ仲の自分の母のところに預けると言います。けれど、漱石は、それがかなうような環境ではないことを知るゆえに、いっそう困惑しているようです。

俊秀な門下生たちの目に、こうした若い男は、どのように映っていたでしょうか？　裕福な親元を持つ小宮豊隆をはじめ、おおむね彼らは、これほどの貧乏を知りません。だからこそ、西村のような男の存在はほとんど彼らの目にとまることもなく、ただ漱石宅の下働きに近いものに感じられていたのではないかとも思えます。ここには、後世の者からは見えにくい、頑なな壁のようなものがあるようなのです。

「晩に濤蔭来る。」（五月二六日、水曜）

「夜、［高浜］虚子、豊隆、濤蔭来。」（五月二七日、木曜）

「濤蔭来。愈《いよいよ》没落、一日から家に置いてくれといふ。」（五月三〇日、日曜）

これによって、濤蔭こと西村誠三郎は、一九〇九年（明治四二）六月一日から、漱石宅の書生となったことがわかります。

一方、漱石自身は、日記にこれを記した翌日、五月三一日から、小説「それから」の原稿を「朝日新聞」紙上での連載のために書きはじめています。主人公の代助宅に寄食している、門野という呑気でやや鈍感な書生のおもかげに、いくばくか、濤蔭こと西村誠三郎の姿が重ねられているように思えます。

書生の視野からの世界

漱石の日記は続きます。

「インキを買ひに早稲田へ行く。［小栗］風葉の耽溺した所を濤蔭に教へてもらふ。」（一九〇九年六月一七日、木曜）

小栗風葉は、この年の「中央公論」一月号に「耽溺」という小説を発表しています。主人公の作家は、一〇人もの家族、書生、下女を抱え、暮らしに窮しているのにもかかわらず、早稲田の新開地の銘酒屋の四畳半に、ぐずぐずと何日も居つづけています。漱石は、このときすでに六人の子持ちで、その点、似たような境遇にあるとはいえ、彼のほうは、自宅からさほど遠くもない、そうした店のありかさえ知らない暮らしぶりです。だからこそ、道みち、「耽溺」の舞台とされている界隈を西村に案内してもらったのでしょう。

書生となった西村に割り振られていた役目は、ほかにもあります。漱石が書き進める「それから」の原稿を、銀座・滝山町の朝日新聞社まで届けにいくのも、その一つでした。

「朝日へ『それから』二十回を送る。」（六月一九日、土曜）

「西村にエキザーサイサーを買つて来て貰ふ。之を椽側の柱へぶら下げる。

（中略）

『それから』朝日に載る。」（六月二七日、日曜）

「それから」の「朝日新聞」紙上での連載が、この日から始まります。

書生としての西村の扱いも板についてきたと言うべきか、「濤蔭」という雅号から、呼び捨ての「西村」に変わります。とはいえ、「買つて来て貰ふ」という丁寧な言葉づかいは、当時、使用人に対しては一般に用いられなかったものでしょう。西村の妹・梅も、このころには、漱石宅に下女として身を寄せていました。

房《ふさ》という、妻・鏡子のいとこにあたる若い女性も、一家が零落して、当時、漱石宅で子どもらの世話などにあたっていました。漱石の一家は、彼女らのことも「お房さん」「お梅さん」と、丁寧な言葉づかいで呼んでいます。

なお、「エキザーサイサー」とは、柱に取りつけて使う、当時の新案の体操器具。漱石は、これで日ごろの運動不足の解消をはかろうとしたようです。

「西村を警察へやる。」（七月四日、日曜）

前夜、留学生らしい中国人四人が押しかけてきて、下女たちをおどかしたりしたためです。

「［書生志望で訪ねてきた男があり］西村に対応さしたら、何でも一時間以上もゐたらしい。」（七月五日、月曜）

「『朝日』へ『それから』のつゞきを五十回迄送る。」（七月七日、水曜）

のちに漱石の妻・鏡子は、このころのことを回想しています。

《ちょうどそのころは「それから」が「朝日新聞」に出ていたころで、［漱石は］毎日それを書いておりましたが、たいがい二十回分ぐらい書きためては届けておりました。そうして［満韓旅行への］出発前にすっかり書き上げてまいりました。ちょうどそのころ西村濤蔭さんがお妹さんといっしょに家に厄介になっておられたころで、その原稿を届けるのが西村さんの役目です。松根東洋城さんがいらして西村さんをとらまえての話に、

「三千代が代助によばれて何と返事をするだろう。どうも待たれてしかたがないが、君知ってるだろう。何と書いてある」となかなかの御執心ぶりです。

「ええ、僕知っています。しかし先生はきわどいところをあっさり切りぬけるから食い足りない」

「それが見たいな」

松根さんは新聞に出るのが待ちきれないかのように、しきりに見たがっておられました。》（夏目鏡子述・松岡譲筆録『漱石の思い出』）

このくだりは、少し補足を要します。

「それから」執筆はおおむね順調に進んで、漱石が全篇を書き上げたのが、八月一四日。一方、これの「朝日新聞」紙上での連載は一〇月一四日まで続きます。つまり、彼は、ちょうど二カ月、連載六〇回分の余裕をもたせて、擱筆《かくひつ》したわけです。

ですから、作品の内容に即せば、代助が三千代を呼び出す手紙を書くのは、小説の終盤、連載第八八回のことで、「朝日新聞」紙上に掲載されるのは、九月二二日。漱石自身は、とうに作品を書き上げて、すでに満韓旅行に発っています。

そんななか、日々の新聞連載に胸をはずませる松根と、すでに作品の全容を知る西村のあいだで、こんなやりとりもあったということなのでしょう。

ちなみに、松根東洋城（本名・豊次郎）は、一八七八年（明治一一）の生まれで、寺田寅彦と並び、漱石の門人中では年長者に属します。なぜなら、彼が漱石から教えを受けたのは、一高や東京帝大ではなく、漱石の英国留学前、四国・松山中学でのことだったからです（同じく、寺田寅彦が教えを受けたのは、そのあと漱石が勤務した熊本の第五高等学校でのことでした）。松根の場合は、大学も京都帝大を卒業し、年齢の上でも、漱石との関係には、年下の友人といった風もうかがえます。松根自身の職業は、当時、宮内省式部官でした。ですから、漱石が彼から得る噂話のたぐいも、ほかからのものとは違ったところがありました。

この初夏、たとえば漱石は、こんなことを日記に書いています。

「東洋城、東宮御所の会計をしらべてゐる。皇太子と皇太子妃殿下が二人前の鮪のさしみ代（晩食だけで）五円也。一日の肴代が三十円なりと。天子様の方は肴代一日分百円以上なり。而して事実は両方とも一円位しかゝらぬ也。あとはどうなるか分らず。
伊藤其他の元老は無暗に宮内省から金をとる由。十万円、五万円。なくなると寄こせと云つてくる由。人を馬鹿にしてゐる。」（六月一七日、木曜）

ここで「伊藤」と名指されている元老は、むろん伊藤博文です。漱石が、安重根によって射殺された伊藤に対して、自作『門』のなかでも冷めた態度を保っているのは、『暗殺者たち』でも指摘した通りです。松根らを通して耳にする、権勢にある者たちの道徳的低調も、そうした態度に影響するところがあったかもしれません。

さらに、同じ夏のあいだに、こんなことも彼は日記に書いています。

「実業家、米国の招待に応じて渡航。うちに神田乃武、佐藤昌介、巌谷小波あり。何の為なるやを知らず。実業家は日本にゐると天下を鵜呑にした様なへらず口を叩けども、一足でも外国へ出ると全くの唖となる為ならん。

文科大学にて神話を課目に入れんとするの議を起す。総長浜尾新『神話』の神の字が国体に関係ある由にて抗議を申し込む。明治四十二年の東京大学総長の頭脳の程度は此位にて勤まるものと知るべし。」（七月二六日、月曜）

前半は、実業家たちの米国行き一行に、当世一流の英語学者（神田乃武）、米国で農学を学んだ東北帝大農科大学学長（佐藤昌介）、そして、高名な児童文学者（巌谷小波）まで加わることを、何のためやら、と皮肉っています。日本の実業家たちは、日露戦争後、内向きには天下を取ったかのように威張っていながら、ひとたび外国に出むくと、口もきけなくなってしまう、と。

後半は、東京帝大文科で神話を講じる課目をつくろうと話が起こると、総長の浜尾新（教育行政畑の官僚で、文部大臣もつとめた）が、「神」の字を使うことは国体に抵触する、と言って反対したという話。明治四二年という文明の世に、「東京大学総長の頭脳」はこの程度で勤まるらしい、と毒舌に拍車をかけています。

なぜなら、漱石は、この時期、明治政府当局による幸徳秋水ら急進的社会主義者たちに対する苛烈な言論弾圧を、批判的な目で見ていました。「朝日新聞」連載中の「それから」でも、第七八回（九月一二日）の作中でこの件に触れています。執筆ペースから逆算すると、彼が「それから」第七八回の原稿を書くのは、ちょうど日記にこういうことを書きつける、七月下旬あたりだったとわかります。

のちに漱石は、文部省からの一方的な文学博士号授与を、頑なに拒み通します（一九一一年二月）。日露戦争〝勝利〟後、国内社会に膨らむ大国意識の下で、国家と大学とが一体となっていく「学問」のありかたに、彼は懐疑と反発を覚えるようになっていました。文部省は、一度「発令」した文学博士の学位は取り消せぬと言い、漱石のほうは、「是から先も矢張りたゞの夏目なにがしで暮したい」という言い分で、「現今の博士制度、功少くして弊多き事を信ずる」と文部大臣向けの果たし状めいたものまで書いて押し通したわけですから、夏目金之助名義の博士号は、その後もずっと、どこかで宙に浮いたままのはずです。

彼が満洲に渡るまで

一九〇九年（明治四二）八月一四日、漱石は「それから」を書き終えます（「朝日新聞」での最終回掲載は、一〇月一四日）。

親友で満鉄総裁の中村是公から、満韓旅行に誘われるのは、こうした日々のなかでのことです。

簡単に経緯を述べましょう。

中村是公が漱石宅を訪ねて、「満洲に新聞を起すから来ないか」と誘うのが、「それから」擱筆を半月後に控えた七月末です（漱石「日記」、一九〇九年七月三一日）。

従来は見過ごされがちだったことですが、ここで改めて注目しておくべきことは、中村が漱石をはっきりと「新聞を起すから」満洲に来ないか、と誘っていることです。なぜ、「朝日新聞」社員である漱石を、新聞を「起す」からと、わざわざ招く気になったのでしょう?

中村が言う「新聞」とは、満鉄が実質的に経営する「満洲日日新聞」、つまり、のちに漱石が「韓満所感」を寄せる（一九〇九年一一月五日・六日掲載）新聞です。新聞自体は、これより二年ほど先だつ一九〇七年一一月に創刊されているのですが［後注］、以来、営業成績はふるわないままで、中村是公が満鉄の二代目総裁に就任したこの機に、新聞社の初代社長（森山守次）も更迭し、新たに新聞経営へのテコ入れを図ろうとしているのでした。つまり、そうした立場にある中村が、みずから漱石を訪ねて「満洲で新聞を起すから来ないか」と誘っているのですから、「満洲日日新聞」の紙面運営に、なんらかのかたちで彼の参画を得たいと考えていたと見るのが自然でしょう。

この旅から帰国後まもない漱石が「満洲日日新聞」に「韓満所感」を寄稿したことが判明した現在、中村からの当初の誘いがただの挨拶程度のものではなかったことが、いよいよ、はっきりしたわけです。

ともあれ、中村是公が漱石宅を訪ねてから一週間後の八月六日午後、今度は漱石が中村からの招きを受けて、東京・飯倉の満鉄東京支社へと出むき、夜には、ほかの満鉄理事や、一〇代なかばごろからの友人である経済学者の田島錦治もまじえて会食しています。

その翌週、漱石のもとに、これも学生時代の友人、伊藤幸次郎から、今度自分は「満鉄に入つて新聞の方を担任す」、との手紙が届きます（「日記」、八月一三日）。四日後、八月一七日には、伊藤がみずから漱石宅を訪ねてきて、「満洲日々新聞の事に就て一時間半ばかり談話」が交わされます（「日記」、八月一七日）。この伊藤こそ、九月から「満洲日日新聞」の新社長に就任する人物です。同日中に、中村からの来信もあって、彼らの熱意がうかがえます。さらに翌日、中村から満洲行きはどうするかと問い合わせがあって、漱石は、行く、と返信し、洋服屋を呼び、旅行のための背広を誂えます。

つまり、漱石による「満洲日日新聞」への協力的な姿勢は、この時点で、約束されていたと見るべきでしょう。ただし、このたび「韓満所感」という同紙への寄稿の存在が判明するまで、具体的にどういう協力が彼らのあいだで想定されていたかがわからなかったのです。満洲での滞在中、漱石は大連で二度、営口で一度、合わせて三度の講演をしたことは知られていました。しかし、それだけでは、中村是公が満洲に「新聞を起すから」来ないか、と漱石を誘った意図が明瞭になりません。

満韓の旅への出立直前、漱石は、胃カタルをまたも悪化させます。結局、大連の満鉄本社に帰任する中村是公と同行しよう、との約束は果たせず、船を一便遅らせ、九月三日朝、大阪から単身で大連行きに乗船、現地に向かったのでした。

《御前も無事。小供も丈夫の事と思ふ。此方にも別状なし。毎日見物やら、人が来るのでほとんど落付いてゐられず。昨夕は講演をたのまれ今夜も演説をしなければならない。中村［是公］の御蔭で色々な便宜を得た。西村［誠三郎］へよろしく。其他の人にも宜敷《よろしく》。》（漱石から妻・鏡子宛、絵葉書、満洲大連大和ホテルより、一九〇九年九月一三日）

「西村へよろしく」、留守宅の妻に、書生への挨拶を頼む男も、珍しいでしょう。「其他の人にも宜敷」、これとて、お梅、お房さんという、使用人の二人の女性たちをさすのかもしれません。

しかし、それにしても、いったいなぜ、「西村へよろしく」なのか？　そこを考えてみなければなりません。

漱石の満洲滞在中、満鉄総裁の中村是公をはじめ、現地で何くれとなく世話を焼いてくれる人びとのなかには、前記の経緯で「満洲日日新聞」の新社長となった伊藤幸次郎もいました。当然、彼らとのあいだでは、この「新聞」の今後のことが語られたはずです。そのなかで、いまは漱石宅に書生として身を寄せている西村誠三郎を、大連の「満洲日日新聞」に就職させて、文芸方面も担当させるという話を、これは漱石のほうから持ちかけてみたりもしたのでしょう。

妻・鏡子宛の絵葉書の差し出し日が、九月一三日であることは重要です（消印は、午後一一時―一二時）。

これがどういう日かというと、漱石は、夕食後、大連の埠頭にある講堂で、満洲に到着して二度目の講演をしたのでした。

最初の演説は、前日の一二日午後七時から、満洲日日新聞社主催の「第二回学術講演会」（会場は大連児玉町満鉄従業員養成所）で、「物の関係と三様の人間」と題した講演を行なっています。そこでの冒頭、漱石は、この講演を頼んできたのは「満洲日日新聞社長の伊藤君」であると述べています。中村是公らも聴講していました。（講演の記録は、「満洲日日新聞」一九〇九年九月一五日～一九日に、五回にわけて掲載されている。）

二度目の演説のこの日は、東北帝大農科大学教授の橋本左五郎がまず話し、そのあと漱石が話しました。橋本も、中村是公と同様、漱石がまだ一〇代の学生時代、自炊しながらともに暮らした仲間です。今回、橋本は、満鉄からの資金を受け、モンゴル方面の畜産を調査に来ていたのでした。漱石は一時間あまり話して、馬車で送られてホテルに戻っています。この日、日中は二度ばかり中村是公と顔を合わせていますが、講演会の席には彼は出ていなかったようです。漱石が、東京の自宅にいる妻・鏡子宛に絵葉書を書いているのは、こうやってホテルに戻ってからの時刻でしょう。

つまり、漱石は、この両日中、伊藤幸次郎や中村是公との会話のなかで、西村誠三郎の身の振り方についても話し、ある程度の成算を得ていたからこそ、「西村へよろしく」、また、「其他の人にも宜敷」と、いつもより明るい調子で絵葉書にも記せたのではないでしょうか？

漱石が、この満韓旅行から東京・早稲田の自宅に帰着するのは、一〇月一七日です。それから一〇日後の一〇月二六日、安重根による伊藤博文暗殺がハルビンで起こります。翌る二七日、漱石は、この事件の報に触れた「韓満所感」を書き上げて、大連の「満洲日日新聞」に送り、これが掲載されるのは一一月五日、六日。西村誠三郎は、大連の「満洲日日新聞」への就職のため、このころ日本を発っていました（漱石から中島六郎宛書簡、一一月九日付)。漱石は、ここでも、持ち前の世話焼きのよさを貫いたらしいのです。日本の近代文学史の背景には、多くの下働きの書生たち、そして、さらに多くの下女たちが、入れ替わり立ち替わり現われては、なにがしかの役割を果たし、やがて、名前さえも記録されることなく影のように消えていきます。漱石が記録のなかに残した書生の西村誠三郎、さらに、その妹・梅の姿は、そこにある文学史の一隅に刻まれた、珍しい例です。

三つの暦のあいだで

こんな次第で、満洲・大連に到着した濤蔭こと西村誠三郎は、「満洲日日新聞」編集部で働きはじめて、早くも月内の一九〇九年一一月二一日から、同紙の第一面で、みずから「虚」という小説の連載を開始しています(同年一二月一四日まで)。つまり、もはや書生どころか、一気に、初期〝満洲日本語文学〟のトップランナーに躍り出たような格好です。

しかも、彼は、ほかの作家たちの連載に紙面を差配する権限も、編集部員として託されています。だからこそ、彼の師匠であり雇用者でもあった漱石までが、「君のあとはマダムボヴリーを載せてくれ給へ」(西村誠三郎宛書簡、一九〇九年一二月三日、本書一七ページ)などと、やや腰を低くして、言って寄こしているわけです。

大連、旅順を含む遼東半島先端部の関東州は、当時、新しい日本の租借地です。わずか四年前の一九〇五年(明治三八)秋、日露戦争講和に伴うポーツマス条約が結ばれるまで、ここは、ロシアの租借地でした。現地で漱石が訪ねる日本の高級官吏や満鉄幹部らも、おおむね、かつてロシアの将校や技師たちが暮らしていた家を、官舎に使って住んでいます。

大連(ロシアの租借地だった時代には「ダーリニー」)の人口は、当時(一九〇九年末)、日本人二万六六八人、中国人九千二五〇人、その他の外国人七三人。戸数にすれば、日本人は六千三四戸です。これでも、四年前の施政開始当時に較べれば、日本人が約三倍、中国人の人口も二倍余りになっています。（「満洲日日新聞」一九一〇年一月一一日）

「満洲日日新聞」の発行部数も、一九〇七年秋の創刊当時で三千部。翌年には七千部になったとはいえ、これは当時の日本人家庭の戸数から見ても、満鉄の組織力に頼った水増し気味の数字であることは明らかです。つまり、日刊紙の日本語新聞が経営的に自立すること自体がまだ難しく、むろん、日本語による〝満洲文学〟から職業作家が生まれる余地などはありません。だからこそ、漱石の書生だったという触れ込みの一介の文学青年が、いきなり第一面で自作小説の連載を始めてしまうということさえ、とくに見とがめられることもなく済んだのでしょう。

とはいえ、〝濤蔭〟の名で連載された「虚」という小説は、何やらよくわからない代物です。たとえば、若い男女が音楽会に出かける場面を書こうとしながら、すっかり話が停滞し、いっしょに食事をするはずのくだりで、唐突に、

「作者はこの二人の会話を書くので少し疲れました。御飯の時だけは略します。」

食後の時間にそうやって移るのですが、さらに停滞を重ねて、そのうち最終回を迎えてしまいます。

一方、東京の漱石のほうは、この一一月二五日から、「東京朝日新聞」第三面で、みずから主宰して〈文芸欄〉を始めています。かねて漱石は、こうした紙面づくりの腹案を抱いており、ほかにも「国民新聞」が高浜虚子を主宰者として〈国民文学〉欄を持っていました。同様のことを漱石は「満洲日日新聞」の関係者たちに提案していたのかもしれません。西村誠三郎を「満洲日日新聞」に送り込むのと似たようなしかたで、漱石は、朝日〈文芸欄〉でも、門下生の森田草平を実務担当者として使っています。

いや、むしろ、朝日新聞の側こそが、満鉄と「満洲日日新聞」の漱石に対する積極的な働きかけなどを見て、このままではいけないと、〈文芸欄〉創設を急ぐことにしたのかもしれないのです。前年以来、漱石は東京朝日の社会部長、渋川玄耳に〈文芸欄〉創設を持ちかけていましたが、事はいっこうに動いていません

でした。ところが、この一一月に入って、主筆・池辺三山が一五日の編集会議で提案、二四日の定例編集会議に漱石の出席を求めて決定と、猛烈な速さで決定がなされて、翌二五日には〈文芸欄〉が始まります。初日は漱石自身が、森田草平の小説を論じて「『煤烟』の序」を書き、その欄を埋めたのでした。

かたや、大連の「満洲日日新聞」で、水上夕波［薺］訳「ボヴリー夫人」は、漱石からのあれほど強い推挙にもかかわらず、掲載までさらにしばらく待たされます。濤蔭こと西村自作の「虚」の連載が一二月一四日に終わると、翌日から同じ第一面の紙面で始まるのは、篠山吟葉「雌蝶雄蝶」（一九一〇年一月二〇日まで、全二九回）。亡き尾崎紅葉門下の一人で、のちに映画脚本にも手を染める作家です。

このようにして、水上夕波訳でフローベール「ボヴリー夫人」の連載が「満洲日日新聞」第一面で始まるのは、年が明け、一九一〇年（明治四三）一月二一日のことです。漱石からの慫慂に従って、訳者の水上も続きの部分を懸命に訳していたらしく、この連載は一度も途切れずに全七二回、同年四月二日まで続いて、完結します。

これが、フローベール『ボヴァリー夫人』、最初の日本語訳です。ですが、植民地の日本語新聞で発表されたせいもあってか、これまでほとんど知られていません。訳者の水上夕波［薺］が、のちには出版の世界からほとんど姿を消してしまった人物であることも、これほどの無関心にさらされる一因になってきたようです。

ただし、これはフランス語原著からの翻訳ではなく、当時の非英語圏の西欧文学の翻訳では多くがそうだったように、英訳版からの重訳です。たとえば、登場人物の薬剤師の名前が、当初は「ホメー」、連載の終盤近くで「オメー」と改められていることなどにも、その特色が出ています。フランス語なら Homais の H は発音されないはずだと、読者からの指摘があったりしたのでしょう。

また、それだけでは説明がつかない、翻訳上の脱落も目につきます。たとえば、連載の第一回、作品冒頭で――。

転校生シャルル・ボヴァリーが、教室で先生から名を問われ、緊張のあまり「シャルボヴァリ」と答えてしまって、皆からどっと笑われる、あの有名な場面が不自然にも脱落しています。

また、連載の最終回——。

シャルル・ボヴァリーが娘ベルトの傍らでひっそりと息を引き取ったあとに続く、ごく短いけれど、作者フローベールの本領発揮と言うべき後日談。このくだりも、そっくり削りとられて、シャルルの死をもって、唐突に翻訳版「ボヴァリー夫人」は終わってしまうのです。

訳者の水上が、これらの致命的とも言いたくなるような遺漏に手を入れなおすには、三年後、さらに五年後と、単行本化が重ねられるのを待たねばなりません。

一方、こうして「満洲日日新聞」紙上で「ボヴァリー夫人」の連載を追っていくにつれ、私たちは、別の事実にも気づかされます。当時、「満洲日日新聞」の地元・関東州の旅順地方法院では、伊藤博文を暗殺した安重根に対する公判（一九一〇年二月七日～一二日）、判決（二月一四日）、そして処刑（三月二六日）というプロセスが進行していく最中です。だから、これらについての詳報が、同じ紙上で並行して続いていきます。そして、水上夕波訳「ボヴァリー夫人」も、安重根の処刑を見届けたかのように、一九一〇年四月二日、最終回を迎えます。（このとき、同じ新聞の第五面では、岡本綺堂・篠山吟葉合作「青葉若葉」という小説の連載も続いていますが、これもまた、その後の日本文学史で言及が見られない作品です。）

安重根事件の公判についての詳報などを「満洲日日新聞」紙上で読んでいくと、当時の日本内地の新聞報道では知りようがなかったはずの事件の相貌も見えてきます。

たとえば、この事件の公判では、三つの暦が、入れ子になって進んでいきます。つまり、事件の舞台となった当時のハルビンの町は、三つの暦が共存し、あるいは並行して流れる、そうした都市空間だったということです。

(一) Dairen Friday. January, 21, 1910. The Manshu Nichi-Nichi Shimbun. No. 811 (可認物便郵種三第)

滿洲日日新聞

明治四十三年一月二十一日　宣統元年十二月十日　金曜日　(無休刊)　第八百十一號

大連は不健康地か(下)

北樺太賣却の噂

赤十字社盛況

今後の軍備充實

日本酒の征伐

在韓官吏交迭

志願兵の好成績

新重砲の配布

瑞典公使の清國行

廣東の貿易盛況

官吏にも不平

上院提出の諸案

ボヴリー夫人

佛國フローベル原作　水上夕波譯

その一

南滿洲鐵道株式會社　電氣作業所

大連市伊勢町四十四號地　大連電燈營業所派出所

「滿洲日日新聞」1910年1月21日付　第1面

「ボヴリー夫人」(水上夕波訳)連載第1回が掲載されている。

捕縛された安重根ほか三名、ロシア領沿海州や清国領満洲地方で暮らしていた朝鮮人たちは、公判中も、ほとんど一貫して陰暦（時憲暦）を用いて話しています。一方、日本側の判事や検事らは新暦（グレゴリオ暦）を用い、これは、事件当時ハルビンにいた日本領事館員らにしても同じです。また、ハルビン周辺に暮らすロシア人たちは、そこが清国領であっても、ロシア暦（ユリウス暦）を使います。これはロシア側の官憲が参考人らを訊問した調書などのなかでも同様です。とはいえ、お互い、自分たちの暦にこだわってばかりでは、共通のやりとりの場というものが成り立ちません。ですから、その場の流れ次第で、朝鮮人の被告らがロシア暦を使って話したり、日本側の判事や検事が、必要に応じて陰暦やロシア暦を使って話していたりもするわけです。

ちなみに、当時（二〇世紀）の暦では、ロシア暦に一三日を加えた日付が、いわゆる西暦（グレゴリオ暦）になるわけなので、これさえ頭のなかで切り替えられれば、混乱は生じません。陰暦も、また、当時の中国人社会全体がそれに拠って暮らしを営んでいるわけですから、たとえば「満洲日日新聞」の発行日の記載も、「明治四十三年一月二十一日／宣統元年十二月十日、金曜日」という書き方になっています。こういう物と暦に囲まれて暮らしているわけですから、現地の日本人も、その場で旧暦に切り替えて物事を考えるのは、難しいことではなかったでしょう。逆から言うなら、当時の極東アジアで、新暦を採っているのは日本と朝鮮本土（大韓帝国）だけです。それらの社会も、つい先日まで陰暦に拠って暮らしていたわけですから、まだまだ自分たちの感覚自体が暦についてはバイリンガルな状態です。

ハルビンという町はその典型で、大連、旅順でさえ、ロシア人は少なくなっているものの、やはり、かなり濃厚にそうなのです。

いまはどうか知りませんが、私の学生だったころは、大阪の鶴橋あたりの喫茶店などで座っていると、近くの席の在日コリアンらしい中年女性のグループの会話が、その時の流れで、日本語になったり朝鮮語になったり、また両方が入り混じったような状態で交わされたりしていました。暦を言語にたとえるならば、そのような状態です。たとえ在日コリアンたちの地域がもはやそうではない世代に移ったとしても、東アジアからの新来者たちの地域で、また、日系ブラジル人らの地域で、同じような状態は繰りかえし現われてくるでしょう。

安重根自身も、伊藤暗殺に至るまでの二年余りは、中国・朝鮮との国境に接するロシア領内のノヴォキエフスクや、さらに大きなウラジヴォストークの町を足場に活動していました。ときに義兵の部隊を率いて朝鮮領内深く進攻し、日本軍との遊撃戦にのぞんだり、シベリア方面まで同志を募って歩いたりもしていました。

ウラジヴォストークには、当時、四、五千人の朝鮮人が暮らし、学校が数カ所あり、「大東共報」という朝鮮語新聞も週に二回刊行されはじめていました。

故国朝鮮の独立運動を支持する海外移住同胞によるジャーナリズム活動は、沿海州ウラジヴォストークのほか、米国サンフランシスコ、ハワイのホノルル、中国の上海などでも営まれており、それぞれの新聞が互いの動静を報じあいながら、朝鮮国内の抵抗勢力とも連携をはかっていました。「大東共報」の発行部数は、およそ一五〇〇部。安重根自身も編集部に出入りして、記事や情報を寄せることもありました。二〇世紀終盤の旧ソ連解体後、これら現地の諸資料も研究と公開が進みつつあり、韓国では同紙の復刻版が作成されています（『大東共報』、〈海外の韓国独立運動史料Ⅸ〉アジア篇1、国家報勲処、一九九三年、韓国語）。

伊藤博文がハルビンにやって来るとの情報を安重根が得たのは、東清鉄道の機関紙「遠東報」からでした。この中文紙は、一般にも広く読まれており、沿線の中核駅ハルビンをめぐる動静の一つとして報じたのでしょう。

安重根の伊藤暗殺に手助けを与えたとして罪に問われた三人の朝鮮人のなかに、ハルビン周辺での通訳をつとめた曺道先という人物がいます。当時ハルビンで洗濯屋を営んでいた、数え三七歳になる男です。ロシア語の通訳を安重根から頼まれ、ハルビンの南方およそ九〇キロにある蔡家溝駅まで同行し、そこに残っていたことから捕縛されました。

公判での陳述によると、彼は朝鮮咸鏡南道の農家に生まれ、読み書きを習ったことはありません。一五年ほど前に朝鮮を出て、ロシア領内を転々としながら、農業、金鉱や土木現場での通訳などをつとめ、やがて洗濯屋を始めました。金鉱で働くあいだに、同国人からハングル（朝鮮文字）だけは教わったが、漢字はわからない。ロシア語はほぼ自由にしゃべれるが、読み書きは知らない。イルクーツクに残したロシア人の妻から手紙が届くと、知り合いのロシア人に読んでもらう。ロシア領内にいるエミグレ（離郷者）の朝鮮人は、多くが彼のような人たちです。いや、この世界を移り住む人びとの視野からとらえれば、言語と人との関係は、こうしたありかたが基本なのだと見るほうがいいのかもしれません。

この事件は、ロシアが経営する東清鉄道のハルビン、その駅構内で起きました。したがって、被疑者らの取り調べは、むろん、最初から関東州で日本人官憲によって行なわれたわけではありません。ハルビン市街地の事件現場は、清国領内でありながら、東清鉄道の附属地としてロシアの行政警察権の下にあったので、最初に調べを行なったのはロシアの始審裁判所の検事らでした。そのあと、安重根らの身柄は、在ハルビンの日本総領事館に移されます。ハルビンでは、各国に治外法権としての領事裁判権が認められていたからです。とはいえ、安重根は、あくまでも韓国併合前の朝鮮（大韓帝国）人であって、すでに故国は日本の被保護国とされていたとはいえ、ただちにその国民までが保護国側の領事裁判に委ねられるべきかは、見解の分かれるところです。それなのに、どういう理由で、安らの身柄をすみやかに日本側へ移すことになったか。これをめぐる各国間の意向の調整の経緯などについては、先にも述べたように、まだ明らかになっていません。

現場で事件を目撃した人たちも、当初、ロシア側から取り調べを受けています。その一人に、古澤幸吉が

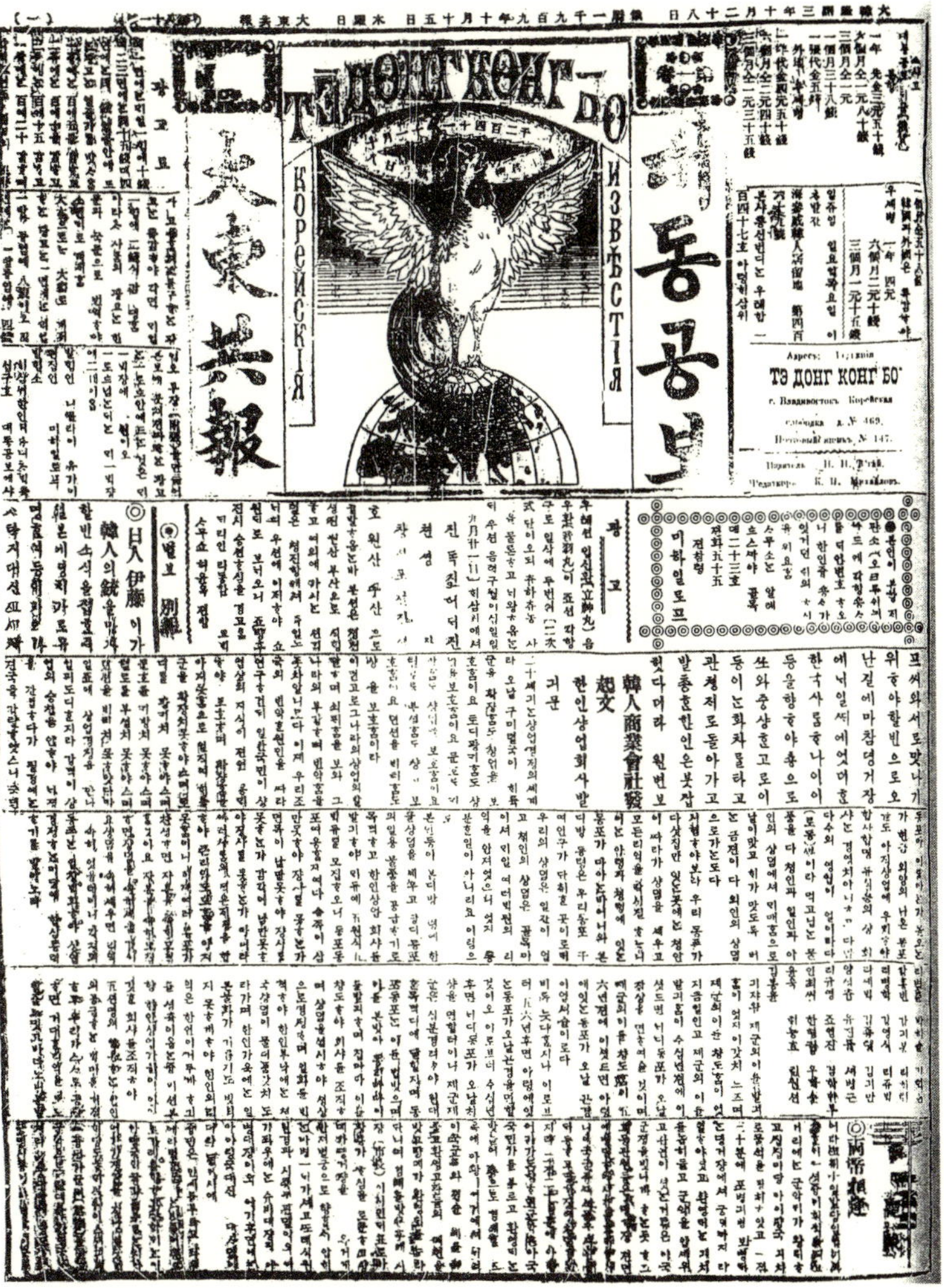

「大東共報」1909年10月28日付　第１面
日本の伊藤博文がハルビンで韓人によって狙撃された第一報を載せている。
欄外の発行日の記載は、大韓帝国の年号（隆熙３年）のものが新暦（グレゴリオ暦）、西紀のものがロシア暦（ユリウス暦）で表示されている。
発行地は、「海参威［ウラジヴォストーク］韓人居留地」。

いて、この年で満三七歳、在ハルビン日本総領事館の館員です。川上俊彦総領事が伊藤博文とともに被弾して右腕に大けが（漱石はもっと「軽傷」だと思っていたのですが）を負ったため、事件当夜、ロシア側官憲から、実行犯たる安重根ほか、なんらかの嫌疑がかかった朝鮮人一五名の引き渡しを受けたあと、総領事不在のまま総領事館内で徹夜の取り調べにあたった人物の一人です。

その後、旅順から派遣されてきた関東都督府地方法院の検察官らによる訊問などを経て、安重根ほか七名の身柄が旅順に向けて送り出されるのが、一一月一日。旅順監獄に彼らが収容されるのが、一一月三日。それから、さらに四名が放免されて、結局、実行犯たる安重根のほか、禹連俊、曺道先、劉東夏の三名が連累者として公判にかかります。

裁判は、当初、ウラジヴォストークに居留する朝鮮人らから依頼を受けたロシア人弁護士、英国人弁護士、さらに、安重根自身の意向による大韓帝国本国の弁護士も加わって行なわれる方向でした。しかし、日本政府からの意向を受け、結局、それらは一転して許されず、日本人の官選弁護士と、朝鮮語通訳を配しただけで、開廷されるに至ります。

関東州の裁判は、二審制です。ですから、二月一四日、地方法院で死刑判決が下されたのち、安重根には、控訴する選択肢もありました。しかし、判決に二日先だつ最終陳述で、

「私は韓国の義兵であって、今、敵軍の捕虜となって来ているのでありますから、よろしく万国公法によって処断されるべきものと思います」

と彼は述べています。

つまり、自分たちと日本軍は交戦関係にあるのだから、国際法規にもとづく法廷で対等に裁かれるべきである、との主張です。それなのに、異国で起こった事件の被告を日本国家の法廷に連れてきて、裁判官も、弁護士も、通訳も、みな日本人で裁くなどとは茶番にすぎない、という批判に彼は立っています。

ならば、これ以上裁判を続けるよりも、むしろ、獄中で書き継いできた自叙伝を完成させ、そのあとの時間に「東洋平和論」という論文を書き上げたいという気持ちが、彼にはありました。

典獄の紹介で面会に訪れた高等法院長も、それだけの時間は十分に許されるであろうとの見通しを述べていました。しかし、そこでまた、処刑を急ぐようにとの日本政府の意向が届けられ、彼は「東洋平和論」の序文と本文の冒頭部分だけを書いたところで、せき立てられるように、この世界から消えていきます。

この事件を現場で目撃した在ハルビン領事館員、古澤幸吉の話に戻ると、一九二〇年（大正九）に、彼は外務省から満鉄ハルビン公所に移って、さらにのち、六〇歳代で満鉄傘下の日本語紙「哈爾賓日日新聞」と露語紙「ハルビンスコエ・ヴレーミャ」の社長に就任し、ハルビン現地で第二次世界大戦の終わりを迎えます。

なお、児童文学作家の新美南吉（一九一三〜四三）は、一九三九年（昭和一四）から四〇年（昭和一五）にかけて、「哈爾賓日日新聞」の〈文芸〉欄に、小説や詩をいくつも相次いで寄稿しています。友人の江口榛《しん》一《いち》が、同紙編集部の学芸担当者で、新美に寄稿を勧めたからでした。「最後の胡弓弾き」「花を埋める」「久助君の話」「屁」などの佳篇は、いずれもこの時期の「哈爾賓日日新聞」に掲載されたものです。

編集者としての江口榛一のもう一つの功績は、郷里の愛知県半田で暮らす新美南吉のもとに、刷り上がった掲載誌を「即日発送」していたことです（江口榛一「哈爾賓日日の頃」）。これらの掲載作品の切り抜きは、新美の手もとのスクラップブックに貼りつけて残され、彼の短い生涯が生んだ作品群の中核部分をなしています。当時、内地の作家らが満洲の日本語新聞・雑誌に寄稿した作品の多くが、そのまま埋没してしまいがちになっている一因は、通信の便の悪さも手伝って、現地の編集部が掲載紙誌を著者に送るのを怠ったことにもよるのではないかと思われます。それを思うと、友情と職責の意識に篤い江口榛一を担当編集者に持ったことは、若くまだ無名に近かった作家・新美南吉にとっては、最大級の僥倖だったと言えるでしょう。

その後、第二次世界大戦での日本の敗戦と引き揚げに伴うもろもろの困難は、満洲現地からの日本語印刷物の持ち出しをほとんど不可能な状態に置きました。また、現地においても、ソ連軍、中国共産党軍（八路軍）など、支配勢力の相次ぐ遷移のもとで、日本支配時代の文献の多くは、そのまま散逸にさらされていきます。

現在、「哈爾賓日日新聞」の所蔵（ただし欠号が多い）が確認されているのは、中華人民共和国大連図書館（旧満鉄大連図書館）だけのようです。同じくハルビン市図書館は、それを撮影したものと思われる電子化データを所蔵しています。

エンマ、晶子、お梅さん

安重根事件後の一連の報道を横目に、水上夕波訳による「ボヴリー夫人」の連載は始まり、同じ「満洲日日新聞」第一面で続いていきます。ただし、担当編集部員としてこれを差配する西村誠三郎その人が、この訳業にどれだけの意味を認めていたかは、あやしいようです。

連載が始まって六日目、西村は一九一〇年一月二六日付「満洲日日新聞」紙面に、〝濤蔭〟との署名で「ボヴリー夫人に就て」という解説風の一文をみずから寄せています。

「フローベルのマダムボヴリーを水上夕波君が翻訳したのが一面の小説として掲載している。自分はこの小説に就て読者の便宜の為めに少し書いてみる」と始まって、ひとわたり、この作品が「有名なる傑作」であることを述べ、自分はこれを「英訳によって、一度読んだことがある」。その上で、筋立てについて、くどくどと自説を述べはじめます。たとえば——、

「仏蘭西《ふらんす》ものとしては別に新しくもない。こういう姦通に興味を感ずる仏蘭西人の趣味はいつ迄続くか疑問である。

冒頭のチャールス［引用者注・シャルル・ボヴァリーのこと］の学校生活から始めの妻の死ぬ所迄は全然不

必要である。切り離しては無論面白いが、無くても好い。ボヴリー［引用者注・ヒロインでシャルルの妻、エンマ・ボヴァリーのこと］が死んでから後の所も無用である。これは芝居の済んだ後で演説を聞くようなものである。チャールスが死ぬに至っては滑稽である。打ち壊しである。」

こういう乱暴者の編集担当者を相手に、連載を続けていくことになる訳者・水上夕波が、まことに気の毒です。どうやら、西村には、フローベールなどより自分のほうが、ずっと面白いものを書いてみせられる、と堅い思いがあるようです。いつかの漱石による評言、《濤蔭、学力未熟にて人のいふ事も自分の云ふ事もよく分らず》を思いださせる凶暴な口ぶりです。

これでは、「満洲日日新聞」紙上の水上訳「ボヴリー夫人」の随所に見られる重要な翻訳上の欠落は、テキストとした英訳版の遺漏などより、ひょっとしたら、編集者役の西村による〝犯行〟なのではないかとの疑念まで湧いてきます。

なぜならば、ここで、西村は、冒頭の学校生活の有名場面を「全然不必要である」、また、結末部分の短い後日談についても「無用である」、「これは芝居の済んだ後で演説を聞くようなものである」とまで断じて、みずから、その犯行をほのめかしているふしがあるからです。

はるか日本から遠く離れた植民地で、どんな狼藉が編集者によって行なわれようが、もはや訳者には手も足も出ません。漱石も、よくぞこんな人材を「満洲日日新聞」に薦めたものです。

……と、私などは怖くなるのですが、どうやら西村は、師の漱石に対してだけは、これでもなかなか忠実です。この一文のなかでも、フローベール『ボヴァリー夫人』の作風について「夏目漱石氏はこう批評している」とし、以下のように箇条書きで挙げています。

「（一）結構なきが如くにして整然たる結構あり
（二）山なきが如くにして自然の山を描きだせり
（三）文章に拘泥せざるが如くにして非常に苦心せり

（四）（中略）エリオットの作を見れば作中の人物の不道徳を気の毒に思うと同時に、これを悪《にく》むの念を生ぜず。ボヴリーを読めば、姦通を如何にも自然なりと思う。善にも非ず。悪にも非ずとも思う」

漱石の評は、的を射抜いています。おそらく、これは、西村が要約したというより（彼にはそれができそうにない）、西村宛てに漱石がこのフローベール作品の要諦として書いて寄こしてくれたものを、そのまま引き写したのではないでしょうか。ここに挙げられた諸項目は、漱石が『文学論』で解明しようと懸命に取り組んだ、文学というものを成り立たせている諸要素の謎に、そのまま重なってもいます。

濤蔭こと西村誠三郎は、このように彼自身の文学的な資質としては見込みがありそうにないのですが、自身の親方とみなした漱石には、忠実な伝令役を果たすところがあったかもしれません。うまく運べば、植民地の新進メディアたる「満洲日日新聞」の紙上でも、なにかしら文芸上の試みを新しく展開していける余地は、たしかに開けていたでしょう。

ただし、別の問題がありました。この年で満四三歳を迎えた漱石自身の体調です。

一九一〇年（明治四三）に入ると、漱石は苦吟を経て「門」を書きだし、三月一日から「朝日新聞」紙上での連載が始まります。

脱稿したのは、六月五日。ちょうど、この日の新聞には、幸徳秋水、管野須賀子らの逮捕が報じられており（「大逆事件」として、のちに知られる）、これを読んだ上での擱筆だったと言われています。

持病の胃の痛みは、この連載中さらにひどくなっており、翌六月六日、彼は内幸町の長与胃腸病院まで診療を受けに出むきます。便に血の反応が続き、同月一八日、入院。

七月末にいったん退院したものの、胃の病状は快復したわけではありません。伊豆・修善寺の旅館に北白川宮の御用掛として逗留する松根東洋城から、先生も同じ温泉地の旅館で静養にあたってはどうですか、と勧められ、翌週、八月に入ると、すぐ単身で現地に向かいます。東洋城は俳人で知られていますが、もともとは松山中学時代、漱石が生徒の彼に俳句を教えたという関係です。うちとけた関係にある彼を相手に、ゆっくり俳句でもひねりながら湯に浸かって過ごすのもいいなという心持ちが、漱石にはきざしていたのでしょう。

ところが、現地でもいっこうに病状は改善する様子がなく、八月二四日には、ついに大量の血を吐き、人事不省に陥ります。文学史に言う「修善寺の大患」です。医師、門下生、朝日の関係者らが、次つぎ修善寺の旅館へと詰めかけます。

大吐血から二日後の八月二六日には、満鉄東京支社の山崎正秀も駆けつけています。前年の晩秋、東京・早稲田南町の漱石宅を訪ねて、――今後「満洲日日新聞」で掲載する連載小説については漱石に「周旋」をお願いしたい――と、水上夕波訳「ボヴリー夫人」訳稿の連載の発端となる満鉄側の意向を告げた人物です。

山崎正秀は、八月三〇日にも、再度、修善寺に漱石を見舞っています。このときは、満鉄総裁・中村是公の意を受け、見舞金三百円というまとまった額を漱石の妻・鏡子に手渡すことが第一の目的でした。山崎は、このまま修善寺の旅館に二泊して、家族・門下生や、朝日新聞側の意向も汲みながら、医師の選定その他の手配にあたっていた様子です。

この八月三〇日朝、門下生の安倍能成は、やっと小康を得た漱石の枕もとで、「先生は朝鮮の合邦、梅さんのことをきかれた」と、看護の手記に記します。「朝鮮の合邦」とは、前日二九日に実行された、韓国併合をさしています。また、「梅さん」は、西村誠三郎が大連の「満洲日日新聞」に去ってからも、東京の夏目宅に残って働く、その妹・梅のことです。

注目すべきなのは、この「修善寺の大患」にさいして、満鉄と朝日新聞の両者から夏目家に資金提供の申し出がなされたことです。まず、八月三〇日、先ほどの満鉄からの見舞金三百円を受け取ります。続いて、朝日から、見舞客らが泊まっていく旅館代一切を引き受けるという申し出がありますが、妻の鏡子はそれを断り、とりあえず漱石一人の分を負担してもらいます。その後、一〇月一一日に漱石が東京の長与胃腸病院に戻ると、満鉄総裁・中村是公の秘書が訪ねてきて、そのあと満鉄東京支社の山崎によって、さらに三百円が届けられます。
夏目鏡子は、これらを受けて漱石が言いだした意向をこんなふうに述べています。

《胃腸病院にまいりましてから、何かの折にもうよかろうと思いまして、この話［引用者注・満鉄と朝日から金銭の援助を受けていること］をいたしますと、［漱石は］「朝日」の分をもらう理由がないから私にかえして来いと申します。そこで池辺［三山］さんにお会いしてそのことを申し上げますと、貴方のとこだってお金持ちじゃない、いったん社の会計から出したものだからいいじゃありませんかとのお話。それでも困りますからぜひにといってお願いして参りました。そのうちに池辺さんにお会いしますと、ああまでおっしゃるものだから社長に話をしてみましたが、君にやったんだからいいようにしたがいい、返す必要はないということでした。もう誰に気がねもいらない金だからというようなうやむやなことでそれなりになってしまいました。》（『漱石の思い出』）

ともあれ、ここで漱石は、朝日新聞から受けた援助については「もらう理由がない」から返してこい、と言い、満鉄から出た計六百円についてはそのまま受け取っておく、そういう素振りでいます。

漱石は、朝日新聞社員としての月俸二百円と盆暮れの賞与、合わせて年三千円ほどの収入を保証され、一九〇七年春、朝日新聞に専属の作家たるために入社しました。ところが、この年（一九一〇年）六月に「門」の連載を終えてからのおよそ四カ月は、なんら働きができていません。その上に、静養先の宿代などまで朝日新聞社に負担させるような道理はないと、彼は考えたのでしょう。

一方、満鉄からの六百円も、こうやって会社組織を通したものですから、中村是公個人からとは言えない金でしょう。しかし、漱石は、満鉄総裁の中村から「新聞を起すから来ないか」と満洲行きを誘われ、日本への帰国後ただちに「韓満所感」寄稿の約束を「満洲日日新聞」に果たし、さらには、書生だった西村誠三

「満洲日日新聞」1910年６月５日付　第４面
与謝野晶子「家庭と趣味」が、６、７段目に掲載されている。

郎をその編集部に送り込んで、「ボヴリー夫人」の連載を手配したことなど、着々と、期待された文芸プロデューサー役を果たしてきました。いまは大病をし、今後は覚束ないものの、これまでの働きに相応の報酬を受け取ってもおかしくない、という意識が漱石にはあったはずです。しかしながら、ここに至る漱石の貢献のありかたが、従来のように「韓満所感」という寄稿が知られていないままでは、（貢献があったのか、なかったのかも）よくわからなかったということです。つまり、ようやく、このときの漱石の心持ちまで、推測できるようになってきたということでもあるでしょう。

　ちなみに、先にも引いた一九〇九年一二月三日付の西村誠三郎宛書簡で、漱石は、与謝野晶子に連載を頼んでいたが子どもの病気ですぐには無理になった、と述べていました。しかし、与謝野晶子は、のちに、これの埋め合わせと思える寄稿を果たしています。一九一〇年六月五日付「満洲日日新聞」に掲載された「家庭と趣味」という短文です。これもまた忘れられたまま来たらしく、彼女の全集などにも収録されていないものなので、全文をここに引いておきましょう。短いものですが、与謝野晶子、満三一歳、彼女の批評的な文章としては、ごく初期のものにあたります。

《学生で居る間は文学とか音楽絵画とかに趣味を持って人並にその方の修養を致しますけれど、人に嫁いだ後は家庭の雑用に追われて一切それらの嗜好を捨ててしまうのが日本の婦人の癖になって居ります。学校で文学の秀才と評判された方などが家庭の人となるや否や教育を受けない平凡な奥様と同じように変ってしまいになるのは誠に残念でなりません。御本人はその嗜好を続けたくても良人《おっと》や舅姑《しゅうとしゅうとめ》になる人達の心掛《こころがけ》が卑しい為に余儀なく止《や》めてしまう婦人が多いのだろうと思います。それに今一つ時間と規律とを大切に思わぬ日本の家庭では雑用の為にだらしなく日を送って、真面目な生活を楽《たの》しむという事に疎《おろそ》かなのが婦人を高尚な事業から遠《とお》ざける原因の一つになって居ると思います。そういう悪い習慣を破って、毎日一度は必ず書物を手にするとか楽器の前に向《むか》うとか、雑記帳を拡げて何でも宜しいから感想を書き附けるとか、花園の世話をするとかいう癖を養うがよいでしょう。私などはわざわざ歌を詠むというので無く、毎日一度はきっと机に向って雑記帳の中へ日記やら雑感やら、小説のようなもの、歌のようなもの、何という事なしに書き附けておきます。それを折々まとめて人様に見て頂くのに過ぎません。拙いのは生来《うまれつき》ですから致方も無いとして、自分だけの慰みには成ると思って続けて居ります。》

漱石が、このあと、長与胃腸病院から退院するのは、一九一一年（明治四四）二月二六日になります。前月の一月二四日、二五日に、大逆事件の被告のうち、幸徳秋水、管野須賀子、大石誠之助ら一二人が東京監獄ですでに死刑に処せられていました。

つまり、漱石は、大逆事件の始まりとほぼ同時に、今度の大病に陥っていき、彼らの刑死後、ようやく、この世間に復帰したわけです。

大逆事件の二六人の被告たちが囚われていた東京監獄は、牛込区市谷富久町。漱石宅がある牛込区の早稲田南町から、歩いて二〇分といったところです。高い塀を備える、その建物のなかに彼らがとらえられているることを、この町に暮らす人びとはもちろんよく知っていました。施設の外観だけは、都市生活者の視界にしきりと飛び込んで、そこに暮らす人びとの意識に、なにがしかの影を落としていたでしょう。

漱石の今度の発病もきっかけの一つとなって、「満洲日日新聞」と彼のつながりは立ち消えていくようです。彼の満韓旅行をみずから先頭に立って世話した社長の伊藤幸次郎も、このころには職を辞し、両者をつないでいた縁はいっそう薄れていきました。

一九一一年五月九日、漱石の日記から。

西村誠三郎は、すでに「満洲日日新聞」の編集現場を離れ、同じ満鉄傘下の遊園地に職場替えしています。それはそれでいいのですが、ただ、西村は、漱石宅に下働きとして預けたままの妹・梅の身の振り方について、何も言って来ないままなのです。

《西村が手紙をよこして電気遊園［引用者注・満鉄が大連で経営する遊園地］に勤務してゐるが当分嘱托で月給三十五円だといふ。御梅さんの事をどうするとも云つて来ない。此前の便には余に一二度妻にも一二度たゞ宜敷頼むと云つて来た丈である。》

もう一人の女中役を勤めてきたお房さんに続けて、お梅さんも夏目家から嫁に出すことにしようという話が、妻・鏡子を中心に動きだします。

五月一四日、漱石の日記から。

《御梅さんを嫁にやるので妻が先方へ行つて話をして来た。》

五月二六日、漱石の日記から。

《晩に簞笥へ唐草模様の袋をかけて、車に積んで夫《それ》に夜具一包と、用簞笥と、針箱と鏡台を添へて美添《よしぞえ》［引用者注・梅の結婚相手、美添紫気《しき》。本名・森川鉉二《げんじ》。巌谷小波の影響のもとに「少年図書館」の活動などを行なった］へ送る。車夫にはこつちからも向ふからも五十銭づゝやるんだと云ふ。

八時過に御梅さんが長々御厄介になりまして、此度は又一方ならぬ御心配を掛けましてと云つて暇乞《いとまごい》に来る。今夜は浅草へ行つて一晩留つてあす美添へ落ち合ふのである。方がわるいからだと云ふ［引用者注・縁起を担いで、方位の〝方違え〟をする］。》

五月二七日、漱石の日記から。

《夕方から御梅さんの媒酌人として御婿さんの所へ行く。西五軒町だから車で行けば大した道程ではない。（中略）つきあたりの格子戸を開けると、如何にも手狭でありさうに見える。沓脱に立つて一人が自由に身を動かす事さへ出来ない。美添さんはこゝに御母さんと、弟と妹と都合四人で住んでゐる。夫に御梅さんを加へると五人である。床を敷いたら寐る所もあるまいと思はれる。（中略）御母さんは色の黒い五十四五の女であつた。田舎もの見たやうな顔ではあるが、然し眼鼻だちは整つてゐる。其上言葉遣抔《など》は極めて上品である。》

ちなみに、のちに作家となる一八九七年（明治三〇）生まれの大佛《おさらぎ》次郎（本名・野尻清彦）は、小学校入学の年（一九〇四年）、この近くの牛込区東五軒町一〇番地に引っ越してきています。

小学生の大佛が、あるとき西五軒町の通りを歩いていると、格子戸を閉めたしもた屋に「少年図書館」と記した小さな木札が掛かっているのに気づきました。本好きな子どもの彼が、思いきって声を掛けると、銘仙の絣を着て、ふっくらと着ぶくれた青年が現われ、穏やかな口調でこころよく招じ入れてくれたそうです。この青年が、美添紫気です。北向きの三畳間の「図書館」には、巌谷小波の「世界お伽話」、「世界お伽文庫」、古くからの「少年世界」などが、丁寧な扱いで壁の前に積まれていました。いつでも読みたかったらおいで、お友だちを連れてきてもいいよ、と言われ、以来、たびたび少年はこの家を訪ねます。そのつど美添紫気は、奥の庭に面して小鳥の籠のさがる、陽当たりのよい部屋から出てきて、言葉数少なく、謙遜な風情で、小学生を相手に聞き手をつとめてくれたそうです。このころ、彼は何か病気をして海軍兵学校をやめており、五郎という弟は外国語学校に入る準備をしているのだと聞いたといいます。(大佛次郎「私の履歴書」)

漱石がこうして梅の縁談で美添宅を訪ねるより、それは二、三年ばかり前のことだったでしょう。この日、漱石自身も「御婿さん」とは「おもに図書館の話をした」と、日記につけています。

夏目鏡子述『漱石の思い出』は、次のように後日のことを語っています。

《このお嫁さんは折り合いよく行っていましたが、七年めかにきのどくなことにお産で亡くなってしまいました。》

抄訳・検閲・伏せ字、そして、言語間を隔てる崖の問題

夕波こと水上齊訳によるフローベール「ボヴリー夫人」の単行本化が具体化してくるのは、「満洲日日新聞」紙上での連載完結から三年余りが過ぎてからです。漱石は、水上からの問い合わせへの返信とおぼしきものを書いています。

《拝啓、貴著についての御照会承知候。あれは原稿として満日の方へ無条件にて譲り渡したるようには記憶致し居らず、其当時の原稿料なるものは云はゞ掲載料の意味と解釈致し居候。たとひ原稿として満日が買ひたるにせよ出版を営業とせざる新聞社の事なれば御出版につき不同意にて抗議を申込む憂も無之と存候。其上小生の記憶慥《たしか》ならねど其みぎり他日単行本にて出す事もあるやも知れずそれは御含み置願ひたしと小生より満鉄の紹介者［引用者注・満鉄の山崎正秀のこと］に申入れたるやに存居候。されば社長も相変り其当時とは性質も異なる（今は独立の経営にて満鉄は只株主の由）満日に対しことさらに断る丈の必要も有之間敷《これあるまじく》かと存候他日事起り候節は小生御引受可致間無御遠慮《ごえんりよなく》御出版被成度。終に臨んで貴著の公刊を祝し申候。》（漱石から水上齊宛、一九一三年［大正二］八月八日）

これは、四年前、「ボヴリー夫人」の訳稿の掲載先を「満洲日日新聞」に決めるにあたって、翻訳上の著作権のありかを懸念する水上に漱石が答えた手紙（一九〇九年一一月二一日付、本書一四ページ）の趣旨にもぴたりと照応する、見事な返信です。編集者としての漱石は、このように、各人それぞれの権利を尊重し、強い責任感をもって、自分の職責をまっとうしようとする人物でした。この姿勢は、彼の生きる尺度をつらぬくものであったとも言えそうです。

一九一三年一〇月、水上訳によるフローベール『マダム・ボヴリイ』が東亜堂書房から刊行されます。巻頭には「仏国　フロォベエル原著／文学士　水上齊抄訳」と記されていますが、物語冒頭の教室で転校生の少年シャルル・ボヴァリーが緊張のあまり「シャルボヴリ」と名乗ってしまって皆からどっと笑われる場面、また、小説の結末部分の短い後日譚も、本書ではきちんと訳され、こちらのほうが新聞連載時より充実しています。また、「満洲日日新聞」での初訳時には、「ホメー」から途中で「オメー」に変わった薬剤師の名前も、本書では「オメイ」に統一しなおされています。それでいて、作品全体は原稿量で三分の二弱程度に縮訳されているようです。訳者名は、連載時の雅号「夕波」ではなく、本名の「水上齊」に改められ、ここにも明治から大正へ、時代の風俗の移りゆきがうかがえます。訳者序文は「夏目漱石先生の助力」への感謝も述べています。

翌一九一四年（大正三）六月には、田山花袋編『マダム・ボヴリイ』（世界大著物語叢書第一編）が新潮社から刊行されました。こちらは「田山花袋編」とあるように、東亜堂書房版・水上抄訳『マダム・ボヴリイ』と較べて、さらに原稿量が半分程度の縮約です（東亜堂書房版・水上抄訳の本文が四〇〇ページ余りであるのに対して、新潮社版・田山編の本文は二三〇ページ余り）。本書には、「『西洋大著物語叢書』発行の趣旨」という前書きが付されており（シリーズ名が、扉や奥付では「世界大著物語叢書」なのに、なぜか、背表紙や前書きでは「西洋大著物語叢書」になっている。その後、どうやら、シリーズ名は「西洋大著物語叢書」のほうに落ちつく）、こうした出版方式を採る理由が簡潔に述べられています。

「名教に害ありとして官憲に諱まれ、市に上ぼすことの出来ぬ名篇も、取捨按排そのよろしきに従うて、本叢書中に加えることとした。」

公序良俗に反するとして刊行が許されない名作も、表現を適宜取捨することで、ここに加えることにした――。つまり、抄訳という手法を採ることで、検閲に引っかかりそうな表現は省略したり、やわらげたりして、切り抜けることができるだろう、ということなのです。（このシリーズで刊行されたのは、『マダム・ボヴリイ』に続いて、『戦争と平和』、『哀史（レ・ミゼラブル）』、『アンナ・カレニナ』、『カラマーゾフの兄弟』ですから、こうした理由で検閲にかかりそうなのは、『マダム・ボヴリイ』だけのようです。）

『マダム・ボヴァリー』の何が検閲に引っかかるのか？　有夫姦です。つまり、凡庸な夫シャルルに飽き足らない妻のエンマ・ボヴァリーは、都会の風俗とロマンスに憧れ、夫以外の男との姦通に走ります。具体的な性的描写などなくても、こうした女性心理の動き（あるいはその行動）を肯定的に描くこと自体が「風俗壊乱」でアウトです。

さらに、同年九月には、相馬御風訳編『マダム・ボヴリー』（現代百科文庫・梗概叢書第四編）が日月社から刊行されるのですが、はっきり「梗概」とうたっているだけに、この本はさらに短く、本文が一一五ページです。

このようにして、にわかに〝ボヴァリー夫人ブーム〟のようなものが形成され、一九一五年（大正四）には、ふたたび水上齊訳で『全訳　ボヴリー夫人』と銘打つ本文七〇〇ページ余りの美装の函入り袖珍《しゅうちん》版が、植竹書院から刊行されます。

ですが、それで終わりではありません。一九一六年（大正五）六月、さらに中村星湖訳『ボヴリイ夫人』（近世文学第五編）という立派な造本の全訳書が、早稲田大学出版部から刊行されるからです。

訳者の中村星湖は、早稲田大学英文科出身で、この年、満三二歳。すでに小説などの仕事もある人物ですが、この『ボヴリイ夫人』では、二種類の英訳書を参考にしながら、フランス語原著からの訳出に取り組み、およそ五年の月日が過ぎたと、長い訳者序文に記しています。

また、中村星湖は、この序文で、はっきり水上訳『全訳　ボヴリー夫人』を指しているとわかる言い方で、激しく論難を加えています。

《最近「全訳」と誇称して出た邦翻『ボヴリイ夫人』がある。そして現に行われているが、それは明かに赤表紙の［引用者注・不完全な版だと中村がみなす］英訳を重訳したもので、原著に引較べると、第一行から誤訳しているのだから堪らない。他人事でも冷汗が流れるような箇所が多い。ポンスという飲料の事を「滑稽」と訳したのなぞは、ほんとに滑稽で、腹も立てられない。あんな物が、フロオベエル作と銘打たれている所を見ると、世間は鰯の頭でも馬の靴でも通れるらしい。ひどい抄訳の上に誤訳をして、興味中心の下らない通俗小説のようにしてしまった事を、訳者は承知しているであろうが、知らない世間は気の毒である。原作者に対してはほんとに済まない事である。》

もっともなところもあるのですが、この中村訳『ボヴリイ夫人』は、発刊後まもなく、「風俗壊乱」のかどで、発売を禁止されてしまいます。なぜか？　中村訳『ボヴリイ夫人』は、これだけ激しく啖呵を切るだけあって、まさに正面からの全訳で、危険を抄訳で避けることも、伏せ字を使って切り抜けることも、しなかったからでした。

こういう問いを立ててみることも可能でしょう。

文学上の表現は、明治末から大正デモクラシーの時代に向かうにつれ、自由度を増していったのか？　それとも、取り締まりのほうが厳しくなったか？

むしろ、私は、このように考えられるのではないかと思います。それは、出版物が量的に増大するにしたがって、伏せ字もまた進化していく、ということです。というのは、伏せ字は、出版弾圧の産物というより、自己規制の手だてであるからです。出版物が増大していくことと、伏せ字が増えていくことは、矛盾しません。なぜなら、出版部数が大規模なものになるだけ、出版元はより安全な刊行を確保したくなるもので、そのための自己規制も進んで受け入れるようになるからです。だから、出版は繁栄し、伏せ字も繁栄し、つまり、自己規制はより安易かつ厳重に行きわたる、そういう状況がありえます。いや、近代の時間の多くが、そうであってきたということになるでしょう。

水上齊（夕波）訳の『ボヴァリー夫人』に関して言うと、もっとも自由にはばかるところなく訳しているのは、明治末、「満洲日日新聞」に訳出したものです。植民地持ち前の「開かれた」自由さ、というものも、そこには関係していたかもしれませんが。

例を挙げてみましょう。エンマがロドルフと連れだって森に出かけて、初めて〝有夫姦〟を経験した翌日、さらに逢瀬を重ねていく場面です。

一九一〇年（明治四三）三月一三日付「満洲日日新聞」紙上、「ボヴリー夫人」連載第五二回では、

《その翌日、エンマはいよいよ新《あらた》なる官能的快楽を享《う》くる身となって、ここに初めてロドルフと永久変らぬ契《ちかい》を結んだのである。エンマはこれ迄の心使いを男に話した。ロドルフは接吻をもって女の言葉を遮った。女は半ば眼を閉じながら、自分の名を呼んでくれるようにと乞い、かつ今一度自分を愛している旨を繰り返《か》えしてくれるようにと頼んだ。この契《ちぎり》を結んだ場所は、この間来た同じ森の中の、ある杣夫《きこり》の小屋であった。小屋の壁は麦藁で出来ていて、屋根は二人が真直《まつすぐ》に立てぬ程低くかった。それゆえ二人は枯れた木の葉を褥《しとね》として、その上に並んで坐った。》

一九一三年（大正二）一〇月刊、東亜堂書房版『マダム・ボヴリイ』では、

《その翌日、エンマは〇〇〇〇〇〇〇〇〇〇〇〇〇〇〇〇〇〇、〇〇〇〇〇〇〇〇〇〇〇〇〇〇〇〇〇〇〇〇〇〇〇。エンマはこれ迄の心使いを男に話した。ロドルフは〇〇〇〇〇女の言葉を遮った。女は半ば眼を閉じながら、自分の名を呼んでくれるようにと乞い、かつ今一度自分を愛している旨を繰り返《か》えしてくれるようにと頼んだ。〇〇〇〇〇〇〇、この間来た同じ森の中の、ある杣夫《きこり》の小屋であった。小屋の壁は麦藁で出来ている。屋根は二人が真直《まつすぐ》に立てぬ程低くかった。〇〇〇〇〇〇〇〇〇〇〇〇〇〇〇〇〇〇〇、〇〇〇〇〇〇〇〇〇。》

一九一五年（大正四）四月刊、植竹書院版『全訳　ボヴリー夫人』では、

《その翌日から、――――――――――――。――――――――――――。エンマはこれ迄の心使いを男に話した。ロドルフは――――――――。――――――――、――――――――

――、――――――――――――――――――。二人が――――――――――――――、この間来た同じ森の中の、――――――――――――――。小屋の壁は麦藁で出来ている。屋根は――――――――――――。――――――――――、――――――――――――。》

中村星湖が、これでは「全訳」なんかではなく、「ひどい抄訳」ではないかと、激しく批難しているのは、このことです。

では、当の中村訳『ボヴリイ夫人』、一九一六年（大正五）六月刊、早稲田大学出版部版が、同じくだりをどのように訳したかというと、

《あくる日一日は新たな心地好さのうちに過ぎた。彼等は誓い合った。彼女はその身の悲しみを彼に物語った。ロドルフはキッスで彼女の言葉を遮《さえ》ぎった。すると彼女は半ば閉じた眼瞼で彼を眺めながら、も一度彼女の名を呼んでくれ、彼が彼女を愛すると繰返して言ってくれと彼にせがんだ。それは前日のように、林の中の、とある木履工《きぐつや》の小屋の下でであった。その壁々《かべかべ》は藁で出来て、屋根は屈《こご》んでいねばならぬ程低かった。彼等は枯れた木の葉の床の上に、互《たがい》に寄添うて坐っていた。》

むろん、こうした文学的達成は、それなりの代価も支払わなければなりません。これが広く読者の目に触れられる地位を確保するには、やがて新潮社から「世界文藝全集」第一編として刊行しなおされるまで、さらに四年余りを待たねばなりませんでした。（幸い、これはやがて彼にフランス留学を可能にするほど、印税収入をもたらしてくれたらしいのですが。）

このように見てくると、改めてまた一つ、別の疑問も湧いてきます。

漱石は、なぜ、翻訳をしなかったのでしょうか？

当時は、知識層の作家たちが、懸命に海外文学を日本語に訳して、紹介していた時代です。鷗外も、二葉亭も、逍遥も、そうでした。さらに、魯迅がそうです。彼は、みずから留学してきた同時代の日本の作品を含め、故国中国の若い世代にむけて、懸命に、この世界にちらばる諸作品を翻訳しつづける作家でした。

しかし、漱石は、そのようにはしていません。むしろ反対に、彼は、東京帝大などの英文学教師としての職を辞し、以後は、自分自身が日本語による近代文学作品を書くことだけに集中したのです。

そこには、翻訳という行為の両岸を隔てる崖っぷちの深さ、そこでの孤独を、身をもって、かつての英国留学中に経験してきた漱石がいるように思えます。彼が、まだ満四九歳で世を去るのは、この一九一六年暮れのことです。

普通人たちの満洲

「満洲日日新聞」の編集現場を離れて、同じ満鉄経営の電気遊園勤務に移った、濤蔭こと西村誠三郎が、それからあと、どんな経歴をたどったのかは、よくわかっていません。

ただ、大連時代の西村に関する資料として私が入手できたのは、当人の著書、西村濤蔭『何物かを語らん』(大連・文英堂書店、一九一四年一二月)、そして、彼が編集兼発行者をつとめた同人誌「鼎」(第四号、大連・文英堂、一九一五年七月)でした。どうやら彼は、これらの時期に至ってからも、初期の満洲日本語アマチュア文壇で兄貴分の立場に収まっていたようなのです。

『何物かを語らん』は、「自分の思想上の声」を三十余り集めたという評論集です。とにかく何であれしゃべっていたいという彼の性向を如実に示しているような書名で、内容も、冗長でとりとめのない文体で成っています。巻頭では、満鉄副総裁・国沢新兵衛への献辞を述べ、その人物の肖像写真まで掲げたあと、西村自身が洋装で口ひげをたくわえ、顎に片手をあてている肖像画(青山熊治・画)が、写真製版で口絵として刷られています。

同人誌「鼎」でも、寄稿の半数以上、編集後記まで含めると六本の原稿を西村が書いています。加えて、トルストイの「告白」という短文も訳していますが、これもまた西村自身の創作ではないかと疑いたくなるほど、とりとめのない代物です。この冊子の裏表紙には俳画風の金魚のカットを自筆で添えているのですが、これはなかなか、悪くありません。

それでも、西村の態度として、なお明瞭なものもないわけではないのです。当時、この世界は、第一次世界大戦の下にありました。日本軍も、当時、ドイツの租借地だった中国・膠州湾の青島《チンタオ》を攻略し、占領下に収めたばかりの時期です。同じ中国の租借地に暮らす大連の日本人住民としては、さらに好戦的な立場から植民地拡大の熱弁をふるう者が多くなっても、おかしくない状況です。けれども、西村には、そうした様子がありません。むしろ、個人と国家の両立はどのように求められるか、それを自分で考えようとすることに向かいます。漱石からの影響が、はっきり、ここに刻まれているのが見えるでしょう。

《近く日本の行った膠州湾の問題などにしても、何故にもっとやらないかと、云うような議論がある。その根底にはある野蛮性がある。他の痛快に打ち壊《くだ》かれるのを見るのは誰れでも面白い事だ。しかし面白いからと云って、ただ痛快に打ち壊けばよいと云う事はない。（中略）理義の正しい事が必要である。》（「戦争道徳」、西村濤蔭『何物かを語らん』より）

《自己のみを中心とした個人主義が誤謬である如く、自国民をのみ中心とした国民主義もまた誤謬であると云う事が出来る。

（中略）

個人が独り勢力を失し、国民が独り偉大にならんとする傾向あるの時にあたり、吾人はその国民主義にも少からざる危険分子の含まれる事を考うるのである。要は個人に立脚地を置いたるの国民主義ならざるべからず。しかして国民は全人類相互の幸福と進歩に参与するものならざるべからず。》（西村濤蔭「個性から民族へ」、「鼎」第四号）

濤蔭こと西村誠三郎は、このようにして満洲で結婚し、子どもを得て、一九二〇年代初めごろ渡米したようです。そのあと、日本本土に戻りますが、以後も、彼の満洲とのつながりは続きました。

一九四二年（昭和一七）一月、西村誠三郎は、『満洲物語』という地誌案内書を東京の照林堂書店から刊行しています。表紙には、「満洲宣伝協会長」との肩書で、疾走する満鉄の特急列車「あじあ号」の写真が飾られています。もう彼は六〇代に差しかかる年齢のはずですが、満洲という土地への理解を広げるための講演を、学校などで六百回以上行なってきたとのことで、本書もそれを土台としている、と述べています。

西村自身が最初に大連に渡った当時、つまり、日露戦争後の満洲。そこから北へ、長春、さらにハルビンへと向かう方面の様子を、やや長くなりますが、西村は以下のように解説していきます。

《日露戦争後、新京、当時の長春までは、鉄道も、日本の支配する所となって、附属地と共に満鉄の経営される所となりましたが、露西亜は依然として、それから以北の鉄道を持っておるばかりか、鉄道守備隊の兵力も持っているので、いつ南下するか判らないような、形勢も示しておりました。

当時長春は、日本の勢力の最前線だったので、なかなか緊張したものがありました。わずか数キロしか離れていない寛城子《かんじようし》に、露西亜の兵隊がおったのですから、無理もありません。長春は、日本の手によって発達された所、つまり当時の満鉄の手で、土地が買収され、附属地なぞも造られたのでありますから、一躍して、満洲奥地の小都市が、見る見るうちに、繁華な市街と化して行きました。もちろん今の新京などとは較べものにもなりませんが、将来の発展は約束されていたのであります。

長春と、寛城子の間に、三不管《ぶかん》などと云う所があって、日露支三国の勢力のいずれもが及ばず、馬賊等が逃げ込んで困ったという滑稽な事もありました。
いずれにせよ、当時の日露の勢力は、長春で分けられていたので、長春から北に一歩進めば、全然露西亜の勢力でした。日本の通貨も、それから先《さ》きは通用せず、日本語も駄目でした。露西亜人は、その点非常に頑固で、他国の言葉なぞを習おうとはしません。中流以上の家庭では、仏蘭西語だけは、日常語として使っていましたが、英語さえも、商業語だと云って卑んでいました。そんな風ですから日本語なぞを用ゆるものは、特種の関係者以外には、全然有りません。
日露戦争には敗《ま》けても、あれは本当に敗けたのではないと思っていたようですから、相変らず北満では威張っていました。伊藤博文公が、哈爾浜《ハルビン》の駅頭で、不逞鮮人安重根のために、暗殺された当時でも、日本の勢力は、全然微々たるものでした。わずかに七百人程の日本の居留民が、埠頭区の鉄道線路近くに、固《かたま》って住んでいた位です。それも特種業に関係しているものが多く、あまり名誉の事でもありませんでした。今想うと感慨無量なものがあります。》

安重根事件から二〇年余りのちの「満洲国」建国後は、大連―新京（長春）―ハルビンという、かつて伊藤博文一行がたどったのと同じコースを、満鉄の看板列車「あじあ号」が疾駆するようになっていたわけです。

西村誠三郎という人物が、ここまで述べたような個人史をたどることで、日本国家の満洲への植民地支配に、ある程度のお先棒も担いだことは明らかです。しかしながら、それが、当時の平凡な一般人として、とりわけ責められるべきものだったかというと、そう断じることに、私には躊躇が働きます。ここに引いた『満洲物語』の一文さえ、「不逞鮮人」という、当時の符牒めいた侮蔑の一語を除けば、そこにある状況認識はきわめて具体的かつ客観的で、つまりは案内書としてはほぼ公正なものであったと言うべきでしょう。

このときは、すでに「大東亜戦争」の下にあります。具体的かつ客観的に、公正な事実を述べようとすること自体が、国家権力からの脅威にさらされる時代に入っていました。日本国家の権力機構の中枢部、あるいはその末端につらなるかたちで、もっと悪いことを働く日本人たちが、当時の満洲国周辺にはずっと大勢いたことも、私たちは直視する必要があります。

これからの時代に、どのようにものごとを見て、どんな選択を私たちは下しながら、生きていくことになるのか。それにのぞむ態度と併せて、ここに残されている問いを考えていくことが必要なように思えます。

［後注］

一九〇七年（明治四〇）一一月三日付の「満洲日日新聞」創刊号は、第一面に「本号重要目録」（記事目次）を掲げており、そこには「俳句――夏目漱石」との記載がある。けれども、実際の紙面中に、これにあたるものは見当たらない。

一方、与謝野晶子は、同じ創刊号の紙面（第三〇面）に「歌四首」と題して、以下の四首を寄せている。

札幌はアカシヤの木に秋風のさわぐ都とのみは云へども
身におぼゆ敵《あだ》にしたしみあだならぬ宿世《すくせ》の人をうとんじこしを
若草に一路すぢかふ春の山見つつ朝川《あさがは》かちわたりきぬ
山ざくらお室《むろ》の雪は寸《すん》つみぬ要《かなめ》に似たる帯のゆひめに

これら四首は、彼女自身の歌集や『与謝野晶子全集』、『鉄幹晶子全集』などにも収録されていない。

漱石が見た東京

夏目漱石が英国留学から帰国（一九〇三年一月）して、しばらく身を置いた妻・鏡子の実家の場所は、牛込区（現在の新宿区）矢来町、いまの新潮社の敷地の一部にあたるのだそうです。

生まれは、同じ牛込の喜久井町（当時は江戸牛込馬場下横町）。没するのは、そこから目と鼻の先、早稲田南町の漱石山房です。

生没地は、ともに、いまの地下鉄東西線、早稲田駅を下りてすぐ。新潮社は隣の神楽坂駅のそばですから、早稲田から歩いても一五分とかかりません。

帰国後、漱石が新しく一家の自宅に選んだ借家は、本郷区（現在の文京区）千駄木町。次が、期間は短いけれど、同じく本郷区の西片町。そのあと早稲田南町へと戻って、死ぬまでそこで暮らしました。この全部を見ても、ぶらぶら歩いて行き来できる圏内に収まります。新潮社がある矢来町からだと、いちばん遠い千駄木の家のあたりでも、一時間はかからないでしょう。

これは漱石に限ったことではなく、むしろ、当時の東京という町が、この程度のスケールで成り立っていたということです。そのころの「東京」は、現在のＪＲ山手線の内側に、およそすっぽりと収まります。東へ、いくらかはみだすのが、浅草、本所、深川、日本橋、京橋といった下町です。東京には、坂が多く、台地に上がった地帯を「山の手」と呼んで住宅地が占め、一方、商業圏は「下町」と呼ぶ標高の低い地域で、こちらには橋がたくさんある。山の手に暮らす人たちは、坂を下って、神田、浅草、日本橋といった下町で買い物などの用向きをすませ、また坂を上がって家に帰っていきます。漱石の生家、牛込の喜久井町は、この山の手のはずれ、「東京」の西のへり近くにあたります。

彼は慶応三年（一八六七年）に生まれ、翌年、「明治」が始まります。当時、この都市での日常の交通手段は、もっぱら徒歩でした。おのずと、一つの都市の広さは、機能面からも、そうやって歩いて行き来できる範囲に限界づけられます。人力車でさえ、明治に入ってから発明されて、普及する、文明開化期の新風俗でした。

幼いころ、「柳の虫や赤蛙」などといって何かを売りにきた、その売り声だけを覚えている、と漱石は述べています。「いたずらものはいないかな」と言いながら、旗を担いで往来を行く者もあり、その声を聞くと、子どもたちは、こわくて逃げた。あとで知ると、これはネズミ駆除の薬の物売りだったそうです。そうした職業は、次第に姿を消していきます。とはいえ、全体から見れば、明治という時代を通して、職業の種類はずっと細分化して増えてきただろうとも、漱石は言っています。（講演「道楽と職業」、一九一一年）

郵便という新しい通信手段も、明治になると加わります。なかでも、都市生活者の漱石が好んで用いたのは、ハガキでした。これは、旧来の書状と較べてインフォーマルな通信方法で、今日流に言うならチャットでしょう。

東京の郵便は、集配する主要地域の範囲が現在よりずっと狭いだけに、すばらしい機動力を発揮しています。先方も東京の住民なら、差し出した当日、相手に届く。相手がすぐに返事を書けば、これもその日のうちに戻ってくる。それを読み、さらにもう一通、この日のうちに、同じ相手に差し出した漱石のハガキまで残っています。

英国留学から日本に帰った漱石は、この一九〇三年（明治三六）春から、第一高等学校と東京帝大文科で、英語と英文学を教えはじめます。ですから、この時点での彼は、英文学者です。そこから、次に小説を書きはじめる。つまり、夏目漱石という人物は、個人としては「明治」の始まるところで生をうけ、作家としては「二〇世紀」の始まりのなかで書きだします。

自伝的作品の『道草』（一五年）は、この当時を背景に、主人公・健三が、孤立感を抱えつつ、千駄木の家から本郷の学校（一高と東京帝大）に教えに通う場面から始まります。

《彼はこうした気分を有《も》った人に有勝《ありがち》な落付《おちつき》のない態度で、千駄木から追分へ出る通りを日に二返《へん》ずつ規則のように往来した。

ある日小雨が降った。その時彼は外套も雨具も着けずに、ただ傘を差しただけで、何時《いつ》もの通りを本郷の方へ例刻に歩いて行った。すると車屋の少しさきで思い懸けない人にはたりと出会った。その人は根津権現の裏門の坂を上《あが》って、彼と反対に北へ向いて歩いて来たものと見えて、健三が行手を何気なく眺めた時、十間《けん》位先から既に彼の視線に入ったのである。（中略）

帽子なしで外出する昔ながらの癖を今でも押通しているその人の特色も、彼には異な気分を与える媒介《なかだち》となった。》

相手の「帽子を被らない男」は、安手の羽織、着物で、年齢は六五、六、髪だけは黒々として、粗末な洋傘をさしている。漱石の幼時の一時期、彼の養父だった塩原昌之助をモデルとする人物です。「帽子を被らない男」、この表現が、陰気な不気味さをにじませます。逆に言えば、当時、男性は、和装であっても、外出時には西洋風に帽子をかぶるのが都会的な身だしなみだったことがわかります。こうした和洋折衷の服飾は、大正年間にかけて続きます。英国帰りの漱石のほうは、高いカラーをつけ、先が尖って踵の高い靴で、学校での講義に通っていました。

こうやって漱石が教えはじめて間もない一九〇三年五月二二日、満一六歳の一高生、藤村操が、日光の華巌の滝に飛び込んで自殺します。「巌頭之感」と題した遺書を、彼は滝の落ち口に生える木の幹に、樹皮を剝がして、書き残していました。

「ホレーショの哲学竟《つい》に何等のオーソリチィーを価するものぞ、万有の真相は唯だ一言にして悉《つく》す、曰く『不可解』、我この恨を懐いて煩悶終《つい》に死を決するに至る」

こんな一節が、その文中にあり、藤村操の自殺は同世代の若者たちにたいへんなセンセーションを巻き起こします。厭世的な、と言われたりもしますが、自分は、のほほんと、こんなふうに生きていてよいのか、という不安、反省に、とらえられて焦ったということでしょう。華厳の滝は自殺名所となって、若者たちの〝後追い自殺〟も相次ぎます。

ところで、この遺書中にある「ホレーショ」とは誰か？　シェークスピア『ハムレット』中の登場人物で、王子ハムレットの部下にして友人、という居心地の悪そうな役回りの若い男をさすものと考えるほかありません。ハムレットが彼にむかって語りかける「この天と地のあいだにはな、ホレーシオ、哲学などの思いもよらぬことがあるのだ」という科白を受けているのでしょう。あるいは、もう一歩ひねって、ホレーシオの通俗性を相対的におとしめることで、ハムレットの〝To be, or not to be.〟のほうを示唆したかったのかもしれません。

このあたりは、漱石の面目にもかかわります。というのは、一高で彼は藤村操の英語の先生だったからです。札幌出身の藤村は、すでに父を亡くしており、一家の嘱望を担って母と弟妹たちとともに東京に引っ越し、一学年飛び級で入学してきた長男坊です。ですから、クラスで最年少の生徒なのです。でも、一高での授業についていくのは、さすがに息切れがしたでしょう。

五月なかば、漱石は授業で藤村操に訳読をあてました。藤村は、昂然と「やって来ません」と答えたそうです。漱石が「なぜやって来ない」と聞き返すと、「やりたくないからやって来ないんです」とか何とか彼は言い、「この次やって来い」で、そのときは済みました。しかし、数日後、藤村がまた下読みを怠ってきて、漱石は「勉強する気がないなら、もう、この教室へ出て来なくともよい」と突き放したそうです。

二、三日して、藤村の自殺の報が新聞に載りました。漱石は、教壇の上から、前列の学生に、小さな声で「君、藤村はどうして死んだのだ」と尋ねたといいます。(野上豊一郎「大学講師時代の夏目先生」)

滝壺に身を投じた藤村の遺体は、それからも、なかなか上がりません。

実は彼はどこか他の場所で生きている、という〝生存伝説〟が、その間に広がっていきました。満洲で炭坑夫になっている、とか、会津で百姓をやっている、とか。また、当時、靖国神社の前の九段坂は、現在よりもずっと急な坂道でした。だから、坂の下には、通りかかる大八車の後押しをして駄賃を受け取ろうと、〝立ちん坊〟と呼ばれる貧しい男たちが、おおぜいたむろしていたのです。その群れのなかに藤村操がいた、という目撃談も噂されました。

泉鏡花は、この年一〇月、「国民新聞」紙上で『風流線』『続風流線』という長篇小説を連載しはじめます。主人公は、華厳の滝に「巌頭の感」をとどめて自殺を装い、金沢近郊の白山山系の山中で生きのびている村岡不二太という学生です。彼は、妖艶な恋人と連れだって「姫様《ひいさま》と乞食」の風体で山を下り、金沢に向かって進む鉄道敷設工事の工夫たちに、「悪魔外道」の「隊長」として迎え入れられます。東京の四谷・鮫ヶ橋の貧民窟を背景とする鏡花の『貧民倶楽部』と同様、都市周縁部に群れなす下層民の側からの、都心の貴顕、ブルジョワ層に対する反逆の構図です。

あまり言及されていませんが、漱石は早くから鏡花の作品を読んでいますし、東京朝日新聞に入社(一九〇七年)すると、みずから推して、彼の「白鷺」を紙上で連載させました(〇九年)。批判も率直に述べつつ、作風の違いを越えて、漱石がたいへんな好意をこの年下の作家に寄せていたことがわかります。

ちなみに、靖国神社(旧・東京招魂社)については、河竹黙阿弥の歌舞伎台本「島鵆月白浪《しまちどりつきのしらなみ》」(通称「島ちどり」、一八八一年初演)も、東京新名所として、その施設をとらえています。文明開化の風俗、そして、明治国家建設の象徴たるこの場所に、夜になると、旧幕時代からの体制転換に落ちこぼれた悪党どもが集まってきます。黙阿弥は漱石より五一歳も年長ですが、こういった同時代人が活躍する文化のなかで、彼のような東京っ子は育ったのです。

二〇世紀に入ると、東京という都市空間の変容には、路面電車網の発展も重要な役割をにないます。

一九〇三年八月二二日、東京で最初の路面電車、東京電車鉄道（電鉄）が品川―新橋間で開業します。この会社は、東京の市中各所を馬車鉄道でつないできた会社（東京馬車鉄道、一八八二年から運行）が、全面電化を決めて、社名を改めたものでした。

同年九月一五日には、東京市街鉄道（街鉄）が、数寄屋橋―神田橋間で開業。

翌一九〇四年一二月八日には、東京電気鉄道（外濠線）が、土橋（新橋駅北口）―御茶ノ水間で開業。

『坊っちゃん』（〇六年）は、四国・松山中学の数学教師に赴任した「おれ」が、無鉄砲を重ねたのちに辞表をポストにほうり込み、東京に舞い戻ってくるまでの話です。このあと、彼がつく職業は、「街鉄の技手」。つまり、数寄屋橋―神田橋間から運行を始めた路面電車の下級職です。『それから』（〇九年）、さらに『彼岸過迄』（一二年）へと、こうした路面電車がつなぐ都会の網の目が描き出されて、そこに電話、電報などのメディアも加わります。ちなみに、漱石の自宅に電灯がつくのは、一九一〇年（明治四三）ごろ。晩年の大正期に入ると、電話機も備えたことが、『硝子戸の中』（一五年）などからわかります。

一方、一九〇五年（明治三八）秋には、前年二月から続いた日露戦争が終わります。かたちの上では日本の勝利ですが、日本軍だけでおよそ八万八千人の戦没者を生む悲惨な戦争でした。日本の国家指導者たちも、この辛勝が、身にしみていました。ですが、民衆は戦勝気分に沸きたって、日本国中に凱旋門（多くはハリボテのもの）が建てられます。講和条約の締結にあたっては、獲得した賠償が少なすぎるとの不満を爆発させて、日比谷焼き打ち事件までが起こりました。

けれども、漱石をとらえていたのは、そうした世相とは異なる心持ちです。短篇「趣味の遺伝」（〇六年）で、こんなエピソードを彼は書いています。

——主人公の「余」が、新橋駅に出むくと、出迎えの人でごった返している。日露戦争の将兵が、列車で凱旋してくる日にあたっていたのだ。やがて、ホームのほうから万歳の声があがり、一人の将軍が挙手の礼をしながら、「余」の目の前を通りすぎるのが見えた。「色の焦《や》けた、胡麻《ごま》塩髯《しおひげ》の小作りな人である。」——どうやら漱石は、ここで乃木希典将軍のことを思い描いています。実際には、この小説を書く時点で、乃木将軍が率いて旅順総攻撃で万単位の戦死者を出すにいたった第三軍は、まだ凱旋していません。ですが、「余」は、惨憺たる旅順の戦闘で戦死した親友を思いだしながら、この老将軍の姿を見つめています。

《将軍は生れ落ちてから色の黒い男かも知れぬ。然《しか》し遼東の風に吹かれ、奉天の雨に打たれ、沙河《しやか》の日に射り付けられれば大抵なものは黒くなる。地体《じたい》黒いものは猶《なお》黒くなる。髯もその通りである。出征してから白《しろ》銀《がね》の筋は幾本も殖えたであろう。（中略）戦《いくさ》は人を殺すかさなくば人を老いしむるものである。将軍は頗《すこぶ》る瘠せていた。》

漱石は、この戦争に、もとから反対だったのではありません。むしろ、戦争の序盤には、戦争謳歌の新体詩（「従軍行」）なども、得意げに書いています。しかし、戦死者たちの相次ぐ知らせが、少しずつ、浮つく心持ちを押し潰していったのでしょう。彼自身は、かつて戸籍を北海道に移して、徴兵を避けた人間です。自分がこうして生きながらえて、若者たちが命を失っていく戦争を賛美する詩など書くことに、後ろ暗さを覚えるようになったでしょう。ここで意見を変えて、世間に沸きたつ大国意識に背をむけ、戦争のうらぶれた側面にひとりで目を注ぐ漱石を、私は偉いと思います。

一九〇六年（明治三九）春には、東京市内の路面電車三社を統合し、乗車賃も値上げする、との方針が示され、激しい反対運動が起こります。三月一五日、日比谷公園で開かれた値上げ反対の市民大会は、そのあと路上で大荒れとなって、建物や市電の車両が投石で破壊され、二一名が兇徒嘯集《しょうしゅう》罪で起訴されるに至りました。電車賃の値上げがこれほど激しい反発を受けるのは、路面電車という交通手段がすでに血管のように都市の基本構造に食い込み、これを利用することなしには、膨張していく都市での暮らしが成り立たなくなっているからです。その夏の「電車賃値上反対行列」には、社会主義者・堺利彦（枯川）らとともに、漱石の妻・鏡子も参加していたと報じた新聞もありました。これに触れ、漱石は知人への手紙に書いています。「電車の値上には行列に加らざるも賛成なれば一向差し支無之候。小生もある点に於て社界主義故《ゆえ》堺枯川氏と同列に加はりと新聞に出ても毫も驚ろく事無之候」（一九〇六年八月一二日付、深田康算宛）。

およそ、こんな意味でしょう。

——電車賃値上げ反対の行列には参加しませんでしたが、その趣旨には賛成しているので、なんら差しつかえありません。自分もある点で社会主義なので、堺氏らと同列のものとして新聞に出たとしても、ちっとも驚きません……。

漱石も、怒っていたのです。

神田駿河台にあるニコライ堂（東京復活大聖堂）は、幕末にロシアから来日した宣教師ニコライが、明治なかばに竣工させた正教の聖堂です。『それから』の作中、主人公・代助が、このお堂で夜更けに営まれる復活祭の様子を語るくだりがあります。

《御祭が夜《よ》の十二時を相図《あいず》に、世の中の寐《ね》鎮《しず》まる頃を見計って始る。参詣人が長い廊下を廻って本堂へ帰って来ると、何時の間にか幾千本の蠟燭が一度に点いている。法衣《ころも》を着た坊主が行列して向うを通るときに、黒い影が、無地の壁へ非常に大きく映る。》

この小説の執筆開始にひと月半ほど先だつ一九〇九年（明治四二）四月一一日。漱石の日記には、門弟の小宮豊隆が、セルゲイ・エリセーエフ（ロシアからの留学生）に誘われてニコライ堂の復活祭を見にいった、との記述があります。彼らの話を聞いて、漱石は、この場面を書いたのでしょう。

ニコライ堂を建てた大主教ニコライは、一八六一年（文久元）に満二四歳で来日して以来、一九一二年（明治四五）に満七五歳で没するまで、生涯を日本での伝道に尽くした人です。日露開戦に際し、ロシア人への敵愾心が日本社会に吹き荒れるなかでも、彼はロシア本国に引き揚げることを選びませんでした。ひとつだけ、日本によるロシアへの宣戦布告（一九〇四年二月一〇日）の翌日のことを付けたしておきましょう。

その日、ニコライは、耳科医の賀古鶴所《つるど》から、往診一回一〇円、合計二五〇円という高額な診療費の請求書を受け取り、衝撃を覚えます（ニコライの「日記」、一九〇四年二月一一日付。ただし、ニコライ自身はロシア暦にもとづき「一月二九日」という日付を先に記す）。ちなみに、ややのちに、満二三歳の石川啄木が「東京朝日新聞」に校正係として入社（一九〇九年）するときの月給が二五円です。賀古鶴所は、これの一〇倍にあたる金額を、過去二五回の往診料として、ご近所の（賀古耳科院は神田小川町にあった）ニコライ宛てに送りつけたわけなのです。

日本社会が示す態度の急変は、老齢のニコライに不安をもたらします。ほんのひと月前、賀古鶴所医師を彼に紹介してくれたのは、ほかならぬロシア公使のローゼン男爵だったのです（そのローゼン男爵のところに賀古を差し向けたのは、当時の日本における医学の最高権威者、ドイツ人のエルヴィン・ベルツ博士でした）。

医学生時代から、賀古鶴所は森鷗外の親友で、ともに陸軍軍医となった間柄です。のちには、鷗外が「余ハ石見人森林太郎トシテ死セント欲ス」との遺言を口述する相手として、賀古の名は文学史にも残っています。その賀古さえ、対露開戦の熱気のなかでは、便乗気味に二五〇円の請求書をニコライに残し、自身は陸軍軍医に復帰して、やがて戦場へと向かいます。

一方、ニコライは気をとりなおして、この日、さらに日記に記します。「――しかし仕方がない。黙って払った。その代わり、もうこれからは死んでも医者は呼ばない。」（『ニコライの日記』下巻、中村健之介編訳、岩波文庫）

漱石の『それから』に戻ると――。

ニコライ堂での復活祭も終わった未明、代助は、寝静まった東京の町を歩いて牛込の自宅へとたどります。

《代助はそれから夜の二時頃広い御成《おなり》街道を通って、深夜の鉄軌《レール》が、暗い中を真直に渡っている上を、たった一人上野の森まで来て、そうして電燈に照らされた花の中に這入《はい》った。

（中略）

彼は生活上世渡りの経験よりも、復活祭当夜の経験の方が、人生に於《おい》て有意義なものと考えている。》

（『それから』）

互いに立場を隔てながらも、なお、そこに生きている人たちがいる。漱石は、ニコライたちが経てきた道のりについても、何ごとか伝え聞くことがあったはずです。

居心地の悪い旅のなかから

夏目漱石は、日本の近代文学で、もっとも大事に扱われてきた作家と言ってよいでしょう。全集には、日記、書簡、談話、メモの断片に至るまで収録されて、校訂や検証が重ねられてきました。また、作家研究の書籍も、すでに数百、いや、それ以上の数のものが刊行されているでしょう。

とはいえ、彼に関する事跡が、すでに確定されているかと言えば、そうではありません。むしろ、光を当てなおしてみる余地が、まだ多くありそうです。

たとえば、漱石の年譜類には、最近でも、しばしばマチガイが残っています。一九〇八年（明治四一）九月、漱石満四一歳のこととして、「『草枕』（春陽堂）出版」とされていたりするのが、その例です。この書名は誤りで、「『草合』（春陽堂）出版」が正しいのです。

なぜ、こんな基本事項にマチガイが出るかというと、あの有名な「草枕」は、漱石三九歳（一九〇六年）での発表後、すぐに同じ表題で単行本化されてはおらず、『鶉籠《うずらかご》』（春陽堂、一九〇七年）との表題で、「坊っちゃん」「二百十日」「草枕」の三作を収めて刊行されたせいもあるでしょう（したがって、この段階では、「坊っちゃん」という書名の単行本もありません）。こうした事実が見落とされ、その翌年の『草合』刊行が、「草枕」と混同されることになるようです。

では、この『草合』には何が収録されているかというと、「野分《のわき》」と「坑夫」の二作です。なのに、どうして、わざわざこういう紛らわしい書名をつけたのでしょうか？

〝草合わせ〟とは、さまざまな草をお互いに出しあって、その優劣を競うという、ずいぶん古い遊びなのだそうです。貝合わせ、花合わせ、歌合わせ、絵合わせと、そうした遊びはいろいろあり、やがてこれらが、かるた遊びなどへと替わっていくのでしょう。

ちなみに、前の著書の表題である〝鶉籠〟も、鶉合わせという遊びに使われた道具です。そして、秋の季語。太い削り竹で、目を粗く編み、屋根網を低く張った方形の籠でした。金や銀をちりばめて、華麗にこしらえたものもあります。ここに、育てあげた鶉ならぬ、「坊っちゃん」——松山、「二百十日」——熊本、「草枕」——熊本という、自身の地方勤務時代の背景をもつ三つの作品を取りあわせ、当代の青年読者らのご覧にいれる、という趣向だったのでしょう。

漱石は、装幀の意匠から印税率の取り決めなどに至るまで、単行本の出版には自身の意向をはっきりと反映させようとする著者でした。むろん、書名も、彼の意向によるものです。だとすれば、「野分」と「坑夫」が、どんな〝草合わせ〟を形づくっていたのかを考えてみる必要があるでしょう。

「野分」を漱石が雑誌「ホトトギス」に発表するのは、一九〇七年（明治四〇）一月です。

この作品は、前年春から東京の市民生活を揺るがせていた、路面電車の電車賃値上げ問題を背景にして書かれています。路面電車は、一九〇三年の開業以来、この都市の住民の主要な交通手段となり、三社（電鉄、街鉄、外濠線）が競合しあって、その網の目を急速に拡大させつつありました。これを一社に統合し、電車賃を従来の三銭から五銭に値上げする、との方針が打ち出され、市民の側から激しい反対運動が起こっていたのです。

野分とは、二百十日のころの嵐、つまり、九月はじめの台風のことです。「野分」の主人公、白井道也は、一本気な正義感から教師職をなげうって、今後は文士稼業で身を立てていければと悪戦苦闘しています。秋口の荒れ模様の天候のなか、彼は、「電車事件」で投獄された人びとの家族を支援する「演説会」で壇上に立つために、会場へと向かいます。

現実の社会動向に、これはおおよそ重なります。この一九〇六年（明治三九）九月五日、日比谷公園で参加者一万人に及ぶ電車賃値上げ反対の集会が開かれて、それから三日間、市街地のあちこちで暴動が続きます。これにより、五〇両以上の電車の車両が破壊され、百人近くが検挙されたそうです。

一方、「坑夫」のほうは、一九〇八年（明治四一）一月から四月にかけて、「朝日新聞」紙上で連載されました。

家出したらしい若い男が、鉱山に働きに入る成り行きになります。新入りの者にとっては、そこは異界じみた過酷な肉体労働の世界です。けれど、結局、「気管支炎」で坑夫には失格、と医者によって診断されて、こちら側の世界に戻ってくる。つまり、坑夫になろうとして、なりそこねる話なのですが。――前年の晩秋、漱石を訪ねてきた荒井という未知の青年の話から材を得たものだと言われています。

この時期、足尾銅山は、富国強兵と工業化の道を突き進む明治後期の日本社会を象徴する、大きな社会問題となっていました。鉱毒被害は、渡良瀬川を流れ下って広がり、また一方、銅山坑で働く坑夫たちの労働環境も劣悪さをきわめて、前年（一九〇七年）二月、大規模な暴動も起こっています。

つまり、『草合』に収録された二つの作品は、首都・東京の市街地と、関東地方の奥地の大鉱山、二つの場所で発生した「暴動」を背景に生まれています。その構図を、漱石は、草合わせという美しいイメージの言葉で逆説的に韜晦《とうかい》したのかもしれません。

ことに、自身の分身とでも言うべき人物を主人公の位置に置いた「野分」では、この社会変動に対する漱石の心持ちらしきものが、しきりと語られます。

「学問は学者になるものである。金になるものではない。学問をして金をとる工夫を考えるのは北極へ行って虎狩をする様なものである」

「博士はえらかろう、然し高《たか》が芸で取る称号である。富豪が製艦費を献納して従五位を頂戴するのと大した変りはない」

「されども世は華族、紳商、博士、学士の世である」

ほかならぬ漱石自身が、こうした時世への反発をつのらせて、まもなく帝大講師などの教職をすべて辞して、新聞社のお抱え作家に身を転じ（一九〇七年四月）、宰相・西園寺公望による文人たちとの歓談の宴席「雨声会」への招待を断り（同年六月）、さらに、文部省による文学博士号授与を頑なに拒み通します（一九一一年二月）。

『草合』刊行からちょうど一年後。

一九〇九年（明治四二）秋、漱石は、学生時代からの親友、南満洲鉄道（満鉄）総裁の中村是公からの招きで、ひと月半に及ぶ満洲・朝鮮の旅に出むきます。そして、その一端を「朝日新聞」誌上で連載する「満韓ところどころ」に記していきました。

日露戦争後に日本の租借地となった遼東半島の関東州（大連、旅順）など、行く先々で、漱石にとっては学生時代の知人たちが現地の要職を占めていて、旅の便宜をもたらしてくれます。そうしたやりとりを、彼は、わざと軽くぞんざいな言葉づかいで書いていています。つまり、この話法は、彼らが学生のころ互いに使った、書生言葉なのです。いまで言うなら、くだけた〝ため口〟です。そうすることで、漱石は、彼らの姿を現在のお堅い高位の役職から解き放ち、旧友同士の気楽な会話の当事者に引き戻せることを願ったのでしょう。

でも、それだけでしょうか？

彼らが学生だった時代には、国立最上位の高等教育機関「帝国大学」は、東京のただ一校だけでした。漱石当人も、彼が満洲で再会する知人たちの多くも、そこを卒業しています。日本国家の中軸となるポストは、これら植民地を含め、その学校から制度的に生みだされるエリートたちで占められる時代に至っていました。自分自身も、すっぽりと、この立場によって保護され、植民地の旅を続けている。それを自覚せずにはおれない漱石の居心地の悪さが、書生風の悪童めかした言葉づかいでまぎらわされているのも確かでしょう。

満洲から朝鮮に入ると、この思いは、さらに深まっていくようです。現地で見聞きする、日本人による卑劣な行為などについても、彼は日記に記します。

《期限をきつて金を貸して期日に返済すると留守を使つて明日抵当をとり上げる。千円の手附に千円の証文を書かして訴訟する。自分の宅地を無暗《むやみ》に増して縄張をひろくする。

余、韓人は気の毒なりといふ。》（一九〇九年一〇月五日付）

朝鮮人に金を貸し、相手が期限内に返しにくると、わざと居留守をつかって期限切れにさせてから、契約違反だとして抵当を取りあげる――。

《朝鮮人を苦しめて金持となりたると同時に朝鮮人からだまされたものあり。》（同年一〇月九日付）

日本への帰国後、漱石は「韓満所感」という一文を記して、大連の日本語新聞「満洲日日新聞」に寄稿しています（一九〇九年一一月五日・六日付）。掲載から百年余り、この一文の存在は日本で忘れ去られていたらしく、『漱石全集』にも未収録です。そのことに気づいて、私はこれを詳しく紹介することから、『暗殺者たち』という近作の小説を書きました。

漱石による、この文中には、「余は支那人や朝鮮人に生れなくって、まあ善かったと思った」と記したくだりもあります。これについて、民族差別的な意識の反映だとして、漱石を指弾する論者もありました。それはそれで、もっともなことではありますが、私の見方はいくらか異なります。

漱石は、この旅を通して、日本人による植民地的な支配のもとで、中国人、朝鮮人が被っている窮状をすでに身にしみて実感していました。だからこそ、なるべく偽善的な言い方だけは避けようと、自分は彼らのような立場に置かれず、「まあ善かった」。ただ、そのことだけをあえて率直に述べたのでしょう。

当時は、中国の辛亥革命（一九一一年）の前夜です。清朝支配の正統性を否定して、それの打倒をめざす中国の革命家たちは、みずからを「清国人」と称することを拒んで、「支那人」という自称を用いていました。

『草枕』のヒロイン「那美」のモデル、前田卓《つな》は、この運動の支援者となった人です。卓の妹の夫にあたる宮崎滔天《とうてん》は、孫文の日本滞在時には、自宅を住まいとして提供してもいました。

「支那人」という呼称に蔑称の響きをもたらしたのは、それ以降の時代の日本人であるということを記憶にとどめておくのが重要です。

漱石の幸福感

夏目漱石の『文学論』は、三〇代の二年余りにわたる英国留学中、一心不乱に勉強を続けた産物です。渡英しながらケンブリッジやオックスフォードで学ぶことを選ばず、ロンドン大学で聴講を始めたものの、まもなくそれもやめてしまって、街の下宿の部屋にこもって、おびただしい英書をひたすらに読み解きながら、彼は独学を続けました。

自身に課していたのは、「文学とは何か」を明らかにするということです。身も蓋もないテーマだけに、際限がないのです。

《凡そ文学的内容の形式は（F＋f）なることを要す。Fは焦点的印象または観念を意味し、fはこれに附着する情緒を意味す。》

冒頭、こんな大命題を提示しますが、具体的な考究に移ると、検討すべきことはいくらでもある。たとえば——。

文学作品を夢中になって読んでいるとき、なぜ私たちは、ふだんの暮らしでは不道徳だとみなすような主人公の行為にまで、肩入れしてしまっているのだろうか？

こんな自問に、一つひとつ、漱石は解答を与えようと試みずにはいられません。つまり、作品に熱中しているときの幸福感。あれは、どこからもたらされているのか、ということです。

『文学論』の出版は、一九〇七年（明治四〇）春。ほぼ同時期に、彼は東京帝大などの教師職をすべて辞し、朝日新聞社に入社して、いわば専属作家の身となります。

二年後の一九〇九年四月二六日、漱石は、日記に、こんなことを書きました。

《曇。韓国観光団百余名来る。諸新聞の記事皆軽侮の色あり。自分等が外国人に軽侮せらるゝ事は棚へ上げると見えたり。

（中略）

もし西洋外国人の観光団百余名に対して同一の筆致を舞はし得る新聞記者あらば感心也。》

これを記しているのは、日本による朝鮮半島の完全な植民地化、つまり、韓国併合の前年です。当然、ここでの韓国からの「観光団」も、ただの団体客ではなく、現地の日本語新聞「京城日報」が、韓国の有力な政官界人らに参加を募って実現させたものなのです。

日本の支配層は、欧米からの観光客に対し、この国を後進国と見られまいとして、卑屈なまでに気を配ったきらいがあります。それが一転し、韓国からの「観光団」には、最新式の工業施設や京都・奈良の壮麗な寺社などを次つぎ自慢げに見物させて、これを連日、新聞が報じました。韓国統監・伊藤博文も、一行の前で演説しています。相手を軽んずるかのような新聞記事の調子は、欧米人への卑屈さと裏腹で、漱石は、なおさら耐えがたく感じたのでしょう。

同年秋、伊藤博文は、日本による母国の支配に抵抗する韓国人義兵・安重根によって、ハルビン駅頭で暗殺されます（一〇月二六日）。

これをモチーフに、私は、『暗殺者たち』という小説を「新潮」二〇一三年二月号に発表しました。作者としてはいささか面映ましくもあるのですが、発表時、小説それ自体より、むしろ、そこに収めた全集未収録の漱石「韓満所感」が、文芸ジャーナリズムの目を引いたようです。その末尾近くで、漱石は、韓満の地で目にした日本人たちの活躍に触れ、「同時に、余は支那人や朝鮮人に生れなくって、まあ善かったと思った」と書いています。

このくだりをとらえ、漱石の他民族に対する差別感情を（また、それをはっきりと糾弾しない『暗殺者たち』作者の黒川の姿勢も含めて）批判する指摘が、いくつかあったように記憶します。ただし、私としては、漱石のここでの発言が、そうした（民族差別的な）論脈に立っているとは必ずしも思いません。

I'm lucky. ——という言い方が、英語にあります。

たまたま、わりに裕福な家庭に生まれて、アイム・ラッキー。他民族による植民地支配を受ける側の国民として生まれ落ちずに、アイム・ラッキー。

これら、いずれの場合も、そこでの幸運に恵まれた自分を、あえて正当化するのでも、ことさら卑下しているのでもありません。ただ事実として、そのことを認める、という言い方です。そして、もちろん、ここから先、自分がどんな生き方を選ぶのかは、また別のことなのです。

孤絶した一東洋人として、霧深きロンドンの冬を二度にわたって越してきた、これが漱石の境涯です。その経験と、日本の新聞が「韓国観光団」に向ける「軽侮」に彼が憤りを抱いたこととは、無関係ではないでしょう。「夏目狂セリ」と母国・日本に伝えられるほど、英国での彼は勉学に打ち込みました。そのあいだ、いったいどんな心もちが彼を支えてくれていたかも、おのずと推しはかれるように思われます。

それでも、人生の船は行く

文化的エリートのあいだには、ドイツがアインシュタインを追放したことを遺憾だとする声を挙げるものが今もって多い。だが彼らは、そこらの街角にいるハンス・コーン少年を殺すことのほうがはるかに大きな罪だったことを知らないのだ、たとえこの少年が天才ではなかったとしても。

（ハンナ・アーレント『イェルサレムのアイヒマン』）

原子力の世界事情に関心を持つ人なら、先ごろ、巨大隕石の落下騒ぎ（二〇一三年二月一五日）の舞台となったロシアのチェリャビンスク州という地名には、聞き覚えがあっただろう。この南ウラル地方一帯には、ソ連時代から、核関連の秘密都市がいくつも集まってきたからだ。

たとえば、「チェリャビンスク65」（旧チェリャビンスク40）という暗号名で呼ばれた、チェリャビンスク州オジョルスク市には、世界最大級の核施設マヤークがある。軍事用プルトニウムを取り出すために再処理工場から排出される放射性廃液は、およそ半世紀にわたって近くのカラチャイ湖に流されつづけて、猛烈な放射能汚染を現在も残している。「ウラルの核惨事」と呼ばれる高レベル廃液貯蔵タンクの大規模な爆発事故（一九五七年）を起こしたのも、この施設だ。それは国家ぐるみの秘密主義によって隠され、国外亡命した科学者が、諸データから、この事故が起こっていたことを論証したときには、およそ二〇年が過ぎていたのだが。

重さ一〇トンという巨大隕石がチェリャビンスク州付近に落下したらしいというニュースが流れたとき、

まるでブラック・ユーモアみたいな響きを、私はそこに感じずにはいられなかった。なぜなら、隕石が原子力施設付近に落下した場合の危険性は以前から日本でも指摘されてきたものの、そうした事態は「天文学的に」低い確率でしか起こりようがないことで、リスクとしては「無視しうる」とされてきたからだ。

よりにもよって、その「天文学的」物体が、チェリャビンスクに落ちてくるとは。しかも、これまで私は想像したことさえなかったが、強烈な〝衝撃波〟という事象も伴って、チェリャビンスク市周辺で少なくとも千数百名が負傷、四千数百の建物の窓ガラスなどが損壊するという激甚な被害をもたらした。

おまけに、チェリャビンスク市近郊の湖面に張った氷には、隕石の破片が飛び込んだのではないかと思える直径八メートルばかりの大きな穴まで見つかった。なのに、現地当局は、わずか丸一日ほど後には、「何も発見されなかった」との発表だけをして、現場付近に誰も近づけないよう警備の警官まで張り付けた。これでは、よけいに、何か深刻な事態が起こっているのではないかと、不安を煽ったのではなかろうか？

このことは、ひと時代前に生じた、ある画像のことをも私に思い起こさせた。

一九八六年春、チェルノブイリ原発事故が起こったとき。米国の偵察衛星は、事故の進行中に、現場から二キロたらずしか離れていない広場で数人がサッカーをしている様子を、とらえていたというのだった。当時は、衛星から撮影する地上の画像の解像度が、飛躍的に向上しつつある時期だった。だからこそ、サッカーボールらしいものまで映せるようになったということが、いくばくか誇らしげに報じられることになったのだろう。

ただし――。

私たちは、その画像を、米国のどこかの管制室のモニター画面上で〝リアルタイム〟に見ることはできる。だが、このとき身に迫った危険も知らずサッカーに興じる少年たちに、「逃げなさい！」と声をかける手だてを、私たちは持っていないのだ。

「アイスリンク——日本占領時代、南満州鉄道の付属地だった炭鉱の町、撫順、2007」
（《Scene》より）撮影・米田知子

ここでは、撮影者と、被写体とされる者との関係のありかたに、何か本質的な変化が起こっている。たとえば、かつては、カメラのファインダーのこちら側に撮影者、そして、レンズの向こう側に被写体となる者がいた。たとえ戦場でも、両者は同様の生命の危険に身をさらしていることで、撮影者と被写体の対等さは、かろうじて最低限には保たれた。だが、いま、はるか高空から撮られる偵察衛星のカメラの場所に、撮影者はいない。アフガニスタンやパキスタン上空を飛ぶ、無人攻撃機と同じである。つまり、両者のあいだの関係は、本質的なところで、不均衡な（さらに率直に言うなら不公正な）ものへと入れ替わっているのである。

（この問題の原初的なかたちとしては、一九三〇年代、画家ベン・シャーンが、絵画制作のための資料に供する目的も兼ねて、「ライトアングル・ヴューファインダー」［被写体と直角の方向にカメラを向けて

“隠し撮り”できるアタッチメント」を使用して、多くのスナップ写真を撮影していた例などが挙げられる。彼が撮影した写真はとても魅力的なものだが、この機具を使用したことで、今日もなおそれらへの評価には一定の留保がついてまわる。カメラという機材には、武器に準ずるほど暴力的な性格があり、早くから、それが意識されていたからこそ、こうした倫理的な後ろめたさの問題を無視できなくなるのだろう。）

撮る側（また、見る者の側）の安全だけが、完璧なかたちで確保される。そして、被写体は、危険のなかに取り残されている。これが不問に付されたままなら、撮る者は、いわば狙撃手《スナイパー》の位置に立つことになるだろう。

写真家・米田知子の連作《Scene》中に、「スナイパー・ヴュー」と題された作品が複数ある。そのうち一枚は、旧ユーゴスラヴィア内戦中にセルビアの狙撃手が銃を構えた位置から、サラエヴォの市街を見下ろしている。

米田はここで、撮影者としての自分の視野に、狙撃手のかつての視野を重ねて、その目に映る世界の広がりをカメラにとらえる。

ここにあるせめぎあい、それをこれからも私たちは生きることになるだろう。

《Between Visible and Invisible》という連作の表題は、見る者と見られるもの、そのあいだに生じる空間を、この言葉でとらえて、見る者に示す。そう、眼鏡のレンズと、それを通して覗かれるテキスト、この距離が、空間の広がりだ。見るという行為と、見られるもののあいだに、見えていないものの領域がある。

日本軍による大東亜共栄圏拡大の動きの最遠到達地として、インパール作戦がめざした南アジアの土地、その英領インドで独立運動を続けていたガンジー。同じ戦争下、『細雪』の繭玉にこもって、自身のファンタジーを守りつづけようと願った谷崎潤一郎。わずかな空間も、また、こうした極大と極小を行き来している。

○

今回の米田知子の作品展の表題〈暗《やみ》なきところで逢えれば〉（二〇一三年、東京都写真美術館）は、ジョージ・オーウェル『一九八四年』の一節から取られた。

「暗がりのないところで会いたいものだね（We shall meet in the place where there is no darkness.）」

主人公ウィンストンが、夢のなかで、真っ暗な部屋を歩いていると、そばの暗がりから、声が話しかけてくる。相手の姿は見えない。

彼らが暮らしているのは近未来の管理社会で、誰もがテレスクリーンを通して常時監視を受けており、それをかわそうとするなら、部屋の照明をすっかり消して、暗闇に身をひそめているくらいしかないのだが。

けれども、どうやら、私たちの生きる現代は、さらに監視装置の精度が上がっている。赤外線による暗視機能を備えた防犯カメラの視界のなかに、「暗がり」は存在しない。

むしろ、「暗がりのないところで会いたいものだね」、そうした夢に引きこもっているのが、わが身を守るに残された手だてということか？

○

《サハリン島》。

十数年前、この島で私も、米田知子と同じ道を通って、廃墟に近づきつつあるような町や村落をいくつも通り抜けた。

「オタスの杜」近くで撮影された一枚がある。正確に言うなら、そこよりもポロナイ川のやや下流部、「サチ」（佐知）と呼ばれた集落である。ポロナイスク市街のはずれにある渡船場から、河口部近くを対岸に渡ったところにあたる。

「北緯50度、旧国境、2012」(《サハリン島》より) 撮影・米田知子

日本領時代、ポロナイスクは「敷香《しすか》」と呼ばれ、島を横切る北緯五〇度の日露国境線に近い、北辺の支庁所在地の町だった。太平洋戦争下では、日本軍特務機関に徴用されるかたちで、オタスの杜のウイルタ、ニヴヒなど北方先住民族の男たちも日本軍の〝兵隊〟にとられた。彼らは、トナカイを乗りこなし、国境線付近のタイガやツンドラも踏破して、日露両地のあいだを行き来することができた。国境などが引かれる前から、彼らはこの地で生きてきたのだから、その両側に知己があり、自身の民族言語のほか、ロシア語、日本語の双方を使える者も多かった。結果として、戦争下に彼らは両軍からスパイ戦の手だてに使われた。一九四五年八月、ソ連軍が国境を突破して進攻を始めると、戦闘に巻き込まれ、多くが命を落とした。生き残った者も、日本兵士の一員とみなされ、シベリアに送られて抑留生活を過ごした。やがて、日本に〝帰還〟してからも、正規の兵士ではなかったとして、軍人恩給さえ支給されなかった。

「サチ」の集落のはずれに、いまは、そうした北方先住民族の戦争犠牲者を悼む慰霊碑が建っている。「安らかに眠れ」。

この言葉が、日本語、ロシア語、朝鮮語、アイヌ語（カタカナで表記）、ウイルタ語（キリル文字で表記）、ニヴヒ語（キリル文字で表記）によって、それぞれ刻まれている。――ということになっているのだが、碑銘を見ると、ハングルで記されている朝鮮語の文言だけが目立って長く、こんなふうに読み取れた。

《一九四五年八月、レオニードヴォで日本の警察の手によってキム・ギョンペク氏ほか一八名が虐殺された。英霊たちよ、安らかに眠ってください。》

碑文中の「レオニードヴォ」とは、日本領時代には、「上敷香」と呼ばれた町のことである。敗戦とソ連軍の進攻によって町が孤立するなか、日本の警察は、朝鮮人労働者らによる「報復」が起こることを恐れて、一九人を連行した上で殺害する事件を起こしていたのだった。

「安らかに眠れ」という曖昧な表現だけでは納得できずに、自分たちの言語による碑文には違った論旨を選んだ子孫が、なお、この地に生きてきたことがわかる。

《Kimusa》。

漢字で書けば、「機務司《キムサ》」。韓国国軍機務司令部の略称で、ソウルの大統領府近くにあった、その旧本部建物を撮影したものである。日本の植民地時代、一九三〇年代に官立病院として建てられた鉄筋コンクリート造り三階建てのモダニズム建築で、戦後も、韓国国軍の陸軍病院などとして使われた。

韓国現代史の上では、「機務司」は、むしろ、旧称の「保安司《ポアンサ》」（国軍保安司令部）の名で知られ、そして恐れられた。保安司は、本務である軍内部の情報収集や捜査とともに、より広く思想犯の連行、取り調べなどにあたっていたからだ。捕らえられた者たちは、この本部建物近くの「保安司」玉仁洞《オギンドン》対共分室、あるいは市内南部の西氷庫《ソビンゴ》対共分室で、激しい拷問などにさらされた。そうした過去の記憶を拭い去るように、「機務司」へと改称されるのは、文民改革が進んだ一九九一年になってのことである。

いまは、機務司自体は郊外に移転して、この建物も取り壊された。跡地には、近く開館予定の国立現代美術館ソウル館の建設工事が急がれており、韓国の首都の景観の移りゆきは日本のそれよりもずっと早い。

《Japanese House》。

台湾では、日清戦争後の一八九五年から、第二次世界大戦で日本が敗れる一九四五年まで、五〇年間の日本による植民地支配時代が続いた。畳を用いる古い日本家屋は、この時代の名残である(大半は、のちに改造されて、畳は使われなくなっている)。

この連作では、現在の台北市の三つの街区で日本家屋が撮られた。

一つ目は、台北の市街地・齊東街に残る、植民地時代の日本家屋群。そのうち、日本統治当時の中央銀行・台湾銀行の寮だった家、および、戦後(台湾の「光復」後)には大陸から移ってきた国民党の将軍が住んだという家。この将軍の名は、王叔銘(一九〇五~一九九八)といって、空軍畑をのぼりつめ、のちに参謀総長もつとめた人だという。

二つ目の街区は、かつての台北南方の農村地帯。ここに、台北帝大が開設(一九二八年)されて、教職員の官舎や自宅として日本式住宅地が開けていった。今回撮られた家屋は、当時の主が台北帝大の農学・微生物学教授、足立仁《まさし》(一八九七~一九七八)だった。足立の妻みつ子は、日本敗戦時に首相をつとめることになる鈴木貫太郎の次女。足立の姉タカが、鈴木の後添えとなっていたことなどから、縁が生じたものらしい。

三つ目の街区は、台北の北郊、植民地時代に日本式の温泉地として開けた北投温泉だった。

日本支配下で戦時色が深まるにつれ、台湾人の作家たちにも、日本語で創作することが当局から求められた。そうしたなか、それぞれの作家の抵抗や妥協もあった。たとえば、張文環は、穏やかな作風だが、強く持続する姿勢で自身の創作を貫いた作家である。短篇小説「芸妲《げいたん》の家」(一九四一年)という作品が彼にある。芸妲とは、芸妓のこと。ヒロインの采雲は、結婚を望む恋人と、たまに北投温泉などに出かけて過ごしたりもするが、養母(実質的な雇い主)とのあいだの金銭上の契約やら義理やらに縛りあげられ、身の振り方が思うにまかせない。小説の末尾で、彼女は明け方、台北の市街地のはずれを流れる淡水河の川面を眺め、「ほんとに河には蓋がないではないか」と、入水を思いつめるようにつぶやく。

張文環は、日本語でこれを書いているのだが、もともと、「淡水河無蓋」というのは、台湾独特の言いまわしの俗語なのだそうだ。女同士の口喧嘩などで使われ、淡水河には蓋がないから、いつでも飛び込んで死んでしまえ、という罵倒の言葉。

それをこのように織り込み、新たなニュアンスのもとに生かしたりしながら、彼らは、自身の表現を拓いていた。

《パラレル・ライフ》。

「ゾルゲ事件」と呼ばれる戦時下のスパイ事件の中心人物の一人、尾崎秀実《ほつみ》（一九〇一〜四四）も、生後まもなく台湾に渡り、台北で成長した。

新聞記者の父は、温厚な人物だった。それでも、台湾人の人力車夫に対して乱暴にステッキを振りまわすこともあり、そうした日本人の姿に痛みを覚えながら、この少年は植民地・台湾で育っている。

東京で第一高等学校、東京帝大に進む。この間に関東大震災（一九二三年）が起こって、日本人住民による数千名の朝鮮人虐殺、軍人によるアナキスト大杉栄らの殺害などに衝撃を受け、これを契機に社会問題への関心を深めていった。

大阪朝日新聞の記者となり、上海に赴任するのが、一九二八年。その地で、米国人ジャーナリストのアグネス・スメドレー、ドイツ国籍を持つアゼルバイジャン生まれの新聞記者リヒャルト・ゾルゲらとの交流が生じて、やがて、ソ連軍に情報を供するためのゾルゲを中心とした対日諜報活動に参画する。

尾崎は、三二年、日本に戻り、のち、組閣を重ねる近衛文麿のブレインをつとめていた。独ソ開戦（四一年）に至ると、ゾルゲは彼に、日本軍は満洲から北進して対ソ開戦に向かうか、それとも、インドネシア方

「菊、2011」（《積雲》より）撮影・米田知子

面に南進するのか、正確な情報を求めた。日本軍が南進するなら、ソ連軍は主力の大半をヨーロッパ方面での対ナチス・ドイツ戦に向けられる。反対に、日本軍が対ソ開戦に向かうとするなら、ソ連軍は、対日、対独、二方面への展開を余儀なくされることだろう。戦争の帰結は、この二つの可能性のあいだの判断にかかる局面となっていた。

　米田知子のカメラは、ここに至るまでのあいだ、諜報活動に関わる者たちが、それぞれに接触した場所をとらえる。コダックの古いブローニーカメラのすけたレンズのむこうに、その映像も、時を経たようにぼやけている。

　彼らは、日ごろ、互いに余計な接触を重ねることはない。国籍もばらばら。経てきた人生もばらばら。堅い信頼で結ばれていたゾルゲでさえ、尾崎が日本に妻子を持つ身であることを、自身の逮捕直前まで知らなかった。

《積雲》。

尾崎秀実の刑死後にも、彼と「国家」をめぐる問題は積み残される。

尾崎はコミュニストだったか？　むろん、それを否定するつもりは彼になかったろう。だが、彼には愛国者としての心情があり、いわば一個の国家主義者でもあった。傑出したアジア主義の見地の持ち主で、それゆえのコスモポリタニズムでもあったろう。

日本への愛郷心と、国際共産主義とが、彼には同心円をなしていた。

現実の国際関係について言えば、日本とソ連は、このとき、交戦国同士ではなかった。ゾルゲは日本の軍、政治、社会についての怜悧な分析を、ナチス・ドイツ下の雑誌に相次ぎ発表し、同じ情報をモスクワにももたらした。一方、尾崎は、天皇臨席の御前会議を経て、日本軍が南進論へと決定づけられつつあるとの情報を、ゾルゲを介してモスクワへともたらした。後日の目から見るなら、これらをスパイ活動による利敵行為と判定すべきかは疑わしい。彼らの行動は、日本の軍や政治の活動に、なんらの変更をもたらそうともしていない。尾崎は、自身の行動を日本国家の国益にも適《かな》うものだと、信じてもいただろう。

むしろ、彼の後悔は、ほかにあった。ここで共産主義者としての実践行為にまで踏み込まなくても、自分は、さらに擬装した立場を通すことで、同じ貢献ができたのではないかということである。もしも、それだけの自制を保てば、来るべき日本敗戦後の復興にも、自分には果たすべき役割があったのではなかったか？

だが、かつて上海で、スメドレーと出会い、ゾルゲと会った。彼らの真率でひたむきな人となりを前にして、それを避けて通れる道が、自分に残っていただろうか？

なかば遺書のように記した獄中の「上申書」で、そうしたことに控えめに触れて、彼は書く。

「私は一度自ら罪の深さに目覚めて以来、順逆の道に愆《あやま》り戻《もと》った自己の過去を思って身の置き処なき程の苦悶を覚え、限り無き焦燥を感じました。」

処刑の一週間前、妻・英子に宛てた一九四四年一〇月三〇日付の手紙で——。

「やがて来る明治節の日には菊花を窓辺におきたい。少年の頃から思い出多い佳日だ。」

こうして見るならば、今回の展覧会での米田知子による展示作品の選択は、戦争の時代をまたいだアジアのなかの日本、その影のような輪郭をとらえてみることに向けられている。「影」の姿を浮かびあがらせるには、光源も要る。だからこそ、〈暗《やみ》なきところで逢えれば〉、こうした展覧会の表題を彼女は必要としたのかもわからない。

《Scene》の連作中に、「ウエディング」と題された一枚がある。中国・北朝鮮の国境をなして流れる鴨緑江の水面を、結婚祝いの小船が行く。

この船は、こちらから、向こう岸へと、渡しているのではない。ただ、この流れを上流部にむかって、さらにゆっくりと遡っていくだけである。いまという時代に至っても、さらに続く、際限のないやるせなさ。そういうものを滲ませているようでありながら、今日という一日は、まずまず、なんとか無事に暮れていく。そこにある人生のおかしみ、おおらかさもたたえて、私の好きな一枚だ。

国境

船迎（ひなむけ）

エルヴィス・プレスリーが死んだ日、私は、米国シアトルにいた。一九七七年八月一六日。一六歳の夏のことだ。

地方新聞の見出しには、翌朝、

《エルヴィス急死す》

と特大の文字が躍り、絶頂期のステージ写真がでっかくレイアウトされていた。何日も何日も、そんな騒ぎが続いた。「隣町の〇〇おばあさんが九〇歳で死去」というのが、この手の新聞のお決まりのトップニュースなのだから、それがいっせいに異変を呈するというのは、まさしく全米的な大事件だったのである。日本人の一六歳の少年にとって、それまでエルヴィスなんて、ただのデブなナツメロ歌手だったのだけれど。

エルヴィスが消えた夏

国境を越える。人は、そのことに、どのように気づくのだろう。

一六歳の夏、この米国北西部で、私はいくつも、はじめての経験をした。

先住アメリカ人の居留地《リザヴェーション》を訪ねた（そのさい、彼らを「アメリカン・インディアン」ではなく、「ネイティヴ・アメリカン」と呼ぶのが正当だと教えられた）。ハンフォードの核施設では、女子職員が愛想よく高速増殖炉の「仕組み」を説明してくれた。ナガサキに落とされた原爆の原料、プルトニウム２３９は、ここで生産されたのだとも、彼女は言っていた。

ワシントン州立大学の寮で寝泊りした（「コミュニケーション論」専攻の学生たちは、まだヒッピー風の生活流儀を続けていた）。黒人地区にも、居候させてくれる家庭があった。夏はレイプ事件が増えるので、君は少年だが一人では不注意に出歩くなと、このとき注意された（被害にあうかもしれないという意味で）。その家の女主人は、アルコール依存症の回復指導の福祉施設に勤務して、一家の生計を支えていた。

アップタウンの食堂やガス・スタンドでは、「ジャップ！」と白人男性から指さされることが、ときどきあった。チャイナタウンのレストランには、英語を話さない中国人の老ウェイターが多かった。黒人の学生会長から、街なかではもっとマナー正しくふるまうようにと、注意されたこともある。日本人旅行者の軽挙によって、街の少数民族《マイノリティ》の若者全体の評判が落ちることを、彼は心配しなければならなかったのだ。

E・L・Pのコンサートに出かけた深夜の帰り道（本当は同じ夜のマリア・マルダーの公演に行きたかったが、チケットが売り切れていた）、殺人現場というものにはじめて出くわした。すでに死体は片づいていた。いや、E・L・Pと言っても、いまや覚えている人は、ほとんどいない。エマーソン・レイク・アンド・パーマー。べつの夜、古い小さな映画館でウディ・ガスリーの伝記映画を観たけれど、せりふの英語はほとんど聴き取れなかった。

カナダのヴァンクーヴァーまで足を延ばし、はじめて自動車で「国境」を越えた……。

一六歳の私は、そんな日々をすごしながら、いつ、どんなふうに、米国を経験していたと言えるだろう。むしろ、私の身柄は、旅行者としての視線のなかで、すっぽりと保護されていた。

二〇年前の〝米国〟は、たしかに、今日よりまだいくらか遠かった。アルバイトでたまったなけなしの三〇万円は、その点で、私にいくらかの意味をもたらしてくれたと言える。けれど、私は、そこで〝米国〟を経験したというより、むしろ〝日本〟を経験していた。私自身が、うろうろ歩く小さなニッポンだった。

――ある朝、プレスリーが死んだことを新聞で知り、かすかに、ほんのかすかに孤独を感じ、自分がすでに

「国境」を越えていることを実感したとき以外には。

タイピー

ビーチコウマー（beach-comber＝寄せ波）という言葉がある。一九世紀、捕鯨船に乗って、南洋の島々で脱船し、その地にとどまった欧米人をさしている。

その時代のニュージーランドを背景とした「ピアノ・レッスン」（ジェーン・カンピオン監督）という映画に、ハーヴェイ・カイテル扮するベインズという男が出てきたが、彼もビーチコウマーの一人である。ベインズは、顔に、先住民マオリのような入墨をしている。けれども、それは未完成のままでほっぽり出された、中途半端なものだ。そんなぐあいに、彼はマオリの人々にとっては他所者で、かといってイギリスからの開拓民たちにも溶けこまず、両者の村の中間あたりに独居しているのだ。

『白鯨』の米国作家メルヴィルも、正真正銘のビーチコウマーだった。一八一九年生まれの彼は、一八歳でニューヨークの家を出て、翌年夏、貨物船の船乗りになった。四一年、今度は捕鯨船に乗りこんだが、そこでの過酷な使役に耐えかねて、ポリネシアのマルケサス諸島で脱船して逃亡したのである。放浪の末に米国軍艦に拾われ、四四年に帰国。一年あまりのち、二六歳で書いた第一作『タイピー』は、このマルケサス諸島での経験にもとづくものだった。

「国境」は、国に入る者の前にだけあるのではない。そこから逃げた者も、即座に新しい「国境」に直面しなければならないのだ。このとき、「国境」は、どんな姿で、彼の前に現われるのか。そのことに私は興味がある。

――『タイピー』は、マルケサス諸島の《ヌク・ヒワ》という島で、主人公のトムが同僚の一人と捕鯨船から脱走することにはじまる。ひとたび脱走すれば、捕鯨船が追手をあきらめて港から出帆するまで、とりあえず山深くに隠れて時を過ごさねばならない。飢えが襲い、ケガをし、島の地図もない。だから、彼らは、島の高地をさまよったあと、いずれ現地人の助けを求めて、谷間に降りねばならなくなるのだ。

ここで問題が一つある。逃亡するに先だち、彼らは、島のある谷には船乗りにも友好的な《ハパ》という部族がおり、そのそばの谷には獰猛で人肉食を特に好む《タイピー》という部族が住むと聞いていた。人肉食の風習は、どちらの部族にもあるにしても、とりあえずは友好的に接してくれるほうがありがたい。にもかかわらず、救いがたいことに、主人公たちは二つの谷を見分けるすべを、まったく持っていないのである。

意を決して、彼らはある美しい谷に降りていく。部族の者が二人を発見し、村は大騒ぎになる。そして彼らは尋問されることになるのだ。〝汝らは、ハパを善しとする者か、それともタイピーを善しとする者か〟と——。

〝善い部族〟と〝悪い部族〟、そこでは、ともに同じ「国境」の外形をもっている。主人公たちにとって、いわば「国境」とは、からっぽの情報だ。

国の内側に暮らす私たちは、普段このように「国境」というものを、見ていない。日本の「国境」のなかには「日本」という国、韓国の「国境」のなかには「韓国」という国、米国の「国境」のなかには「米国」という国……それぞれの「国」のソフトが詰まっている。だが、元来、人がはじめて「国境」に面するときにはそのむこうはブラックボックスで、「国境」はどれもこれも、同一の無表情な外形をもつにすぎなかったのではないだろうか。そんな「国境」の感触を、『タイピー』は、いまの私たちに伝えてくる。

——「おまえはハパか、タイピーか?」そう問われて、主人公は、絶体絶命の境地に立たされる。答えの判断を間違えば、彼らはその部族の敵となり、死が待ち受けているのだから。

とっさに主人公は、「タイピー! モアタキー(タイピー、好き)」と答える。判断は正しかった。けれども、こうして彼らの身の上は、もっとも恐れていたタイピー族の手に落ちたのである。

ここから先、主人公は、不思議な〝軟禁生活〟を送ることになる。彼らの予想とは違って、タイピー族はとても親切だった。日常生活いっさいを世話する下僕の男まで提供される。恋人もできる。だが、いっさいの世話焼きは、いっさいの監視でもある。部族の人々は、きわめて善意に満ちたやりかたで、ただ一つのことだけ、断じて主人公のトムに許そうとしないのだ。つまり、彼が村から出ていくことを――。

部族社会の姿を借りて、メルヴィルの国家観がここに暗喩されている。これを〝軟禁〟と呼ぶなら、近代国家の内側に軟禁されているのは、われわれのすべてなのだと。

タビのなか

作家・干刈《ひかり》あがたは、三四歳のときに、両親の故郷、奄美諸島・沖永良部《おきのえらぶ》島に出向いている。一九七七年、米国シアトルあたりで私がうろうろしていた年のことだ。この島に行くのは、彼女にとって三度目だった。最初は、二〇歳のとき。二度目は、三〇歳のとき。

最初のときには、東京から神戸まで夜汽車で行き、そこから沖永良部への貨客船に乗るのが唯一のルートだった。珊瑚礁にくるまれた島は、船を岸には寄せつけず、沖合いで艀《はしけ》に乗り移らねばならなかった。二度目のときは、すでに大桟橋や空港も島に完成していたが、子どもたちを島に連れていくにはやはり船で苦しい思いをして行くのが「礼儀」と思い、東京の晴海から船に乗った。そして三度目。沖永良部にも自動車が走るようになっていた。この旅で、干刈は、島の人々にうたわれる島唄を、聞き書きして歩いている。

奄美は、沖縄、小笠原と同じく、第二次大戦後、連合国軍による日本本土占領が終結（一九五二年四月）しても、さらに米国の軍政統治下に置かれた。「本土復帰」を果たすのは、一九五三年末である。干刈が生まれ育った東京の家でも、ときどき眉の濃いさびしい眼をした人々が寄り集まっては、夜更けまで酒を飲み、呪文のような言葉を交わして、意味のよくわからない唄をうたっていたのを、彼女は覚えているという。

本土の占領終了をひかえて、奄美では、日本復帰協議会が結成されている。陳情団を東京に送ることになったが、渡航は許可されず、彼らは、本土と軍政地（奄美、沖縄）との「国境」をなした三〇度線を越えて、「日本」への密航を図った。沖永良部在住の、干刈の叔父もその一人である。だが、その一行は、鹿児島薩摩半島の先端、開聞岳《かいもん》の見える沖合いで巡視船に逮捕され、目的は遂げられずに終わる。

かたや、陳情団には、密航に成功したグループもあった。五一年夏、沖永良部島の石川栄川らは、漁船の船倉に隠れ、八月一〇日午前四時、薩摩半島枕崎港に無事上陸した。東京行きの切符を買って枕崎駅から南薩鉄道の一番列車に乗り、伊集院駅で鹿児島本線に乗り換える。そのさい待ち時間があり、一行は人目に付かぬよう離ればなれに席をとった。警官らしい人物が、石川の前で、じっとにらむように二度立ち止まった。相手がいったん通りすぎ、ほっとしたところで「あなたは枕崎から乗られたでしょう」と尋問され、陳情団全員が伊集院警察に連行された。日本警察は、明らかに、この奄美からの「国境」近くの要駅で、網を張っていたのである。このときも、奄美の人たちの「眉の濃いさびしい眼」は、相手の目印となっただろう。とはいえ、一行は、報道陣や復帰運動支援者によってかろうじて救援され、八月一八日夜、東京到着。マッカーサーの副官デイト大佐との面談を遂げたのだった。

一九六三年、二〇歳の干刈がはじめて沖永良部を訪ねたとき、その夜、叔父の家で「船迎《ひなむけ》」の宴席が開かれた。藁葺きの母屋からサトウキビ畑のほうの闇を見ていると、灯りが一つちらちらと揺れるのが見え、やがてそれは石垣の門を通って、懐中電灯を持った人が入ってきた。灯りは、また一つ、また一つとやって来る。八〇過ぎと思われる老婆もいた。集まった人々は、彼女に向かって名を名乗り、間柄を説明すると、一様にチリ紙に小さく包んだ金包みを差しだす。そこには鉛筆で「船迎」と書かれており、筆圧のぐあいで、薄い紙がひっかき破れていたりした。

みな、彼女のために、ゆっくりと話す。なるべく標準語で話そうとして、かえってぎこちない言葉だった。そのなかに何度も出てくる「タビ」という言葉が、彼女の「旅」の語感とぴったりとは重ならず、どうもわからない。

「タビの冬は寒いでしょう」「あなたのお母さんはタビで何人子を生んだの」「タビは人が多いから生活も大変でしょう」「タビの子は肌が白いねえ」「よくタビからお帰りになった」……。

どうやら、タビというのは、島に対しての本土、本土での暮らし全体をもさすものであるらしいのだった。本土で二十数年暮らしてもそれは旅、そこで子を生んでもそれは旅の子。この言葉を受けとって、彼女のなかでも激しく何かが揺れはじめた。

ピークォド号／沖永良部島

「奴隷ならぬものが世にあるか、と私はききたいのだ。」(メルヴィル『白鯨』)

メルヴィルは、「国」や「宗教」による優越性の主張に対し、アイロニカルな態度の持ち主だった。また、そのことが、彼の世界観、宗教観に、多元的な寛容《トレランス》の根拠を与えてもいた。——自分はれっきとしたクリスチャンだと、メルヴィルは言う。だから神を尊ぶ。隣人に向かって、おのれが彼にしてもらいたいことをすること、それが神の御意だ。ならば、もし異教の隣人が、ともに異教の神を拝することを自分に望むなら、そのようにするべきだろうというのが、メルヴィルの態度だった。

捕鯨船は、ありとあらゆる民族、諸宗教の乗組員たちが、顔を突きあわせて働く、小さな社会である。この捕鯨船以前には、ヨーロッパと、南米大陸の太平洋岸にえんえんとつらなる富裕なスペイン領とのあいだに、植民地的収奪以外の目的の商業も交通も、おこなわれてはいなかった。したがって、その船がホーン岬を回ったときから、スペイン王室による独占的な植民地支配は破れ目を見せはじめ、べつの世界主義の歴史が始まったのだと、メルヴィルは言う。つまり、捕鯨を書くことは世界史を書くことであり、『白鯨』を全一三五章からなる捕鯨百科項目に仕上げることは、そこでの「国境」の無個性な外観を、一望にとらえようとする試みだった。

——閉ざされた日本が外国人を受け入れるなら、それを実現させるのは捕鯨船の存在である、そして、この戸口はもはや目前に迫っていると、メルヴィルは、『白鯨』に書いた。

この予言は、当たった。『白鯨』の発表から二年後、一八五三年(嘉永六)に、米国のペリーの艦隊が日本の浦賀に来航する。そして彼らは、「日本近海に出漁する捕鯨船への薪水の補給と、遭難して日本の海岸に漂着した捕鯨船員への人道的な扱い」などを要求して、日本に「開国」を迫ったのだった。もっとも、これよりずっと以前から、日本人は日本人だけで固まって、せっせと近海で鯨だけは獲っていたのだが。

狂気の人エイハブ船長を先頭に、ピークォド号一行は白鯨を追い、インド洋からバシー海峡を通過し、日本の海域を一気に北上する。そのとき、舷側はるかには、沖永良部という小島も浮かんでいたはずである。


一九九二年九月六日、干刈あがたが死んだ。

彼女の小説家としてのデビューは八二年の「樹下の家族」だが、それ以前に一冊、私家版の『島唄』(八〇年)という本を残している。沖永良部島での島唄の聞き書きと、その島への旅をめぐる文章を、おさめたものである。この本について、生前、彼女と話したことがない。最後の夏のはじめ、病院に見舞いに行ったとき、退院したら書きたいことがあるのよと、言っていた口調が、いまも私のなかに残る。葬儀は、真夏のように強烈な日差しの下で進められた。

干刈あがたの葬儀から数カ月後、沖永良部島に行く機会があった。本土はまだ寒い季節だったが、島の海では泳ぐことができた。夕刻、海から上がると、荒々しい岩がでこぼこと露出している浜に、沖縄のものに似た亀甲墓が、二基ならんでいた。

島を古くから知っている人に聞くと、ひと昔前まで、このあたりは美しい砂浜だったそうである。けれども、道路や港の造設ラッシュが続き、土砂が珊瑚礁へと流れ込んだ。これによって珊瑚の多くが滅び、やがて、珊瑚の死骸からつくられていた浜の砂も激減した。海岸は潮の満干に洗われ、数年のうちに、すっかり岩塊が露出するようになってしまったという。

それでも、旅行者の目に、この島の夕暮れは美しかった。海はあくまでも澄んだ翡翠色で、日没ぎりぎりの夕陽は、怖いほど赤かった。

参考
ハーマン・メルヴィル『タイピー』、福武文庫
干刈あがた『樹下の家族／島唄』、福武文庫

川とおしっこ

カアルンスン

植民地時代の台湾の作家、呂赫若《ろかくじやく》は、あるとき、公園のベンチに隣りあって坐った日本人の友人に、「男がおしっこをするとき、よく身ぶるいすることがあるが、あれを日本語では何と言うんだい？」と訊いたことがあるのだそうだ。台湾語では、それをKa-Lun-Sun（加忍損）という。しょっちゅうカアルンスンをする者は、「放尿加忍損、娶某免本」といって、元手なしに嫁を貰うことができるという言い伝えがあると、呂赫若は彼に教えた。「ところで、今度、小説にそのカアルンスンの動作を書くので、これに相当する日本語を知りたいんだよ」と、呂赫若は日本人の友人に尋ねたわけである。

そのころ——というのは、日本が、中国・米国・イギリス・オランダと戦争をしていた時代だ——、呂赫若にかぎらず台湾の作家たちは、日本語で小説を書かねばならなかった。自分にとっての母語とは違う言葉で、小説を書く行為とは、まず、こうした「カアルンスン」にあたる無数の動作に、一つひとつ、言葉を手探りしていくことを意味しただろう。

自分が描こうとする、その感覚は、ここにある。しかし、それにぴったりと当てはまる言葉は、ここにない。この感覚が自分の生理に近ければ近いほど、彼らは、非常な創造上の苦しみを味わわねばならなかった。

ユダヤ人のジャーナリスト、エヴァ・ホフマンは、一九四五年、ポーランドで生まれた。社会主義に移った母国で、ふたたび反ユダヤ主義が台頭するなか、一三歳のとき、彼女ら一家はポーランドを離れて、カナダに向かう船に乗る。

ヴァンクーヴァーの学校で、移住者としての彼女らに課された最初の儀式は、名前を変えることだった。「エヴァ」という彼女の名前は、英語式の「エヴァ」に。妹の「アリーナ」は、同じく「エレイン」と決められた。

このときから、眼前の風景は色合いを変えたと、彼女は言う。ポーランドの「川」という言葉、それは彼女が身を浸した川の、あらゆる本質を浮かび上がらせる。けれども、英語の「川(river)」は冷たく、何の気配も感じさせない。実際に川を見ても、それが、ふさわしい言葉と同化して心に伝達され、形をとるということがなくなった。目の前の川は、単に物体でしかなく、彼女に対してよそよそしいままだ。

言葉の背後には、社会的な全システムが広がっている。

たとえば、英語の「親切」には、それに完全なプラスの価値を与える道徳的なシステムが隠されている。一方、ポーランド語で「親切」と言うと、わずかに皮肉な要素が混じる。……ポーランド語では、特に激しい感情も込めず、いさぎよく決めつけて相手を「馬鹿」と言うことができる。そう、ポーランド語では、あの人たちは「馬鹿みたい」で「退屈」だ。しかし、彼女は、努力して「親切」で「感じがいい」ほうに傾くことにする。無意識の文化が、潜在的な力を及ぼしはじめる。

友人が「羨ましい(envious)」「幸せだ(happy)」「失望した(disappointed)」と言うとき、彼女は、それを英語からポーランド語に翻訳するのではなく、その言葉から根源の感情を探ろうとして緊張する。この緊張によって、自分からユーモアが奪われているのを、彼女は感じる。

いま、彼女が親しく接することができるのは、むしろ「謎めいた(enigmatic)」「傲慢な(insolent)」といった、本のなかでしか出会わない〝抽象的〟な表現だ。これなら、いったん意味の測量が済めば、あとは自由に使いこなせる。――「私は構造主義の生ける見本となった。」

自分を翻訳してみる必要がある。だが――と彼女は言う。新しい世界に同化せずに、つまり吸収されずに、翻訳するとなれば、慎重を要する。

川には蓋がない

呂赫若より一世代上、張文環という作家となると、呂ほどには日本語が堪能ではなかった。けれども、彼もまた、日本語で小説を書くことを求められた時代の作家である。

どういう文体で書いたか。日本語が上手ではないことに、さほど拘泥せず、その不足分を無造作に台湾語で補って書いた。

たとえば、彼の（日本語の）小説に「芸姐の家」という作品があるが、この〝芸姐〟という言葉からして、日本語にはない。芸姐は、日本で言う、いわば芸妓にあたる職業をさしている。「閹鶏《えんけい》」という作品のタイトルも、わからない。これは去勢された雄鶏のことである。

「芸姐の家」で、ヒロインの采雲が、「曲の師匠」から稽古を受けるくだり。

《彼女は姐を歌ふが、たまには茶目さんのやうに老姐の声をも真似してみんなをびつくりさせる。

「采雲さんは、老生を唄ふ方がい丶かも知れないわ。」

と朋輩に云はれて、采雲もやつてみようかとさへ思ふが、師匠は采雲の物腰をみて考へたのか、どうしても姐をやれと云ふのである。彼女は声を一杯張りあげ、楊貴妃を唄つたら、師匠はもう人のまへに出てもい丶と云ふけれど、采雲は台北で稼ぐ気にはなれなかつた。（白）聖旨。西宮渺不見。腸断一登楼。遠望宮牆。好不傷感人也。（唱二黄散）在楼前、遙望見、九重的宮禁。昨日裏。我還是。宮内之人。又誰知。半途中。風雲無定。台頭。又只見。一騎紅塵。

「うまい！」
「好啊《はうあ》！」
などとそばで囃《はや》す姉さん達の声をきくと、采雲は不意に胸が熱くなつて、涙が出さうになつたので、それをごまかすためにせきこんだやうに胸を叩きながら机に歩みより茶瓶を持ちあげてコップにお茶を注いだ。》

ここでの姐とは、この種の音曲で、年若い女性の台詞のパートを意味している。老姐は、年輩の女性をさす。また、老生とは、社会的地位をなす年輩男性の台詞のパートである。好啊とは、よろしい、うまい、というほどの意味である。

これらの言葉を、張文環は、ことさら日本語に置き換えようともしないし、特に説明も加えない。ただ、それらの言葉が、全体としてはかなりこなれた日本語の文脈のなかに置かれているので、これもまた、台湾の郷土色を反映する〝日本語〟としてのニュアンスを発するのである。

ヒロインの采雲は、貰い子である。というより、三百円の金で、育ての母に買われてきた娘である。実の父親が病み、六つのときから夜は按摩の手を引いて流す仕事をしているうちに、現在の母に見込まれて買われたのだった。やがて、公学校（台湾人児童が通う初等学校）を卒業して、茶工場で働くあいだに、そこの経営者の老人の目にとまり、母は、かなりの金と引き換えに、采雲を一夜妻に出すということがあった。その後は、化粧品屋の女店員の職につき、恋もしたが、相手に茶工場経営者との一件が伝わり、この恋は破綻する。こうして、育ての母の勧めるままに、芸妲となる決心に傾いていくのが、ここに引いた一節なのだ。

芸妲はまず台南あたりにくだって、芸の名を上げ、資金も稼いで、それから台北での稼業へと移っていくのが、通常の道筋である。そのあいだに養女を取り、やがては、その養女が芸妲となって、今度は彼女らをやしなってくれるという仕組みなのだ。だが、采雲には台南で、思慕しあう相手ができる。台北に引き上げ、彼女は「お母さん、私を嫁がせて下さい。たとへ嫁いで行つてもとき〴〵かへつてきて、お父さんやお母さんの面倒をみます。子供を産んだら一人お母さんに差し上げます」と頼み込むが、聞き入れられない。物語の結末、采雲は寝つけない夜を過ごし、夜明け、硝子窓ごしに外を見る。そこには、淡水河のさざなみが、早暁の雲の影を映している。この入水自殺を暗示するようなシーンで、彼女はこう呟く。

《ほんとに河には蓋がないではないか。》

この「河には蓋がない」――「淡水河無蓋」とは、もともと、台湾独特の言いまわしの俗語で、普通、女性同士の口喧嘩などで使われたという。淡水河には蓋がないから、いつでも飛び込んで死んでしまえ、という罵倒の言葉である。

だが、ここで、その台湾語は、日本語を宿主とすることを通じて、べつの新しい意味とニュアンスを開く。そこにも、この穏やかな作風の場所からの抵抗の道すじが見えてくる。

二つの言語

エヴァ・ホフマンは、英語を案内役として、子ども時代の原初の部分まで、忍耐強く下降していく。そうして、この〝抽象化〟された言語で、最初のごく小さな事柄を語れるようになったとき、彼女は引き裂かれた二つの言語のあいだを、自由に動き回れるようになったという。だが、それでも、彼女の底のほうには、あまのじゃくな小鬼が住んでいる。

男とのいざこざにケリをつけようとしているとき、「二人の関係からずいぶん親密さについて学んだわ」と、自分に英語できっぱり言う。けれども、聞き取れないほどの小鬼の声が、「彼を愛してる、それだけのことよ」とポーランド語でささやくのが聞こえる。

「彼が自分の領域にこだわるのは、自信がないからだわ」と、苦手な相手について考える。しかし、小鬼は言うのだ。「でもね、あいつは馬鹿なだけよ……」

彼女は、アメリカの友人たちに、小鬼のことは口にしない。


ゆっくり、もっとゆっくりと、移動を続ける。そして、けっして、停止しないように。


台湾にはじめて電話する。

相手は、電話をとり、いきなり「はいはい」と日本語で言う。

「ああ、クロカワさん？　あなたの文章はね、『朝日新聞』で読んでます。アッハッハ」

と、相手は笑う。

日本からの衛星放送を受信するでっかいテレビを自宅に備え、大相撲のファンなのだそうだ。

王昶雄《おうしょうゆう》、七九歳。

半世紀あまり前、彼は台湾と日本のあいだに引き裂かれるアイデンティティをめぐる「奔流」という息苦しい小説を、厳しい検閲とたたかいながら、日本語で書いていた。

日本の敗戦――台湾の「光復」後は、許される文学の言葉が一斉に日文（日本語）から中文（中国語）に変わるなかで、その切りかえに苦労した。一〇年間、筆を折ったあと、まず中文で短い随筆から書きはじめ、詩を書き、評論を書き、それからようやく、中文でも小説を書けるようになったという。


さて、冒頭で、おしっこの身ぶるいについての探究をこころみた呂赫若だが、彼は、「光復」後、国民党政府の台湾「遷都」に続いて横行した白色テロルに巻き込まれかけて、逃亡し、その途上、死亡したと言われている。

一九五一年ごろ、潜伏中の彼は、台湾中部の山岳地帯の少数民族居住地区に単身で現われ、地域のリーダーに反政府運動への決起を説いたが、断わられ、下山途中に消息を絶ったとの証言がある。おそらく、毒蛇かツツガムシに嚙まれて命を落としたのであろうという。

だが、べつの噂もある。彼は複数で行動していたという話。山岳地帯からの下山後も逃亡を続けていたという話。だが、確かな目撃談はない。王昶雄は、「彼は大陸に渡ろうとしていたのではないか。自分はいまでも、彼は当局の者に殺害されたのではないかと思っている」と語るのだが。いずれにせよ、彼は五一年に死んだということになっている。

張文環も、二・二八事件（四七年）の大混乱のなかで、山地に逃れた。

台北の夜市でのヤミ煙草摘発に端を発して起きた、この事件の様相は、複雑で、しかも深刻だった。国民党政府の台湾への「遷都」（撤退）と、それにともなう外省人（「光復」後、大陸から台湾に渡った人々）の急増がもたらした、社会の混乱と経済政策の破綻。本省人（植民地時代からの在来の台湾人）は、これに反発して決起し、対する国民党政府は徹底的な武力弾圧を行なった。すべてが混乱に陥った。はっきりしているのは、この事態が、台湾のあらゆる人々に、すさまじい恐怖をもたらしていたことである。五千とも一万人近いとも言われる死者が生みだされ、特に知識階層は狙いうちにされて、多数が闇に葬られていった。

張文環は、このさなか、夜は農家の藁小屋にかくまってもらい、朝になると、近くの山の木の上に登って、終日ふもとの気配をうかがっていたという。ある日、草刈りの娘が山に入ってくる。その娘が、だんだん近づいてきて、彼が登っている木の下でかがんだと思うと、猛烈な勢いでおしっこを始めた。張文環は、木の上でじっと息をこらしてその様子を眺めながら、俺はまだ生きている、生きているのだ、という実感がこみ上げてくるのを感じたそうだ。

のちに、張文環は、ある日本人――かつて呂赫若が、おしっこの身ぶるいについて質問した相手である――からサインを求められ、日本語でこう書いている。

《人間と生れたからには誰でも苦しまなければならない。苦しむのがいやなら河に蓋がないからいつでも跳び込めばいいのだ。》

参考
池田敏雄「張文環兄とその周辺のこと」（『張文環先生追思録』、一九七八年、台北）
エヴァ・ホフマン『アメリカに生きる私』、新宿書房（原題 *Lost in Translation*, 1989. ニューヨーク）

海と山が交わる町

東京という広漠とした都市に住んでいても、ときには思わぬ邂逅がある。たとえば、深夜にタクシーを拾って、「お客さん、ひと月ほど前にも、このあたりから乗ったでしょう」などと言われたことがあった。

私は、規則的な暮らしをしていないので、ある町をひと月後にふたたび歩くとすれば、それはまったくの偶然に過ぎない。にもかかわらず、その町を、同じタクシーが、これもたまたま通りあわせたとすれば、それはいったいどれほどの確率で起こりえた出来事なのか。もっとも、不規則に動いているのは私ばかりで、相手は、毎日きちんと同じ時刻に、同じ場所を通り抜けるのかもしれないのだが。

この都市のなかで、私たちは、わずかな確率の、堆積の上に生きている。そして、相手の運転手も、私も、互いの名前さえ知らないまま、ふたたびすれ違っていく。知らない相手ともう一度出会うまで、私は、どれほどのわずかな確率を、さらに積み上げることになるのか。

龍女と女優

白山山系の西南端、三国ヶ岳近くの奥深い山上に、夜叉ヶ池という池がある。周囲約五百メートル。峻険な山路を長い時間よじ登ったすえに、尾根の山霧のなかから黒い水面がぽかりと現われる、おそろしいような池である。

福井県と岐阜県の県境に位置するこの池に登るには、まず、今庄駅から一五キロほどの登山口まで、タクシーで運んでもらわねばならない。駅前には、小さなタクシー会社が一軒あるだけだ。だから、このとき下山時間を知らせておき、その時刻に、ふたたび登山口まで迎えにきてもらうわけである。

もう七、八年前になるが、はじめて夜叉ヶ池に登ったとき、戻りのタクシーを運転してくれたのは、その家の主婦とおぼしき女性だった。彼女は、池の龍神伝説にまつわる話をいろいろと聞かせてくれた。蛇身は金気《かなけ》を嫌うので、池に金属製のものを棄てると、たちまち山の天候が荒れるのだそうである。見てきたばかりの山気漂う、なにか凄まじい池の様相を思いあわせると、その話も得心がいく気持ちがした。そうした事柄をいくつか話したのち、彼女はこんなことを言うのだった。

「しばらく前、NHKが、あの池でドラマの収録をしたんです。そのとき、女優さんが、池で泳がされたんです。かわいそうでしたよ。」

私は、池のありさまをまた思い浮かべた。ブナの森、大きな滝がとどろき落ちる険しい山道を登りつめた頂上付近。黒い水面には、無数のイモリが泳いでおり、私が近づくと、水ぎわに寄ってきて、あるものはこちらをじっと見上げ、あるものは赤い口を開けて威嚇する。岸辺の倒木の陰には、オニヤンマが群れており、これも、こちらの気配が近づくと一斉に舞い上がって、攻撃的な勢いを示すのだった。そんな小動物たちが、私には、龍女の眷属のように感じられた。龍女からのまなざしを足先に感じながら、池のなかで泳ぐはめになった女優のめぐりあわせに、私も同情せずにはおれなかった。

泉鏡花は、この池の伝説にもとづいて、『夜叉ヶ池』(一九一三年)という戯曲の名篇を残している。作品は、夜叉ヶ池近辺の地理やたたずまいを正確にとどめてはいるが、鏡花は自分でも「嘲笑すべき男の足弱なり」と認めており、山裾の集落を取材した程度で、池まで登ることはなかったのではないかと思える。いまは世界中のどんな奥地にでも簡単に踏みこんでいけるが、当時はまだ「実見」よりも、麓にとどまって、そこに伝わってくる「気配」を大切にし、創作の導きとするようなところがあったのである。

夜叉ヶ池では、いまでも六月第一週の山開きの日に、山裾の神社から神主が上がり、紅おしろいを龍女に贈る儀式が行なわれるのだという。それらは、非金属製の櫛などといっしょに盆に載せられ、水辺の祠から、池の中央に向かって流される。不思議なことに、この盆は池の中央部にさしかかると、すっと水中に消えるのだそうだ。

さて、以上は長い余談である。最近、私はひさしぶりに夜叉ヶ池に登った。そのときも、下山後、タクシーを運転して迎えにきてくれたのは、以前と同じ女性だった。相手が、私のことなど覚えていないのは言うまでもない。だが、このときも、やはり彼女は、こんなふうに話しはじめたのだった。

「ちょっと前ですけどね。ＮＨＫが、あの池でドラマを撮影したんです。そのとき、女優さんが、池で泳がされたんです。かわいそうでしたよ……」と。

平泉寺の「先生」

福井県あたりをゆっくりと歩くと、日本社会を形づくっている伝統が、ひと色ではないのをあらためて感じることが多い。

たとえば、勝山の町に近い平泉寺《へいせん》界隈で、道を尋ねると、いろいろな人の口から「先生のところ」「先生のお孫さん」といった言葉が出てくる。

「先生のところ」は、平泉寺をさしている。しかし、「平泉寺」という寺は、いまはない。いまは正しくは白山神社の一つとなって、かつての平泉寺境内を、守っている。そびえる古杉の林の下、ただ深々と美しい苔に覆われた領域である。もとは天台宗の一大拠点で、白山の神々への信仰を背景としながら、一里四方の境内に、四八社、三六堂、六千坊を擁したと言われている。だが、中世末、一向宗の門徒農民たちの蜂起で焼き払われてからは、玄成院《げんじょう》（もと賢聖院）の一坊だけがかろうじて再興されて、広大な寺域を守った。それも明治の排仏毀釈・神仏分離で、白山神社と改められて、玄成院のぬしは還俗し妻帯、僧から神職となり、現在の社家、平泉《ひらいずみ》家が立てられたのである。

だから、「先生のところ」というのは、もう少し正確に言うと、この白山神社の社家、平泉家をさしている。さらに言うと、「先生」は八四年に八九歳で死んだ、かつての当主、平泉澄氏のことである。平泉澄は、この寺から出て、東京帝国大学の日本中世史の教授となった。戦中には、皇国史観の主唱者として知られていた。

だが、町の人々による「先生のところ」という敬称は、そのことに結びつくのではないようだ。むしろ、それは、平泉寺境内の観光地化を嫌い、自家のつつましい暮らしぶりとともに里のありさまを守ってきた、代々の当主の姿勢に結びついている。ひいては、皇国史観を提唱するよりも前、この寺の歴史に根ざして、中世の社会組織、とくにアジール（不可侵の避難所）の研究で深い洞察を示した、平泉澄という学者に向けられたものであるとも言えるだろう。ここの景観は、いまも自然破壊と経済効率至上主義に対する、アジールのおもむきをたもっている。

半世紀あまり前の戦争下――。この山里で、人々の暮らしが続くうちに、東京での平泉教授が「皇国史観」を振るった一〇年間は猛烈な勢いで過ぎていった。日本敗戦にさいして、平泉澄は、官を辞して、故郷に戻っている。その後、彼は、社家・平泉家のぬしであり、また民間の史学者としては、戦中の自身の見解を撤回せずにすごした。

戦後、二、三年して、彼は、山奥の小さな村の秋祭りのために、下駄ばきで山道を登っていた。いい天気で、楽しい眺めだったが、栄養不足のためか足もとが疲れてきて、学校帰りの三、四人の児童の一群に追いつかれた。そのとき、子どもたちとこんな会話を交わしている。

「君が代、知っているかい。」

「君が代？　そんなもの、聞いたことない。」

「日本という国、知っているかい。」

「日本？　そんなもの、聞いたこと無いなあ。」

「それではアメリカという国、知っているかい。」

「アメリカ？　それは聞いたことあるなあ。」

平泉は、米国による日本占領がもたらしたひずみに対する痛みから、子どもたちに語り聞かせる日本通史を書いてみたいと考えた。だが、それは、日本軍人による張作霖爆殺などについてはなんらの痛みもともなわずに書かれており、歴史家の洞察として、ひと連なりの価値ある観点を示したとは言えない（『物語日本史』）。むしろ、この山里に語りつがれた「先生」という、なかば架空の理想像のほうが、アジールの質朴な守りぬしたる四百年の社家の伝統に照らして、実在の歴史家平泉澄を乗りこえ、べつのヴィジョンに結びついているのを感じる。

旧平泉寺の境内を歩くと、いつも何人かの里の人々が、思い思いに、下草を刈ったり、掃除をしたりしているのが見える。おそらくこの国で一番美しいと思える境内の苔は、こうした無償の、誰との約束にも縛られない行為で、守られてきた。私は、社務所（平泉家）で五〇円を払って、室町後期の枯山水だという、社家の庭に通してもらったことがある。派手な石組もなく、なかば自然のなかに戻りかけているような庭だったが、あとで知人の中世史学者にきくと、中世の作庭術をそのままとどめるものなのだそうだ。「ただし、あそこの庭はわれわれが見学を申し込むと、断わられるんです」と、その戦後民主主義的史学者は、苦笑していた。

海と山

福井一帯を歩いて、しばしば耳にする地元の誇りは、一つが、その町の成り立ちが朝鮮からの渡来人の末裔によっているということで、もう一つは、山の人々との関わりである。

若狭の内陸部、山あいにさしかかるあたりに、神宮寺という、東大寺二月堂への「お水送り」で知られる小寺がある。名が示す通り、もともと、修験者との関わりも深い神仏習合の寺院だった。祭神は遠敷《おにゆう》明神と遠敷姫、本尊の薬師如来は遠敷明神の本地仏である。明治の神仏分離で、ふもとの国幣中社・若狭彦神社、若狭姫神社に持ち去られた二神像（そのあいだ遠敷明神は若狭彦、遠敷姫は若狭姫と改められていた）も、いまはこの寺に戻されている。ことに遠敷姫の姿は、美しい。

寺の説明によると、若狭は朝鮮語の「ワカソ（行き来）」、遠敷《おにゅう》は「ウォンフー（遠くにやる）」、ゆかりの鵜之瀬《うのせ》・白石神社がある根来《ねごり》は「ネ・コリ（汝の古里）」だという（金達寿はこれらの地名の朝鮮語との関連について、ウォンフは「遠くに居る者」、根来はネコオルで「わたしの古里」と取るほうが、言葉としては自然なのではないかと、のちに述べている）。二月堂への「お水送り」の神事については、天平勝宝四年（七五二）のこととして、『東大寺要録』に次のような伝承があるという。

——二月堂の建立者・実忠《じっちゅう》が、十一面観音を前にはじめて修二会《しゅにえ》を行じたおり、神名帳を読みあげ、諸国の神々を勧請《かんじょう》した。ところが、ほかの神々は早々に参集したのに、若狭の遠敷明神だけは釣りにかまけて、ひどく遅刻した。遠敷明神はこれを恥じ、観音にお供えする閼伽水《あかのみず》を送ると約束する。すると、ほどなく黒白二羽の鵜が盤石をうがって飛びだし、泉が湧きだした。以来、その水は清く澄み、けっして涸れることがない。——

毎年三月二日、神宮寺近くの鵜之瀬・白石神社で、修験者に見守られながら奈良・東大寺二月堂に向けて香水《こうずい》を流す送水神事《そうずいじんじ》、その謂れがこれなのである。

東大寺を開山した良弁《ろうべん》は、朝鮮からの渡来集団の勢力、技術にバックアップされた人物だったのだろうという。その集団の本拠は近江だったとも言われているが、若狭には、彼を神宮寺の上流、白石の出身とする伝承がある。また、その弟子、二月堂建立者の実忠は、インド僧とも、山林の行者ではないかともいう。神宮寺の説明によれば、遠敷明神が二月堂に水を送ったのは「奈良は盆地で水不足に困っていたから」だというが、そんな伝説にも、渡来人や修験者たちの手による〝技術移転〟の系譜の物語が埋め込まれていたのかもしれない。

私は、以前、ここの寺務所で、住職夫人から、奈良時代以来の神宮寺の来歴にまつわる長い長い話を聞いたことがある。それは創建から、織田信長の時代の受難を経て、さらに明治・大正・昭和にまでいたっていた。そして彼女は、まるで近しい知人の噂話でもするように、神々の身元さえ語るのだった。「ここのご神像は〝若狭姫〟と呼ばれることがありますが、そうではなく、〝遠敷姫〟なんです。若狭姫というのは、玉《たま》依《より》姫の伝説なんかと絡んで、結局、神武天皇の親戚みたいなもんでしょう。でも、〝遠敷〟というのは、〝若狭〟よりずっと前からの、この土地の古名なんです。だから、あの方は、もっと古くから、ここの土地にいらっしゃってた方なんです。」

天皇の一族より古くから生きてきた、土地の小さな神々への誇り。その自信が、彼女のはっきりとした口調に満ちていた。またそれが、時代の権勢からの孤立を恐れずに、土地の神を守る支えとなってきたのだろう。

しかも、その根を、海の彼方、山の人々との交流のなかにとらえる心の動きが、若狭という土地の歴史を、いつも外にむかって開いてきた。明治の神仏分離後、神社や修験者との交流が禁じられた期間も、神宮寺はひそかに上流の白石神社と行き来して、修験者らといっしょに送水神事の儀式を守った。

町に来た人

海の向こうから渡ってくる人々がおり、山から下りてくる人々がいる。その両者の前線が混じりあい、新しい暮らしの場所が生まれた。「町」を、そのような場所として見る伝統が、まだ福井あたりにはうっすらと残っている。今度、私がふたたび夜叉ヶ池に出かけたのも、そうした歴史の痕跡に、いくらかなりとも触れてみたいと思ったからだ。

今庄には、かつて木製の器や台所用具を作って山から交易に下りてきた、木地師の話などが多い。山上の夜叉ヶ池も、おそらく最初はそうした人々にとっての目印をなす場所で、龍神伝説も彼らを介してもたらされたのではないかと、私は想像している。

さいわい、初老のタクシー運転手は、そんな事柄に詳しい人で、登山口までの道みち、かつての炭焼き窯の跡などに寄ってくれた。近年まで、登山口ちかくの奥地にも、林業に従事する小さな集落があったという。道ぎわには、無人の民家がいくつか残っている。しかし、このあたりは、いったん冬になると、雪解けまで町に下る手だてはなく、何カ月も家にこもって過ごすほかない。不便さと人恋しさが、老齢になった住人たちに、町への移住をうながした。しかし、そのうち何組かは、いまも山の生活が懐かしく、夏のあいだだけ、ここに戻って小さな畑を作ったりして暮らすそうだ。

この運転手さんは、祖父のころまで、よく木地師が木製品を商いに山から下りてきたと、聞いているという。「そういう山の人たちはね、木を切り倒しはしないんです、お椀ならお椀、必要な分だけ、刃物で大きな立木からくり抜いて作るんです。そうすると、山の木を減らさずにすむからね」とも彼は言う。そして、私が、そういう跡はいまも残っているでしょうか、と尋ねると、彼は「ありますよ」と、いともあっさり答えるのだった。

登山口で車を停めると、彼はさらにすたすたと森のなかへと入っていく。そして、大きなブナの幹を指さして、「ほら、ここ、だいぶ元に戻ってきてるけど、くり抜いた跡があるでしょう」。なるほど、なるほどと、こちらがうなずいているあいだに、彼はさらにたったたっと先に進み、ほらここ、ここにも、と次々に指さしていくのだった。

私は、懸命に相手を追いながら、何か、山の気配のなかに吸い込まれていく自分を感じる。ようやく追いつき、彼に尋ねる。運転手さんご自身は、木地師を見かけたことはないんですか？

「うーん、私はありませんけどねえ」と言ってから、彼はまた、そっけなく付けくわえた。

「うちのじいさんは、ずいぶん器用にお椀や匙を作ってました。」

参考

平泉澄『中世に於ける社寺と社会との関係』、至文堂、一九二六年
平泉澄『物語日本史』（上）（中）（下）、講談社学術文庫、一九七九年
金達寿『日本の中の朝鮮文化　5』、講談社、一九七五年

京都／上海

渋谷

一九九四年八月三日の夕刻近く、私は、渋谷Bunkamuraのカフェの窓辺に、一人で座っていた。夏の繁華街の蒸し暑さと、じりじり続く奥歯の鈍痛が、私に疲れを覚えさせ、一度はひろげた本の上に神経を集中することができなかった。

いや、それだけのせいではない。私は、文章を切り売りする生活に入ってから、次第に、ある特定の周期で、言いようのない「疲れ」が自分を訪れてくることに気づくようになっていた。——それなりに力を注いだ仕事が終わる。まもなく、それは本となって出版される。——だが、そのころになると、私は決まって、沼地のような憂鬱のなかにつかまっている自分を見出すのだ。それがなぜかは、よくわからない。しかし、少なくともその「周期」だけは自分なりにわかっているにもかかわらず、またもみすみす、その憂鬱にとらえられてしまうことが、不愉快なのである。

ちょうど、その夏も、私はかなり神経を使わされた、ひとつの仕事に区切りをつけたばかりだった。この日、なぜ自分が、そこに座っていたかは思いだせない。だが、そのとき覚えていた「疲れ」の種類は、ありありと思い起こすことができるのだ。テーブルの上の、水と氷で割ったペルノを、苦く感じた。

奇妙なことが、このとき起こった。いつのまにか窓の外から、ちんどん屋のような、あるいはフルバンドのジャズのような音色が、かすかに聞こえてくるのである。

窓の外には、ビルの大きな吹き抜けをめぐるように、テラスがゆるいカーブで続いている。そこにばらばらと人通りがあり、吹き抜けをはさんだほぼ正面には、同じビル内に設けられた劇場の入口がある。平日の夕刻なのに、どうやらそこではマチネの公演があったらしく、まもなく、終演後の観客たちが一斉に吐き出されてくるのが見えた。

私は、最初、自分の幻聴を疑った。だが、どうやらサックスとトランペットを中心とするらしいその音は、いよいよ大きくなってくる。そして、次の瞬間、劇場の入口から、ステージ衣装そのままのジャズバンドが、楽器を演奏しながら外に出てくるのが見えたのだった。――私は、何日か前の新聞記事を思いだした。その記事は、ちょうどこの日、ここの劇場で、オンシアター自由劇場が「上海バンスキング」の最終公演日を迎えること、そして、今回の興行を最後に、彼らがこの人気レパートリーの上演を打ち切る意向であることを、伝えていた。

劇場から現われたジャズマンたちのパレードは、先頭に主演の吉田日出子。傍らで、相方の串田和美がクラリネットを吹いている。彼らは、四方に笑顔をふりまきながら、私の目の前のテラスを、窓ガラスごしに通りすぎていく……。


もう十数年前のことになるが、京都での学生時代、私は「上海バンスキング」の公演を、何度か舞台で観たことがある。

バンスキングの〝バンス〟とは、advance、つまりジャズマンたちによるギャランティの「前借り」をさしている。以下、脚本を確かめずに古い記憶に頼って書くのだが……舞台は十五年戦争期。「非常時」の日本での〝退廃音楽〟ジャズの禁圧、多額の借金、そこから逃れるようにして東洋の〝モダン都市〟上海へと渡った、バンス王《キング》のジャズミュージシャン（串田和美）とその愛人（吉田日出子）。彼らのジャズ仲間バクマツや、やがてその妻となる中国娘リリー。そこに日本の軍人や諜報員、元左翼の逃亡者らが絡む。だが、やがて太平洋戦争開戦で、英米による共同租界・フランス租界も日本軍の手に落ちて、彼らジャズマンの仕事もままならなくなっていく。かりそめの夢と、幻滅。そして、敗戦。「国」からこぼれ落ちた者としての、悲痛な終末を迎えつつある主人公たちの耳もとに、あの華やかな上海ジャズの音色が蘇ってくる……。斎藤憐の脚本は、この小世界の甘さと苦さを、たくみにフィクションと歴史のないまぜに縒《よ》りあわせ、舞台に供していた。

京都

私がその男娼と奇妙な一夜を過ごしたのも、「上海バンスキング」の公演を観た夜のことだった。たしか、一九八二年か三年、私が二一、二歳のときであったろう。

この日、自由劇場一行は、京都勤労会館での公演を終えたのち、市内の浄土真宗の寺を宿所とすることになっていた。その寺の〝団塊の世代〟にあたる当主夫妻が、吉田日出子や串田和美と古い友人だったのだ。そして私は、当時小学生の、当主夫妻の長男の家庭教師だった。もっぱら食事と酒にありつかせてもらうだけの、名目ばかりの家庭教師であったけれども。ともあれ、そんな事情で、この夜は座員一同を中心とする内々の打ち上げの宴会の末席に私もつらなって、ずいぶん夜更けてから、私はその寺を出たのだった。

寺から二、三百メートルも歩くと繁華街の中心地、四条河原町の交差点に出る。だが、夜間は意外に、森閑としている。交差点の阪急百貨店。その裏一帯の細く入り組んだ道ぎわに、深夜になると街娼たちが立つ。私は、べつにことさらそこを通らなければならないわけもないのだが、夜更けの一人歩きで、そんな無言の人影とでも、すれ違いつつ歩きたくなるのだった。

彼女たちはほとんど無言で立っている。たまに、ごく小さなささやくような声――というか、声のような〝音〟が闇の向こうから聞こえてくることもあるのだが、私にはほとんど、その言葉までは聞き取れない。

けれど、この夜は違った。「ねえ、ちょっとちょっと」と、妙に明るいはっきりした口調で、話しかけてくる声に出会ったのである。

私は、いくらか気圧《けお》されて、足を止めた。声の主は、「ねえ、お金なんていらないからさ、えーと、つまり、お客にならなくていいからさ、ここでちょっとだけ立ち話していきなよ」と言うのだった。闇に目をこらすと、相手は、私よりいくらか大柄な女性だった。年齢は、よくわからない。けれど、彼女ははっきりと聞き取れる声で、こんなふうに言うのである。

「わたしはいままで家でレコード聴いてたの、『上海バンスキング』の。きょう、そのお芝居観てきてさ、大感動しちゃったから、帰りにレコードも買って、さっきまで何度も聴いてたの。でも、もうどこにも行くとこもないし、とりあえずここまで出て来たんだけど、きょうは仕事する気になれないから、ねえ、ちょっとだけここで話していきなよ」と。

きょう、ぼくも観たよ、と私は答える。

「よかったわよねー」と、彼女はため息。それで、ついさっきまでちょっと打ち上げみたいなのがあったんだ、ということを私は言った。だが、彼女は「へえー」と相づちを打っただけで、それにはほとんど関心をもたないらしいのが、感じ良かった。

私が、彼女が〝男〟らしいと気づいたのは、それからのことだ。「うん、そうよ。もうちょっと明るい道に出られたら、もっときれいだってわかるんだけど。」

そして彼女は言う。

「ねえ、私の家、鴨川を渡ってすぐそこだから、遊びにこない？　ほんっとに、何もしないでいいからさ。レコード聴いて、おしゃべりするだけ。」

「上海バンスキング」のレコードを聴くと、当時の上海で服部良一の曲を歌いこなした、李香蘭のことに連想が行く。李香蘭は、日本支配時代の国策映画会社・満映（満洲映画協会）のスターだったが、上海での映画制作にも参加している。一九四二年から翌年にかけて撮影された「萬世流芳」である。

だが、このときの上海滞在は、彼女にとって、孤独な試練でもあったようだ。なぜなら、日本支配下での映画制作とはいえ、上海の中国人映画関係者たちは、プロデューサーから共演の主演女優にいたるまで、みな、なかば公然の抗日文化人だったからである。それだけではない。彼らは、北京生まれの中国人という触れこみの李香蘭が、実は満洲（中国東北地方）生まれの日本人ではないかと、見抜いていたふしがある。撮影期間を通して、彼らとの交流が深まれば深まるだけ、中国で生まれ育った自分が中国人を裏切っているという意識が、李香蘭（山口淑子）を苛んだ。「萬世流芳」は中国全土での大ヒットとなったが、翌四四年の終わり近くに、彼女は満映理事長・甘粕正彦に願い出て、満映との契約を解除している。そののち、日本敗戦をはさんで、四六年四月に日本に引き揚げるまで、李香蘭は上海に住んだ。

日本の敗戦は現地の中国人と日本人の立場を逆転させると同時に、李香蘭その人の立場も、微妙なものにした。「漢奸」裁判が始まり、彼女も収容所に入れられ、取調べが始まった。「漢奸」とは、戦時中に対日協力者となった中国人をさしている。したがって、日本人には、この断罪は適用されない。つまり、李香蘭は、戦中には中国人を装ったが、今度は日本人であることを証明しなければならなかった。だが、中国で生まれ育った彼女に、それをあかしだてるような証拠は、なかなか出てこない。街では、李香蘭が死刑になるという噂が、さかんに流れている……。

ある日、奇妙な小事件が起こった。収容所に、一人の青年紳士が訪れ、当局の証明書を示して、李香蘭女史に昼食をさしあげたいと言う。着いたのは旧フランス租界の豪邸だった。奥の部屋にはかっぷくのいい紳士が一〇人ほど待ち受けており、上海市の実力者たちだと紹介されるが、どれも偽名らしい。上海料理のフルコースをとりながら、一座の中心格とおぼしき中国服の大人《たいじん》が、いきなり核心に踏み込んできた。「いずれ正式の軍事裁判が開かれるわけですが、その前に起訴を取りさげてもらって自由の身になりたいとは思いませんか」「もし中国に永住を希望しているのでしたら、裁判は取りやめて、この家を差し上げます」――要するに、中国東北地方に出向いて共産八路軍の動静をさぐる、国民党政府のためのスパイ活動を行なってほしいとの申し出だった。彼らは何者なのか。国民党政府の諜報組織員なのか、それとも、青幇《チンパン》と呼ばれる地下結社の人々なのか。それすらもわからないまま、李香蘭は答える。

「漢奸の罪を許すと言われましたけれど私は漢奸ではありません。李香蘭という中国人の芸名で女優活動をしてまいりましたが、私は日本人、本名は山口淑子です。日本の国策には協力したけれど、それは私が日本人だったからです。そのことをはっきりさせるために取調べを受け、裁判を待っているのです」「私はこれまでにスパイ行為を働いたことはなく、今後ともスパイをするつもりはありません」「決着がつくまでは、五年でも十年でも監獄にいれられたってかまわない。私は中国で生まれ、中国で育ち、中国を愛しています」……。

「よくわかった」と言って、大人は立ち上がった。それにならうかのように、ほかの男たちも腰を上げ、一人ひとり、李香蘭に握手を求めて、別れた。それが国民党政府からのスパイへの誘いだったか、地下組織が彼女の〝思想〟を試したのか、のちになっても彼女にはわからなかった。だが、この直後から、取調べは明らかにゆるやかなものへと変わっていった。

長い話

彼女の家は、鴨川の対岸、宮川町だった。この町は、祇園、先斗町よりいくらか格下の、江戸時代からの花街である。そのころは若い役者らが出る陰間《かげま》茶屋も多かったというが、いまはさびれた風情のお茶屋がぽつぽつと、民家に混じっているだけだ。彼女の家も、その家並みの一軒、古い木造の平屋家屋だった。

奥の部屋に上がると、赤いビロード張りのダブルベッドが、でーんと置かれ、大きな鏡台のまえ一面に、きらびやかな化粧品のガラス瓶が並んでいる。彼女は二人分の水割りを作ったあと、鏡台の手前のスツールに腰掛け、私にはベッドサイドの小さなソファを勧める。そして、やはりレコードは「上海バンスキング」。

——仕事は、あの近所のホテルでやることが多い、ここには、付きあってる人がくるけど、と彼女は言った。厚化粧の上に、脂汗がにじんでいる。彼女が、私の年齢より一回りか、もう少し上であるらしいことが、明るい電灯の下で、そのときわかった。

——あの場所はね、女が立つにはヤクザに話を通さなくちゃならないけど、オカマは勝手に立っててていいの。でも、あなたみたいに「あんた、男?」なんて訊いたら、殴られるわよ。やっぱり、無理やりこの仕事させられてる人が多いから。でも、私は平気。「そうよ、オカマよ」って言ってやる。好きでこの仕事に入ったんだから。——

大阪と東京で、ホテルマンとして勤めた時期が長かったのだそうだ。ものすごく詳しく、ホテル業の仕組みの話をしてくれた。それは長い長い、彼女のこれまでの人生の話でもあった。どこまでが事実で、どこからが彼女の必要とした物語なのかはわからない。長い長い人生。そして、これからの時間。それは、悲しくていくらか陽気な話だった。

話が途切れると、彼女はじっと私の目を見る。それに耐えきれずに目をそらすと、彼女は新しい水割りを作ってくれる。そして、ほかのジャズのレコードをかける……。

いつしか、窓の外が白みはじめていた。牛乳配達のビンが、がちゃがちゃとぶつかる音が聞こえだす。私は、何かを自分で決めなくてはならないのを感じた。そして、じゃあ、そろそろ帰るよ、とだけ言った。

「そう? じゃ、気をつけてね」と、彼女はまっすぐこちらを見て言った。

「家に帰って、ゆっくり、おやすみなさい。」

それはもう十数年も前のことだった。

そして、私がかつて家庭教師をつとめていたお寺の長男は、きょう、自宅の寺で結婚式を挙げることになっている。私はこれから新幹線に乗って、彼の結婚式に出席するが、時間があればもう一度、昼間の賑やかな時間にでも、あの細い道を通り抜けてみるつもりだ。

参考
山口淑子・藤原作弥『李香蘭　私の半生』、新潮社、一九八七年
清水晶『上海租界映画私史』、新潮社、一九九五年

非中心へ

東京にも海岸はあるはずだ。

なのに、私は、東京の海を、あまり見たことがない。臨海副都心などという語の「海」も、あらかじめ、私のなかでは風化してしまっている。

見たことのある東京の海は、たとえば、晴海埠頭の海である。あるいは、日の出桟橋の海。葛西臨海公園にも、海は完備されていた。それくらい。

考えてみれば、私には、東京で海岸ぞいに歩いたという記憶がないのだ。

侵入者

戦前の地図を見ると、この都市が、かつて海に面した街だったことが、よくわかる。たとえば洲崎弁天町は、深川から海に向かって突き出す埋立地、長方形の一角だった。遊廓がさかえた時代には、この場所は市井から隔たる、いわば「出島」の景観を呈したらしい。

井伏鱒二『荻窪風土記』には、関東大震災より前の時代、品川の岸壁を離れる船の汽笛が、荻窪まで聞こえていたという話が出てくる。品川から荻窪までは直線で「四里内外」、つまり一五キロあまりである。いまは、もちろんそんな音など聞こえない。それでも、銀座あたりを歩いていると風向きによって海の匂いが漂うし、夏の夜更けや夜明けなど、どうかすると荻窪あたりでも、いまもって海が匂う。見えない海の匂い。

それは、この都市の古傷のうずき、古生物の記憶の形象のように、私には感じられたりするのだ。

　私は、いま、江戸川区に住んでいる。地図で見ると、海までの距離は約四キロ。埋め立てが進む前には、このあたりまで海だったらしく、近所の神社には、ここが海苔の産地であったことを記した小さな碑が建っている。運河とコンクリートの護岸とスーパーマーケットのほかに、何の印象も残さない土地だが、古く朽ちかけた木造家屋に、よく見ると「海苔製造販売」の看板がかかっていたりもする。これも、かつての海岸線の形象だろうか。

　西に向かって一〇分ほど歩くと、荒川べりに出る。七百メートルばかりある広い川幅が、もう海が近いことを告げている。正確には、この川面のうち、江東区寄りの西側四分の三ほどの流水面が「荒川」で、江戸川区寄りの残り四分の一の流水面は「中川」なのだという。「荒川」と「中川」を分けているのは、流水のなかを走る幅十数メートルほどの低い築堤だ。その上の中空を、高速道路が、川と同じゆるやかなカーブを描きながら彼方まで伸びている。

　日中、それは水上の虚空に走る、しなりを帯びた白い弦のようで、夜には、銀色に光る糸となる。はじめてこのあたりまで訪ねてきた編集者は、「なんだか、ＳＦ映画みたいですね」と言った。そう、私はそんなところで暮らしている。コンクリートと、うちやられた運河、高速道路、朽ちた木造の海苔店が混在する、ＳＦ映画の空間のなかで。

　しばらく前、東京の地図を広げていて、海まで、ここからでも遠くないことに、あらためて気がついた。わかっていたはずなのに、それは小さな「発見」だった。荒川堤防の道を流れに沿って下ってさえいけば、ほどなく、海に出るはずなのだ。――だから、私は、ある午後、自転車で荒川を西岸に渡り、その堤防上を海のほうへと走りはじめた。

　けれど、そのとき私は、都市空間というものが、しょせん一つの書割りであることを、忘れていたようだ。――花壇が美しい岸辺の公園は、数百メートルも走れば、とぎれてしまう。そこから先にはほとんど人影もなく、川べりには、赤錆びた巨大なボーリング機材やテトラポッドが並びはじめる。草むした堤防の外側では、下水処理場の建造物が、コンクリートの粗い肌をむき出して、逆光に姿をさらす。その敷地には、高低がまったくない。そして、さらにしばらく走ると、堤防上の道は、とうとう金網フェンスと鉄の門扉にぶつかって、行く手を封じられてしまうのだった。門扉は、厳重に鍵がかかっていた。

門扉の前には、自転車が数台乗り捨てられていて、ここから先の無人地帯に〝侵入者〟がいるのがわかる。堤防からさらに一段高くなっているコンクリートの防潮堤によじのぼって、向こうを見渡すと、前方の川ぞいの荒漠とした埋立地の広がりに、少年たちがぽつりぽつりと一人ずつ、さまようように歩いているのが見えた。その先に、またべつの運河の水面が光り、さらにその先に、夢の島あたりの清掃工場らしい建物が、小さく見える。もう夕刻に近い。パトロールカーが、荒れ地を巡回している。〝侵入者〟たちのところに近づいては停まり、退去するように命じているらしかった。

この場所に、侵入者から守る、いったい何があるというのだろう？　それとも、この荒涼とした風景が、東京住民の少年たちの目に触れることを、恐れているのか？

一〇年ほど前、「ランドスケープ・スーサイド」という独立系のアメリカ映画を観たことがある。米国の小都市で、動機の不明確な殺人事件が起こる。映画は、このありふれた事件直前に、容疑者の男が見ていたはずの町はずれの風景を、ただたんたんと映していく。ランドスケープ・スーサイド――風景の自殺、あるいは、自死する風景とでも言えばいいか。私は、その映画を観たときに、なにか東京の、夢の島から有明あたりの景色に似ているなと感じたことを、思いだした。

夢の島は、いま、「正面口」にあたる新木場駅から訪ねれば、芝地が美しく整った広大な緑地公園になっている。しかし、背後のこちら側からは、立入禁止の荒れ地に阻まれ、近づいていけない。

そして、いずれの場所からでも、東京の海は、ついに望めない構造になっている。「海」は、都市空間の舞台裏の倉庫に、格納され、しまってある。いま、この都市にとって、「海」はひとつのフィクションなのだ。臨海公園という、あらかじめ囲い込まれた、人工施設としての「海」のほかには。

あるはずのものが、ないことになる——。

非中心へ

これが、私たちの都市空間が高度経済成長をぐぐることで経験した、ひとつの奇妙な関数だ。「医学としての水俣病」三部作（監督・土本典昭ほか、一九七四〜七五年）という記録映画を、最近になってはじめて観て、そのことをあらためて感じさせられた。

水俣病患者の「認定」は、有機水銀に起因するいくつかの典型的な病状が発症していることを、行政側がさだめた検査で確認することによって、進められた。だが、有機水銀によるもっとも端的な人体への影響は、中枢神経へのダメージがもたらす知覚や言語の障害である。所定の検査を受ける時点で、症状の如何を自分で医師に伝える能力を損なわれている者は、ここでどうやって「病状」を相手に認めさせればよいのか。

行政は、こうした場合は水俣病の発病を「確認」できないと言う。つまり、そうした人々は、正式の（？）水俣病患者ではない、ということになる。表現の手だてを失うことが、公害病による受難のひとつの究極であることは明らかだが、まさにそのことによって、逆に彼らは水俣病患者とは「確認できない」、そうした〝判断〟が下るおそれにさらされる。

あるはずのものが、ないことになる。いまここにいる人が、いないことになる。

高度成長期の神隠しは、役所の魔法（書面）使いたちの幻術によって進んだが、それはいまの私たち自身の風景にも照応する。一九九六年、水俣病未認定患者三団体とチッソのあいだの「最終的な和解」が交わされた。だが一方、ここにいたる年月のうちに、水俣湾の埋め立ては着々と進み、すでに総面積五八ヘクタールの更地ができあがっているという。——これによって、かつての豊饒の海、また、暗緑色の水銀ヘドロの海は、ともになかったこととなっていくのか？

人間は、言葉で考えるのだろうか。だとすれば、言葉によらないぼんやりとした考えは「存在しない」ことになるのか。誰かと向きあって話しながら、自分が本当に言いたいのはこのことではない、と感じるとき、私たちは、言葉にならない未生の思考によって、それを知覚しているのではないだろうか。

世界のすべてを、言葉でとらえることはできない。ぼんやりとした考えのなかに浮きあがっているのは、明晰な言葉以外の領域にとらえられた、世界の姿である。この薄明のなかにある感情の根拠にむかって、さかのぼっていくことを、私たちは自分に禁じることができるだろうか？

言語をもたない部族（tribe）は、これまで、世界中のいかなる場所でも、人類学者や言語学者に「発見」されなかった。このことは、人間にとって言語とは何かを考える、ひとつの鍵となる。

子どもは、なぜ、発語しはじめる年齢の当初から、単数形と複数形を使いわけることができるのか。なぜ、はじめて話す単語でも、動詞と名詞と形容詞を、しかるべき順に並べて使う能力をもっているのか。なぜ、平叙文を、一定のルールに沿って、意味を損なうことなく、疑問文に作りかえるやりかたを心得ているのか。

これを考えると、言語を、人間が文化として「作りだしたもの」とは、言いきりにくい。つまり、それは「学習」によってはじめて習得されるものであるとも、言えないのではないか。英語だとか日本語だとか、より個別的な母語の形成は生後の環境に負うにせよ、人はそれ以前に、言語の「普遍文法」を遺伝子によって受けわたされて、知っている。五〇年代に登場した言語学者ノーム・チョムスキーは、こうした変形生成文法という考えかたを、パラダイムとして示すにいたる。

視覚系や循環系などあらゆる身体器官を自然科学的に語るときのように、人があらかじめ備えている言語能力の体系を〝心的器官〟と理解してはいけない理由がどこにあろうかと、チョムスキーは言う。これを、（彼への反対者がしばしば批判的に喩えてきたように）いわばコンピュータのハードにあたる「普遍文法」が人間の遺伝子には組み込まれており、そこにそれぞれの社会集団固有の文法（ソフト）が生後の学習で載せられていくものと、理解してもいい。

こうした考えかたは、「主体」とか「学習」といった人間中心的《ヒューマニスティック》な世界観を打ちくだく、機械論的な言語（人間）観なのだろうか。そうであり、また、そうではない。人間は、人間それ自体によっては越えていけない、さまざまな属性に縛られて生きている。そのことが、人間という生命体を、条件づけている。腕のかわりに、翼がはえてくることを、願えないように。言語を属性の一つとして生きることを、拒否できないように。「主体」を万能の基盤としては生きられない。むしろ、そのことが、生命体としての人間の自由の基盤なのである。

数百万年の胎内にはぐくまれた律動にさかのぼって、人間の知覚をとらえる。そこでは、発語を奪われた者たちも、言語を持っているのは、自明のことだ。そして私たちは、ともに同じ未生の思考から、世界を覗いているのである。

水俣

水俣病認定申請患者協議会の会長を務めていた緒方正人（一九五三年生まれ）は、八五年、患者認定の申請を取りさげ、運動の輪から離れた。運動を補償問題に収束させていくことが、反対に、水俣病患者としての闘いを風化にさらすことになるのではないかと、悩んだすえの選択だった。

取りさげの意向を固めた同年九月から、実際に取りさげる同年一二月までのあいだに、彼は、孤立感のなかで「狂い」の時期を経験したという。頭が極端に冴えて、眠れない。突然カクンと眠りに落ち、たくさん眠ったと思って目を覚ますが、実際には五分とたっていない。えんえんと、もがき苦しむ時間が続く。

「飯だって、涙をぽろぽろ流しながら食う。こん中にどれだけ生き物がおるか、それを俺はどれだけ食ってきたのか。ことばでこげん出てくればまだよかったばってんが、ことばにならずにただ感じるわけです。」

「狂い」の時期を抜けて、緒方がやったことは、木製の舟を作ることだった。いまの漁師の舟は普通どれもプラスチック製で、木の舟はない。木の舟で、海から、チッソの工場の排水口まで川をさかのぼり、「押し返し」、そこに身をさらしたかった。船大工を捜して、舟を注文するまで一年、舟ができるまでに半年、実行に移すまでにさらに半年かかった。舟は、「常世の舟」と名づけられた。

夜明け前に舟を出し、帆を張って、櫓を漕ぎ、チッソに近い丸島漁港に入るのが、朝市の時間。そこからリヤカーに、七輪、ムシロ、焼酎を載せて、チッソ正面まで約二〇分歩く。守衛所に挨拶し、正面向かい側の自転車置き場の前に、ムシロを敷いて坐った。そして、べつに用意してきたムシロに、黒と赤の塗料で、「チッソの衆よ」「被害民の衆よ」「世の衆よ」という三方に向けた呼びかけを書きはじめた。それは、その場に坐って書こうと決めていたもので、この日のうちには書き終われず、次に来たときにまたさらに書きついだ。

〈チッソの衆よ〉
この水俣病事件は／人が人を人と思わんごつなったそのときから／はじまったバイ。／そろそろ「**人間の責任**」ば認むじゃなかか。／どうーか、この「問いかけの書」に答えてはいよ。／チッソの衆よ／はよ**帰ってこーい**。／**還ってこーい**。

（ゴチックは赤で書かれた文字）

これらのムシロ文字のいちばん真剣な読み手は、学校帰りの子どもたちだった。それが緒方に反省をうながし、さらに「こどもたちへ」という一文が加えられることになった。

朝九時ごろに着き、夕方六時ごろまで坐る。この坐り込みは、一二月に始められ、翌年五月、かんかん照りでアスファルトが熱くなる季節が来るまで、「自然条件や自分の気分と相談」しながら続けられた。それは、チッソ正門前の風景と人々の動きを、ほんの少し、揺れうごかしたようだ。

それから数年経った一九九五年、緒方は、水俣湾の埋立地で、沖縄のミュージシャンを招いてコンサートを開いた。対岸の恋路島は、湾内の埋め立てが進んだせいで、いまではすぐ目の前に迫る。

工事前まで岬だった場所は、太古の昔、南の島から先人たちが到着したところだと伝えられている。あるとき、緒方は、そのあたりの林を歩いて、沖縄固有の聖地、御嶽《うたき》があるのを見つけたという。一組のアコウの巨木が立ち、周囲に大きな石を組んだ跡があった。うち一本のアコウは、いくつかの石をその根でつかみあげ、抱擁するような姿だった。

望遠鏡

沖縄市のはずれ、県道一六号線ぞいに、米軍嘉手納基地を見おろせる小さな丘がある。地元の人は「サンパウロの丘」と呼ぶが、なぜそこが、沖縄からも米国からも遠い、南米の街の名で呼ばれているのかはわからない。あるいは、米軍基地がやって来るよりもずっと前、南米に移民していく村民をここから見送った記憶が、詠み人知らずの地名となって残っているのかもしれない。

沖縄のことばで、中国との交易時代を「唐《とう》ぬ世《ゆー》」、日本領時代を「大和《やまと》ぬ世《ゆー》」、米国属領時代を「アメリカ世《ゆー》」と呼ぶことがある。老人たちはいまも太平洋戦争のことを「いくさ」と言い、戦場と化した沖縄は「いくさ場」であった。歌の名手は「情《なさき》」が深いと言って称えられる。沖縄の言葉、そして、水俣の言葉は、テレビが流す言葉とは異なる厚みで、時代の水をつかんでいる。

「言語」は言語科学において明確に定義された概念ではない、もし政治的境界について何も知らない言語学者がいたら、「言語」と「方言」に区別を認めないだろうと、チョムスキーは言った。言語学者マックス・ワインライクは、政治的境界については心得ていたらしく、標準英語だけを「言語」とみなす学風を皮肉って、「言語とは陸海軍を持った方言である」と再定義したそうだが。

私は、サンパウロの丘で見かけた一人の少年の姿を思いだす。一〇代なかば、ある種の軍隊マニアらしく、米軍の払い下げとおぼしきカーキ色の軍服できちんと身を包んでいた。首に、双眼鏡と望遠レンズ付きのカメラを下げている。そして、足もとには、さまざまな機種の戦闘機の「生写真」を並べて、一枚いくらと値段表が添えてある。ときおり基地を見にやって来る、観光客相手に売っているのだ（どれほど売れるかは知らない）。

私が、胸を衝かれる思いがしたのは、もう一枚、少年の足もとに置かれたボール紙の宣伝書きのほうである。「双眼鏡、一回五〇円」とマジックインキで書いてある。自分の双眼鏡を相手に貸し与えて、その代価を得ようとしているらしいのだった。

彼は、顔立ちこそ沖縄の少年だが、肌は明らかに黒人に近い褐色だった。体のどこかに障害があるらしいことが、身のこなしからわかった。

サンパウロ、という地名の響きが、少年になにかの感慨を呼びおこすかどうか、私にはわからない。彼は、ちらりと私を認めただけで、無言のまま、両手に握りしめた双眼鏡を滑走路の方向にぴたりと向けた。いましも離着陸訓練を始めた戦闘機が、一機、われわれの頭上に轟音を残して通りすぎた。

参考
ノーム・チョムスキー『ことばと認識』、大修館書店（原題 *Rules and Representations*. 1980. ニューヨーク）
スティーブン・ピンカー『言語を生みだす本能』（上）（下）、ＮＨＫブックス（原題 *The Language Instinct*, 1994. ニューヨーク）
緒方正人・語り、辻信一・構成『常世の舟を漕ぎて』、世織書房、一九九六年

離郷について

山口県の日本海側、長門市仙崎の港のはずれに、「海外引揚げ上陸跡地」という標識が立っている。白地に黒のペンキで、高さ二メートルばかりの新しい標識に、ただ、そう記されているだけなので、ここがどんないわれをもつ場所なのか、詳しいことはわからない。とはいえ、第二次大戦の敗戦直後、この港が「外地」からの引揚げ船によって使われたことを意味しているのは、たしかだろう。仙崎港は、朝鮮から見るなら、もっとも近い「内地」の港だった。そのことが、この小さな漁港を、《国境》の外側へと結びつけた。敗戦直後には、「内地」から朝鮮に戻る、朝鮮人の帰還船にも、ここの港は使われていたらしい。

半径百メートルの詩人

仙崎は、長門市から日本海にむかって突きだす、三角形の砂州のような土地である。その突端の先に、青海島があり、青海大橋が、砂州と島とをつないでいる。青海島の周囲をまわる観光遊覧船が、最近までここから出ていたが、いまは船の発着場が数百メートルほど砂州のつけ根のほうに移転していて、人影は少ない。私は、今度仙崎を訪れるまで、ここが詩人・金子みすゞの郷里だとは知らなかった。町を歩いて、はじめて、彼女の生家も墓所も、この地にあることに気づいたのだった。

仙崎のメインストリート、といっても、車がかろうじてすれ違える程度の、細く小さな商店街が、いまは〝みすゞ通り〟と命名されている。ことさら、観光客向けに宣伝めいたものが、あるわけではない。ただ、極楽寺の門前には「極楽寺のさくら」、祇園社という小さな神社の社頭には「祇園社」、また、途中の寿司屋の店先には「金子文英堂跡」と、それぞれ低く地味な石標が立っているだけである。ほかに何の説明の文言も記されていないので、これが金子みすゞにゆかりの標識だと気づく人すら、少ないのではないだろうか。彼女には「極楽寺」「祇園社」などの童謡調の詩篇があり、また、「金子文英堂跡」は、みすゞの生家だった本屋の跡地なのである。「海外引揚げ上陸跡地」もそうだが、どうやら、仙崎の人々は、寡黙なたちらしい。

だが、この商店街には、目にとまるものが、もう一つある。商店や民家の門口に、白い紙に筆書きされたみすゞの詩が、ぽつりぽつりと貼りだされているのだ。郵便局には「郵便局の椿」、八百屋の店先には「角の乾物屋の」、時計屋には「一軒屋の時計」。紙の大きさや、文字の字体は、まちまちだ。立ちどまって読んでいると、八百屋の若いおかみさんが出てきて、みすゞの詩の舞台となった場所にある家が、それぞれの詩を掲げているのですよと、教えてくれた。つまり、彼女の店は、かつての「角の乾物屋」で、すぐ横の家は「馬つなぎ場」だったというわけである。それに加えて、めいめい、金子みすゞの作品中から好きな詩を選んで、自分で紙に書きうつし、自由勝手に貼っているのだという。

彼女の場合も、定番の「角の乾物屋の」のほかに、もう一篇を、ときどき自分で書き換えることにしている。この日、店先の果物の上には、「お日さん、雨さん」という詩が貼られていた。

ほこりのついた
芝草を
雨さん洗つて
くれました。

洗つてぬれた

芝草を
お日さんほして
くれました。

かうして私が
ねころんで
空をみるのに
よいやうに。

この小さな道の周辺には、金子みすゞの詩が、文字どおり散らばっている。墓所は、この〝みすゞ通り〟の遍照寺にある。その意味で、彼女は、生家から墓地まで、半径百メートルの詩人であると、言っていいかもしれない。金子みすゞ、本名テルは、一九〇三年（明治三六）、当時の山口県大津郡仙崎村に生まれ、二六歳で死んだ。長く忘れられた存在だったが、時を隔てて、自作がこのように町の人々から愛されるのは、詩人にとって、やはり幸福なことだと言えよう。

山口県下や、すぐ隣の津和野（島根県）あたりを歩くと、あちこちで、こうした「ご近所《ネイバーフッド》」の力とでも言うべきものを意識させられる。

たとえば萩では、高杉晋作と木戸孝允の生家は、細い路地一本を隔てただけの場所にある。津和野では、森鷗外の生家と、親戚の西周の生家が、やはり一筋の小川をはさんで向きあうように建っている。いずれも、今日の目から見れば、とても簡素で小さい。西の生家は、森家とともに四万三千石の小藩・津和野藩の典医だったが、やがて彼はここから出て脱藩、まだ幕末のうちに（一八六二年）、オランダにまで渡るのである。

鷗外は一〇歳で東京に移ってからも、同じく東京に転じていた西周の家にしばらく寄居しており、郷里の人間関係は、こうして明治維新後の東京にも持ち越されることになる。維新の動乱のあと、井上馨、木戸孝允、伊藤博文ら、長州藩出身の生き残りたちは国権担当者の道を歩むことになるが、彼らの内部には、戦乱に倒れた郷里の同志たちの記憶がたもたれていた。そのことが、明治新政府の初期為政者のあいだで、政治的堕落や腐敗に対する一定の歯止めとして働いたことは、まちがいない。

越境

けれども、反面、山口は、こうした「ご近所」エネルギーとは無縁な詩人も、生んでいる。中原中也である。

一九〇七年、山口町（現在の山口市）生まれの中也は、金子みすゞとほぼ同世代にあたるが、詩は、まったく異質である。たとえば八百屋や時計屋の店先に、彼の詩《幾時代かがありまして／茶色い戦争ありました》（「サーカス」）とか、《ある朝　僕は　空の　中に、／黒い　旗が　はためくを　見た。》（「曇天」）といったフレーズは、およそ似合いそうにない。私には、これが現代詩の誕生に、そのまま重なって見えてくる。

中也は、郷里との関係を、どのように生きたのか。

彼は、中原医院という医家の長男だった。父の期待をになって名門・山口中学に進みながら（一九二〇年）、詩に入れあげて――このときは短歌だった――劣等生に転落することで、郷里を脱出する。二三年、彼は四年生への進級試験を落第し、京都の立命館中学に転校したのだった。この大震災の年、彼は京都でダダの詩と出会っている。

入り婿の父は、そんな自堕落を許せる立場になかったはずだが、息子の詩が雑誌に掲載されたのを読んで、いたく感激して泣いた（父は生前、息子の詩集を見ることはできなかった）。中也は、三〇歳で死ぬまで、自身の食い扶持をかせぐ仕事は、まったくしなかった。母は、そんな〝詩人〟になった息子を、理解し、べつの意味では甘やかした。しかも、中也は、そういう自分について、恐縮した態度を示すことなく生きていた。

　彼は故郷を棄てたが、故郷の家は、けっして彼を棄てなかった。人の道として見るなら、家を「棄てる」詩人と、故郷とのあいだの葛藤は、これで勝負あったと言うしかない。しかし、中也は、その故郷を、顔色変えずに背中にしょっていた。べつの言い方をすれば、故郷からの「愛」に、挨拶を返さないというしかたで、彼はそのことに耐えたのだった。

　中也は、鷗外のように、立身出世を引き受けて、東京に行ったのではない。〝詩人〟になる、そのような言いぐさで故郷にきちんと挨拶する手だては、ないのである。故郷のやわらかな「愛」に、郷里の言葉で挨拶を返そうとすれば、〝詩人〟になるはずの、彼は負ける。だから彼は、そのことをただ、詩の言葉へと変えていった。この成り下がりの態度に、郷里山口というネイバーフッドからの《国境》越え、日本近代の抒情詩体から現代詩への越境のモチーフを、私たちは垣間見ることにもなるのではないか。

帰郷

柱も庭も乾いてゐる
今日は好い天気だ
　　縁の下では蜘蛛《くも》の巣が
　　心細さうに揺れてゐる

山では枯木も息を吐く
あゝ、今日は好い天気だ

路傍《ばた》の草影が
あどけない愁《かなし》みをする

これが私の故里《ふるさと》だ
さやかに風も吹いてゐる
心置なく泣かれよと
年増《としま》婦の低い声もする

あゝ　おまへはなにをして来たのだと……
吹き来る風が私に云ふ

手紙

同じ山口線沿線の津和野町では、中也の母の世代に、もう一人、女性の離郷者を生んでいることも、私には印象深い。

三浦シゲは、津和野の紙問屋の娘として、一八八九年（明治二二）に生まれた。のち、同じ町の旧家「伊藤薬局」の長男・伊藤治輔と東京で結婚、帰郷して二〇歳代なかばを、その家ですごしている。治輔も、もともとはこの家に養子として入った人で、いわゆる入り婿入り嫁の結婚である。伊藤薬局は、そのころ、広い敷地内に店舗、調剤作業所、薬蔵、そして二〇人近い家族を抱える、山陰道屈指の薬問屋だった。

この家のなかで、シゲには、女学生時代から新婚時代にかけての東京で観た、新劇の舞台への夢が増していった。しかし、彼女は、この重苦しい旧家に入った若い嫁、一児の母なのである。そんな女性が、いまさら東京で女優になることなど、傍目にはもちろん、本人にとっても、常軌を逸した夢であることは明らかだった。

　だが、一九一六年（大正五）、シゲは婚家を出て実家に戻り、離婚。翌春、伊藤家に七歳の一人息子を置いたまま、女優をめざして単身で再度上京する。津和野という山間の町で、これは前代未聞のスキャンダルに違いなかった。上山草人が主宰する「近代劇協会」の研究生となったとき、彼女はすでに満二八歳。異例に遅い女優デビューだった。同郷の人、鷗外の『伊沢蘭軒』と、正倉院所蔵の香木・蘭奢待《らんじゃたい》にちなんで、彼女に伊沢蘭奢（当初は蘭麝）との芸名がつけられるのは、その初舞台のときである。


「伊藤薬局」に置き去られた息子は、当初、母の名さえ知らなかった。母が東京で「芝居者」をしているらしいことは、周囲の噂話から聞こえてきたが、芸名すらわからなかった。呼ぶべき人の名前をもたないこと。そのことが、彼のさみしさの、芯の部分となって残っていた。

　彼は、一九二三年、山口中学に入学する。中原中也が同じ中学の四年生への進級試験に落第して、京都に転学した、その春である。山口での寄宿生活が始まると、彼は生徒監の目を盗んで、活動写真館（映画館）に通いだす。二年生の夏、偶然、スクリーンに「三浦しげ子」という、母の本名によく似た女優の名前を見つけだした。彼は中学入学にさいして、戸籍謄本から「三浦シゲ」という母の名を、はじめて知っていたのだった。その女優は、彼自身の顔だちにも、似ているように思えた。当時、伊沢蘭奢は、映画には、この名前で出演していたのである。

　三年生になると、元映画女優の五月信子が、「近代座」という劇団を率いて、山口に巡業してきた。はじめて「三浦しげ子」をスクリーンに見つけたとき、主演女優は五月信子がつとめていたのを覚えていたので、彼は歓迎茶話会にまぎれこみ、彼女にこんなふうに質問している。「三浦しげ子って女優をご存じでしょうか」「――あれは、ぼくの母なんです」「母は、新劇では何という名前で舞台に出てるんでしょうか」……。

蘭奢から、郷里に残した息子の話を聞いたことがあった彼女は、よけいな質問をすることなしに、紙に「伊女優がお預りしてお届けするようにしましょうと、つけ加えた。
沢蘭奢」という字を書いて教えてくれた。そして、もしあなたがお母さんに手紙を書くのなら、一座の若い

津和野の町を歩いたとき、実は私には、こうした具体的な予備知識があったわけではない。ただ、薬局のウインドウに飾られた伊沢蘭奢の大判ポスターに引き寄せられるようにして、古く大きな店構えのなかに入ったただけのことである。店内正面は、壁いっぱいの薬棚がふさいでいる。そこには、小さな木の抽出しが縦横にたくさん並んでいて、それぞれに細かく生薬名が書いてある。家伝だという胃腸薬「一等丸」を買う。三〇代らしい店主のていねいな説明ぶりに、漢薬づくりへの自信と自負が、感じられた。薬袋には「伊藤薬局」と書かれていた。

私は、伊沢蘭奢のポスターのことを思いだして、店主に、お宅は蘭奢と何かご縁があるのですかと、尋ねずにおれなかった。「ええ、わたしの祖父の前の奥さんです」と、彼は言った。
「蘭奢と祖父のあいだには息子が生まれていたので、本当なら、その人がこの店を継ぐはずだったと聞いています。でも、その人も東京で作家になったので、祖父が再婚して生まれていた子ども、つまり、わたしの父が、ここを継ぐことになったんです。」

私と同世代の店主の言葉つきは低く落ち着いたものだったが、そこには、蘭奢という女性への憧れのような気持ち、蘭奢母子への淡い羨望の響きが、かすかに混じっているように私には思えた。少なくとも、彼の声に、この旧家を棄てた者たちを石もて追うような調子は、みじんもなかった。

じゃあ、伊藤佐喜雄はこの家で育ったわけですね、と、私は蘭奢の息子という作家の名を口に出した。
「ええ……伊藤佐喜雄をご存じなんですね。いえ、伊藤佐喜雄って、知ってるって言う人は、めったにいませんから……。」

彼は、少し目をみはって、微笑して見せた。私は、ただ名前を知っているだけの、日本浪曼派の作家の名

前を声に出したことを、かえって恥じねばならなかった。

かつて身一つで去っていった者を、静かに記念しつづける気風が、いま、ここの家に残っている。薬問屋の伊藤家は、藩医・軍医をつとめた森鷗外一族とは、古くから親交をもっていた。漢方薬「一等丸」の名も、幼時の鷗外が、父・静男とともに考えて命名したとの伝説があるらしい。のち森家が津和野を離れてから、鷗外の生家は転々と人手を渡ったが、最後は伊藤家の手に落ちつき、町に寄付されて、もとの場所に復元された。

もっとも、鷗外その人は、一〇歳でこの町を離れて以来、一九二二年（大正一一）、満六〇歳で没するまで、ついに一度も帰郷していない。


伊沢蘭奢が、息子・伊藤佐喜雄からの手紙を受け取り、二人のあいだの交流がひそかに再開されるのは、一九二七年（昭和二）。佐喜雄が五月信子一座の若い女優、秋月弘子に手紙を託してから、二年後のことである。なぜ、あいだにこれほどの時間が流れたかと言えば、主な理由は、五月信子の「近代座」が、山口での公演後、旅から旅を続けていたからである。小倉の勝山劇場、それから朝鮮に渡る、さらに満洲に入って、奉天（現在の瀋陽）、長春、ハルビン、チチハル……。封筒のなかの手紙と写真も、そうした大まわりの旅を続けて、蘭奢の手に届けられた。

翌一九二八年、伊沢蘭奢は三八歳で急逝している。郷里との距離は、彼女のなかで、どれほどのものであったのか。

参考
『金子みすゞ全集（新装版）』全3巻、ＪＵＬＡ出版局
大岡昇平編『中原中也詩集』、岩波文庫

夏樹静子『女優X　伊沢蘭奢の生涯』、文藝春秋、一九九三年

月に近い街にて——植民地朝鮮と日本の文学についての覚え書き

地金の感覚

夜更けてソウルのホテルの部屋に戻ると、窓辺のカーテンは開け放ったままだった。眼下の市庁前のロータリーでは、行き交う車のヘッドライトが、放射線状の光の帯を伸び縮みさせている。庁舎の黒い影に、電光時計が明滅する。

ベッドカヴァーの上に寝転び、TV受像機のスイッチを入れる。画面上には、大河ドラマの映像が現われた。異国の言葉。部屋のなかまで侵入してくる乾燥した外気。遠い騒音。この街を訪れるたびに見舞われるかすかな寂寥感が、私は、けっして嫌いではない。

ドラマの筋立ては、日本による苛烈な植民地支配にさらされた朝鮮の農民が、南米への移民を選び、その地でさらに艱難辛苦を重ねるといったものであるらしかった。だが、まずはそれに先立ち、彼らの故郷朝鮮の村に日本軍が乗り込んで乱暴のかぎりを尽くす場面が、たっぷりと描かれる。——日本兵らは、夜ごと野外で火を焚き、酒瓶をあおり、徴発した鶏肉に丸ごとかぶりつく。そして、一同酔いが回ると、なぜかいっせいに焚火の周囲をぐるぐると盆踊りのような仕草でおどりだし、あわせて「予科練の歌」をうたうのである。

ソウルのホテルの静寂のなかで、このような場面を見る。そのとき、私を襲うのは、日本兵のふるまいをめぐる、ステレオタイプな演出への驚きなどではない。この国の大河ドラマに、日本兵らが繰りかえしお決まりの姿で現われる程度のことは、いたしかたないことと思っている。むしろ、私のなかに浮き上がってくるのは、……ああ、「予科練の歌」って、こういう歌だったっけ……という小さな発見だ。私は、そんなことを、韓国のテレビドラマをぼんやりと眺めながら、知らされる。

韓国の文芸評論家・金允植《キムユンシク》は、一九三六年、慶尚南道金海郡で生まれた。彼は、太平洋戦争が進行するなかで国民学校に入学し、自宅から四キロあまりの山道を、さみしさをまぎらわせるため、「赤い鳥小鳥」「恩賜のタバコ」「父よあなたは強かった」「予科練の歌」などの日本の歌を、意味もわからないまま、うたいながら歩いたという(『傷痕と克服——韓国の文学者と日本』はしがき)。当時、朝鮮の子どもらには、それらの歌しか学校で教えられていなかったからである。やがて、彼は大人になり、韓国近代文学の新進の研究者として日本に留学する(七〇〜七一年)。しかし、ここで彼は、意外にも「この幼年時代の故知らぬ抒情」の痛みが甦ってくるのを感じ、自身で驚くことになるのだ。

金は、ときどき靖国神社に出かけては「そこで二つの事実に胸を痛めました」と書いている。

「その一つは『慰霊の泉——戦没者に水を捧げる母の像』でした。死のせとぎわをさまよう兵士たちの渇《かわ》きをいやすために、残された母や妻子が作った、たおやかに流れる水の象徴的な意味が、わたしの胸をしめつけたのはなぜだったのか、いまでもわたしはまだそのときの思いを分析できないでいます。」

「もう一つは、明治一九年、大阪砲兵工廠が建造した銅の巨大な鳥居〔第二鳥居〕でした。日帝時代の国民学校にかよったころ、わたしは毎朝、朝会のたびに『君が代』を歌い、東にむかって宮城遥拝したものでした。そして先に書いたように、わたしたちの先祖代々伝わってきた真鍮の食器すら供出したのです。『鬼畜米英を撃滅する砲弾』に使われるのだと聞きました。ところで、なぜ靖国神社には膨大な金物がそのまま残っているのでしょうか。もちろん、論理的にそれを判断できないわたしではありません。だけど大切なのは、その鳥居をなでながら、幼いころ、父が食器を供出しに持ってでるときの表情が、その瞬間うかびあがったことです。母と姉がときおりその食器をていねいにみがいていた姿がうかびあがったのです。そして、村の班長がそれらを集めて、カマスのなかにいれ、ハンマーでたたきつぶしてしまった光景も。」

ここにある感覚は、なんだろう。

金は、子どもの頃、「予科練の歌」などを「意味もわから」ないままにうたう。しかし、その日本産の歌に託された当時の彼の抒情には、父の徴用が取り沙汰されることへの不安、授業のかわりにマツヤニ採りに山を歩きまわった苦労、家族がわかち使った食器が供出されていくことへの子どもながらの悲しみも、含まれている。だが、成人してのちには、まさにそれと同じところから発するものが、さらに、日本側の戦没者を悼む靖国の母・妻子への「分析できない」同情にも、彼を導く。

靖国神社は、故国朝鮮への侵略遂行にも加わった英霊、つまり、抗日の義兵やパルチザンと戦って命を落とした日本軍将兵らも祀られている。しかも、その社の銅製の大鳥居は、金の故国の家々から持ち去られた家財をも代償に、維持された。けれども、まさにそれゆえに、この鳥居をなでると、彼には食器を供出しにいく父の表情、懐かしい母や姉の面影まで、甦ってくるのである。

そこには、侵略者たる敵国と、喪われた故国が、ともにある。侵略の尖兵をになった英霊たちのシンボルが、肉親への思慕の依りどころともなり、そこにあるのだ。なぜなら、金がここで立っているのは、まさにこのようなものとして出発するほかなかった自身の時代の抒情、つまり、「靖国」の鳥居の地金にまで溶かし込まれた「朝鮮」に、触れ、また離れていく、心の動きだからである。

純化された貴金属のような感情を、二〇世紀末の私たちは、生きることができない。むしろ、ここで働いているのは、鋭敏な、地金のなかの異質性への感覚だ。

侵した側の「傷」のこと

加藤典洋は、戦前戦後を通して刊行が続けられた日本本土の雑誌などにおいて、敗戦直後の再出発にあたって欠けていたのは、「敗者の弁」だったと指摘する（「『敗者の弁』がないということ」）。そこには、「撃ちてし止まん」と呼号した者と、「戦後民主主義」を唱導する者との、選手交代にあたっての「敗者の弁」がない。つまり、この両者（同一人物のなかに両者がいた場合もある）のあいだで、敗戦という「負け点」の引き継ぎが、なされずにきた、と彼は言う。

同様の欠落は、この国の戦後の文学界にもやはりある。

たとえば、私たちは、近代の「日本文学」をとらえるにあたって、旧植民地という領域を除外して考えることはできない。たとえば、植民地朝鮮なら、そこには、朝鮮語の文学があった。また、強いられた日本語による、朝鮮人の「日本語」文学があった。日本人の植民作家もいた。それらは、ともに、いやおうなく「日本」という版図に組み入れられた地域で営まれる文学の活動であった。だからこそ、そこでは、日本〝本国〟の文学になく植民地の文学にあったもの、あるいはその逆、それら相互の連関が、明らかにされていかねばならないだろう。苦いながら、豊かな果実も、そこにはあった。にもかかわらず、敗戦と植民地放棄という政治状況の遷移に沿って、そこで持ちあがっていた文学上の諸現実をも切り捨て、なしくずしの忘却にさらしてきた事実は、日本の戦後文学におけるひとつの「敗者の弁」の脱落を示している。「領土」と「言語」とを一体のものとみなしがちな為政者の見地に、日本の戦後文学も、〝ただ乗り〟で身をあずけてきたきらいがある。また、そのことは、日本の「戦後文学」を痩せたものにしたのではないだろうか。

「負け点」の引き継ぎとは、おざなりな「謝罪」の挨拶を相手に送ることを意味するのではない。先に引いた金允植は、日本の朝鮮に対する植民地支配体験が、E・M・フォースター『インドへの道』に匹敵する作品を残すことがなかった点を指摘している。この批評は、日本の文学が、植民地支配というモラルの「傷」を糧として、そこから何かを生みだすことが少なかったことを突いている。つまり、金は、ここで、侵略された側の「傷」とは別に、支配した側の「傷」、それに対する日本の文学者たちの想像力の欠如を指さしているのである。

ソウルの中心を貫く世宗路を、私が滞在したホテルからまっすぐに一〇分も歩くと、国立中央博物館、かつての朝鮮総督府庁舎にぶつかる。堂々たる風格を示す石造建築物は、遠くそびえる北漢山の岩肌を背景に、緑青のドームをきわ立たせている。世宗路から光化門ごしに見る、この景観は、現代のソウルでもっとも美しい都市風景のひとつだとも言えるだろう。

だが、この旧総督府庁舎は、日本による植民地支配時代の初期、あろうことか朝鮮王朝建国以来の王宮、景福宮の敷地内に建てられている。それも、国王が臣下から朝見と賀礼を受ける勤政殿、つまり正殿の前を塞ぐかたちで建造された（一九一六年に着工、二五年に竣工）。おかげで、いまは世宗路から景福宮の正門・光化門を望んでも、宮殿は旧総督府の蔭に隠れて、見えない。モニュメンタルな巨大建築というものが、いかに露骨なかたちで政治性を背負うことになるか、その典型をなす例である。

ともあれ、光復（植民地からの解放）五〇年を迎え、韓国政府は、いよいよこの建造物を、撤去する意向を固めた。（後注・旧朝鮮総督府庁舎は、一九九五年八月一五日に始まった工事によって、解体、撤去された。）

異国語としての「雨の降る品川駅」

植民地という領域を考えに入れるとき、近代の「日本文学」を構成してきたのは誰か、という問いが残る。中野重治の詩「雨の降る品川駅」は、植民地朝鮮に戻っていく、プロレタリア運動の朝鮮人同志を見送って書かれた。ただし、現在の定本は中野本人による幾度かの改訂を経たものであり、雑誌「改造」一九二九年二月号に掲載された初出段階での原詩は、伏字だらけで、正確なところが判然としない。だが、朝鮮史研究者・水野直樹によれば、この詩の初出当時、在日朝鮮人が出していた朝鮮プロレタリア芸術同盟（カップ）系の「無産者」という雑誌に朝鮮語訳が掲載されており（第三巻第一号、一九二九年五月）、これには伏字がはるかに少なく、ここから原詩の復元がかなりの正確さで可能だという（「『雨の降る品川駅』の事実しらべ」、『季刊三千里』八〇年春号）。
これらを合わせて、中野重治「雨の降る品川駅」の原詩の復元が試みられたものを掲げておく。

雨の降る品川駅

御大典記念に　李北満・金浩永におくる

辛《しん》よ　さやうなら
金《きん》よ　さやうなら
君らは雨の降る品川駅から乗車する

李《り》よ　さやうなら
も一人の李よ　さやうなら
君らは君らの父母《ちちはは》の国に帰る

君らの国の河は寒い冬に凍る
君らの反逆する心は別れの一瞬に凍る

海は雨に濡れて夕暮れのなかに海鳴りの声を高める
鳩は雨に濡れて煙のなかを車庫の屋根から舞ひ下りる

君らは雨に濡れて君らを追ふ日本の天皇を思ひ出す
君らは雨に濡れて　彼の髪の毛　彼の狭い額　彼の眼鏡　彼の髭　彼の醜い猫背を思ひ出す

降りしぶく雨のなかに緑のシグナルは上がる
降りしぶく雨のなかに君らの黒い瞳は燃える

雨は敷石に注ぎ暗い海面に落ちかゝる
雨は君らの熱した若い頬の上に消える

君らの黒い影は改札口をよぎる
君らの白いモスソは歩廊の闇にひるがへる

シグナルは色をかへる
君らは乗り込む

君らは出発する
君らは去る

おゝ
朝鮮の男であり女である君ら
底の底までふてぶてしい仲間

日本プロレタリアートの前だて後だて
行つてあの堅い　厚い　なめらかな氷を叩き割れ
長く堰かれて居た水をしてほとばしらしめよ
そして再び
海峡を躍りこえて舞ひ戻れ
神戸　名古屋を経て　東京に入り込み
彼の身辺に近づき
彼の面前にあらはれ
彼を捕へ
彼の顎を突き上げて保ち
彼の胸元に刃物を突き刺し
反り血を浴びて
温《ぬく》もりある復讐の歓喜のなかに泣き笑へ

「改造」一九二九年二月号に初出掲載されたとき、このうち傍点を付した部分が、伏せ字だった。その部分を水野直樹が「無産者」に掲載された朝鮮語訳から反訳するなどして、原詩の復元を試みたものが、これである（朝鮮語訳も伏せ字とされたくだりについては、水野自身は判断を留保し、旧版『中野重治全集』第九巻月報「編集室から」の推測に拠っている）。

なお、副題にある「御大典」とは、この詩が書かれる直前、一九二八年（昭和三）一一月一〇日に京都で挙行された裕仁天皇（昭和天皇）の即位式をさす。これを平穏に行うためとして、日本政府は左翼運動の封じ込めをはかり、中野も大典前後の二九日間にわたって警察に拘留された。在日朝鮮人に対する取締まりはさらに厳重で、予防検束などに加えて、日本からの追放処分になった朝鮮人も多かったという。
以上の事実を踏まえて想像を加えれば、「御大典」前後の朝鮮人への弾圧に憤りを抱いた中野が「雨の降る品川駅」を書き、親しくしていたカップ東京支部の活動家、李北満に原稿を見せたところ、李は感動し、日本語を解さない多くの朝鮮人にも読めるように翻訳して、自分たちが刊行を準備している「無産者」（この雑誌は、発行を禁じられたカップの機関誌「芸術運動」の後継誌にあたる）に掲載することにした、ということではないかと水野は推測している。

ここで重要なことの一つは、李北満たちのような若いプロレタリア文化運動の活動家たちは、自身では「雨の降る品川駅」を日本語で十分に読みこなすだけの読み書きの能力を備えているにもかかわらず、なお、あえて、そうした日本語の読解力をもたない朝鮮人同胞らにも広くこの作品を伝えたいと考え、翻訳・刊行の危険を冒したということである。

在日朝鮮人による日本語文学の歴史とその意味を考えるとき、ここにあった事実は、さらにまた違った光のもとでとらえてみることもできるだろう。

やや時代が下って、金達寿（一九一九～九七）のような世代の作家が、「解放」（日本の敗戦）前後に、日本語で自身の在日朝鮮人文学を書いていきたいと考えたとき、周囲の朝鮮人、とりわけ父母の世代にあたる人びとの多数は、日本語で彼らが書く文学作品は読めなかった、と思われる。日本による三五年間の朝鮮への植民地支配は、たしかに、彼らに日本語での読み書きを求めた。しかしながら、その教育が徹底化されて浸透するのは戦時体制も押し詰まっての〝少国民〟世代にほぼ限られており、しかも、この教育体制さえ、たとえば金達寿という少年の場合なら一〇歳から働かなければならなかった、という現実の事情によって、あちこちでほころびを見せていた。

したがって、当面は日本社会で生きていくことを前提に、彼ら戦中育ちの朝鮮人の文学青年たちが、自身の内面も含めて描出する手だてに日本語を選んだことには、相応に複雑な判断が伴っていたと考えるべきなのだ。むろん、在日朝鮮人は朝鮮語によってこそ書くべきだという主張もあり、実際にそれを行なった人びともいた。だが、金達寿らには、日本語による表現をとることで、もっと広い読者と文学志願者がいる世界に出ていって、自分を切磋琢磨してみたい、という気持ちもあった。また、もしも、いずれは文筆を職業とすることを望むとするならば、日本語を選ぶ以外にない、という現実認識も彼らには働いたことだろう。

いずれにせよ、李北満たちも、さらに一、二世代下る金達寿たちも、在日朝鮮人の青年たちは、なかばは民族の運命を背に負うようなかたちで、言語との関係をみずから選ばなければならなかった。

一方、中野重治自身は、一九〇二年（明治三五年）、福井県坂井郡高椋《たかぼこ》村（現・坂井市）に、父・藤作、母・とらの次男として生まれた。中野家は小地主を兼ねる自作農だったが、父・藤作は向上心に富む人で、福井の地方裁判所の雇《やとい》となったり、台湾に渡って土地調査局で働いたり（そのあいだに、中野は郷里で生まれる）、さらには、夫婦連れだって朝鮮に渡り、韓国併合をはさむ前後九年間、現地の土地調査事業に加わった。詳しく言えば、一九〇九年（明治四二）、現地に渡った当初は、韓国統監府土地調査局の主事。翌年、韓国併合がなされて、その後は朝鮮総督府臨時土地調査局の職員である。鴨緑江をはるかにさかのぼった中国・満洲地方との国境地帯、驚くべき僻地にも出張していることが、残されている手紙からわかるという（松下裕『評伝　中野重治』）。

土地調査事業は、植民地経営の開始期に不可欠とされた事業である。土地を測量し、所有関係を明らかにするとともに、整理して、新たに本国の法のもとに登記する。地価の査定などにも、それは関係する。だが、たとえば入会地《いりあいち》のような、それぞれの地域の伝統のなかで保たれてきた共同所有などにも、近代国家の名によって手を突っ込むことになるので、従来の社会関係が壊れて、しわ寄せを食う人びとの窮乏化や流亡を伴った。この事業は、台湾における日本の植民地経営（一八九五年～四五）開始期に行なわれ、また、朝鮮における植民地経営（一九一〇年～四五年）開始期にも行なわれた。

篤実な農民である自分の父が、日本の植民地経営事業の礎となる仕事もまた篤実に担ってきたらしいという事実は、朝鮮のことを考えるとき、中野の意識を去らずにあっただろう。父の藤作にとって、それは出稼ぎの一つでもあった。息子たちを都会の上級学校に上げるためには、自作農の仕事を一時離れてでも、そうやって現金収入を得るのは必要なことだった。

両親が朝鮮で働くあいだ、中野は、郷里の祖父母のもとで育てられた。彼らが朝鮮に渡る一九〇九年（明治四二）は、韓国併合の前年で、伊藤博文が安重根に暗殺される年にもあたる。中野は、小学校二年生だった。

自伝的小説『梨の花』に、主人公の良平が、伊藤暗殺の噂を初めて耳にする場面がある。

《「いとうはくぶんが殺されたんじゃがいや……」

そんなことをやはり上級生でいうものがある。

「殺された……」

どしたんじゃろうと思うけれど、「いとうはくぶん」というのがどんな人か知らぬのだから――人の名にはちがいない。――かくべつ大事件とも思えない。

（中略）

「みなさん……」とほんとうに校長が話をしはじめた。

「きょうは、みなに、えらい大事なことを話しせねばなりません。いっさく（一昨）二十六日、いとうこうが、満洲ハルピン駅で暗殺せられたのであります……」

（中略）

「一朝鮮人の手によって、ピストルをうたれて……」

「満洲ハルピン駅で」――その「満洲」というのは「朝鮮」とはちがうにちがいない。しかし「朝鮮人」というのだから、おとっつぁん、おっかさんらの行っているあの「朝鮮」にちがいない。良平は、校長の話にはわかりかねるところがあるが、ほかの生徒よりは、自分だけよけいにその話に関係があるような気がしてきて仕方がない。》

「雨の降る品川駅」に戻る。初出発表後、さほど時間を経ないうちから、中野は、この詩の改稿を始める。天皇に対するテロルを示唆するような表現に、自分の筆が流れてしまったことが、作者として気になった。

　東京帝大での学生時代、ともに新人会に加わっていた友人の西田信春は、その後、日本共産党に加わり、四・一六事件（一九二九年）と呼ばれる大弾圧で検挙された。二年後、彼はまだ市ヶ谷刑務所の獄中にいて、そこから中野に手紙を書いてきた。

《話はちがふが、一九二九年の二月だつたかに改造に出た品川駅頭のことをうたつた君の詩――それについて君自身拙かつたと云ふのを聞いたのだつたが、その理由を僕は聞かなかつた――》（一九三一年五月二〇日付、西田信春から中野重治宛。石堂清倫・中野重治・原泉編『西田信春書簡・追憶』）

　つまり、一九二九年二月にこの詩が「改造」に出て、同年四月に西田が検挙されるまでの短いあいだに、中野は早くも自作の詩が「拙かつた」と自覚したのだろう。一方、西田の手紙は、刑務所当局の検閲を意識して、わざと韜晦し、このように続けている。「[その君の詩]も当時吾々の間に残つてゐた政治的誤謬の一斑――コムニストたるものが恰もモナーキー［注・君主政体のこと］の撤廃にのみ狂奔する自由主義者の態度を示した――を示して居たのではなかつたらうか」。要するに、「モナーキーの撤廃」、つまり、ここで天皇暗殺にことさら傾斜していく稚拙な表現は、「コムニストたるもの」にふさわしくない、と言っているのだ。これは、中野による自作批評にも、ほぼ重なっていただろう。（ちなみに、中野の共産党入党は、この一九三一年夏のことらしい。）

三一年秋に出版予定だった『中野重治詩集』（ナップ出版部）では、中野自身も、天皇に関する身体描写を簡潔にするとともに（これは伏せ字のままだったが）、最終連の最初の三行、さらに「そして再び」から「反り血を浴びて」までを削除するなどして、現在の詩集に収められる「雨の降る品川駅」とほぼ同じかたちにまで大きく改作していた。けれども、この詩集は、発行前の段階で警察に押収されて、刊行を禁じられた。

さらに、二年後の一九三三年二月。友人の西田信春は、日本共産党九州地方委員会委員長としてまた逮捕され、直後、警察による拷問を受けて殺害される。

言語の交差点から

たとえばこのようなかたちでも、植民地と日本〝本国〟との文学の関係は、互いに乗り入れていく。また、言うまでもなく、当時の朝鮮人による「日本語」文学は、非・母語による文学である。それを迫られるとき、彼ら一人ひとりの内面でどんな「ことば」の事件が起こっていたかが、立ち入って想像されねばならないだろう。

朝鮮の二人の詩人のことが、思いうかぶ。

一人は金龍済《キムヨンヂェ》。一九〇九年、朝鮮忠清北道で生まれ、一七歳で日本に渡った。やがてプロレタリア詩の運動に加わり、日本語で詩を書きはじめ、中野重治らを知る。三二年のコップ（日本プロレタリア文化連盟）一斉検挙で豊多摩刑務所に送られ、これは同じ刑務所で中野らが転向した時期（三四年）に重なるが、金自身は非転向を貫いて（共産党には入党していない）、三六年春まで獄中にいた。同年秋、四度目の検挙にあい、朝鮮へ帰ることを条件に不起訴・釈放とされる。その間、中野の妹で、詩人でもあった鈴子と恋愛関係となるが、三七年夏、強制的に送還。翌春、鈴子は京城（現在のソウル）に渡り、半月ほど金と同居するが、失意のうちに帰国している。金には、数え一六歳で結婚した（というより、させられた）妻がいた。

また、この時期までの金は非転向で文学批評などを朝鮮の新聞に書きつづけたが、三八年四月末から翌年一月まで約八カ月間を沈黙したのち、転向。『亜細亜詩集』などの親日詩、好戦詩を書きはじめる。詩集『美しき朝鮮』が出来あがったときは、ちょうど日本の敗戦に重なり、製本中の詩集はすべて断裁、見本刷りの二冊も焼却した。解放（日本の敗戦）後は、「反民族行為処罰法」にもとづいて七日間収監（四八年）されたのち、詩のほか、日本文学の朝鮮語訳、韓国書の日本語訳、伝記、実用書、大衆小説などを執筆して、韓国で過ごした。

一九八二年、戦後はじめて日本を訪れた金龍済は、すでに亡き中野鈴子をうたったらしい、こんな和歌を残している。

若き日の恋に泣かせしわが罪よ
　君のふるさと詩碑もまいれず

金は、一九九四年六月、八五歳で死去した（金龍済の伝記的研究としては、大村益夫『愛する大陸よ』がある。大牧冨士夫『中野鈴子』にも、鈴子研究の側面から、金龍済へのかなり詳しい論及がある。また、井之川巨編集のミニコミ誌「原詩人通信」は、晩年の金の日本語による詩作品、書簡などを掲載している）。

もう一人の詩人は尹東柱《ユンドンヂュ》。一九一七年、中国東北部、吉林省間島の明東村で生まれた。間島は朝鮮から見て豆満江の対岸にあたり、一九世紀後半から、朝鮮の農民が、国境の画定さえあいまいだったこの一帯に開墾地を求めて、入植をはじめていた地域である。尹東柱も、曾祖父から数えて、その四代目にあたる。日本の植民地支配のもと、朝鮮農民からの土地収奪、彼らの生活の困窮化が進むにつれて、間島への越境はさらに加速した。三〇年、満洲（中国東北部）全域の朝鮮人は、八〇万人とも推定されていた。三六年、尹は、間島省延吉県竜井の光明学園中学部四年に編入している。朝鮮では日本語による教育が強力に推進された時期にあたるが、彼は、この間島の学校で、次の四つの語学科目を受けることになったという。

①日本語　②朝漢（朝鮮語と漢文）　③満洲語　④英語（宋友恵『尹東柱　青春の詩人』による。ここでの「満洲語」は、満洲族が用いた固有満洲語のことではなく、当時のいわゆる「満洲国」語、つまり中国語との意味であろう。）

そこでは、日本語による支配の底が破れ、現実の必要がもたらす複数の言語の交差する世界が、辛うじて開けていた。のちに尹東柱は、京城から故郷を望んで、「星をかぞえる夜」という朝鮮語による自作の詩の一節を、次のようにノートに書きつけた。

「母さん、わたしは星ひとつに美しい言葉をひとつずつ唱えてみます。小学校のとき机を並べた児らの名と、佩《ペエ》、鏡《キョン》、玉《オク》、こんな異国の乙女たちの名と、すでにみどり児の母となった乙女たちの名と、貧しい隣人たちの名と、鳩、小犬、兎、らば、鹿、フランシス・ジャム、ライナー・マリア・リルケ、こういう詩人の名を呼んでみます。」（四一年一一月五日の日付がある）

尹は、これを書いた直後、四一年一二月に京城の延禧専門学校を卒業した。その頃、自選詩集『空と風と星と詩』を七七部の限定版で刊行しようとするが、すでに朝鮮語の詩集を出せる状況にはなく、断念。筆写本を三部作り、一部は恩師に、一部は後輩に、あとの一部は自分のために取りおいた。翌春、彼は日本に渡り、立教大学英文科選科に入学、半年後には京都の同志社大学英語英文学専攻選科に転学している。四三年七月、朝鮮独立運動をくわだてた疑いで京都府警下鴨署に連行。翌四四年三月、懲役二年の判決を受けて、福岡刑務所に送られた。四五年二月、二七歳で獄死している。

死の直前、日本人の若い看守は、彼が何か叫び声を上げるのを聞いたが、何を意味するのかわからなかった。それが朝鮮語だったからである。尹東柱の遺稿詩集『空と風と星と詩』がソウルで刊行されるのは、植民地朝鮮の解放後、四八年一月のことだ。彼の詩は、いまも韓国の若い世代に広く読みつがれている。

戦時下、四一年に入ると、植民地朝鮮で、もはや朝鮮語による表だった文学活動は完全に不可能になっていた。金允植は、ここで朝鮮人作家たちが立たされた内的な葛藤は、①朝鮮文学を放棄するか②文学を放棄するか、の選択の強要として現われたと述べている（「韓日文学のかかわりあい」、前掲書）。つまり、この選択に直面したとき、人は、「筆を折るか」、「日本語によってでも文学行為をあえて行うか」の二河白道に立たされている。中間の項目はないのだ。

こうした状況のもと、個々の文学者の内部で、何が起こったか。金允植は、ここで当時それぞれ異なる態度を取った代表的作家として、林和《イムファ》、金史良《キムサリヤン》、李泰俊《イテジュン》の名をあげ、解放直後に行なわれた彼らの座談会（「文学者の自己批判」、「わが文学《ウリ》」四六年創刊号）での発言を引いている。ここでは、「内鮮一体に協力した作家」（金允植）と分類される林和の発言から孫引きすることにしたい。

「**林和**　自己批判とは、われわれが考えていたよりも、もっと深く根本的な問題でしょう。（中略）たとえば今度の太平洋戦争で、万が一日本が敗けずに勝利する、こう思った瞬間に、われわれは何を考えどう生きていこうと考えたのか。わたしはこれが自己批判の根源にならねばならないと考えます。この時もしも『わたし』が一介の草夫として一生を片田舎で朽ち果てようとするのが一条の良心であったとするならば、この瞬間『わたし』の心の中のどこかの片隅に執拗にひそんでいる生命欲が、勝利した日本と妥協しようとは思わなかったか？　これは『わたし』みずからも恐しくて、もちろん口にするとか文字とか行動とかで表わすわけもなかったし、人にさとられることもないのだが、しかし『わたし』だけは、このことを伏せておいては進めない、それが自己批判の良心ではないか、と考えます。（後略）」

林和のこの発言は、戦時下での自身の言動を、朝鮮の「解放」という現在の事実からさかのぼって説明しようとはしていない。むしろ、深化する太平洋戦争下の、無明の闇のなかにとどまることで、当時の彼自身の思考をとらえている。日本は勝利するかもしれない。この闇はどこまで続くかわからない。朝鮮の「解放」という〝現実〟のなかで、なおその闇の深さを再現して回想することができるところに、この人物の「自己批判」の力の強さがある。

ここで日本帝国主義との妥協を誘いかけてくる「生命欲」。――金允植は、それは誰によっても責められない、ただ、当時の林和が責めを負わねばならないのは、その「歴史展開を見通す目の欠落」という点に尽きると述べている。そして、この欠落は「『玄海灘コンプレックス』、すなわち、徹底的な日本式歴史教育に浸潤されたとき、世界史をみる目が、ただ日本史観からのみみるほかなかった事実」によってもたらされたと彼は言う。だとすれば、ここで林和がその強靭な「自己批判」を通して再現してみせた無明の闇は、太平洋戦争の進行過程で、朝鮮住民の大半が徹底した〝日本化〟を通して体験させられていた時代の闇、その地金の感触にほかならない。

植民地支配体験は、入植者の側において、ナショナリズムに基礎を置きながらも、そのナショナルなものへの素朴な信頼を自壊させていく進行過程としても現われる。この内面の崩壊を敏感にとらえた文学に、E・M・フォースター、ジョージ・オーウェルらの諸作品があり、朝鮮での滞在作家・田中英光が、そこでの経験をもとに戦後まもなく書いた『酔いどれ船』などにも、同様の心の動きを見ることはできる。

この近代の歴史において、「日本文学」は、自国の版図の内側に、日本語を〝向こう側〟の言語、苛烈な強制として受けとめる多数の作家を抱えていた。この事実は、「日本文学」の内部に残された消えない傷であるとともに、それと向き合うことを通して、世界文学の一部を構成する「日本語」文学に、新たな手がかりをもたらす。「日本文学」は日本人のみが形成したものでも、「日本語」は日本人のみが使うのでも、使わされたのでもない。

月に近い街

一九九二年に三七歳で夭逝した在日韓国人二世の作家、李良枝《イヤンジ》の『由熙』は、日本から韓国に留学した彼女自身の経験が、下地となっている。しかし、作品中の語り手は、在日韓国人の留学生・由熙《ユヒ》ではなく、彼女を迎え入れた側の韓国の一女性であることが、構成上の支点となって、この小説を支える。――留学生の由煕は、韓国という未知の国でさまざまな孤立感を抱きしめるように過ごし、やがて去る。語り手と由煕とのあいだには、何かがわかりあえなかったという実感が、残される。物語は、由煕がソウルから日本に飛び去ったその日、語り手の三〇代の韓国人女性と叔母とのあいだで交わされる、回想によって進む。

作品終盤、語り手の女性は、ある日の由煕との会話を思いだす。その朝、二人は町はずれを散歩して、ソウルの岩山を眺めながら、こんなやりとりをしたのだった。

――オンニ。（注・お姉さんの意）

――何？

――オンニは朝、目が醒めた時、一番最初に何を考える？

由煕が訊いた。

答えが急で思い浮かばず、

――あなたは何を考えるの？

私の方が訊き返した。由煕の答えが聞きたくもあった。

――考えって自分で言ったけれど、考えと言うのとも実は違うの。

由煕はそう言ってふいに口をつぐんだ。言葉を続けようかどうかと迷っている表情だった。少しして、また口を開いた。

――あれをどう言ったらいいのかなあ。目醒める寸前まで夢を見ていたのか、何を考えていたのか、よく思い出せないのだけれど。私、声が出るの。でも、あれは声なのかなあ、声って言ってもいいのかなあ、ただの息なのかなあ。

――どういうこと？

私は訊いた。

――アーって、こんなにはっきりとした声でもなく、こんなに長い音でもないものが口から出てくるの。思いもかけなかった答えに、私は笑った。由熙も、そうでしょう、オンニ、おかしいでしょう、と笑って続けた。

日本で生まれ育った由熙の母語は、日本語だ。

韓国語という〝異国〟の言葉は、ともすれば意味からほぐれて、母音になる。言葉は、声になり、遠くから響いてくる、音になる。

父祖の国で、この音のなかを、生きる。そこのなかで、由熙はひとり何度もつまずき、やがて日本に戻っていく。語り手の韓国の女性のもとには、由熙の内外に響いていた、声となり、音となった言葉の感触が、二人を隔てる空白に位置したものとなって、残る。

《未来へ逃げて過去を見る、過去へ逃げて未来を見るか、未来へ逃げることは過去へ逃げること、同じことでもなく未来へ逃げることが過去へ逃げることである。拡大する宇宙を憂ふ人よ、過去に生きよ、光よりも迅く未来へ逃げよ。》（李箱《イサン》「線に関する覚書5」より）

「日本語を〝駆使〟したのではなく、むしろ日本語を〝酷使〟した」とは、植民地時代に早逝した朝鮮のモダニスト詩人・李箱の日本語詩に対する、文芸評論家・川村湊の評言である（「東京で死んだ男――モダニスト李箱《イサン》の詩」）。いま、もっとはるかに、いわばたわいない場所から、李良枝の小説は、ある痛切さを帯びて、「ことば」に向きあう。これもまた、そのような世界の減圧にさらすことで、「ことば」を〝酷使〟しているとも言えるだろうか？

いや、そこまでは言わず、むしろ、これを「ことばの杖」と、李良枝は由熙によって語らせている。

――ことばの杖。

――…………。

――ことばの杖を、目醒めた瞬間に摑めるかどうか、試されているような気がする。

――…………。

――아《ア》なのか。それとも、あ、なのか。아であれば、아《ア》、야《ヤ》、어《オ》、여《ヨ》、と続いていく杖を摑むの。でも、あ、であれば、あ、い、う、え、お、と続いていく杖。けれども、아、なのか、あ、なのか、すっきりとわかった日がない。ずっとそう。ますますわからなくなっていく。杖が、摑めない。

ソウル滞在の終わりが近づいた夕刻、街の東部の丘陵、駱山に登った。ソウルの城郭は、北の北岳山、西の仁旺山、南の南山、東の駱山に囲まれて、四神相応の領域をかたちづくる。

すでに冬の日は落ちかけていた。朽ちたアパートの群れ、小ぶりなブロック造りの家並みを縫って、うねうねと急な坂道が上がっていく。丘陵の斜面に沿って形成される、こうした低所得者層の居住地域を、韓国ではタル・トンネと呼ぶのだそうだ。月《タル》に近い町《トンネ》。二〇分も細い坂道を登ると、道は突然ひらけ、そこは丘陵の頂上部、見晴らしのいい小ぢんまりした公園となっていた。

日没のソウルは、はるか眼下で、銀色に輝いている。かつての城郭都市は、いまは数十倍の領域に広がり、この丘陵を三六〇度、果てしなくも取り巻いている。左手遠くに、南山山上のソウルタワーが橙色のライトアップに浮き上がり、右手の遠方には、北漢山の岩肌が沈んだ赤色の残照を映している。そして正面、鍾路から明洞あたりの中心部は、高層のビルディングが隙間なく密集し、ひときわ明るく、白銀の巨大な船のようだ。

紺色の空が近い。

私には、この風景の広がりが、なにか、人の心のなかのように感じられる。

空の色は濃紺から漆黒へと急速にうつろって、ソウルの街は、白色の輝きをいっそう増していく。

輪郭譚

ヘルシンキ、ソウル

ソウルに行くたび、街の変化の速さに驚く。木造の家並が、しばらく見ないあいだに、高層のビル街に変わる。露店の呼び声が消え、ドトールコーヒーとファスト・フードとカラオケの店が並ぶ。午後一〇時には裏寂しくなっていた繁華街に、深夜一時をすぎても、軽やかなネオンが明滅する。そんな街を、さえずるような話し声で通り過ぎていくショートパンツの女の子たち。

古びたビルは壊され、更地になり、さらに新しいビルに変わる。私は、東京を離れて数時間後には歩いているこの街で、しばしば、自分はいまどこに立っているのかと、記憶の混乱のようなものを味わうのだ。

この初夏の夜更けには、遅いフライトで夕食を摂りそこねた空腹をまぎらわそうと、パゴダ公園界わいから脇道にそれてうろつくうち、曲がりくねる坂道に方向感覚を失った。気がつくと周囲のビルの影が突然とぎれ、ぽっかり、広い更地のような場所に出た。

空き地のなかほどに、自家用発電機で明々と照明をともした、屋台が出ている。浜辺の出店のような白いテーブルが、屋台を囲んで、ぽつんぽつんと置かれている。ソフト・スーツの若者や、若い女性のグループが、さほど声高にでもなく語らいながら、料理や酒を囲んでいる。細身の女主人は、清潔好きらしく、曇りのないガラスケースに魚介や肉類をきちんと並べていた。鉄板一枚とコンロひとつで、彼女はそれらを手際よく調理していく。息子らしいハイティーンの少年が、料理を受けとり、でこぼこした土の上を、それぞれのテーブルに運んでいく。

テーブルではなく、私は、屋台のガラスケースの前に腰掛ける。小瓶の焼酎を一本、貝と野菜を唐辛子で炒めた料理をひとつ。そして、少年が丸ごとかじっていたキュウリを、私にもくれるように指で示す。彼は、段ボールからキュウリを取りだし、水できゅっきゅっと洗って丸ごと私に渡しかけたが、母親から「ちゃんと切りなさい」と厳しい口調で言い渡され、ニッとこちらに笑いながら包丁を入れてくれた。夜空は晴れている。客足に一段落つくと、少年は、ラジオのスイッチをひねり、ポップス番組を聴きはじめた。

この夜の屋台で、私にとって不思議な小さな出来事が、いくつかあった。

まずは、深夜の〝野菜行商人〟。突如、暗い道のむこうから、野菜を山積みにしたリヤカーをスクーターで引っぱる、若い男が現われたのだ。時刻は深夜一時である。なのに、女主人が「今日はいらないわ」と声をかけると、男は「どうもー」という妙に軽い感じのあいさつを残して、さっさとべつの方向の道へと、スクーターを駆っていくのだった。

次には、ハンチングをかぶった五〇歳ぐらいの男が現われた。彼は、私の二本目の焼酎を横目に見て、「お、飲んでますな」とか、にこやかにひと声かけ、屋台の隅に腰掛ける。女主人は、私に向けたものより、ずっと上等な笑顔を彼のほうに向けている。馴染みの客らしい。「忙しいかね?」「ダメだわ。」「いま、住まいの家賃はいくらになったね?」「七〇万ウォン。」「ソウルもずいぶん高くなったな。」単刀直入な会話である。

――だが、男は、ひと通り軽口で彼女たち親子を笑わせてから、おもむろにこんなことを切りだすのだった。「このところ、うちの商売もダメでね、あの店は今月いっぱいでたたむことにしたよ。月が替われば仁川に行くんだ。そこで、もういっぺんやりなおしだな。」女主人はうつむいてしまう。「そう、私たちも寂しくなるわね。」というようなことを、ちょっと泣きだしそうな笑顔で言っている。たぶん、彼女のほうが、彼よりいくつか若いだろう。それからのぽつりぽつりとした彼らのやりとりは、ガイジンにはさっぱり聴きとれない。

電話が鳴る。場所は、空き地のまん中である。けれども、屋台わきの電信柱の下で、たしかに電話機は鳴っているのだ。携帯電話ではない。ちゃんとコードの付いた自家用の固定電話である。こんな空き地に電話を取りつけるなんて、どんなふうに電話局に頼むのだろう？　受話器を取った屋台の息子は、長く長く話している。

澄んだ夜空の下、電柱の街灯が落とすオレンジ色の光のなかで、少年がどこかの誰かと話している。ときどき彼は、フフフと笑う。私は、やや朦朧としてきた目で、それを見て、そらっとぼけた光景が、アキ・カウリスマキの映画のなかのシーンみたいに感じる。ソウルの空き地で私は酔っぱらいながら、初夏の湿度、月の光、電話機のライトグリーンの色あいに幻惑されて、ヘルシンキあたりの外気のなかに投げだされたような錯覚をおぼえていた。

――ホテルに戻ると、もう、することもない。

テレビのスイッチを入れると、ビデオ回線で、香港版の音楽番組「ビルボード１００」が流れはじめる。……竜や獅子といったお決まりのシンボル。毛筆の漢字《カリグラフィ》。赤や緑の〝中華風〟のどぎつい色彩。絵はがき《スーベニア》風の観光写真。チャイナドレスの女性と、人民服の男性。故意に挿入されるノイズ。〝東洋風〟無表情、黒い直毛、小刻みな言葉の抑揚。紙と竹。国家英雄の肖像写真。……それらアジアのキッチュな紋切り型《クリシェ》を、断片に切りわけてふんだんに撒きちらし、コンピュータで変調し、さらに加速させて、盛り込んでいく。それらと重なりながら流れていく、黒人、白人、ヒスパニックなどの、米国経由のヒットチャート。

香港のテレビマンたちは、米国産の音楽情報が、こうした加工を経ることでかろうじて新鮮味を取りもどし、風俗的な〝先端性〟さえ帯びて見せられることを知っている。つまり、彼らは、みずから「見られるアジア」を演じることができるのだ。

とはいえ、これは、オリエンタルな土産物に自身をすり寄せていくというのとは違っている。なぜなら、こうした音楽番組の視聴者は、まず第一に香港人自身だからだ。ポップ・カルチャーをめぐる情報は、もはや北側世界全体が〝均質〟な素地の上に立っている。しかも、そこで彼らは、「アジア」に映る自分を、楽しんでいる。他者によって生み出され、自身が再生産するキッチュなイメージを通して、自分を見ている。

そこには、自身を見る視線のタフネスがある。その視線に彼らを耐えさせるだけの、自負もあろう。

九二年のクリスマス。チベット仏教の最高指導者ダライ・ラマは、「パリ・ヴォーグ」の〝特別編集長〟役を買って出て、みずから表紙を飾った。このモード誌は、毎年クリスマスの特別号に思わぬ人物を編集長に招き、その人の意向どおりに、雑誌をまるごとつくらせることを方針としている。それで、この年には、ダライ・ラマに打診してみようということになったのだった。もとより、編集部は期待薄だっただろう。だが、意外にも、やりましょうという答えが返ってきた。ただし、私の好きなように、とダライ・ラマは言ったのである。

「こうしてできあがったクリスマス特別号は、不思議な魅力にあふれていた。モードとしてのチベット仏教。修行者たちの、ダンディなおしゃれ感覚。アートとして見られた寺院空間。一流モード写真家たちは、ときには濃密で、底知れない神秘の闇をかかえた、チベット仏教の世界を、美しくも表層的な、モードの世界につくりかえてみせた。そして、そこには、『エゴとはなんだろう』『欲望ってこえられるの』といった、ポップ化された仏教思想を解説する、すてきな文章が並んだ。仏教の歴史にとっても、フランスのモードにとっても、このクリスマス特別号は、まさしく画期的なものとなったのだ。」（中沢新一「柔軟で、大きくなったダライ・ラマの曲芸」）

ここにあるダライ・ラマのタフさとは何か。

それは、自分たちの信仰や民族さえもモードとしてとらえ返せる、視線の勁さだろう。表層的なもの、「見られるもの」としての場所に、自身の世界をとどめ置くことのできる、もうひとつの目の力だろう。

そのことは、かつて難民として世界各地に蹴ちらされたチベット人が、それぞれの土地で生き抜きながら、インド―ネパール―ヨーロッパ―アメリカ―台湾―香港と結ぶ巨大な網の目を形成するにいたったことと、つながる。これらを背景に、ダライ・ラマが、ノーベル平和賞という「ポップ化」の戦略を通して、国際政治に打ち込んだくさびとも、つながっている。

深夜、ソウルのホテルで見る香港の音楽番組は、私にぼんやりと、そんなことを考えさせる。そして、それは、私の住む日本が、というより日本人が、どう「見られる自分」を見るか、見てきたかという問いへと、戻ってくる。

チェーホフのサハリン、スティーヴンソンの南島

「外地」と呼ばれた地域で書かれた日本語の文学に、目を通す作業を始めている。これらの「外地」には、まず台湾、朝鮮、満洲、南洋・南方、樺太など、戦前・戦中の植民地およびそれに準ずる地域があるのだが、その外側には、日本から移民がわたった北米、中南米、ハワイなどの日本語文学、さらに広く見るなら、近代に入って日本の作家が経験した欧米体験・ロシア体験の総体までもが含まれてくることになるだろう。その点では、鷗外も、漱石も、二葉亭も、藤村も、荷風も、かねて一度は「外地」作家だった。日本の近代文学は、この「外地」経験を外縁として、位置づけうると言ってもいい。

これをより水位を上げてとらえるなら、「日本文学の総体を植民地文学としてとらえなおす」必要があるという、比較文学者・西成彦による次のような観点も、私たちの視野に繰り入れる必要が生じてくる。

「いうまでもないことだが、われわれは誰しもなにがしかの形で植民地人である。被征服民として植民地勢力に屈しながら生き延びているのか、入植者として征服者の権力保持に加担しているのか、輸入奴隷として新天地で繁殖をつづけているだけなのかの別は、われわれが植民地人であるという事実に比べたら、きわめて些細なことである。植民地文化の研究に系譜学的探究は欠かせないが、それはけっして単一さを要求する先祖さがしであってはならない。むしろ、植民地文化がいかに多くの異人間の遭遇と対話の蓄積からなるも

のであるかをふりかえるために系譜学は存在する。」(西成彦『森のゲリラ　宮沢賢治』)

こうした観点から「外地」の日本語文学を考えるなら、たとえば、一八九〇年(明治二三)は、なかなか興味深い年であったようだ。

第一に、それは、森鷗外が『舞姫』を発表した年だからである。

第二に、それは、チェーホフがサハリン(樺太)の調査旅行を行なった年だからである。

第三に、それは、英国の小説家R・L・スティーヴンソン(『宝島』、『ジキル博士とハイド氏』の作者)が、南太平洋サモア諸島のウポル島での永住を決意した年だからである。

うしろの二点は、いずれも、のちの日本の植民地支配の輪郭に、関係している。

一八九〇年、三〇歳のチェーホフは、モスクワから片道約八〇日をかけて広大なシベリアを横断し、サハリン全島を三カ月にわたって踏査した。シベリア鉄道はまだなかった。汽車を利用できたのは最初の一日、ヤロスラーヴリまでの約二百キロと、ウラル山脈をはさんだペルミ—エカテリンブルク—チュメニの区間にすぎず、あとは汽船と馬車とをひたすら乗り継ぎ、約七千キロのシベリア平原を横切って、サハリンへと渡ったのだった。そこでの見聞は、のちに大冊のルポルタージュ『サハリン島』にまとめられている。

サハリンは、日本とロシアのあいだで帰属が行き来した北辺の島である。両国が領有に乗りだす前は、アイヌ、ニヴヒ(ギリヤーク)、ウイルタ(日本ではオロッコと呼ばれた)ら、少数の先住民の居住地だった。そして、以後、この島の帰属は次のような経緯で移りかわる。

①日ロ両国の「共同領有」とされた時期(一八五五〜七五年)。
②樺太千島交換条約によって、ロシア領とされた時期(一八七五〜一九〇五年)。
③日露戦争後のポーツマス条約によって、南サハリンが日本領、北サハリンがロシア領とされた時期(一九〇五〜二〇年)。

④シベリア出兵後の尼港《にこう》（ニコライエフスク）事件によって、日本軍が北サハリン全域を軍事占領した時期（一九二〇～二五年）。
⑤再度、北サハリンがロシア（ソ連）領、南サハリンが日本領とされた時期（一九二五～四五年）。
⑥第二次世界大戦での日本敗戦によって、全島がロシア（ソ連）領とされた時期（一九四五年～）。
つまり、チェーホフがサハリンに渡るのは、②の全島がロシア領だった期間にあたる。当時、サハリンは、帝政ロシアの流刑島とされていた。彼は、囚人たちの衛生、労役、健康、食事などを丹念に聞き取り調査しながら、ほぼ全島の流刑地をまわっている。

いまここに挙げたような経緯による「国境」の移動、土地の雑種性は、チェーホフのルポルタージュにも明瞭な痕跡を残している。たとえば、この時期、サハリンには、ロシアから送られた囚人（民族としては、ロシア人、ベラルーシ人、ウクライナ人、ポーランド人、タタール人、ラトヴィア人、エストニア人、ドイツ人などが含まれていた）と一般開拓民のほか、アイヌ、ニヴヒ、ウイルタの先住諸民族、数千の日本人漁民、また、中国人、朝鮮人などの出稼ぎ労働者たちがいた。日本人住民には、日ロ「共同領有」時代から引きつづいて、日本国籍のままでの財産権と営業権が保証されていた。チェーホフは、ペルシアの王子だった二人兄弟の囚人とも、話したと記している。

サハリン南端の「上品な小都市」コルサーコフの真新しい木造家屋の家並み、素朴な白い教会建築が見える景観について、彼は書いている。

「この町が出来たのは四〇年ほど昔、南部海岸のあちこちに日本人の家やら納屋やらが点在していたころのことで、日本家屋の近くに隣あっていたことがその外観に影響を及ぼさないわけはなく、独特のものをつけ加えただろうことは、十分に考えられる。」（『サハリン島』より）

こうした島の特質は、ポーツマス条約後、南サハリンが日本領となってからにも、もちこされた。コルサーコフが大泊、ヴラジーミロフカ（第二次大戦後のユージノサハリンスク）が豊原、マウカ（第二次大戦後のホルムスク）が真岡と、それぞれ町の名前は変えられた。だが、これら樺太（サハリン）南部の町には、なお数百名のロシア人が残留していた。元流刑囚や一般開拓民（と、その子孫）のほかに、ロシア本国の革命や内戦に追われた新たな難民も、そこに含まれた。そして彼らは、ここからさらに北海道にも渡っていく。

のちに、この地に育った日本人のアマチュア作家たちは、一九三〇年代に入るころから、小規模ながら「樺太文学」の文壇を形成しはじめている。彼らは、樺太がかつてチェーホフが訪れた島であることを、もちろんよく知っていた（三〇年代の樺太で小説を掲載する雑誌には、総合誌「樺太」、「ポドゾル」、樺太庁機関誌「樺太時報」などがあり、豊原では樺太作家クラブ、樺太文学研究会などが組織された。また、詩歌同人誌に「樺太歌壇」、「歌誌冷光」などがあった。「樺太日日新聞」学芸欄は、文芸批評を掲載した。のちに日本内地でも知られた樺太育ちの作家には、譲原昌子、宮内寒彌らがいる）。また、それよりやや早く、樺太に一時期住んだり旅行したりして、ここを舞台とする作品を残した作家・詩人（山本有三、小熊秀雄、本庄陸男、八木義徳ら）も、樺太が「チェーホフの島」であることは知っていただろう。〝樺太人〟〝樺太っ子〟の作家にとって、その地の文学の先達はチェーホフであり、また、彼以外には誰もいなかった。日本人の〝樺太人〟作家たちは、ロシアのチェーホフをも〝樺太人〟だとみなしたのである。

彼らのあいだには、樺太文学という「植民地文学」を樹立しようという声があったらしい。このことは、満洲の日本語文学の作家たちのなかにも、自分たちの文学活動を「日本文学」ではなく「満洲文学」としてとらえる傾向が、存在していたことを思いださせる（私は、一九三二年に大連で創刊された文芸誌「作文」の創立同人、青木実氏から、〝当時、わたしたちが「作文」を日本内地の文壇にほとんど献本しなかったのは、自分たちが自身で「満洲文学」を作るんだという自負があったからなんです〟という話を聞いたことがある）。

「植民地」の概念には、重層性がある。それは、「内地」から「外地」への侵出を意味するとともに、一方、移民たち自身の側では、未知の土地への新参者としての自覚、また「内地」に対する他者性の自覚をも、意味しうる。後者に重点が置かれるとき、それは前者の意味の転倒、つまり、「内地」に対する周縁部としての自立と、新たな文化の交通（混交）をも、概念に含むものになることを見ないわけにはいかない。

こうしたものとして、「植民地文学」のあり方自体を踏み抜いていこうとする考えは、孤立したかたちではあれ、植民地末期の朝鮮にも存在していた。

一九四二年、すでに朝鮮語での創作の許される余地がなくなった朝鮮で、詩人・金鍾漢は、「国民文学」のあり方をめぐって（ここでの「国民」とは朝鮮人・台湾人を含めた「日本人」を意味しており、愛国主義的姿勢が前提とされている）、日本人、朝鮮人の作家たちを前に、こんなことを言っている。

「金史良や張赫宙はいい作家にはちがいないが、何か地方の現実に対する不平――それを中央に行って泣訴している、そういう一面がどうしてもある。」

ここでの「地方」とは、植民地朝鮮のことである。「中央」とは、日本「内地」の東京をさしている。そして――。

「これからの地方文学というものはそういうものではなくて、話が概念的になるが、国民文化としての地方文化のありようと考える。地方に中央を建設しようとする地方人的な国民意識から再出発されるべきだと思う。」（座談会「新しい半島文壇の構想」、「緑旗」四二年四月。出席者は、ほかに金村龍済〈＝金龍済〉、田中英光、鄭人沢、寺本喜一、津田剛、牧洋〈＝李石薫〉）

このように言うのである。ここで言及されている朝鮮人作家の一人、張赫宙は、当時日本「内地」に移り住み、時局迎合的な日本語作品を量産していた。一方、金史良は、東京帝大を卒業後、日本語、朝鮮語双方で作品を発表したが、太平洋戦争開戦直後に鎌倉警察署で予防拘禁されたのち、四二年二月には朝鮮平壌に戻っていた（こののち、四五年五月末ごろ中国の抗日地区に脱出している）。日本の警察当局は、金史良について、反日的作風の作家とみなしていただろう。つまり、作品の〝傾向〟としては対照的な二名の作家だが、ここでの金鍾漢はそのような観点を取らず、いわば「中央」本位の文学観に立つ点で両者は一致するとみなしているのだ。

また、こうも言う。

「……最近の詩人というのは叫んでばかりいる。つまり十二月八日（注・太平洋戦争開戦の日をさす）とか、地名とか、感歎詞をならべて叫んでばかりいる。不親切この上もない（笑声）。」

「非常に概念的なもの、たとえば東亜の運命を一人でになっているような、詩のかき方をする詩人は、人間的に信頼ができなくなった（笑声）。松島や、あゝ松島や、松島や――は詩人の叡智が破産された状態だ。」

このように、金鍾漢は、朝鮮総督府の御用団体・緑旗連盟の機関誌上の座談会でひとり言い放っているのだが、ここで彼が（少なくとも直接的に）主張しているのは戦争反対とか植民地支配反対ということではない。

「……口語で書くべきだと思います。」

「内地人に限られるとすれば、文語だけでもいいと思うが、しかしこれからは今までのようにそういうわけには行かない。僕は口語文のマスターもむつかしいというところがあったのに、文語文になると、これからもつひろがりというものに対してどうもふさわしくないと思います。」

「散文というのは何ですか、貴族の文学を民衆に下げるのですから誰でも読めるようにして文語でない方がよい。それの方がごまかしでない。」

金鍾漢は、そのような一種の言語ポピュリズムを通して、植民地朝鮮に、日本語による「地方文学」を確立することを、主張しているのである。それが、彼が投げ込まれた時代における、彼の文学的抵抗のありかただった。

金鍾漢が、植民地の被圧迫民族の側の一員であったことは、言うまでもない。また、だからこそ、彼は既存の「中央」主義的な日本語文学観を転倒させて、朝鮮での自生的な「植民地文学」――ここでの「地方文学」――を推進することを、主張したのだ。だが、この主張は、朝鮮在住者による「地方文学」の一員たりうることにおいて、現地の日本人作家と朝鮮人作家のあいだに、差異を認めない。したがって、ここでの金鍾漢の主張は、最近の西成彦による「植民地文学」のとらえかた――「被征服民として植民地勢力に屈しながら生き延びているのか、入植者として征服者の権力保持に加担しているのか……の別は、われわれが植民地人であるという事実に比べたら、きわめて些細なことである」――の水位と、ほとんど同じと言ってよいのである。だが、こうした金の「地方文学」論は、時の軍国支配の自動人形と化していた日本人文壇関係者はもとより、ほかの朝鮮人作家たちからも、座談会の席上、まったく賛同の声を得ていない。むしろ、この座談会では、議論の大勢が「愛国詩の朗読が盛《さかん》になったということは、当然の傾向であって、叫びでいいのではないかと思います」（寺本喜一）といったレベルで終始するなか、金鍾漢ひとりが詩人としての熾烈な（というか、ほとんど無謀な）奮闘を繰りひろげたのだ。

なぜ、ここで金鍾漢が抱いたような「植民地文学」観、「地方文学」観は、太平洋戦争下の日本語文学において、ひとつの系譜として形成されることなく、彼の孤軍奮闘のうちに終わらねばならなかったか。そのことは、金鍾漢という詩人が存在したという輝かしい事実とはべつに、「植民地文学」の理念をめぐるもう片方の側面として、考究せねばならない日本文学史上の課題だ。

宮内寒彌は、サハリンの〝コルサーコフ〟が〝大泊〟に変わってそれほど経たない、一九一〇年代のこの町を舞台に、「中央高地」（一九三五年）という小説を書いている。

主人公は、ジナイーダという名の日ロ混血の少女である。父のロシア人は、元は政治犯の流刑囚だったがロシア皇帝の崇拝者に転じ、さらに獄吏に変わって、コルサーコフの町をも戦乱に巻き込んだ日露戦争のあとは、革命が進行するロシア本国に戻ることを恐れて、日本領となったこの町に残留した男だった。その父も死んだ。いま、ジナイーダは、母と、父親違いの弟といっしょに、かつて流刑囚たちが使っていた丸太小屋に住んでいる。町の日本人たちは、朽ちたこれらの小屋を「露助屋」（また、露助小屋）と呼んでいる。

この呼び方には、敗残の少数派住民に転落したロシア人に対する、軽侮の念が含まれていただろう。

少女は、ジナイーダという本名を持っている。だが、母親たちが彼女を呼ぶとき、そこに東北なまりが入って「ズナイーダ」、さらに略されて「ズナ」となる。いわばクレオール（混成言語）と化したその名前こそが、彼女への実際の呼び名なのだ。彼女は、駅で「露助パン」を立売りして暮らしを支え、やがてそれも立ちいかなくなり、最後には「朝鮮女郎屋」に身売りされる。物語は、それを回想する弟の視点から、描かれている。——小説は、終盤、三〇年代の大泊へと飛躍する。港の沖合いには、ソヴィエトの赤旗を掲げた商船隊が現われ、船員たちの「インタナショナル」の歌声が町にまで響いてくる。それらの様子が、またも沿海州一帯の戦乱を予感させる不穏な気配を伝えて、唐突に小説は終わる。

宮内寒彌が少年時代に育った大泊の官舎（父は教員だった）は、ロシア領時代にチェーホフが滞在した、元は警察官舎の建物だったのだそうだ。そのことを、東京の学校から帰省中の宮内に教えたのは、近所の残留ロシア人の老人だった。これを知って数年後、二三歳で彼は「中央高地」を書いている。


先の第三の点、スティーヴンソンの話に戻る。

スティーヴンソンは病弱な体だったが、一八八七年、三七歳になる年に、家族を連れてイギリスから米国東部のサラナク湖畔に移り、さらに一年後、ポリネシアの島々を巡航する旅に出た。そして、八九年、ハワイのオアフ島、モロカイ島などを経て、サモア諸島のウポル島に到着する。彼は、この島で住居用に土地を買った。一八九〇年、いったん英国に向かったものの途中のオーストラリアのシドニーで激しく喀血し、以後、帰英を断念して、ウポル島に戻って定住することに決めた。彼は、ここから原稿を船便で故国に送りながら、四年後、四四歳で没するまで、南島での作家活動を続けた。

よく知られているように、夏目漱石は、スティーヴンソンの愛読者だった。彼は英国留学からの帰国（一九〇三年）後しばらくして、東京帝国大学での英文学講義の締めくくりに、デフォーとスティーヴンソンの文体比較をおこなっている(『文学評論』。もとの講義がおこなわれたのは、一九〇五~〇七年)。取りあげたのは、スティーヴンソンの南島での著作『カトリオーナ』(一八九三年)だった(なお、東京帝大での漱石の前任者ラフカディオ・ハーンも、一九〇二~三年ごろ、英文学史の講義で、ヴィクトリア朝時代の代表的作家としてスティーヴンソンに一節を設けて、熱心に論じている。スティーヴンソンとハーンは、ともにアメリカ大陸、オセアニアの放浪という共通の経歴をもち、両者とも一八五〇年生まれで同い年だった)。

漱石がスティーヴンソンに魅かれたのは、まず第一に、生き生きとして簡潔な文体だった。「殊に晩年の作がよいと思う」と語っている(「予の愛読書」)。

彼がスティーヴンソンの著作にはじめて接したのがいつだったか、正確にはわからない。だが、漱石が残した蔵書中にスティーヴンソンの著書は一三冊あり、うち、その版の刊行年が明らかなものを拾うと、早いもので一八九八年、遅いもので一九〇七年である。したがって、漱石はロンドン滞在中(一九〇〇~〇二年)に、スティーヴンソンの著作に親しむようになったのだろうと推測できる。

一九一二年に書かれた『彼岸過迄』には、こんな一節がある。

「敬太郎のこの傾向は、彼がまだ高等学校に居た時分、英語の教師が教科書としてスチーヴンソンの新亜剌《アラ》比《ビ》亜《ヤ》物語という書物を読ました頃《ころ》から段々頭を持ち上げ出したように思われる。それまで彼は大の英語嫌《ぎらい》であったのに、この書物を読むようになってから、一回も下読を怠らずに、中《あ》てられさえすれば、必ず起立して訳を付けたのでも、彼が如何《いか》にそれを面白がっていたかが分る。」

漱石自身の蔵書から、この本 *"New Arabian Nights"* を捜すと、ロンドンの Chatto & Windus 社から刊行されたもので、一九〇一年の版である(作品の最初の出版は一八八二年)。つまり、どうやら、ここでスティーヴンソンの作品を教えている「英語の教師」には、ロンドンからの帰国後、東京帝大講師と兼任で第一高等学校で講師をつとめた漱石本人の姿が、重ねられているらしいのだ。

『彼岸過迄』の主人公・敬太郎は、大学を出てから定職が決まらず、ぶらぶらしている。そして、ばくぜんと「都の真中に居て、遠くの人や国を想像の夢に上《のぼ》して楽し」みながら、日々を送っている。先の引用の冒頭、敬太郎の「この傾向」とは、そんな心持ちをさしている。そして、さらに――。

「ある時彼は興奮の余り小説と事実の区別を忘れて、十九世紀の倫敦《ロンドン》に実際こんな事があったんでしょうかと真面目《まじめ》な顔をして教師に質問を掛けた。その教師はついこの間英国から帰ったばかりの男であったが、黒いメルトンのモーニングの尻《しり》から麻の手帛《ハンケチ》を出して鼻の下を拭《ぬぐ》いながら、十九世紀どころか今でもあるでしょう。倫敦という所は実際不思議な都ですと答えた。敬太郎の眼はその時驚嘆の光を放った。すると教師は椅子《いす》を離れてこんな事を云《い》った。

『尤《もつと》も書き手が書き手だから観察も奇抜だし、事件の解釈も自《おのず》から普通の人間とは違うんで、こんなものが出来上《あが》ったのかも知れません。実際スチーヴンソンという人は辻待《つじまち》の馬車を見てさえ、其所に一種のロマンスを見出《みいだ》すという人ですから』」

こうやってしゃべっている「教師」は、一九〇三年に「英国から帰ったばかり」でスティーヴンソンを講じた、漱石その人にほかならない。神経症のなか、陰鬱で、幻想に満ちる都市だったロンドン。それが彼を苦しめ、ときにいくらか愉しませた。一台の辻馬車にも、前夜乗っていた殺人犯や、追っ手から逃れようとする美しい女客を想像せずにおれない、スティーヴンソンという作家の「ロマンス」への傾きを、漱石はそこで見つけた。

これ自体が、作家漱石の出発点をなしている、熾烈な「外地」体験だったに違いない。だが、『彼岸過迄』では、それは主人公・敬太郎のさらなる「植民地」へのイマジネーションの広がりに、結びついていく。敬太郎は、日本の新植民地となった大連の「満鉄の方」とか「朝鮮の方」への就職を願っているが、それはいっこうにまとまらない。ここではない、どこか。それが彼の「浪漫趣味《ロマンチック》」と溶けあいながら、さかんに誘いかけてくるが、自身は東京の片隅をじりじりと動きまわっているだけで、具体的な手がかりはないのだ。

そこで彼は、いくらかでも慰めを得ようと、同じ下宿の放浪生活の長い男に近づいていく。相手は「まだ海豹島《かいひょうとう》（注・サハリンにあるオットセイの繁殖地）へ行って膃肭臍《おっとせい》は打っていない様であるが、北海道の何処かで鮭《さけ》を漁《と》って儲《もう》けた事は慥《たし》かであるらしい」。やがてその男は、また飄然と消えて、「大連《たいれん》で電気公園の娯楽掛り」の仕事につくことになるだろう。また敬太郎自身、学生時分から、「南洋」の島で大蛸と格闘したという「児玉音松《こだまおとまつ》」の冒険譚に胸をはずませ、シンガポールのゴム林で栽培監督者の仕事を得ることに憧れてもきたのである。

「児玉音松」は実在の人物で、「東京朝日新聞」一九一二年五月二七日付には、「児玉音松氏逝く／南洋の探検家」という見出しで、こんな短信が見える。

《日本人南洋発展の先覚者とし南洋に在《あ》ること十数年、具《つぶ》さに瘴煙蛮雨《しょうえんばんう》の中を跋渉《ばっしょう》し、前後二回、其《その》壮烈なる冒険譚を本紙に寄せたる探検家児玉音松氏は昨年来福岡にて病気療養中なりしが、二十四日午後六時終《つひ》に永眠せり。（福岡特電）》

南洋を股にかける冒険家的な小規模商人は、日本がミクロネシアを占領（一九一四年）、委任統治領（一九二二年）とする以前にも、いくらもいたらしい。一八八七年、わずか四五トンの帆船に、ランプ、石油、ビスケット、蚊帳、シャツ、米、小麦などの商品を積んで、小笠原からポナペ島（現在のポーンペイ島）に渡ったという小谷信六。トラック島で五〇年以上にわたってコプラ取引きや植林業に従事し、現地女性とのあいだに多くの子どもをもうけたという森小弁。また、スティーヴンソンがポリネシアのウポル島への定住を決意したのと同じ一八九〇年、田口卯吉は、東京府の士族授産金の転用をはかるとして「南島商会」を設立した。この年、田口は、みずからスクーナー型帆船「天祐丸」にのってミクロネシアを七カ月にわたってまわるとともに、主宰する「東洋経済雑誌」に、「南征歌」なるものを発表している。

《……

いざすゝみて往かん　　南のうみのはてに
うつくしき島ぞある　　我が民を移せよ

かりそめにうけひたれ　今は身の責重し
一度足を挙げて　　世のみちしるべせん》

これらは、当時、志賀重昂、服部徹、鈴木経勲《つねのり》らによって提唱されはじめていた「南進論」を、遠い背景とするものでもあった。

また、証言が一つある。

一九〇六年（明治三九）秋、鶴見祐輔（官吏、著述家、のち政治家）は、第一高等学校英法三年の学生だった。このとき、夏目漱石の講義を受けている。

教室に入り、本を開け、漱石は、いきなり歯切れのいい英語でそれを読みだした。「まず江戸前の英語である。今から思うと、それは純粋な英語ではなかった。日本人の英語である。」学生を子ども扱いするのではなく、どんどん読みすすんで、質問があれば受けつけるという漱石の態度が、鶴見には愉快に感じられた。

このときの英語教科書は、スティーヴンソンの*"Island Nights' Entertainments"*（一八九三年）だったという。ウポル島での短篇集である。南島に住む人々の「奇異な生活と自然の描写」が、その洗練された文体とあいまって、強烈な印象となって鶴見に残った。「自分は熱帯地に対する憧憬《あくがれ》を、どの位この一巻の書から受けたか知れない。」

漱石は、この年四月に「坊っちゃん」を「ホトトギス」誌上に発表したばかりだった。小説の終わり直前に、坊っちゃんが喧嘩をふっかけて野だいこに卵をぶつけるくだりがある。ある日の授業で、学生の一人が、だしぬけに尋ねた。

「先生、あの卵合戦は、この本の話と似ていますね」

すると、漱石が答えた。

「うん、あれは、この本から剽窃したんだよ。しかし、それを知っているのは、君達ばかりだから、言っちゃいかんよ」

*"Island Nights' Entertainments"*には、花火仕掛と卵をつかっての滑稽な大喧嘩の話があり、漱石はそのことを言ったというのだ（鶴見祐輔「一高の夏目先生」、一九二六年）。

なお、この漱石から受けた講義について、鶴見が最初に自著で触れているのは、一九一七年に刊行した『南洋遊記』である。その前々年一〇月から、彼は鉄道院官吏として編纂にあたっていた英文「東亜交通案内書」第五巻、南洋の巻の材料収集と実地踏査のため、約四カ月、フィリピン、インドシナ、ジャワ、マレーなどを旅行したのだった。漱石の講義を聴いて以来、「南国と言うものが、絶えず頭に在《あ》った」。スティーヴンソンの著作は、漱石という読者を得たことを通じて、日本の南進論の気風にまで、奇しくも影響をもたらしたとも言えるだろう。ハーンのマルチニーク紀行などにも言及しながら、本書自体が、いわば大正期エリート版の"地球の歩き方"みたいな体裁だが、ただし鶴見は、こんなふうにも述べている。「蓋《けだ》し、帝国主義は揺籃の中《うち》に在る、少年の夢に通う、異郷外域の風光は、之《こ》れ軈《やがて》、日本民族膨張の礎石《いしずえ》と為《な》るのである。」

ところで、スティーヴンソン本人は、まだ作家としてデビューまもないころ、「吉田寅次郎」という吉田松陰の小伝を書いている。これは、世界でもっとも早い松陰の伝記の一つである（"Yoshida-Torajiro", *Familiar Studies of Men and Books*, 1882.）。

一八七九年、郷里の英国エディンバラで、スティーヴンソンは正木退蔵という日本人と知りあった。このとき、その師であったという松陰についての話を聞き、強い感銘を受けたことが、「吉田寅次郎」を書く直接のきっかけとなる。スティーヴンソンは二九歳、正木はそれより数歳年長だった。

正木退蔵は、長州、萩藩士（大組一八八石）の家に生まれ、一八五八年（安政五）、数え一三歳で松下村塾に入門した松陰晩年の弟子である。入門の翌年、松陰は数え三〇歳で、安政の大獄のなか処刑されている。

明治維新後、正木は大蔵省造幣寮に入り、七一年（明治四）から三年間、幹部要員育成の目的で、ロンドン大学ユニヴァーシティ・カレッジに派遣された。帰国後は開成学校教官として工業教育についたが、七六年、今度は文部省から、海外留学生の監督としてふたたび英国に送られることになった。このときの滞英は五年間におよんでおり、東京帝大から理学部に迎える外国人教師を探すよう依頼されてエディンバラに出向いたおりに、偶然、スティーヴンソンと知りあったのだった。

スティーヴンソンは「吉田寅次郎」で、これが「知性ある日本紳士、正木退蔵氏」からの教示によるものであることを、重ねて述べている。そして、「いまのイギリスではほとんど知られていないにせよ、やがてはガリバルディ（注・イタリア統一運動の指導者）やジョン・ブラウン（注・米国の奴隷制廃止運動家）のように親しまれるであろう名前」として、吉田寅次郎をあげる。……勇気と、自助自立の精神をみなぎらせ、日本社会の未来を切りひらこうと、長州、江戸、長崎、そしてまた江戸へと、懸命に歩いた寅次郎。ペリーの軍艦に小舟を乗りつけ、英語は話せなくても、中国語（漢文）の手紙と、態度によるコミュニケーションで、国禁である海外への渡航をとりつけようとした寅次郎。出獄後の肉体の憔悴、厳しい監視のもとでも、身なりにこだわらない、どちらかと言えばぶさいくな教師であった寅次郎。ソロー的な流儀。闊達な心もち。……そのような松陰の肖像を、スティーヴンソンは描いている。

こんな人物についての生々しい証言を、同年輩の日本人から聞くことは、彼にとって新鮮な驚きであっただろう。しかし、実は、スティーヴンソンにとって、日本人とのそのような出会いは、これがはじめてではなかったようだ。彼、R・L・スティーヴンソンは、「近代灯台の父」と呼ばれて、「スティーヴンソン兄弟社」を創立したロバート・スティーヴンソンの孫にあたる。また、父のトマス・スティーヴンソンも、その会社を引きつぎ、著名な灯台設計家、港湾技師だった。一八七二年、この父が経営するスティーヴンソン社に、藤倉見達という日本人が身を寄せ、実習を受けている。彼は、工部省灯台寮八等出仕の身分で、灯台技術の修得のため、エディンバラ大学に派遣されてきたのだった。受講生の資格だったようだが、二年間の留学生活を送り、のちに日本の灯台建設の先駆的指導者となる人物である。もう一人、杉甲一郎も、同じ期間、やはり灯台技術研究の目的で、エディンバラ大学の正式の学生として土木工学をまなんだ（帰国して、のちに工部大学校の初の日本人教授となった）。

一方、そのころ、息子のスティーヴンソン当人はと言えば、藤倉や杉と同じエディンバラ大学工学科の学生だった。これは父の希望によっていた。だが、新生国家への責務をになって懸命に勉強に励んでいる海外留学生たちとは違って、彼のほうは名士の〝三代目〟の坊っちゃんである。本心では文学志望を抱きながら、長髪にヴェルヴェットの上着というボヘミアン的なスタイルで、講義はさぼりがちな生活をすでに数年間続けていた。あるとき、その同じ学科の日本人留学生らがあまり猛烈に勉強するので、いったいどうしてなんだと、彼は尋ねている。すると、相手は、故国の吉田寅次郎の話をしたともいうのである。

後日、ヴィクトリア朝時代の代表的な小説家の一人とみなされる人物も、青春時代には、煮えきらない日々を過ごしていた。これと前後して、彼は作家になる意向を表明して父と衝突、妥協が成立し、弁護士をめざすために法科に転じている。

「吉田寅次郎」で、スティーヴンソンは続けて述べる。

――最後に江戸で囚われの身になったとき、吉田は孤立したわけではなかった。隣の独房には、クサカベ（日下部以《い》三次《そうじ》）という薩摩の志士がいた。彼らは、それぞれ違う嫌疑で投獄されていたが、同じ信念、日本についての同じ抱負をいだいていたのだ。壁ごしに幾度も長い会話が交わされ、共感がすぐに彼らを結びつけた。先に刑を言いわたされたのはクサカベで、処刑の場にむかうとき、彼が吉田の房の前を通るのが見えた。同獄の者のほうに振り返ることは固く禁じられていたが、彼は振りむいた。まっすぐに目を合わせ、大きな声でさよならを言い、こんな意味の漢詩を付けくわえた。

「水晶は、屋根瓦みたいに無傷でいるよりも、砕け散るほうがよいのだ。」

こうやって、薩摩のクサカベは、この世界から退場していく。いにしえの芝居の登場人物のように。ややあって、吉田もそれに続いた。

軍学者、（少なくとも自分で望んでいたところでは）大胆な旅行家、詩人、愛郷者、塾長、学びの友、改革の殉教者。こんなにさまざまな役まわりで故国に仕えた者は多くない。企てた計画の多くを、彼はそれぞれにしくじったが、その国を見るなら、彼は全体として成功を収めたことになる。友人や弟子たちが維新と新しい日本の中軸となり、その革命は、いま一二歳というところだ。彼ら、いま私たちの周囲にいる、見知らぬ異国の雰囲気を漂わせながら生き生きと動いている優秀な学生たちを見ていると、そこには、長州から江戸、江戸から長崎、また江戸へと、すたすたと歩きつづけた松陰の姿が重なる。――

そして、スティーヴンソンは、最後にこのように言いそえるのだ。

「一言しておきたいが、私は、これが、ヒロイックな個人の物語であるとともに、ヒロイックな国民の物語であることを、読者に受けとめそこなってほしくないと望んでいる。吉田を覚えているだけでは十分ではなく、あの足軽のことも、クサカベのことも、熱意のあまり秘密の策略を漏らしてしまった長州の一八歳のノムラ少年（野村和作）のことも、忘れるべきではないのだ。これらの大いなる心をいだく紳士たちと同時代に生きてきたのは、愉快なことではないか。この宇宙全体から見れば、彼らと私たちとはほんの数マイルしか距たっていないようなものだが、私がのろのろと勉強をさぼっているときに、吉田はわざと蚊に食われて眠気を醒ましながら勉強に励んでいた。そして、あなたが一ペニーの所得税にもの惜しみしているあいだに、クサカベはあの気高い言葉を口にして、死にむかって踏みだしていったのだ。」

この結びが、おもしろい。

スティーヴンソンは、東洋の傑出した英雄譚として、これを書こうとしたのではない。名前の残っていない無数の人々によって吉田寅次郎はつくられ、また、いまここにいる無数の人々の姿を通して吉田寅次郎は生きている。

「私がのろのろと勉強をさぼっているときに、吉田はわざと蚊に食われて眠気を醒ましながら勉強に励んでいた。」――このフレーズには、正木退蔵からの直話を越えて、かつてエディンバラでの大学時代に出会った、藤倉や杉という学生たちの姿が映っているのだ。

なお、吉田寅次郎の直接の弟子として、彼に話を聞かせた正木退蔵その人は、日本への帰国後、東京職工学校校長となったが、さらに外務省に移って、メラネシアのフィジー（当時、英国の植民地）の領事、ハワイ総領事などをつとめ、一八九六年に没したという。

一方、漱石は、一九〇四年、高浜虚子と共作した俳体詩の発句を、こんなふうに詠んでいる。

無人島の天子とならば涼しかろ
独り裸で据風呂を焚く

――無人島で、たったひとりきりの天子さまの境涯になって、せいせいした気分で、裸で五右衛門風呂を焚いていたい――。憂鬱な東京人・漱石のなかで、スティーヴンソン作品の愛好は、その文体への好みとともに、〝ここではない場所〟への脱出の憧れにも、重なっていた。彼は、スティーヴンソンと比較して、『ロビンソン・クルーソー』の作者デフォーの偏平な文体を批判したが、「裸で据風呂を焚く」闊達な夢のイメージには、明治の国家主義者の夢からいくらか距離を保った場所で、デフォーへの批判が生きている。

やがて、ミクロネシアは日本の委任統治領となり、本格的な移民事業が始まる。それと前後して、横浜から小笠原を経由して、マリアナ、パラオなどのあいだに、定期航路も開かれた。そのころには、ポリネシアのタヒティ島に滞在したゴーギャン、マルケサス諸島で捕鯨船から脱船した『白鯨』のメルヴィルら、欧米のほかの南洋放浪者たちの存在も、日本の都市青年・知識人たちには知られるようになっていた。喘息の発作に悩まされた中島敦が、あたかも自分自身の生に重ねあわせるようにして、南洋のスティーヴンソンの姿を小説『光と風と夢』に書き残し、パラオの南洋庁への赴任にむかうのは、さらにのち、一九四一年になってのことである。

中島敦は、一九〇九年、東京四谷に生まれた。翌年、父母が離別。しばらく母のもとで養育されたのち、父方の祖母・伯母のもとに預けられ、さらに小学校入学を控えて、奈良県郡山町にいた父親のもとに引き取られた。そこにはすでに継母のカツがいた。父・田人《たびと》は、漢学者（中島撫山）の子として生まれた人だが、当時は中学教員だった。この父が、郡山から浜松を経て、さらに朝鮮京城の龍山中学に異動となり、二〇年、一一歳の中島敦も、朝鮮に渡ることになるのだった。

二二年、京城中学に入学している（同級生にのち作家となる湯浅克衛《かつえ》がいた）。在学中、妹・澄子が生まれ、そのおり継母カツが死去している。その翌春（二四年）、父は二人目の継母コウを迎えた。前の継母との関係に続いて、今度の継母とも、感情的にうまくいかないものがあるのを中島は感じた。妹の澄子が、今度の継母に冷遇されているのが、かわいそうだと思っていた。

中学での成績はとても良かった。だが、敏感な少年には、それだけでは済まなかった。「内地」では関東大震災が起こり、焼け跡の街で大勢の朝鮮人が殺されている噂が、中島の耳にも届いてきた。それを日本人として朝鮮で聞くことに、重苦しい気持ちを抱く。植民地の街で、自分の居場所が不当に優遇されたものに思え、それが朝鮮人を押さえつけているのを感じた。六年後、彼はこのときの気持ちを、「巡査の居る風景――一九二三年の一つのスケッチ」という小説に投影させて書いている。京城の朝鮮人の巡査、つまり、朝鮮人社会からも日本人社会からも孤立した人物を主人公とする話だった。これの「毒消し」に、「蕨・竹・老人」という当たり障りのない作品をもうひとつ書き、二作品を抱き合わせた格好で、第一高等学校の学内誌「校友会雑誌」に発表している。

家の内と外、両方に対して心楽しまぬ思いを、このころの中島は抱えていた。中学四年ごろから成績は落ちはじめたが、それでも優秀にはちがいなく、四年修了で東京の第一高等学校文科甲類に進んだ。在学中から、喘息の発作が出はじめている。三〇年、東京帝国大学文学部国文科に入った。

居どころのないような落ちつかなさは、中島のなかで続いていた。友人の家族が経営する麻雀荘に通ううちに、そこで働く橋本タカと知り合い、双方の親族の反対を押しきって、変則的だが所帯をもつ段取りをつけた。それからまもない三二年夏、満洲、中国北部に単身で旅行して、帰路、京城の元同級生の下宿に滞在している。夜には、友人を誘わずに、ひとりで色街に通った。行き先は新町の日本人向けの店ではなく、朝鮮人の客が通う街区だった。東京に戻って、彼はこのときの旅行と、京城時代の家の思い出とをからめて、「プウルの傍で」というかなり良くまとまった小説を書いた。だが、家族関係に波紋をもたらすことをはばかってか、そのまま筐底に秘めて発表しなかった。

東京帝大を卒業して三三年に大学院へ進んだが、ほぼ同時に長男が生まれたので、横浜高等女学校に教諭として就職もした。息子が二歳になるまで、妻子と完全に同居する環境は調わなかった。その間に、いくつか女性関係が生じていた。三四年、京城時代の朝鮮人の友人との思い出をもとに「虎狩」という小説を書いて「中央公論」懸賞募集に応募したが、選外佳作で掲載にはいたらなかった。

妻子と暮らすようになって半年あまりのち、三六年春、小笠原諸島への船旅に単身で出ると、歌が次から次に浮かんできた。

二日二夜南に榜《こ》ぎてココ椰子のさやぐ浦廻《うらわ》に船泊《は》てにけり
小笠原の弥生はトマト赤らみて青水無月《あをみなづき》の心地こそすれ
硝子透《とほ》し陽《ひ》はしみらなり水を出《で》て鰐魚《アリゲーター》の仔ら眠りゐる
護謨《ゴム》の葉にとまる小虫の名も知らず日の豊《ゆた》けさに黒光りゐる
小匣《こばこ》もち娘いで来ぬブルネット眼も黒けれど長き睫毛や

章魚木《たこのき》にのぼる童の眼は碧く鳶色肌の生毛《うぶげ》日に照る
ナイフ光り実は落ちにけり少年もとびおりたれど砂にまろびぬ
みんなみの島の理髪店《とこや》の昼永くうつら〳〵とひげ剃らせけり
午後《ひるすぎ》の石垣の上に尾の切れし石竜子《とかげ》を見たり金緑《きんりよく》の背《せな》
いすくはし鯨魚漁《くぢらいさ》ると父島の海人《あま》の猛夫《たけを》ら今船出する
何処《いづく》ゆか流れ来りし女なる淫らにはげし白粉のあと
アセチリンの光圏《くわうけん》の中に一本のつり糸垂れて下は夜の海
跳《は》ね狂ひ濡れ光りつゝ船腹を尾もて叩き打ち上りくる魚
棍棒もて打ち殺されし鮫の仔の白き腹濡れて淡血《うすち》流れゐる

そこは、亜熱帯の陽光と海のもとで、多数の日本系島民に加えて、欧米系島民、そしてポリネシア系島民がまじわり暮らす、それまでの彼が見知る植民地とは異質な風景の世界だった。明治に入るまで帰属さえあいまいだったこの島（捕鯨船の寄泊に使われるようになるまでは無人島だった）に、日本人の入植が始まってから、まだ六〇年しか経っていなかった。それ以前には、島では英語とポリネシア語の混成語（ピジン）が使われていたらしい。

夏、さらに中島は長崎から中国に渡って、杭州、蘇州などをめぐって帰っている。この年から、彼はハーン、カフカなどを読みだし、ハクスレイの作品をいくつか訳した。四〇年夏になって、スティーヴンソンの著作、伝記を読みはじめている。唯一の完結した長編小説『光と風と夢』を彼が書きだすのは、その年後半だったと思われる。

「一八八四年五月の或夜遅く、三十五歳のロバァト・ルゥイス・スティヴンスンは、南仏イエールの客舎で、突然、ひどい喀血《かつけつ》に襲われた。駈付けた妻に向って、彼は紙切に鉛筆で斯《こ》う書いて見せた。『恐れることはない。之《これ》が死なら、楽なものだ。』血が口中を塞《ふさ》いで、口が利《き》けなかったのである。」

以来、スティーヴンソンは健康地を求めて、南英ボーンマス、米国、さらに七〇トンのスクーナー船に乗って、マルケサス、パウモツ（トゥアモトゥ）、タヒティ、ハワイ、ギルバートの島々を移り、八九年の暮れ、サモア諸島ウポル島のアピア港に入るところから、小説は始まる。

この作品は、スティーヴンソンの手による日記体という、異色の体裁をもっている。

独・英・米による植民地化と政治介入のもとで、部族間の抗争を繰りかえしながら、なお島の共同体生活をはかなくも守っていた当時のサモア社会。スティーヴンソンは、島民社会の指導者たちの気まぐれな変転ぶりに何度も徒労感を味わいつつも、彼らの側に立って、最期には「ツシタラ（物語の語り手）の死」として現地島民から手厚く葬られたと言われている。そのスティーヴンソンの晩年を中島は書いているのだが、だからといって、これがポリネシアの社会に仮託しての単純な――と言っても当時それを書こうとすれば猛烈な勇気が要るのだが――〝反植民地〟小説だったわけでもないだろう。それをするには、中島敦という青年は、もはやあまりに植民地の〝すれっからし〟だった。彼の肉体と精神は、もっと奥深くまで、植民地にさらされていた。

当初「ツシタラの死――五河荘日記抄」と題されていたこの小説は、中島自身の生身とスティーヴンソンを串刺しにする、いわば重層する声、断想によるドラマのようなものとして書かれている。たとえば中島は、スティーヴンソンについて、「彼は殆ど本能的に『自分は自分が思っている程、自分ではないこと』を知っていた」と、観点を挿入する。

そして、独・英・米に抗した敗残の島民の王者マターファについて――。

「彼は、白人をも含めた全サモア居住者の中で（とスティヴンスンは主張する。）最も嘘言を吐《つ》かぬ人間だ。しかも、斯《こ》うした男の不幸を救う為に、スティヴンスンは何一つして遣《や》れなかった。マターファは彼をあんなに信頼していたのに。文通の手段の絶たれたマターファは恐らく、スティヴンスンのことを、親切そうなことを言いながら結局何一つ実際にはして呉れない白人（ありきたりの白人）に過ぎなかったのだと、失望しているのではないか？」

スティーヴンソンの肉体を、中島は自分自身が生きるようにして考えていた。また、スティーヴンソンその人の日記体で――。

「昔、私は、自分のした事に就いて後悔したことはなかった。しなかった事に就いてのみ、何時も後悔を感じていた。自分の選ばなかった職業、自分の敢てしなかった（しかし確かに、する機会のあった）冒険。自分のぶつからなかった種々の経験――其等《それら》を考えることが、慾の多い私をいらいらさせたものだ。所が、近頃は最早、そうした行為への純粋な慾求が次第になくなって来た。今日の昼間のような曇りのない歓びも、もう二度と訪れることがないのではないかと思う。夜、寝室に退いてから、疲労のための、しつこい咳《せき》が喘《ぜん》息《そく》の発作のように激しく起り、又、関節の痛みがずきずきと襲って来るにつけても、いやでも、そう思わない訳に行かない。」

そして――。

「半夜、眠れぬままに、遥かの濤声に耳をすましていると、真蒼な潮流と爽やかな貿易風との間で自分の見て来た様々の人間の姿どもが、次から次へと限無く浮かんで来る。

まことに、人間は、夢がそれから作られるような物質であるに違いない。それにしても、其の夢夢の、何と多様に、又何と、もの哀れにもおかしげなことぞ！」

これを書いていたころ、中島には、二人目の息子が生まれていた。彼は子どもたちを、とりわけ長男をかわいがった。だが、それさえも彼を落ちつかせはしなかった。『光と風と夢』を書きあげたころから、いったんは満洲に行くことを考えたが、喘息が悪化した体調では無理だと考えなおしたらしく、四一年の春になって持ちかけられたパラオの南洋庁に就職する話に、乗ることに決めている。当時、彼には、継母にからむ事情で、金銭の必要があったらしい。だが、それ以外に、単身で南島に渡ることで喘息をもちこたえ、できるだけ小説を書いてみたい気持ちも、やはり彼のなかに続いていた。同年六月、『光と風と夢』と『古譚』(「山月記」、「文字禍」など)の出版を知人に託して、彼は横浜からパラオへの船に乗った。しかし、パラオに大量に運んだ原稿用紙は、ほとんどそのまま持ち帰られることになる。

翌四二年三月、東京出張の名目で一時帰着し、喘息と気管支カタルが悪化して、そのままパラオへの復帰を断念。なおも『南島譚』に収録されるものなど、いくつかの作品を書いたが、同年一二月、喘息による心臓の衰弱が激しく、三三歳で死去している。

日本語文学における「植民地」イメージは、こうして、北のサハリン(また、沿海州、北部満洲、内蒙古)、南の太平洋諸島(また、東南アジア諸地域)を両極として、動いていく。これらの領域の内部には、より徹底した植民地支配がおこなわれる台湾、朝鮮などが含まれることになるが、一方、その外側には、ヨーロッパ、南北アメリカ大陸、ロシアといった「外地」総体の広がりがあった。作家たちは、それらの場所で、またそれぞれ異質な「外地」を経験した。日本語文学を「植民地文学」として見る観点とは、これらすべてがいまの私たちの視野に、序列ぬきで飛び込んでくることを、意味している。

戦場の鷗外

森鷗外がドイツから戻って『舞姫』を発表する一八九〇年とは、こうして、チェーホフがサハリンに出向き、スティーヴンソンがサモア諸島ウポル島での定住を始める、その年のことだった。日本国内で言えば、大日本帝国憲法が施行され、第一回帝国議会が召集された、その年である。鷗外は、日本陸軍の若い軍医として約四年間ドイツで衛生調査にあたり、この二年前に帰国していた。

「わが胸にはたといいかなる境に遊びても、あだなる美観に心をば動かさじの誓いありて、つねに我を襲う外物を遮《さえぎ》りとどめたりき。」(『舞姫』)

どんな異郷で過ごそうとも、はかない美しさに心を動かさず、外の世界を遮断して暮らそう――。留学にあたって、それが鷗外の決意だったと言っていい。しかし、彼に〝小説〟というものを選ばせたのは、ドイツ現地で行き当たった、これとは相容れない心情である。――「貧しきが中にも楽しきはいまの生活《なりわい》、棄てがたきはエリスが愛。」

主人公は、結局「エリスが愛」を振り捨て、故国に帰る。だが、それと同じほどに重要なのは、このときの葛藤へと彼をさしむけていたのは、官や家への、ほとんど反逆ぎりぎりの衝迫だったということだ。

「わが母は余を活《い》きたる辞書となさんとし、わが官長は余を活きたる法律となさんとやしけん。辞書たらんはなお堪《た》うべけれど、法律たらんは忍ぶべからず。」

「官長はもと心のままに用いるべき器械をこそ作らんとしたりけめ。独立の思想をいだきて、人なみならぬ面《おも》もちしたる男をいかでか喜ぶべき。」

鷗外は、エリスとの恋愛を結晶点に、謀反の心情を吐き出している。

私は、高校生の時分にはじめて『舞姫』を読んだとき、エリスを振り捨ててから自分一人で感傷に浸って悦に入る主人公に、憤懣を抱かずにいられなかった。だが、それから二〇年を隔ててこれを読みかえすと、それとはいくらか違う感慨を抱くことも確かだ。

エリスとの愛を放棄することで、彼のなかの心情は折れる。けれども、もし、大臣からの帰国の誘いに「承《うけたま》わり侍《はべ》り」とさえ答えなければ、自分にはもう一つの生がありえた。エリスとのつましい暮らしをすごしながらベルリンの陋巷に埋もれる、もう一つの道筋が、あったはずだ。この悔恨が、彼のなかで消えない。

日本の近代文学の出発点とは、こんなものだった。また、それが、「外地」と日本語文学との出会いだった。「もう一つの生」への誘惑、ちっぽけな異邦人として生きる道筋。しかし、それは、このようなかたちで、あらかじめ挫折している。

「外地」とのかかわりでは、鷗外はその後、軍人としても作家としても、波乱含みの――また、ある意味ではお決まりの――道筋をたどった。『舞姫』発表の四年後、日清戦争が始まり、一八九四年（明治二七）八月、三二歳の彼は中路兵站軍医部長となって、翌月、朝鮮に遠征する。さらに同年一〇月、遼東半島の突端部、金州方面に出動する陸軍の第二軍が創設されると、第二軍兵站軍医部長に任じられ、広島宇品にいったん戻って準備したあと、ただちに輸送船で金州にむかったのだった。

もろこしの雪見ん冬のまたるれはこまのやどりの秋はをしまじ

これは、一〇月三日、第二軍への着任を前に、朝鮮釜山を離れる当日に詠んだ歌だが、大時代な身ぶりで、型どおりの感慨が表明されるにとどまっている。

満洲到着後、第二軍はただちに金州城を占領（一一月六日）、さらに旅順を攻略する（一一月二一日）。鷗外は、そのとき大連湾柳樹屯の兵站軍医部に勤務していた。翌月の一二月一七日から、兵站病院視察のために占領後の旅順に出むいたあと、しばらくして、鷗外は知人宛ての手紙にこんな漢詩を添えている。

朝抛鴨緑失辺疆　暮棄遼東作戦場
燐火照林光惨澹　伏屍掩野血玄黄
雄軍破敵如摧朽　新政施恩似送涼
天子当陽威徳徧　何須徒頌古成湯

（一九〇五年一月一二日、追伸・同月一四日、市村瓚次郎宛）

前半は、血みどろの死骸が野を覆い、鬼火に照らされて惨澹たるありさまを描いている。市街から離れた山野や路傍には、兵士や民間人のおびただしい数の死体が、まだ凍りついたまま放置されていた。林も照らしていのは、火葬が続いていたからだろうか（実際には、それさえも諦めなければならないほど、燃料に不足したという）。血は、もはや赤というより、黒や黄色味を帯びて、死体にこびりついていた。……だが、こうして敵が粉砕されてのちは、日本の新たな施政のもと、天子さまの威徳もここまで届いてけっこうなことだという調子で、後半部は終わっている。

しかし、現実の状況は、それどころではなかったはずである。一一月二一日、旅順市街になだれ込んだ第二軍第一師団は、以後数日のあいだに、敵兵の捕虜や、二千人とも言われる中国側の民間人をも虐殺していた。鷗外は立場上、もちろんそのことを知っていただろう。漢詩の前半の部分は、この事実をにじませているようにも見える。とはいっても、後半部を当たりさわりのない決まり文句に転じることで、これを目にしたときの彼自身の感情は、うまく隠されてもいるのだが。

一八九五年四月、日清間に講和条約（下関条約）が結ばれるのを待って、翌五月、鷗外も日本の広島宇品に戻った。だが、日本にはわずか二日間いただけで、同月二四日、今度は陸軍軍医監として、台湾にむけて出発する。同二八日夜、台湾北部の河口の港、淡水に到着。日本軍の台湾進駐の第一陣だった。

高砂のこれや名におふ島根なる遠くも我はめぐりこしかな

つまり鷗外は、日清戦争後の台湾「割譲」にともない、現地の鎮圧戦にも参加しているのである。同年秋まで、台湾総督府陸軍局軍医部長などとして、彼は台北にとどまった。彼はここでも漢詩や俳句を残しており、文芸評論家・尾崎秀樹は、これによって「台湾における日本文学は森鷗外によって第一頁を開いている」とした（尾崎秀樹『近代文学の傷痕　旧植民地文学論』）。九月二二日に台北を離れ、同二八日に宇品入港。このとき、鷗外はまだ満三三歳だった。

そのころ、五歳年下の漱石は、愛媛県松山で、松山中学の教師をつとめていた。上野という下宿先のあるじは老夫婦だったというのが定説のようだが、江藤淳『漱石とその時代　第一部』は、四〇歳ぐらいの未亡人が女主人で、若い娘が一人いた、と述べている。だとすれば、『こころ』の〝先生〟が若いころに暮らした下宿先と、同じ家族構成である。そこに、結核で喀血して療養中の友人・正岡子規が、これも『こころ』の〝K〟のように転がり込んだ。

子規は、この春、日清戦争の従軍記者として、大連に渡っていた。これは勤めていた新聞「日本」に、彼自身が強い希望を申し出てのものだった。悪化していく自身の体調への焦燥も、その動機に働いていただろう。だが、戦線近くの金州に着いて、わずか二日後の四月一七日、講和が成立する。したがって、これはまったくの無駄足で、彼は戦闘を見ることもなく日本に戻らねばならなかった。結局、引きあげの機会を待って現地で一カ月すごすうちに体はいよいよ衰弱し、日本にむかう船上で喀血、神戸港からそのまま病院に運び込まれていたのだった。

年が明けて一八九六年一月、満二二歳の泉鏡花は、東京で「海城発電」という短篇小説を発表している。舞台は、日清戦争下の遼東半島の付け根の町、海城。表題の「海城発電」は、海城から発された電信、との意味である。事件の一部始終を目撃した英国記者が、そのありさまを本国の新聞に打電するという体裁になっている。

――主人公は、赤十字社の日本人看護員。中国側の捕虜となったが、拘束中も中国兵の看護に専心して、その働きに感謝状を贈られ、二カ月後に日本側の陣営へ戻されてきたのだった。いま、彼は、日本軍の軍夫たちに取り囲まれている。「軍夫」とは、従軍人夫、あるいは軍役人夫の略である。日清戦争のさい、武器を帯びずに軍や将兵の物資輸送などの下働きをした職業で、当時の報道では一師団に「二万人」はいたともいう。

軍夫のリーダーにあたる百人長は、敵陣の様子を報告するように求めて看護員を尋問するが、彼は「聞いたのは呻吟声《うめきごえ》ばかりで、見たのは繃帯《ほうたい》ばかりです」としか答えない。また、中国側で拷問されたときも、自分は日本軍について知っていることがあれば「白状」したかったのだが、何も知らないので、やむをえず黙っていたと言うのである。

これを聞いて、百人長は激怒する。おまえは日本人ではないか。「何故《なぜ》、君には国家という観念がないのか」、「無責任極まるでないか」と。

看護員は答える。

「敵の内情を探るには、たしか軍事探偵というのがあるはずです。（中略）自分の職務上病傷兵を救護するには、敵だの、味方だの、日本だの、清国《しんこく》だのという、左様《さよう》な名称も区別もないです。唯《ただ》病傷兵のあるばかりで、その他には何にもないです。（中略）出来得る限り尽力をして、好結果を得ませんと、赤十字の名折《なおれ》になる。いや名折は構わないでもつまり職務の落度となるのです。（中略）毀誉褒貶《きよほうへん》は仕方がない、逆賊でも国賊でも、それは何でもかまわないです。唯看護員でさえあれば可《いい》。」

逆上した百人長は、軍夫たちに命じて、看護員を思慕する中国人の娘を引きだし、彼女を凌辱させて、殺してしまう。看護員は顔色を変えるが、「諸君。」とだけ言いすてて、そこを立ち去る。——

ここで鏡花は、自国と敵国、そのどちらでもない赤十字という新しい職能に、自分の立場を仮託して、それに固執する。この〝どちらでもない〟立場こそが、彼が〝反軍小説〟というかたちに見いだした、発見であったとも言える。同月、彼は、やはり日清戦争を背景に、姦通と兵士の脱営をからめた「琵琶伝」という短篇も発表している（のち、鏡花没後に『鏡花全集』全二八巻〈一九四〇～四二年、岩波書店〉が刊行されたとき、この二作品は収録されなかった。日清戦争と日中戦争、約半世紀を隔てた二つの戦争のもとで、小説に許された表現範囲の推移として、ある指標となる）。

ともあれ、泉鏡花が、そのとき、なぜこんな作品を書いたのか、また、書くことができたのか。それが、考えられなければならないだろう。このころ鏡花は、師・尾崎紅葉の内弟子から、まだ一本立ちしたばかりである。硯友社の水で育ち、彼には、鷗外や漱石のような留学経験はもとより、やがて隆盛する自然主義作家のように海外小説の動向に耳をそばだてる機会も、ほとんどなかった。実際に従軍したわけでもなく、ただ東京小石川の下宿先で机の上の原稿用紙にかじりついて、彼はこの小説を書いたのだった。

史実に照らすと、日本陸軍の第一軍が遼東半島を深くまで侵攻し、海城を制圧するのは、一八九四年一二月一三日。しかし、鏡花がそこで起こっていた事実にもとづいて、これを書いたという証拠はない。とはいえ、当時、鏡花が触れることができた具体的なニュースを考えると、何が彼に、これを書くきっかけをもたらしたかは、あるていど想像できる。

先に触れたように、九四年一一月二一日、日本陸軍の第二軍は旅順への入城を果たした。「旅順陥落」の知らせに、日本国内の新聞は沸いた。だが、現地では、この日から、敵兵の捕虜や非武装の民間人の虐殺が、日本軍の手で始まっていた。陥落した市街部に進入したさい、日本軍の兵士数名の首が鼻や耳をそいだ姿でさらされており、これに将兵が恐慌をきたしたことがきっかけとなったと言われている。

日清戦争は、多くの従軍記者をともなう、日本にとってはじめての情報戦の性質も持っていた。従軍記者は六六社一一四名、このうち一一名が画家、四名が写真師だった（旅順虐殺に遭遇した者のなかには、洋画家・浅井忠、日本画家で久保田米僊の息子・久保田金僊らがいた。また、独歩こと国木田哲夫は、旅順入城四日後の二五日、「国民新聞」従軍記者として軍艦千代田から旅順に上陸し、大量殺戮直後の市内の様子を目にしている）。また、ここには外国の新聞も含まれており、第二軍に従軍して虐殺を目撃した外国人記者は、少なくとも四人いた。

旅順陥落から一週間あまりで事件のあらましを把握した日本政府は、それが報道されることのないようにしたいと考えた。戦地の従軍記者には、軍による検閲があったので、これの報道は確実に抑えられた。海外メディアにも、買収を含めて、大がかりに手が打たれた。だが、抜け道もあった。横浜の居留地で発行されていた英字新聞「ジャパン・メール」は、戦地から日本まで戻っていた事件の目撃者、米紙「ワールド」のジェームズ・クリールマン記者にインタビューし、一二月七日付で、旅順で日本軍と軍夫による大規模な虐殺がおこなわれた旨を報じた。これに対し、翌日の「読売新聞」「自由新聞」は、「ジャパン・メール」の記事に反駁を加える体裁で、日本国内の一般読者に、同紙の報道の大略を伝えた。そして、同月一二日には、クリールマン自身が打電した記事が、ニューヨークの日刊紙「ワールド」に載る。これを日本国内の各紙が論駁し、加えて「日本」（九五年一月一三日付）では「ワールド」の記事全文の訳文を掲載している（これらの経緯は井上晴樹『旅順虐殺事件』による）。このようにして、日本の新聞各紙は、自身の論調のいかんにかかわりなく（主体的には虐殺否定論に立っているわけだが）、海外報道を紹介するというかたちで、虐殺の「事実」を日本国民に周知徹底させていく役割をも担うことになるのである。

一方、一八九四年一二月二〇日、「ワールド」は、第一、二面をつぶして、クリールマン記者が従軍中に記した事件の詳細を報じた。そこには、「赤十字旗が翻る病院があったが、日本兵はその戸口から出て来た武器を持たない人たちに発砲した」、「女性と子どもたちは、彼らを庇ってくれる人とともに丘に逃げるときに、追跡され、そして撃たれた」との記述も含まれていた。翌九五年一月に入ると、英国の有力紙「タイムス」も、自社の特派員トーマス・コーウェンの長文の記事で、「旅順陥落後の残虐行為」を掲載した。また、数々の欧米の新聞が、旅順陥落直後（九四年一一月二八日）のこととして、国旗と赤十字旗、白旗を掲げた清国商船が旅順港に入港しようとしたが、日本陸軍第二軍司令官・大山巌によって拒否されたという事実に、焦点を当てることになった。乗船していたのは天津の私立赤十字の人々で、公的な多くの証明書を携えており、なかには英国陸軍軍医らも混じっていた。負傷した清国兵を引き取り、天津で治療したいというのが、彼らの入港目的だった。しかし、負傷した清国兵は存在せず、彼ら捕虜たちの死骸がまだ街なかに放置されているという状態では、日本軍はこれを許可するわけにいかなかったのである。こうした海外の報道に対して、「国民新聞」（九五年二月二六日付）は、社説「外人の眼に映ずる日本」で論じている。

《「タイムス」記者は「赤十字と虐殺」と題する社説に於て日本軍の行動の不調子なるを怪しみ、広島に於ける虚飾は旅順の実戦に於て剝落せりと嘲り、日本政府若《も》し国家の名誉を重《おもん》せば、厳重なる処分を施して、

虐殺は不慮の過誤たりしことを明かにせざる可《べ》からずと論ぜり。》
東京を離れなかった鏡花も、これらの記事は読んでいたことは、まちがいない。そして、そのことが、軍隊の行動というものへの、彼の直感を動かしたのだった。事件報道に対する過敏な対応を迫られている日本政府のもとで、それを直接の題材にするすべは、彼になかった。また、鏡花という作家の作風にとって、そうする必要もなかっただろう。
鏡花は、小説の舞台を旅順攻略よりしばらく後の、海城の町に決めた。そこを占領していたのは旅順虐殺に責任を負う第二軍ではなく、第一軍だった。これ以外には、外国記者、電信、赤十字、民間人殺戮……、この戦争を象徴する新しい道具立ては、すでに揃っていた。鏡花は、ここから、彼の浪漫的な想像力を動かしはじめる。
九年後、一九〇四年、日露戦争が始まり、四二歳の鷗外は、第二軍軍医部長として再度満洲にむかう。この出動の期間を通じて、彼は『うた日記』をつけることになるが、渡航をひかえた広島では、こんな長歌を詠んだ。

……
海幸《うみさち》おほき　樺太《からふと》を
あざむきえしが　交換《かうくわんか》歟
わが血流しし　遼東《れうとう》を
併呑《へいどん》せしが　なに租借《そしやく》
鉄道北京《ぺきん》に　いたらん日

支那《しな》の瓦解《ぐわかい》は　まのあたり
韓半島《かんはんたう》まづ　滅びなば
わが国いかで　安からん

本国のため　君がため
子孫のための　戦《たゝかひ》ぞ
いざ押し立てよ　聯隊旗《れんたいき》
いざ吹きすさめ　喇叭《らつぱ》の音《ね》

見よ開闢《かいびやく》の　むかしより
勝たではやまぬ　日本兵
その精鋭を　すぐりたる
奥大将の　第二軍

（「第二軍」、明治三十七年三月二十七日於広島）


この歌は、はじめ、佐佐木信綱の雑誌「心の花」に掲載された。

鷗外は、このように、自分の公職上の立場と一致した、口当たりのよい歌も詠むことができた。歌の内容は、大衆的に喧伝された戦争認識の域を、出ていない。だが、これが鷗外の本心に反するものであったわけでもないだろう。

鷗外が出むいた戦地はまたも満洲南部の一帯で、その陸軍を率いるのも大山巌、乃木希典といった日清戦争に重なる顔ぶれだった。だが、戦闘の相手は清国軍ではなくロシア軍で、戦争の質も、圧倒的な物量を投入しての近代戦へと、根本的な変化をとげていた。
戦場での鷗外の勤務地は、またしても、ほとんど前線そのものだった。

……
なん達勝《たちかち》に　ほこれども
三《み》つの師団の　力もて
南山《なんざん》ひとつ　占領し
四千の友を　うしなひぬ
……

（「大野縫殿之助《おほのぬひのすけ》」、明治三十七年五月二十九日於劉家屯）

これを詠んだ三日前の五月二六日、大連近くの南山の攻略戦で、彼ら第二軍は四三八七名の死傷者を出した。この詩のなかの語り手、騎兵の大野縫殿之助という人物は、兵卒たちのあいだで武勇談を始めるにあたり、〝おまえたちは勝利を誇っているけれども、俺たちは南山ひとつ奪うために四千人の仲間を失ったのだ〟と、釘を刺しているのである。手柄話のほうは、たわいない。大連で窮地に陥っていたところを「金《きん》錫魯《しやくろ》」という「韓人《かんじん》」に助けられ、彼の家の屋上に日章旗を掲げたところ、市中の中国人たちの家がそれにならって各自で日章旗を揚げだしたので、ロシア軍は街がすでに日本軍に落ちたものと勘違いし、撤退してしまったというのだ。おそらく、現地の中国人たちは、情勢次第ではロシアの旗も掲げられるよう、両方の旗を用意していたのだろう。

鷗外自身は、この戦闘で、ドイツ留学時に買いもとめた軍服の金ボタンを一つ失った。
こうして惨澹たる戦場を行くにつれ、鷗外の詩歌も、はっきりと変わっていく。

わが住む　室《むろ》せばく
顔ばな　照れるかくさん
すべなく　うたて見られぬ
紐《ひも》は黄　袴朱《はかまあけ》
仇《あたみ》見る　てだてに慣れて
をみなご　たやすく見出《みい》でつ
ますらを　涙なく
辞《いな》めど　きかんとはせで
あす来《く》と　契りてゆきぬ
恥《はぢ》見て　生きんより
散際《ちりぎは》　いさぎよかれと
花罌《はなげ》粟《し》　さはに食《たう》べつ
たらちね　かくと知り
吐《は》かすと　のませたまひし
人屎《ひとくそ》　験《しるし》なかりき

おもなく　　　羞《は》ぢ伏すを
舌人《をさびと》　　　聞きて告ぐれば
吐くべき　　　薬とらせつ

間近《まぢか》き　　　たたかひの
場行《にはゆ》く　　　死《し》の使《つかひ》の
打見て　　　過ぎし花罌粟《はなげし》

（「罌粟《けし》、人糞《ひとくそ》」、明治三十七年七月十三日於古家子）

この異様な表題をもつ詩の意味は、はっきりとはわからない。というより、意識して象徴的で、多義的な解釈を許す表現が取られている。

ただ、第四連以下は、比較的明瞭だ。

うたわれているのは、中国人の民間人の娘だろう。彼女は、「恥見《はぢ》て　生きんより　散際《ちりぎは》　いさぎよかれと」、大量の罌粟の花を食べて自殺をはかる。気づいた母が、なんとかそれを吐きださせようと、人糞を呑ませるが、効果がない。落ち込んでいる母親から事情を聞いた通訳が、それを鷗外に知らせてきたので、嘔吐のための薬を与えた。……そう読める。

最終連の「死《し》の使《つかひ》」は、葬列をさすのだろうか。あるいは、軍隊そのものを意味するか。それとも、死神に似た、もっと運命的な象徴だろうか。戦場に近い罌粟の野を横目に、その「死《し》の使《つかひ》」が、通りすぎていくというのである。

鷗外の詩歌の解読に取りくんだ仕事は、意外なほど少ない。私が知るかぎり本格的な詩論は、佐藤春夫の『陣中の竪琴――森林太郎が日露戦争従軍記念詩歌集うた日記に関する箚記』（一九三四年）しかない。

前半三連に対する佐藤の解釈によれば、この少女は宿屋の娘で、「紐《ひも》は黄　袴《はかま》朱《あけ》」のロシア兵に犯される。それを恥じて、「散際《ちりぎは》　いさぎよかれと　花罌粟《はなげし》」を食べて自殺をはかったというのである（最近刊行されたちくま文庫版『森鷗外全集』もこれを踏襲しているらしく、「紐《ひも》は黄　袴《はかま》朱《あけ》」は「ロシア兵の服装」と注記されている）。

けれど、この解釈は、どうもあやしい。

そもそも、この詩の舞台は、宿屋ではなく、日本軍の宿営として接収された中国人の民家ではないのか。

比較文学者の島田謹二も、『佐藤春夫全集』（第一〇巻、一九六六年、講談社）の「解説」で、この佐藤の説について述べている。

「時には当時あい戦った日本とロシヤと、両軍の服装に対する知識があやふやなため、誤解の種をまかれたこともあったのではないか。（中略）この詩第二連の『紐《ひも》は黄　袴《はかま》朱《あけ》』とは、日本軍騎兵の服装だととりたい。そう読んでみないと、第三連はじめの『ますらを』が生きてこないのではないか。」

だとすれば、この詩の意味は、ひっくり返ることになる。とはいえ、島田の解釈にも、これ以上の確証があるわけではない。

ひとまず元に戻って、最初の三連の逐語的な意味を取ってみれば、およそこのようになるだろう。

——わたしの住む部屋は狭く、顔を隠しておこうにも、隠しようがなくて、とうとう見つけられてしまった。

紐は黄、ズボンは朱、敵を発見する手だてに熟練していて、女はたやすく見つけられた。

男（ますらを）は非情で、拒んでも、聞きいれてはくれず、また明日来ると、契って去った。……

そこで女は罌粟を食べて自殺をはかるのである。

鷗外たちの日本陸軍第二軍には、このとき、もう一人、作家が同行していた。出版社博文館から派遣された私設第二軍従軍写真班主任、花袋こと田山録弥である。軍医部長と従軍記者とで立場は大きく違うのだが、田山花袋は満洲にむかう船中から、しばしば九歳年上の「鷗外先生」のもとを訪ねて、文学談義などを拝聴した。のち花袋は、この従軍体験から材を取って、「一兵卒」（一九〇八年）という自然主義作家としての代表作を書く。また、それに先だって、彼は戦場からの帰還後まもなく、ルポルタージュ『第二軍従征日記』（一九〇五年）を博文館から出版している。その本のなかで、花袋は、一九〇四年七月一二日付、つまり鷗外が「罌粟《けし》、人糞《ひとくそ》」を書く前日の日付で、現地・古家子に入ったときの様子を次のように述べている。

「今日宿舎を古家子《こかし》という処に移した。古家子というところは、蓋州河《がいしゅうがわ》の南岸で、蓋平《がいへい》市街を一里程後に戻った地位にあるのであるが、豪農多く、楊柳繁《ようりゅうしげ》く、軍司令部を置いた家などは、それはなかなか立派なものであった。けれど自分等の宿営は、其村からは高粱《きび》畑を一つ越した小さな村落で、家屋もまた甚だ清潔ではなかった。」

これで見ると、鷗外には、花袋らとは違って、「なかなか立派な」ほうの宿営がこの村では確保されていただろうことがわかる。少なくとも、それは、詩のうたう「わが住む　室《むろ》せばく」というほどのものではなかった。

そして、花袋は、もうひとつ注意を引くことを、前後して、この従軍日記のなかで述べている。それは、彼ら従軍記者たちの夏服の制服が「代赭色《たいしゃいろ》」だったということだ。詩のなかのズボンの「朱《あけ》」と、ほぼ同色だと言っていい。

また佐藤春夫は『陣中の竪琴』で、これから数年後に鷗外が書く「鼠坂」（一九一二年）という短篇に、注意を促す。それは奇怪な小説である。

――東京音羽に近い鼠坂《ねずみざか》という場所で、立派な造作の家の普請が進んでいる。普請ができあがって、男三人が祝いの酒盛りを始める。彼ら三人、それぞれ日露戦争で軍に取りいってひと儲けした。家の主人は酒の密売人、あとの二人は通訳と新聞の従軍記者だった。彼らの話しぶりから、当時三人が、鷗外たち第二軍と同じルートで行動していたことがわかる。酔ったはずみで、主人が、新聞記者の満洲での旧悪を暴露する。

あるとき小さな村で（日時は、第二軍が古家子に滞在した時期より、半年ほどあとのことに設定されている）、記者は軍から割りあてられた宿営に泊まっていた。村人はすでに大半が避難して去っており、空き家がたくさんできていた。ところが、記者が夜に便所をつかっていると、隣家の廃屋のような場所から、物音が聞こえてくる。探ってみると、そこの入口には磚《たん》（煉瓦）が積まれ、一見出入りできないように見えるが、村人がひそかに食べ物などを運んでいるらしい。なかに入ってみると、若い美しい女が、おびえた様子で隠れていた。

従軍記者は女を犯す。そのあと、口封じのため、相手の女を殺してしまう（佐藤春夫は、女が「恥じて死んだ」と要約しているが、そうではない。作者鷗外は、はっきり、記者が女を殺したのだとしか読めないように、この小説を書いている）。

……三人の男は、そんな戦争時代の話をして深更におよび、あとはそれぞれの部屋に引っこんで、床につく。だが、元記者の男は寝つけない。浅い眠りから覚めると、ガス暖炉で赤く染まった部屋のなかには、紅唐紙に書かれた中国風の聯の文字が、半分裂けてぶらりと下がっているのが見える。そして、その下に「浅《あさ》葱色《ぎいろ》の着物」の女が殺されたままの姿で、横たわっているのが見える。男は、きゃっと叫んで、半身起こした体をうしろに倒し、そのまま息絶えてしまう。――

おそらく、ここで男たちが語ったのと似たような見聞が、満洲での鷗外の身近にもあったのだろう。「罌《け》粟《し》、人糞《ひとくそ》」には、それが詠われているのではないか（「紐《ひも》は黄　袴朱《はかまあけ》」が何の服であるかは、服装史の考証を進めれば判明するはずである）。だとすれば、この詩の冒頭、「わが住む　室《むろ》せばく」の「わ」（吾）とは、中国人の娘が語る一人称の主語にほかならない。つまり、鷗外は、殺された中国の娘という〝他者〟の言葉で、この詩をうたったのだ。

この詩では、冒頭の「わ」以外、人称代名詞がことごとく省かれていることに留意したい。たとえば、第六連、「吐くべき　薬とらせ」たのが、軍医の鷗外自身であることは明らかだ。しかし、彼は、ここでもなお頑固に、一人称代名詞を用いることを避けている。なぜか。それは、冒頭の「わ」——中国の娘——からの視界をもって、この詩の世界全体を統御しているためである。この詩全体が、彼女の言葉で語られている。だからこそ、母親は「たらちね」という親密な言葉で表現されねばならない。また、だからこそ、花罌粟の野を横目に「たたかひの　場行《にはゆ》く　死《しに》の使《つかひ》」とは、日本軍という彼女の〝他者〟にほかならないのだ。ここで鷗外は、そのようなものとして〝見られる〟自分の経験をうたっているのである。

のち、鷗外は、この詩に詠みこんだ事柄を長く記憶し、しかも、現在の自身の社会的な立場を逸脱しない慎重さをもって、「鼠坂」という小説に書いていく。彼には、文学上の冒険への野心とともに、処世上の自制もあった。また、それらの作を論じる佐藤春夫にも、彼の時代の検閲への配慮があった（これについては中野重治の「鷗外の詩歌」での指摘がある）。

戦況が深まるにつれ、死の影はより濃くなる。

玻璃《はり》の戸に　とまりて死にし　蠅《はひ》の身の　放つ毫光《がうくわう》　黴《かび》にぞありける

死は易《やす》く　生は蠅《はひ》にぞ　悩みける

（明治三十七年七月二十五日於橋台鋪）

散文詩も書いており、そこには、異郷で見るわが家の幻影がよぎる。

夕風にゆらぎて
電線ひびく
狭霧《さぎり》のうち

しらぬ間《ま》に窓の外《と》
いつしか闇《やみ》とはなりぬ
見るかぎりただ灰いろ

夢か将現《はたうつつ》か
わが住む家は
みやこの北
見いだせる窓の外《と》
もみぢや今しちりぼふ
霧に見えぬよ紅《くれなゐ》

かくてあらばうしろゆ
我子よひとり
黙《もだ》ありゐて
何事かおもふと
のたまふ愛のみこゑや
心にしみてきこえん

あるは足音《あのと》とどろに
渡殿《わたどの》ふみて
めぐしわこの

外国《とつくに》のことばを
問はんと書手《ふみ》にもちて
いそめきつつや馳《は》せ来《こ》ん

夢か将現《はたうつつ》か
人のけはひに
かへり見れば
銃《つつ》とれる兵卒
厳《いか》しく右手《めて》眉手《まびさし》に
閣下本日の情報

（「夢《ゆめ》か現《うつつ》」、明治三十七年十月三日於遼陽）

霧のなかに電線が揺れる満洲の風景のむこうから浮きあがってくるのは、「みやこの北」、あの本郷千駄木の家なのだろう。——わが子よ、一人で黙って何を考えているのですか——と、うしろから声をかけられているのは、鷗外その人だ。父はもう八年前に亡くなっているので、声の主は、母なのだろうか。そのあと、足音たかく廊下をわたって、外国語の意味の取れないところを尋ねにくるのは、満一四歳になる長男の於菟《おと》だ。再婚した妻とのあいだに生まれた長女の茉莉は、まだ一歳。そのあと、また、背後から人の気配がする……。振りむくと、いかめしく装備した兵士が、最敬礼して——閣下、本日の情報です——。家の幻は、すでに消えている。

一〇月一〇日、日本の第一軍、第二軍、第四軍は、遼陽の近郊一帯での、ロシア軍との〝沙河の会戦〟に突入する。一週間におよぶ戦闘のあいだ、日本軍の死傷者は二万人以上にのぼった。戦闘が終結した一七日、鷗外は、戦場から間近い十里河で負傷兵の介抱にあたっていた。その日、彼は、最前線の塹壕でたたかった一兵士とのやりとりを、このようにうたっている。

空かきくもり　昼のまの
寒さなごめる　ゆふ闇《やみ》に
南のまどを　うつ雨と
ともにおとなふ　声すなり
誰《たれ》か来たると　見さすれば
腕《かひな》射られし　兵卒の
道に迷ひて　たもとほり
門辺《かどべ》にこそは　来ぬるなれ
創《きず》を裹《つつ》みて　わが床に
ならび臥さしめ　問ひけらく
第一線の　壕内《ほりぬち》の
まことのさまを　語らずや
帽にあしたの　霜ふりて
夕《ゆふべ》のあめに　袖《そで》ひづち
糧《かて》を運ばん　道をなみ
糒《ほしいひ》噬《か》みて　日をや経し
いかにといへば　兵卒は
頭《かうべ》たゆげに　うちふりて

辞《いな》まばなめしと　おぼさめど
思へば胸ぞ　痛むなる
かしこのさまは　帰らん日
妻に子どもに　母父《おもちち》に
われは語らじ　今ゆのち
心ひとつに　秘めおきて

（「ほりのうち」、明治三十七年十月十七日於十里河）

道に迷いながらたどり着いた負傷兵にむかって、鷗外は、壕のなかで何日も粗末な干し飯だけを頼りにすごした状況はどんなものだったかと、尋ねている。だが、兵士は、頭を力なく振っただけだ。失礼なやつだとお感じになるかもしれませんが、思いだすだけで辛いのです。あのような様子は、国に帰ってからも、家族にも話しません。これからずっと、心ひとつに秘めておいて、わたしは語らずにいようと思います。――兵士は、そのように言うのである。

これは、実際の戦闘を経験した兵士たちの多くに、暗黙のうちに共有された思いでもあっただろう。語るにも、語りきれない。だから、なおのこと辛い。

鷗外が日本に戻るのは、日ロ間の講和成立の翌年、一九〇六年一月になってのことである。まもなく彼は、明治天皇に会い、功三級金鵄勲章、勲二等旭日重光章を受けている。

それから三年後の一九〇九年、彼は「ヰタ・セクスアリス」を雑誌「スバル」に発表し、同誌は発禁処分となった。

無責任男と乃木将軍

しかし、鷗外は、「罌粟《けし》、人糞《ひとくそ》」や「ほりのうち」を書かせた苛烈な戦闘のなかで、かたや「乃木将軍」のような新体詩も残している。それは、戦場で二人の息子を亡くした第三軍司令官、〝悲劇の将軍〟乃木希典をうたう調子の高いもので、沙河の会戦から二カ月後の、二〇三高地での戦闘の知らせを受けたのちに書かれた。悄然と戦場にたつ将軍の姿が美しく造形されているが、口を閉ざした無名兵士たちの影は、そこに見えない。

とはいえ、留意したいことは、ここにもある。それは、『うた日記』中に占める「乃木将軍」の位置である。

『うた日記』の陣中吟では、詩の題とともに、それぞれを詠んだ年記と場所が記され、この時間の流れにそって詩を配列していくことを、原則としている（そのなかには、戦地から東京の雑誌に送られたもののほか、知人・家族宛ての手紙に添えられたものも多い）。だが、「乃木将軍」にかぎっては、この年記・場所の書き込みがないのだ。

ちなみに、これのすぐ前に置かれている詩は、〝明治三十七年十二月十里河にて二零三高地の戦を説くを聞く〟として、二〇三高地で戦死した年若い縁者を悼んだ挽歌「小金井寿慧造《こがねゐすゑざう》を弔《とぶら》ふ」である。すぐ後ろにあるのは、〝明治三十八年一月一日於十里河〟で、「かど松の　壕《がう》の口にも　立てられし」、「松立てし ひとり夜《よ》の間《ま》に　討たれけり」の二句だ。また、「小金井寿慧造《こがねゐすゑざう》を弔《とぶら》ふ」のさらにひとつ前には、〝明治三十七年十二月三十一日夜於十里河〟と記した和歌、「ももあまり　やこゑの鐘は　聞《きこ》え来《こ》で　あたの城《き》よりぞ　筒《つつ》のおとする」がある。

つまり、『うた日記』の構成上の原則に沿うなら、「乃木将軍」は、一九〇四年（明治三七）大晦日の晩から翌日一九〇五年（明治三八）元旦にかけてのあいだに、詠まれたということになる。だが、そのわずかな時間のあいだにこの長い詩が書かれ、しかも、年記がわざわざ省かれているというのは、不自然な感じを否めない。

結論から先に言えば、「乃木将軍」は、このとき詠まれたのではない。それからやや後につくられ、『うた日記』の編集・刊行（一九〇七年）の時点で、この場所にもぐりこまされたものだろう。なぜなら、元日（あるいは前日の大晦日）の段階では、乃木司令官をことさら〝悲劇の将軍〟ととらえる視点は、まだ鷗外のなかにも存在しようがなかったはずだからである。

二〇三高地での最終的な戦闘に先だち、第三軍司令官乃木希典が率いる旅順総攻撃は、失敗に次ぐ失敗だった。一九〇四年八月一九日に始まる第一回総攻撃は、六日間の戦闘のあいだに五万以上の兵力を注いで一万五千八百余名の死傷者を出し、続く第二回（一〇月二六日～三〇日）、第三回（一一月二六日～二七日）の総攻撃もことごとく失敗した。また、第三回総攻撃では、引きつづき、旅順市街を見おろす二〇三高地へと攻略目標を転じ、いったん占領した（二八日夜）ものの、そこに兵力を集中できないままに、数時間後にはロシア軍によって奪回されるという失態まで犯す。

この事態に焦燥をきわめた児玉源太郎満洲軍総参謀長は、第三軍の指揮権を乃木司令官から奪ってよしとする大山巌総司令官からの訓令を受け、みずから煙台から旅順攻略の前線にむかう。その間にも、第三軍は再度二〇三高地を占領（三〇日夜）したものの、またもや即座に取りかえされるという事態を繰りかえしていた。現地に到着した児玉総参謀長が、自分を司令官代理と認める意向を乃木司令官から受けとり（一二月一日）、三度目の突入のすえに二〇三高地占領を確実なものにしたのは、一二月五日午後になってのことだった。

奉天南方の第二軍にいた鷗外は、こうした事態の推移を、いくばくか遅れて知りうる立場にあったはずである。この段階では、軍中枢にとって、乃木は〝軍神〟どころか、日本軍を敗戦の危機にさらした下手人だ。彼は息子二人を戦闘で死なせた「気の毒な人」ではあっても、〝悲劇の将軍〟というわけではなかったろう。

彼一人をことさら劇化してとらえる余裕は、軍内部になかった。二〇三高地占領後も、まだ旅順港・市街地の攻略戦は、続いていた。すべての戦闘が止んだのは、年が明けて、一九〇五年一月一日の夕刻である。

一九〇五年一月二日、日ロ両軍のあいだで旅順開城規約が調印され、同月五日、ロシア側の旅順要塞司令官ステッセルと乃木第三軍司令官の会見が水師営でおこなわれる。降伏した敵将に対する、乃木の古風で丁重な対応を、外国特派員の多くは好意的に打電した。つまり、鷗外が「乃木将軍」をようやく書ける心持ちになったのは、早くとも一月二日よりあと、おそらく五日以後のことであったろう。

「乃木将軍」の第二、第三連。一九〇四年一一月三〇日の夕暮れ、乃木将軍が、歩兵第一師団、第七師団の司令部がある高崎山から第三軍司令部に、馬上ひとりで戻っていくくだり。ここで彼は、兵士に背負われた次男の死骸と対面する。現実には、この時間、二〇三高地付近では、再度の占領をめざして血みどろの突撃が続いていた。

霜月《しもつき》の　　三十日の　　夕まぐれ
将軍は　　高崎山《たかさきやま》の　　師団より
ただ一騎　　柳樹房《りうじゆばう》なる　　本営に
帰らんと　　曲家屯《きよくかとん》をぞ　　過ぎたまふ
ほの暗き　　道のほとりを　　見たまへば
身うち皆　　血に塗《まみ》れたる　　卒《そつ》ありて
そびらには　　はやこときれし　　将校の
亡骸《なきがら》を　　かきのせてこそ　　立てりけれ
汝《なれ》は誰《た》そ　　そを何処《いづく》にか　　負ひてゆく

聞召《きこしめ》せ　脊負《せお》ひまつるは　奴《やつこ》わが
主《しゆ》と頼む　乃木将軍の　愛児《まなご》なり
年老いし　将軍の家の　二人子《ふたりご》
そのひとり　勝典《かつすけ》ぬしは　いちはやく
南山《なんざん》に　討たれ給ひて　残れるは
おとうとの　保典《やすすけ》のぬし　ひとりのみ
脊負へるは　その一人子《ひとりご》の　亡骸《なきがら》ぞ

乃木保典の戦死は、一説には一二月一日だったとも言う。旅順攻撃では後方部隊を含めて一三万人の兵員をつぎ込み、五万九千余名の死傷者が出ていた。突撃中には、一時間に数百人の自軍の将兵が死んでいた。現地での戦闘が続くうちは、鷗外に、この歌が心静かに詠めたはずがない。

軍事的大失策を隠ぺいし、悲劇と美談とにすりかえるようにして、このの ち乃木将軍の〝軍神〟化は進む。鷗外の「乃木将軍」が、その動きを率先して担う役割を果たしたことはまちがいない。だが、鷗外は、その歌に、偽りの年記を書き入れてはいない。軍人としての公的な居場所を踏みはずすことはなかったが、彼は、そのようなかたちで、自身の揺れる感情を『うた日記』という異色の詩歌集にとどめたのである。

夏目漱石も、日本にいながら、流行の戦争詩をひとつ書いている（「従軍行」、「帝国文学」一九〇四年五月）。けれども、まったくまずい出来ばえだった。そのあと、旅順の二〇三高地で激戦がおこなわれているころ、彼が東京で書きはじめていたのが『吾輩は猫である』だった。

また、これと並行して、彼も小説のなかで、乃木将軍らしい人物の姿を描いている。しかし、それは、鷗外が描いたものとはずいぶん違う。一九〇六年一月、鷗外帰国と同じ月に発表した「趣味の遺伝」を、漱石はこんなふうに書きだした。

「陽気の所為《せい》で神も気違になる。『人を屠《ほふ》りて餓《う》えたる犬を救え』と雲の裡《うち》より叫ぶ声が、逆《さか》しまに日本海を撼《うご》かして満洲の果迄《まで》響き渡った時、日人《にちじん》と露人ははっと応《こた》えて百里に余る一大屠場《とじょう》を朔北《さくほく》の野《や》に開いた。……」

その日、主人公の「余」は、知人と待ち合わせるため、東京新橋の停車場に出むく。新橋は、当時、東海道線の起点駅である。停車場前の広場には凱旋門が建ち、付近は出迎えの人々でごったがえしていた。日露戦争の将兵が凱旋する当日にあたっていたのだ。

日露講和条約（ポーツマス条約）の批准後、一九〇五年一二月、つまり漱石がこの小説を書いていたその月から、凱旋は本格的に始まった。あちこちの町に凱旋門が建っていた。日清、日露の戦争では、日本国内にも凱旋門は建てられたのである（その後、昭和の戦争では、「凱旋」と呼びうるもの自体がついになかった）。新橋に到着した各軍司令官はその足で皇居へ報告にむかうことになっており、ここの凱旋門はひときわ立派なものだった。ただし、石造に見えるが、実はハリボテだったという（木下直之『ハリボテの町』）。

……やがて凱旋の列車が着いたらしく、ホームのほうから、万歳！　との声が聞こえてくる。声は波動のように、順送りに近づいてくる。

「その声の切れるか切れぬうちに一人の将軍が挙手の礼を施しながら余の前を通り過ぎた。色の焦《や》けた、胡《ご》麻塩髯《ましおひげ》の小作りな人である。」

これが乃木将軍らしいのだ（いま、私の手もとにある新潮文庫版でも、わざわざ「一人の将軍」のところに注を付して「乃木大将のことと思える」としている）。しかし、乃木希典ら第三軍の東京への凱旋は、実際には一九〇六年一月一四日。それを見てからこれを書くのでは、掲載誌（「帝国文学」一九〇六年一月号）の締切にまにあわない。当時の漱石の書簡によれば、彼は前年一二月三日にこの小説を書きはじめ、同月一一日には書きおえている（いずれも高浜虚子宛て）。つまり、漱石は、ホンモノの乃木将軍の凱旋は見ないままに「趣味の遺伝」を書いたのである。〔後注・その後、新潮文庫版『倫敦塔・幻影の盾』収録「趣味の遺伝」当該箇所の注記は、二〇〇八年の改版で、「旅順攻略に勲功のあった陸軍大将乃木希典《まれすけ》に擬する説がある。……」という文に変わっている。〕

だが、小説のさきの部分を読んでいくとわかるように、この「将軍」を描くには、やはり彼は、乃木希典のことを念頭に置いている。それははっきりしている。ほかの将軍の帰還を見ながら（あるいは、それさえ見なかったかもしれないが）、漱石には乃木希典のことが頭にあった。それがホンモノの乃木将軍の実見にもとづくか、そうでないかは、漱石にはどっちでもよかったのだ。むしろ小説とは、彼にとって、そのようなものだったのである。

……万歳の波のなか、「余」も、これまで一度も唱えたことのない、万歳！　の声を上げようとする。だが、それが、どうしても出てこない。なぜ？　なぜだか「余」自身にもわからない。ただ、周囲の万歳の声が止まるとともに、名状しがたい波動がこみあげてきて、両眼から涙が「二雫《しずく》ばかり」こぼれ落ちた。

「将軍は生れ落ちてから色の黒い男かも知れぬ。然《しか》し遼東《りょうとう》の風に吹かれ、奉天《ほうてん》の雨に打たれ、沙河《しゃか》の日に射り付けられれば大抵なものは黒くなる。地体《じたい》黒いものは猶《なお》黒くなる。髯もその通りである。出征してから白《しろ》銀《がね》の筋は幾本も殖えたであろう。（中略）戦《いくさ》は人を殺すかさなくば人を老いしむるものである。将軍は頗《すこぶ》る瘠《や》せていた。」

「余」は、ふだん戦争のことを新聞で読まないわけではない、また、詩的に想像しないでもない。しかし、その戦争の「結果の一片」となって現われた将軍の焼けた顔、霜に染まった髯が、彼に「満洲の大野《たいや》を蔽《おお》う大戦争の光景」をありありと思いうかべさせ、なにか、別種の感慨を催させてしまうのだ。

「然もこの戦争の影とも見るべき一片の周囲を繞《めぐ》る者は万歳と云う歓呼の声である。この声が即《すなわ》ち満洲の野《や》に起った咄喊《とっかん》の反響である。万歳の意義は字の如く読んで万歳に過ぎんが咄喊となると大分　趣《おもむき》が違う。」

万歳と咄喊、両者のあいだの違い、そこから、「余」はこんなことを考える。彼の感慨は、眼前の光景から離れて、音声だけの世界、あるいは抽象画のような戦場の世界に、入っていく。

「咄喊はワーと云うだけで万歳の様に意味も何もない。然しその意味のない所に大変な深い情が籠《こも》っている。（中略）その割に合わぬ声を無作法に他人様の御聞《おきき》に入れて何等の理由もないのに罪もない鼓膜に迷惑を懸けるのはよくせきの事でなければならぬ。咄喊はこのよくせきを煎《せん》じ詰めて、煮詰めて、罐詰《かんづ》めにした声である。（中略）助けてくれと云ううちに誠はあろう、殺すぞと叫ぶうちにも誠はない事もあるまい。然し意味の通ずるだけそれだけ誠の度は少ない。意味の通ずる言葉を使うだけの余裕分別のあるうちは一心不乱の至境に達したとは申されぬ。咄喊にはこんな人間的な分子は交っておらん。ワーと云うのである。このワーには厭味《いやみ》もなければ思慮もない。理もなければ非もない。詐《いつわ》りもなければ懸引もない。徹頭徹尾ワーである。（中略）耳を傾けて数十人、数百人、数千数万人の誠を一度に聴き得たる時にこの崇高の感は始めて無上絶大の玄境に入《い》る。——余が将軍を見て流した涼しい涙はこの玄境の反応だろう。」

　将軍が去ったあとには、兵士たちが降りてくる。出迎えの列はもう崩れている。

「服地の色は褪《さ》めて、ゲートルの代りには黄な羅紗《らしゃ》を畳んでぐるぐると脛《すね》へ巻き付けている。いずれもあらん限りの髯を生やして、出来るだけ色を黒くしている。これ等も戦争の片破《かたわ》れである。大和魂《やまとだましい》を鋳固めた製作品である。」

「余」は、そのなかの一人、二八、九歳くらいの軍曹に、注意を引かれる。その男の顔は、「去年の十一月旅順で戦死した」友人と、とてもよく似ていたからだ。

　この旅順攻撃を指揮したのが、第三軍司令官、乃木希典だった。一九〇四年一一月二六日の午後に開始された第三回旅順総攻撃は、翌朝にいたって多数の戦死者を出したまま失敗に終わり、これをもって次の作戦計画、二〇三高地攻撃へと転じることになるのである。「余」は、生き残った軍曹を見ながら、「この軍曹が浩さん（注・友人の名）の代りに旅順で戦死して、浩さんがこの軍曹の代りに無事で還《かえ》って来たらさぞ結構であろう」と思ったりする。

何か捜し物でもしているような様子の、友人とよく似たその軍曹を、「余」はじっと見ている。すると、「どこをどう潜《くぐ》り抜けたものやら、六十ばかりの婆さんが飛んで出て、いきなり軍曹の袖にぶら下がった」のが見えた。

「この時軍曹は紛失物が見当ったと云う風で上から婆さんを見下す。婆さんはやっと迷児《まいご》を見付けたと云う体《てい》で下から軍曹を見上げる。やがて軍曹はあるき出す。婆さんもあるき出す。やはりぶらさがったままである。近辺に立つ見物人は万歳々々と両人《ふたり》を囃《はや》したてる。婆さんは万歳などには毫《ごう》も耳を借す景色はない。」

これが、その日、漱石の主人公の目に、強い印象となって残る。

ここにある鷗外と漱石のあいだの違いは、何だろう。

鷗外は、満洲という「外地」で、自分自身の〝他者性〟と出会う。それは「罌粟《けし》、人糞《ひとくそ》」「夢《ゆめ》か現《うつつ》」のようなかたちで書かれている。これは、より深く内面に刻印されることで、「ほりのうち」の兵士のように、自分の家郷にすら〝他者〟として立たねばならないところにまで、彼らを連れていく。この私とは、ここでは誰なのかと。

敵の敵は味方とするのが、〝政治〟の文法かもしれない。だが、敵の敵としての自分はやはりどちらからも敵であり、敵の敵の敵となっていっそう孤立を深めずにおれなくするのが、この〝他者性〟の自覚なのだ。ただし鷗外は、その思いを慎重に、自分の奥深くに隠しておいた。

漱石は、どうなのだろうか。

私は、彼の気分を、〝他者性〟というより、いわば〝他人性〟の表明として、受けとりたい。かったるいような気分とでも、言えばよいか。自分は、この戦争に対して、どっちの側でもない。たしかに、かつて鏡花も「海城発電」で、敵と味方、どちらでもないという立場に固執した。だが、それはここでの漱石とは違う。鏡花の場合、「どちらでもない」という立場を仮構してみせることで、実際には、「逆賊」としての意識、権力否定の意識をつらぬこうとした。漱石には、それがない。二者択一の内的論理がない。彼の場合、どっちでもないのとともに、強いて求められるなら、どっちでもいいと言ってしまうことをも、自分に否定しないありようである。彼はそのことを、自分のなかで大事にした。無責任男、漱石。

他人事であって、はじめて、そこに感じられることがある。ここでの乃木将軍（?）や、それにはまったく無関心らしい、軍曹の老母の姿。漱石がそこから受けとっているのは、いわば、それぞれの他人事が、めいめいに自分自身の足で立っていることへの感銘なのだ。これが、漱石という作家の、新しさだった。

それは、たぶん、彼が悩まされた神経症ともかかわっているだろう。あまりに他者と近づきすぎる経験は、自分を灼く、かなわない。こうした気分は、のちの彼の外地旅行、「満韓ところどころ」の旅（一九〇九年）にも続いた。

他者からの満洲

ともあれ、満洲の日本語文学とは、いったい何だったのだろうか。

大連、旅順を含む遼東半島の関東州が、日本の租借地となるのは、日露戦争後の一九〇五年。「満韓ところどころ」の旅の直後から、漱石らによる「満洲日日新聞」の文芸記事への関与などが始まるが、現地在住の日本人による文学活動がさらに盛んになるのは、一九二〇年代なかば近くなってのことである。

よく知られるところでは、安西冬衛、北川冬彦らが大連で創刊した詩誌「亜」（二四〜二七年）など。ほかに「満蒙」「新天地」などの総合雑誌も、文芸欄を備えるようになっていた。満洲詩人会という詩人たちの集まりもあり（四〇年代に入って作られる同名のグループとはべつ）、「満洲文学」という考え方が彼らのなかにじょじょに形成されはじめるのも、このころからのことだった。

だが、一九三〇年、中国東北部（満洲）の中国人総人口は約三千万人。それに対して、日本人の人口は、関東州を含めて多めに見積っても二四万人にすぎなかった。「満洲国」が作られて（三二年）からも、そこでの日本人の人口比は最大でも三%に満たない。つまり、満洲における日本語の文学は、いわばマイノリティによる文学にすぎなかった。その地にもともとあり、しかも圧倒的多数を占める中国人のなかに成り立っていたのは、言うまでもなく中国語の文学である。

そもそも、「満洲」という範疇自体が、たとえば朝鮮や琉球王国のような、固有の文化・歴史を有する独立国を日本が侵略した例とはいくぶん違う。日本による侵略以前、「満洲」（東三省、中国東北部）は、そのように完結した社会や文化の単位からなる場所とは、必ずしも言えなかった。むしろ、それは、中国全体との相対的関係においてのみ、特徴づけられる場所だっただろう。そうした場所に、日本が「満洲」という架空の性格づけをしたと言うほうが、現実に近いだろう。

にもかかわらず、当時、こうして生みだされる「満洲」という現実の上に、多くの生が生きられた。その事実は否定できない。「満洲」という理念自体が幻影であったと言うのは簡単だ。しかし、問題の核心は、その満洲で、何が、誰によって、どのように、生きられたかということだ。日本語の文学に即せば、そこでの〝他者性〟が、どのようなかたちで自覚されていたか（あるいは、されなかったか）ということである。

とりあえず、日本語の「満洲文学」の周縁部、非日本語による文学活動の領域から、ここにいくつかの接線を延ばしておきたい。

中国東北、つまり満洲では、五・四運動（一九一九年）の影響を強く受けた作家たちが、二〇年代後半から三〇年代前半にかけて、反封建、反帝国主義的な思潮の文学運動をリードしていた。彼らは「東北作家」と呼ばれ、蕭軍、蕭紅、白朗らが、その中心だった。やがて、日本側からの弾圧が激しくなり、多くが上海などに脱出する。そのあと、三〇年代後半に入って登場するのが、「明明」（三七年創刊）、「芸文志」（三九年創刊）などの雑誌に集った、古丁、疑遅、袁犀、爵青、その他の作家たちである。彼らは日本側からは「満系作家」と呼ばれ、文学的にも、通常は「東北作家」と区別される。「満系作家」たちはそれぞれに対日協力を迫られたが、ただし、単純にそのことをもって彼らを親日作家とみなすことはできない。むしろ、文学的にも非常な屈折をもって生きなければならなかった世代の作家たちととらえるべきだろう。ちなみに、

「満系作家」とは、満洲族（女真族）の作家を意味するのではない。「満洲国」が作られるとともに、「中国」という呼称は禁句となり、中国人一般が「満系」と称されたのである（日本人は「日系」）。現実には、すでに八〇万人に達するとも言われた朝鮮人、ハルビンを中心にロシア革命から逃れて居住する白系ロシア人らに加えて、東北部には二〇年代以後、毎年八〇万から一〇〇万の漢族らが長城を越えて移住しており、この地域は中国人社会としても流動性の高い〝多民族社会〟を形成していた。

中国人文壇と日本人文壇の交流は、「満洲国」時代に入っても、さほど活発だったわけではない。ときに日本語で書く中国人作家はいても、中国語で書き中国語雑誌に寄稿する日本人作家はほとんどいなかった。また、日本人読者が触れる「満系作家」のまとまった日本語訳としては、古丁『平沙』（中央公論社、四〇年。大内隆雄訳）や爵青の作品が日本「内地」でも紹介されたほかは、わずかに『満人作家小説集　原野』（三和書房、三九年。大内隆雄訳編）など何冊かが、現地で刊行されたものとして知られている程度である。ただし、「明明」「芸文志」といった「満系作家」が集う雑誌で後ろだてを果たしていたのは、月刊満洲社社主の城島舟礼（徳寿、一八九二年生まれ）という日本人ジャーナリストだった。城島は新傾向の俳人としても知られ、のちには新京日日新聞社社長として、満洲国弘報処による新聞統廃合の圧力にも、最後まで抵抗を続けた（岡田英樹「『満州国』の中国人作家――古丁」）。当時、古丁による漱石『こころ』の中国語訳も、彼が支援する満日文化協会から刊行されているという（尾崎秀樹、前掲書）。

また、朝鮮語の文壇やジャーナリズムも、満洲には存在していた。朝鮮から見た豆満江の対岸、中国東北部の間島地方には、一九世紀後半以来、零細な朝鮮人農民らが渡河して入植・開墾を始めていた。中国・朝鮮・ロシアの国境がきわどく接するこの地方では、未開拓の土地が多く、しかも国境の画定さえあいまいな状態だった。おのずと、日本の朝鮮侵略に対する抵抗の拠点たる地域性も帯びていき、朝鮮人の流入は、日本の韓国併合（一九一〇年）以後、さらに加速する。植民地支配下での土地整理事業などに伴う、農民層の窮乏化なども、そうした動きに拍車をかけていた。在満朝鮮人の朝鮮語による小説選集に申瑩澈編『芽生える大地』（新京・満鮮日報社、四一年）、同じく詩選集に『在満朝鮮詩人集』（間島省延吉・藝文堂、四二年）がある。朝鮮語新聞には、間島・竜井の「間島日報」、新京（長春を改称して、満洲国の首都とされた）の「満蒙日報」があったが、三七年、両紙は言論統制政策によって統合が命じられ、「満鮮日報」（新京）となった。

さらに、『偉大なる王《ワン》』（三六年）で知られたニコライ・A・バイコフをはじめ、亡命ロシア人らのロシア語文壇があった。ことに満洲北部のハルビンは二〇年代から三〇年代にかけて、パリ、ベルリン、プラハなどと並ぶ、ロシア革命からの亡命者たちの文学活動の拠点だった。ハルビンの市街部は、日清戦争後、東清鉄道時代の附属地としてロシアが建設していた国際都市である。やがて、満洲の日本支配が決定的となる三〇年代の後半、それらの作家・詩人たちの活動は下火となり、彼らの多くも国外に去るが、年齢的にも高齢（一八七二年生まれ）だったバイコフは、そのままハルビンにとどまり創作を続けたのだった。四〇年代に入っても、市の総人口五〇万のうち、四万人弱を亡命ロシア人が占め、ほかにポーランド人、ドイツ人、チェコスロバキア人、イギリス人、フランス人などが暮らしていたという。四〇年、バイコフの『虎』（『偉大なる王』の初訳時のタイトル）が「満洲日日新聞」に長谷川濬《しゅん》の訳で連載され、翌年、単行本として出版。まもなく日本でも『偉大なる王』に改題して文藝春秋社から刊行され、話題となった。満洲日日新聞社は、四三年にはバイコフの『牝虎』（上脇進訳）も刊行している。

こうしたバイコフ人気が引金になったのだろう、四二年にはアルセーニエフの沿海州紀行『デルスウ・ウザーラ』も、長谷川四郎の翻訳で刊行されている（新京・満洲事情案内所。原著は二二年。当初の訳者名は兄・長谷川濬との共訳のかたちになっている）。この本でのアルセーニエフの調査旅行の導き手、デルスウ・ウザーラは、松花江（スンガリー）、ウスリー川流域の先住少数民族、ナナイ（ゴリド）の猟師だった。おそらく、当時、満洲の非日本語の文学で、翻訳を通して日本人読者にもっとも広く読まれ、影響も与えたのは、中国語作品でも朝鮮語作品でもなく、これらロシア語の諸作品だっただろう。なお、このころ満洲で出版されたアンソロジーなどによって、ほかにも何人か当時の亡命ロシア人作家の存在を知ることができる。

満洲の日本語文学は、それらの諸言語からなる海に浮かぶ、ひとつの島である。

バイコフの『偉大なる王』は、日本語文学よりも大きな視野から「満洲」を見ている。人間たちの感傷とは無縁に、北満洲の密林で生き抜いていく虎の王。しかし、その大自然の世界が、人間たちの鉄道建設によって、足もとから崩されていく。そこには、自然と人間とのあいだの葛藤がある。バイコフは、ここで、国家よりも長い時間の流れから、満洲をとらえていた。だからこそ、彼の視点は民族や社会的身分がもたらす偏見から自由で、ロシアの軍人(彼自身もそうだった)の技術力によりも、中国人の老猟師の知恵に敬意を払う。バイコフ自身は正確にはロシア人というよりウクライナのキエフの生まれで、しかも、一九世紀のカフカス(ウクライナのキエフからは遠い)反ロシア闘争のリーダー、シャミールの血を引くことを自慢にしていたという。自然を崩壊させながら自滅に向かっていく人間という観点のもとでは、帝政ロシア、革命ロシア、日本、中国も、そのはかなさでは同等のものと彼には映っていただろう。

すでに老境にあったバイコフは、第一回大東亜文学者大会(四二年)に出席し、その点では日本帝国主義に協力した。だが、このときバイコフには、日本に共鳴するところがあったか、どうか。のちに、南京での第三回大東亜文学者大会に出席した高見順は、ハルビンまで足を伸ばし、バイコフの家の表札が日本語で「バイコフ」とだけ書かれていたことに感心している、というか面白がっている(『高見順日記』第二巻ノ下、四四年一一月三〇日付)。しかし、このとき高見は、それが故国を持たない者にとっての挨拶ていどの流儀ではないかと、想像してみることはなかったようだ。戦後、バイコフは日本には身を寄せず、中華人民共和国に替わったハルビンに、五六年までとどまった。それから、八三歳で南米のパラグアイに移住することを考え、香港まで動いたが、老体での長期間の船旅は無理だと考えなおし、結局、オーストラリアのブリスベンに渡る。二年後、八五歳で、バイコフはその地に没した。

中国人の「満系作家」にとっての満洲は、どうだったか。

大東亜文学者大会には計三回すべてに出席しておべんちゃらの演説をふるいながら、日本人作家といっしょに「満洲国」の真新しい「国都」新京を飲み歩いたときには、なあに、この街もそのうちそっくり頂戴しますよと、うそぶいたという古丁。日本語をよく知りながら、よほど信頼する相手でなければけっして日本語を使わなかったという袁犀（のちの李克異）。彼は、満洲にいるうちから（のちに北京に移る）、共産党系の抗日地下運動にかかわっていた。その袁犀が、親日行為とは無縁な自作の風俗小説に〝第一回大東亜文学賞次賞〟が与えられたことによって、のちの文化大革命の時期には、「反動文人」として苛酷な冷遇にさらされる。彼らにとっての「満洲」とは何だったのかという問いは、少なくとも、共産党政権下の文革までの時間幅を含んでいる。四五年の日本敗戦の時点で、「満洲」という問いが消滅したとみなすことはできない。

朝鮮人作家にとっては、大連や新京、奉天（いまの瀋陽）が、必ずしも満洲の中心ではなかった。彼らにとっての満洲の中心は、むしろ朝鮮との国境地帯、間島地方だっただろう。なぜなら、そこには、日本による韓国併合より前の時期から、朝鮮人の共同体が形成されていたからである。たとえば、間島には、姜敬愛という女性作家がいた。彼女の「長山串《がん》」という叙情的な短篇は、戦時下の日本でも翻訳・紹介されている（間島で生まれて、のち日本に渡り、獄死した詩人・尹東柱については、「月に近い街にて」の章で触れた）。

姜敬愛や尹東柱にとっての間島は、「満洲国」の一部というより、朝鮮の周縁地域として、意識されていただろう。そして、そこでは、「日本」とのあいだの緊張が、より直接に感じられていただろう。「満洲国」は朝鮮語での出版を直接禁圧しなかったが、間島における朝鮮語表現は、朝鮮総督府からの監視の目にも絶えずさらされていた。ここでの彼らの〝言葉〟の意味、〝文学〟の意味には、「朝鮮」、「満洲」、「日本」、さらに「ロシア」や「中国」から、互いに何度も接線を交わらせることなしには、迫っていけない。

一方、大連や新京、奉天には、日本語文壇に加わる朝鮮人作家もいた。その一人に、今村栄治がいる。彼は、本名は張という姓だとしか確かなことは伝わっていないが、朝鮮人である。三〇年代後半、彼は日本人作家の親睦団体、満洲文話会の事務局員をつとめており、新京の文芸同人「文学地帯」の創立メンバーでもあった。

当時、今村は「同行者」（三八年）という小説を日本語で書いている。

――主人公の申重欽は、故郷朝鮮を長く離れて、大連で「完全な日本人」として暮らしてきた青年である。満洲事変の直前、彼は都会での暮らしにいよいよ行きづまって、奥地に入植している長兄一家のもとに身を寄せて百姓になろうと考えている。ただし、そこまでの道程が物騒なので、長春（まだ「新京」とは改称されていない）の「朝鮮宿屋」に滞在し、同行者を探しているのだ。さいわい、朝鮮人の道連れを求めている日本人がいると聞き、道中の安全のため「支那服」に着替えて、指定の落ちあい場所にでかけていく。ところが、そこに着いてみると、相手の日本人は「朝鮮着物」を着ている。訊くと、付近の田舎道には「不逞鮮人」がおおぜい出没するので、かえって朝鮮人を装ったほうが安全だというのだ。つまり、朝鮮人の抗日ゲリラである。だから、その万一のさいの口利き役を兼ねて、相手は朝鮮人の同行者を求めていたわけである。やがて、心配した通り、馬車の行く手に男たちが八人、朝鮮語で何かどなりながら、ぱらぱらぱらっと立ちはだかる。申重欽は、案外落ちついて、「不逞鮮人というのは、支那服を着た朝鮮人の追いはぎだったのか」と思い、次には、長春で泊まっていた「朝鮮宿屋」の者たちこそが「不逞鮮人の手びきか、でなかったら、自身不逞鮮人なのかもしれぬ」と、不安になって考える。しかし、狼狽して顔色を変えてしまった日本人の同行者は、申重欽にむかって短銃を突きつけ、言いはなつのだ。「きさまもやっぱり、あいつらとぐるだ！出発まえからちゃんと、連絡をつけてるんだ！」――

今村が身を置いた場所でのとまどいと苦悩が、この小説にはよく表れている。彼と、日本人とは、同行者である。同行者であるはずだ。だが、いつのまにか彼は、同行者から敵と「同一視」され、一方の「不逞鮮人」の側とも「敵対」する場所にいる。彼は、その両者の「あいだに立って」いる、けれど、そうやって自分が立っているはずの場所は、どこなのか。結局、彼――主人公の申重欽は、銃口を向けてくる同行者から短銃を奪いとり、「じっとしていろ、でないと、きさまから先にうつぞ！」とどなる。そうしながら、次の瞬間には反対の側にとって返して、「にじみでる泪《なみだ》を拳《こぶし》で横なでに拭《ぬぐ》って、短銃をしかと把って構え、近寄りつつある八人の男たちをにら」むことになるのだ。

いったい、今村栄治とは、なに人《じん》だったのか。日本人の文学仲間には、彼は朝鮮語を知らなかったという話も伝わっているが、そんなはずはない。彼の両親は、確かに朝鮮語を話していたはずである。「故郷を蹴って大連へきてから十年のあいだ、彼は言葉すら朝鮮語は用いなかった。友人たちにも、同郷の人はひとりもいなくて、日本人と働き、日本人と遊び、日本人と暮してきた。」ただそれだけのことなのだ。彼は「日本着物」を着ている。また、必要なら「支那人のふる着」も着るだろう。それでいいではないか。だが、満洲という場所は、そんな自分の姿を「なにかこっけいな道化役者」のように、映してしまう。おそらく、今村は、これを小説として定着するのに、大変な努力を要したはずである。虚空に絵具を乗せるような苦しみが、そこには伴っていただろう。かつて、今村は、深夜に蠟燭の火で原稿を書いていて、ボヤを起こして大火傷を負ったという逸話が残っている。創作に憑《つ》かれながら、彼の内面も、火にあぶられている。

日本の敗戦後、今村は、引き揚げ列車に乗らず（あるいは、乗れず）、日本人の妻とともに、現地に残った。その後の消息はわからない。彼は、なに人として生きることになったのか。妻は、どうなったか。その答えは、輪郭を失った「満洲」のなかに、消え入っている。

「転轍器」の輪郭

満洲で書かれた日本語の小説に目を通していくなかで、日向《ひなた》伸夫、高木恭造、という名前が印象に残った。彼らは、ともに「作文」という文芸同人誌のメンバーだった。

三二年に大連で創刊される「作文」は、刊行数、作品の充実度ともに、四〇年代にかけての満洲でもっとも活発な活動を示した文芸同人誌だが、その創立同人も三〇年前後の時期に満洲に渡ってきた青年たちである（創立時の顔ぶれは、詩人の安達義信、落合郁郎、小杉茂樹、城小碓〈＝本家勇〉、島崎恭爾、散文の青木実、町原幸二〈＝島田幸二〉、竹内正一。二号から秋原勝二が加わった。また、作文発行所は、同人の単行本の出版も行なった）。同人の多くが満鉄社員だった。この雑誌を満たす穏やかで強固な文学への愛着は、当時の租借地・大連の空気にも、つながりのあるものだろう。「作文」は、四二年（昭和一七）一二月、第五五集まで満洲で刊行され、戦時統制により発行中絶、戦後の六四年（昭和三九）には日本で復刊されて、なお創刊当時の同人を中心に刊行が続いている（一九九七年秋の時点で通刊一六六集）。

満鉄が、やがてその業務の中枢を関東州・大連から、「満洲国」内の奉天の鉄道総局（三六年に開設）に移すにしたがい、「作文」同人の勤務地も、じょじょに大連からほかに異動した。それにつれて、「作文」編集の本拠も移動していく。たとえば、三九年の終わり近くには新京の町原幸二に編集の中心が移り、そこで第四一集を発行、年が明けて、さらに当時ハルビンに勤務していた日向伸夫、竹内正一の手に移る。だが、そこでも第四二集だけを編集するにとどまって、日向は奉天に転勤、同じく奉天に移ってきた青木実と合流し、第四三集から第四八集（四〇～四一年）まで編集した。その間に編集担当者らの努力によって、発行部数を三百部から千部以上にまで伸ばしたという（日向伸夫「作文編集の回顧」、『辺土旅情』、四三年、奉天・北陵文庫による）。

とはいえ、このように持続する「作文」発行の要の位置には、いつも世話役の青木実がいた。さかんな時期、「作文」は二、三千部を発行していたという。印刷は、変わらず大連の「満州日日新聞」の印刷所に頼んでいた。発行許可も関東州庁の大連警察署から受けており、つまり、これは、日本政府の租借地行政の機関である。しかし、大連での発行という実態が薄れるにつれて、届出先を奉天に移して、「満洲国」政府からの発行許可を得なければならない必要が生じてきた。しかし、この許可が下りずに、満洲時代の「作文」は、第五五集で途絶した。

ともあれ、こうして同人たちが満洲全域に散ってからは、各地の同人が顔を揃える機会は、少なくなっていただろう。満洲は広い。たとえば、一九二七年には、急行列車が、大連から奉天を経て長春（新京）まで、五百キロ余りを一二時間一〇分で結んでいた。三四年、日本の特急列車の速度をはるかに上回る特急あじあ号が走りはじめると、大連発一〇時で、奉天着一四時四二分、新京着一八時二〇分。その翌年、路線がハルビンまで延びると、ハルビン着は二二時三〇分だった。この新京―ハルビン間は二三八・六キロ。「作文」同人たちは、郵便で原稿をやりとりしながら、この雑誌の刊行を続けたのだ。

日向伸夫（本名・高橋貞雄）も満鉄の社員だった。一九一三年（大正二）、京都府舞鶴に生まれている。第三高等学校に進むが、肺浸潤で休学。丹後の山村で分教場の代用教員を一時勤めたが、結局、三高は退学。しばらくして、三六年、満洲に渡った。満鉄入社後まもなく、彼は新京―ハルビン間の双城堡という寒駅に一年半勤務したことがあった。のち「作文」第三六集（三九年）に発表する「第八号転轍器」は、その駅での経験にもとづいているらしい。

――「第八号転轍器」は、満鉄の転轍手（ポイントの切り換え係）として勤務する二人の「満人」――中国人の話である。

張と李は、古株の転轍手。二人は、旧北鉄（北満鉄路。東清鉄道の後身）が売却されて（三五年）、満鉄に移管する以前から、この鉄道でずっと働いてきた。それまでの彼らの直接の雇用者は、ロシア人だった。「満洲国」建国後、これまでソ連の管理下にあった長春（新京）以北の中東鉄道（旧東清鉄道）は、ソ連と「満洲国」の合弁事業となり、「北鉄」と改称されていた（三三年五月から）。それが、三五年三月をもってすべて「満洲国」に売却されることになり、満鉄の委託経営業務のもとに移ったのだった。

張や李らは、現在の雇用者、日本人とは言葉が通じない。また、「長い間露西亜人に使われている間に、露西亜語の読み書きは覚えた代りに、自国語（注・「満語」＝中国語）は書く事も読む事も出来ない文字通りの文盲になってしまっているのであった。今では自分の名を書くことすら出来ない」。現在の満鉄では、日本語への一本化の動きが強まっているが、講習会に出ても、彼らにはそれが身に付かない。おかげで、年長の張は、言葉の行き違いからポイント事故まで起こしてしまい、土下座して同僚たちに謝らねばならなかった。当然、出世のチャンスもない。ロシア時代に較べると、仕事はずっと忙しく、給料はうんと下がった。なおかつ「高度に進歩した日本の技術」にはついて行けず、彼らはただ、毎日毎日、古びた信号機や旧式の簡単な転轍器を扱う作業に、甘んじているのだ。

そうするうち、まもなく「満人」の人員整理があるとの噂が広がる。首を切られるなら、第一に彼らである。年下の李は、さっさと転轍手を辞めてパン屋を開こうと張にもちかけるが、彼は踏みきれない。結局、首切りはなかったのだが、ロシア人の妻は、いつものように彼をののしる。「おまえさんのような意気地なしは今にポイントと心中するだろうよ。」

張は、今日も第八号転轍器の場所で、ポイントを動かしている。——

満洲で書かれた日本語の小説は、自然、開拓、建国と、ともすると背景がやたら大きくなるのだが、日向伸夫の小説は小さい。毎日毎日、転轍器を動かしているうちに、自分まで転轍器の一部になったような主人公の話である。その主人公のなかの小さな動揺を、日向はたんたんと、それゆえのいくらかのおおらかさをもちながら書いている。日向の目線は、その転轍器の輪郭から、けっして、はみだしていくことがない。

「第八号転轍器」は、発表翌年の一九四〇年、高木恭造の詩集『鴉の裔』（三九年）とともに、第一回満洲文話会作品賞を受けている。満洲の影を緊密な言葉でとらえた高木の詩集、日向のこうした作風の小説を受賞作と決めたところに、当時の満洲日本語文壇の一部に保たれていた矜持と見識を見る思いがする。

日向が勤めていた双城堡という寒駅付近の様子を、彼自身、のちにこのように述べている。

「北満ではかなり名を知られた、人口約六万を擁する城内を控えてはいるが、そこへは駅から約三粁《キロ》、家一軒ない野っ原を行かなければならなかった。駅の近所には昔北鉄が建てたあの陰気な社宅が二三十軒と、鉄道従事員相手の安っぽいカフェーが一軒、寄り添うように固まっているきりであった。それを取巻くようにして泥と楡の木が鬱蒼と繁っていた。

私が始めてその駅へ赴任して行ったのは四月であったが、夜になって戸外へ出ると見る限り暗黒で、ごーっと空を渡る風の音を聞くと、不意に喚き出したいような恐怖に似た焦燥がこみ上げてきたのを今もはっきり覚えている。」（日向伸夫「凍る夜々」、『辺土旅情』所収）

日本人は、城内、駅前を合わせても二百人たらずだった。城内で安酒を飲み、深夜、三キロの道をてくてくと帰ってくると、三百メートルぐらいの間隔で立っている電灯の電柱には、よく斬殺された「匪賊」の生首がさらされていたという。

中国語、日本語、ロシア語の、おかしくも哀しいとんちんかんな状態は、彼の身近な状況だった。橋川文三は、こうした日向の作風を評して、「日向の作品には、そうした異民族への関心があらわれているものが多いが、結果としては一種の壁を予想せざるをえない出来栄えとなっている。」（『昭和戦争文学全集1』解説）と述べており、これは要所を突いた指摘だろう。日向の叙述は、小さな〝転轍器〟の輪郭を安易に超越していくことがなく、そのことによって、そこにある「壁」、この感触にふれる。

日向は、双城堡という寒駅に勤務した一年半のあいだ、一冊の本も読まず、一枚のものも書かずに過ごしたという。だが、その寒駅の記憶こそが、のちの彼のおもだつ作品の源泉だった。

うたの臨界

高木恭造が満洲でいくつも小説を発表していたことを知ったのは、最近になってのことだ。それまで私は、津軽の方言詩の詩人として、彼のことを記憶していた。一九七〇年代の中学生のとき、私は無銭旅行の途中で、弘前の小出版社に立ち寄って、『まるめろ』という彼の詩集を買ったことがあった。

〝――死ぬ時《ドキ》のぶぢの夢　満洲で〟との副題がある表題作は、こんな詩だった。

《枯草の中の細い路《ケド》コ行たキア　泥濘《ガチヤメギ》サまるめろア落《オツ》でだオン　死ンだ従兄《イドゴ》アそごで握飯《ニギリママ》バ食てだオン

まるめろバ拾《フラ》ウどもても如何《ナンボ》しても拾《フラ》えネンだもの……
ああ故郷《クニ》もいま雪《ユギ》ア降てるべなあ》

まるめろとは、かりんの樹のことである。この詩は、満洲に渡って一年後に妻を亡くしたとき、その朝、臨終の床の彼女がもらした言葉を、そのまま書き取ったものだという。枯草のなかの細路を行くと、泥のなかにまるめろの実が落ちている。そこで、死んだ従兄が握り飯を食べている。まるめろの実を拾おうとしても、拾えない――。このまるめろは、津軽の妻の実家のわきのドブ川の岸に立っていたまるめろの樹であろうという。彼ら夫婦は結婚前、よくそこで話をした。満洲の風景は、このような故郷のまるめろの樹の姿に重なり、高木のなかに残った。

高木恭造は一九〇三年（明治三六）生まれ。彼が、津軽方言を通して詩を書くようになったのは、独自の地方文化運動につとめた詩人、福士幸次郎に勧められてのことだったという。大正末年、高木が青森日報社に勤めていた当時、福士は主筆だった。まもなく二人はそこを去るが、二八年、高木の新たな勤務先である東京の出版社がつぶれて、満洲に渡ろうと挨拶に訪ねた彼に対し、福士は「君はまだ若いのだから、今のうちに見られる処は見ておくがいい」と励ました。翌々年、妻を亡くし意気阻喪して一時帰郷した高木に対しても、福士は「医学は大事な学問だ。折角学校へ入ったのだから（注・当時高木は満洲医科大学に入学していた）、無理してでもその学問を身につけるべきだ」と、再び力ずくのように満洲へ送りだしたのだった。

高木に「風塵」（四〇年）という小説がある。――奉天で「回春堂医院」なる看板を出す、モグリ医者の主人公。彼はモルヒネの密売もやっている。その彼のもとに、帝大くずれの酒焼けした保険勧誘員、爆竹製造の下請け人、部屋中でモルモットを繁殖させて商売する男らが、店子として集まってくる一種の悪漢小説だが、これは、当時の高木の文学的な自画像でもあるだろう。このころ彼は、新京満鉄病院を経て、本渓湖満鉄病院で眼耳科医長をつとめるようになっていた。ともあれ、こうした作品を通して、高木の満洲での〝文名〟は、いくらか上がってもいたらしい。

　四一年（昭和一六）五月、また帰郷する機会があって、高木は東京で福士と会う。福士は、苦しいやりくりのなかで『原日本考』の連載を続けていた。しかし、このとき、福士が高木にかけた言葉は以前とは違う。「あんな処（満洲）に何時までもいるものじゃない。もういいかげんにして帰りなさい。そうでなければ日本のことは何も知らなくなってしまうから」――高木は、のちになって、この福士からかけられた最後の言葉を、「あの土地で少しばかりいい気になっている私には、頭に響く痛い言葉であった」と記している。「晩年」（四一年）という小説を彼が書くのは、その後まもなくだったようだ。

　――夜明け、安奉線の夜行列車に清吉という老人が乗っている。この老人は、もと満鉄の機関士だが、満洲で長男に病死され、同じ満鉄に勤めた次男も仕事中に事故死して、故郷の津軽に引き揚げた。そしていま、一〇年ぶりに、奉天にいる養子夫婦をたよって、この満洲を訪れているのだった。空が白むにつれ、かつての原野に、真新しい工場が立ち並んでいることに清吉は驚く。そして、周囲の乗客には、壮年や青年しかおらず、老人は自分だけであることに、心もとない思いを抱くのだった。

　奉天に着いても、彼は養子夫婦との暮らしにとけ込めない。だから、昔のわずかな知人のもとを訪ね歩く。故郷からの開拓村視察団の歓迎会をのぞいてみる。そこでの少壮官吏の気炎、「理想なくして満洲に来る奴ア、理想なくして満洲を去るんだ」、その「理想なくして満洲」が耳に残る。酔いのなかで彼は、故郷の居酒屋での駄賃附けやボサマ（盲人の旅芸人）のうたう歌をぼんやりと思いだす。

　そんなある日、彼は一人のひどく老け込んだ男とおでん屋で会う。年は清吉より「十ほども」若いのだが、見かけはほとんど彼と同年輩に見えるのだ。店を出て、男は霧のなかに立ち、こんなことを言う。

〝……私は朝鮮の京城の者です。満洲は二度目ですが、実は、六年前にいなくなった私の五つの息子を捜しているのです。占い師は息子がまだ生きていると言っています。私は内地も鹿児島から青森までくまなく歩きました。そこからまた満洲に渡ってきたのです。満洲も変わりましたね。こんなに世の中が変わり、土地が変わって、人間の心も変わらぬはずがありません。しかし、私の信じている心だけはけっして変わりませんぞ。私の子はやはり生きているのです……。〟

清吉は、はじめその男を狂人だと思う。しかし、濃霧のなかに並んで立っているその男は、「まるで自分の影そっくりだ」とも思うのである。そして、「あの男は自分では自分の子を探すのだと云いながら、実際は今ではただ漠然と土地から土地へさ迷っているのに過ぎないのではないか」とも感じる。

清吉は、翌日もその次の日も、同じ時刻におでん屋に出かけていく。しかし、男には出会えない。「もう一度あの男に会いたい気がした。しかし一方ではあの男に会うのが怖しくもあった。」

ある雪の夜、繁華街近くの広場で、清吉は青白く色づいて降ってくる雪の姿に見とれていた。ふと気がつくと、すぐそばに同じようにしている人影がある。あっあの男だ、と口走った瞬間、背後から自動車の警笛が聞こえる。……後ろから来た三輪車と自動車とのあいだに挟まれ、気が遠のいていくなかで、清吉の目に赤や青のネオンが映る。それは鉄道のシグナルのように見える。両方の耳が激しく鳴り、それは機関車の鐘の響きのように聞こえてくる。――

帰りそびれた満洲で、高木の意識はそこをぐるぐるとさまよっていく。彼は、以前「風塵」で悪漢風の自画像を描いたが、今度は、それを取り囲む〝満洲〟のほうが、急速にうつろい、輪郭を失いはじめる。取りのこされて、それを見送る、高木の目。「まるめろ」の実を拾おうとしても拾えない末期の夢。この消失への臨界を、高木はとらえていたのではないか。

一九四三年一月、日向伸夫は、奉天鉄道総局営業部から、虎ノ門の満鉄東京支社に転属となり、満洲を離れている。作品集『第八号転轍器』の日本での出版（四一年、砂子屋書房）に尽力してくれた作家・浅見淵《ふかし》、奉天での文学仲間である八木義徳らから誘われ、本人から希望しての転勤であったという。八木も同じ一月に満洲理科学工業を退社して、東京に向かった。かねて日向と親しかった「作文」同人の青木実は、日向の日本行きに反対した。日本に戻ると君は兵隊に取られてしまうとも、彼は言った。だが、日向はきかなかった。なぜなら、日本文壇とはべつの、日本語による「満洲文学」の確立を望んでいた青木とは違い、日向は、日本の作家としてのこだわり、職業作家として日本で勝負してみたいという野心のようなものを抱くようになっていたからである。

「満洲文学ということがしきりに云われ、自分の文学も当然その範疇に入れられているようである。満洲に住む作家達が満洲独自の文学を生み出そうとする主張には自分も何等《なんら》異議をさし挟む余地がないが、判然と日本文学から区別しようとする考えには賛同出来ない。……自分の文学は日本文学であると信じ、日本文学としての完成を願うものである。」(「『第八号転轍器』について」)

「八木と自分とそれに濱野健三郎を加えて三人、東京へ出ようと話し合ってからもう二年になる。いつまでサラリーマンという愚劣な稼業に精魂をすり減らしている自分なのか、日本への郷愁しきりに起る。東京が空襲されるという激しい時代に祖国を離れて安逸をむさぼっていて何の文学があろうかと思う。祖国を持たぬエミグラントや亡命者からは決して大文学は生まれないと自分は信じている。満洲にいて新しい満洲文学を興すことも結構だが、自分はやはり生粋の日本人、日本の伝統と風物の中にこそ自分と、そして文学をあらしめたいと思うのである。」(「暮春日記」四二年五月の日付で)

「……春日町裏の路地を歩きながら、自分は古丁氏が浅見淵氏にいったという『蕭軍は作家ですよ。彼は食えなくても吾々のように二つの仕事を持ちませんでした』という言葉を訳もなく思い出していた。」(同)

数え三〇歳を迎えて、日向は焦っていた。戦争で多くの若い命が散華していく時代に、三〇歳という年齢は、けっして若くは感じられなかった。いまやらずして、という切迫感が、日向を占めていただろう。

だが、東京の戦時下のジャーナリズムは、すでに日向のような作家を求めてはいなかった。そして、彼をスランプが襲う。日本に戻ってからの彼の小説を私が見つけられたのは、わずかに「風物記」(「新潮」四四年三月号）だけだが、ここでも彼は、「大文学」というより、やはり満洲の寒駅の寂しい光景をぽつんと描いている。おそらく、青木実の「彼は、自分の小説にとっていちばん大事なものを捨てて、日本に戻っていった」という述懐は、その通りなのだろう。そして、もう一つ、青木の懸念が的中する。軍に召集されたのだ。肺浸潤がもとで高等学校を中退していたとはいえ、日向は大柄な体格の持ち主だった。

兵役中の彼の足跡はよくわからない。ただ、いったん中国に送られたらしく、満洲時代の恋人と言える女性が、そこまで面会に行ったという逸話が残っている。兵営で、そのような再会が許されたということなのだろうか。ただし「作文」の仲間たちは、彼ら二人について、これ以上に立ち入った証言は残していない。そこから沖縄に転戦。日本敗戦を目前に、日向伸夫は沖縄戦で戦死している。

一九九七年四月二〇日、「作文」発行の中核を担いつづけた青木実氏が亡くなった。私がそれを知ったのは、九月に、「作文」第一六六集が届いてのことだ。その号が、青木実氏の追悼集とされていたからである。満八八歳だった。

青木実さんは、一九〇九年、東京下谷に生まれた。父は鍛冶職人だったが、暮らしは楽ではなかった。小学校卒業後、夜学で東京商工学校（三年制）に通いはじめて、満鉄東京支社での見習の仕事が見つかった。満一三歳で、日給四五銭だった。最初が経理課の給仕で、次が二階の庶務課の受付。そのころ満鉄東京支社は馬場先門にあり、赤煉瓦三階建ての建物だった。翌二三年、丸ビルが竣工し、その四階に移転している（のち虎ノ門に移る）。まもなく関東大震災が起こり、青木さんの家も全焼した。

仕事は人事係に替わっていた。夜学の通学先は、商工学校から錦城予備校、慶應義塾商業学校、一五歳で法政大学商業学校と移り、給料は三回昇給して日給五七銭だった。東京市が経営する公衆食堂で、朝の定食が一〇銭、昼と夜とが一五銭だった。芥川龍之介に熱中し、「あしかび」という短歌誌に毎月歌を出すようになった。一八歳になる年に、甲種傭員に採用され、日給一円二〇銭、加えて住宅料が支給された。やがて経理課会計係に移る。文学熱は昂じて、社内の仲間との回覧雑誌、さらに謄写印刷の雑誌をつくりはじめた。一九歳で法政の商業学校を卒業し（旧制中等学校の卒業資格にあたる）、また夜学で、東洋大学高等師範部の東洋文学科に進んだ。歌も、「勁草」という結社に参加して、よりさかんに詠むようになっていた。年が明けると、准職員に昇格された。

だが、経理の仕事にはあきたらなかった。そのころ満鉄大連図書館が出していた「書香」という月刊誌に、数回投稿して掲載されたことがあったという。会ったこともない図書館長に手紙を出し、自分が好きな仕事をしたいと頼んでみた。父がいとなむ鍛冶工場と金物屋はいっそう傾き、なんとか家計を立てなおす必要もあった。そして、大連図書館長の柿沼介《かたし》にそれが受け入れられて、三〇年、満鉄大連図書館司書への転勤が決まり、父と義母を同伴して、満洲に渡ることになったのだった。同じ職場に、竹内正一、やや遅れて、長谷川四郎（三七年渡満）らがいた。渡航前の日給一円七〇銭に、大連に移ると在勤手当がその五割付き、社宅がもらえるので、一家三人なんとか生活できるという計算だった（青木実「渡満まで」などによる）。

三二年、「作文」を創刊する。青木さんは、編集面だけでなく、経理などの実務も担当した。「作文」それ自体の活動は、さきにも述べた通りである。満洲時代の青木さんの散文集に『花筵』（三四年）、『幽黙』（四三年）、小説集に『部落の民』（四二年）、『北方の歌』（同）がある。ユーモアをたもつ私小説的な作風を愛した。また一方で、中国人を作品に書くには、表層的なエキゾティシズムにとらわれるのではなく、中国人の内面に迫っていけるものとして追求されるべきであることを満洲の日本語文壇で強く主張し（「満人ものに就て」、「新天地」三八年一月号）、日本の国内雑誌に向けては、満洲の農事合作社事業の停滞ぶりを怯まずにはっきりと指摘している（「満洲農業小見」、「現地報告」三二号、四〇年五月）ことに、当時の青木さんの姿勢が表れている。

日本敗戦後の引き揚げとその後の苦労は、青木さんにとっても同様だった。多人数になった家族を、ふつうの勤めでは支えきれないので、闇商売のようなことから始め、その後は米軍の芝浦補給廠で働いた。やがて、元大連図書館長の柿沼介から誘いの手紙が届き、五〇年、国立国会図書館主事（のち司書）に就職。六四年、「作文」を通算第五六集から、長い中断を経て復刊させた。「作文」は、創刊当初のメンバーを中心に活動を続けるものとして、おそらく日本でいちばん長命な雑誌だろう。青木さん亡きあと、同人は一一人。創刊のころからの人は三名となった。

すでに消失している一九三〇、四〇年代の「満洲」という空間。そこにいくらかでも遡及してみようとする私の試みは、具体的なイメージの多くを、青木さんからの教示に負ってきたことを付けくわえておく。

ひといろに濁りて見ゆる枝川の　水動けりと友は言ひつる
自らの花びら散らし樹下飾り　椿は残んの花を開けり
残暑の中枕花たのみに国分寺に出　太く白光する秋刀魚を購ふ
君のハガキ荒めるわれをなごましぬ　もはや便りのくることはなき

（青木実『第四　口籠り歌』より）

しばらく前、浅草の木馬亭で開かれた沖縄・八重山生まれの島歌の唄者《うたしや》、大工哲弘のコンサートが印象に残っている。

ステージは、風変りだった。三線《さんしん》を抱えた大工を中心に、サックスの梅津和時、ドラムスの石川浩司（たま）、さらにアコーディオン、ヴァイオリン、チューバ、ちんどん屋の面々まで加わって、いわばジンタ風の〝楽隊〟を組んでいた。それらの音は、祝祭的で、懐かしく、いくぶん感傷的でもあり、互いによくなじんでいた。このユニットで、大工は、沖縄、八重山の民謡を歌い、「カチューシャの唄」や「籠の鳥」を歌い、「満洲想えば」「満洲娘」を歌い、〝返還〟〝復帰〟運動のなかでさかんに合唱された「沖縄を返せ」を歌ったのである。

もともと、五〇年代の歌声運動のなか、〝全司法福岡支部〟によって作られたという「沖縄を返せ」は、こんな歌詞だ。
《かたき土を破りて　民族のいかりにもゆる島　沖縄よ
我らと我らの祖先が　血と汗をもって　守りそだてた沖縄よ
我らは叫ぶ　沖縄よ　我らのものだ　沖縄は
沖縄を返せ　沖縄を返せ》
「我らのものだ、沖縄は、沖縄を返せ」と「日本人」がうたうことを前提としているこの歌は、どこか倒立している。何が倒立しているのか。仮にここでの「沖縄」を「満洲」と書き換えても、それなりに意味が通じる。つまり、この歌詞は植民地支配のイデオロギーにのっとっているとも、言えるだろう。にもかかわらず、これをうたう運動を、沖縄「領有」運動ではなく、〝復帰〟を促す運動だと思いみなした観念が、倒立しているのである。
運動の理念に混じる厚かましさを、その運動に加わりながら、なお自覚にとどめておくことは難しい。（しかし、それは必要だ。）
大工のCD『OKINAWA　JINTA』のライナーノートには、事典（『沖縄大百科事典』）から、この歌についての解説項目が引用されている。そこにはこんなことが書かれている。
「……この歌の作詞には当時疎開して福岡法務局に勤めていた仲吉良新（のちの県労協議長）なども関わっていた。そのため歌う主体が本土側なのか沖縄側なのかあいまいで、その点についてはさかんに歌われていた頃から、どちら側からもある種の違和感をもたれた。曲調は行進曲風の軽快なメロディー。（新崎盛暉）」
念のため付けくわえると、ここでの「疎開」とは、沖縄から日本「本土」への疎開（沖縄に残った仲吉の家族は、沖縄戦で全滅したという）。「県労協議長」というのも、沖縄県の、という意味である。
この歌は沖縄でもうたわれた。しかし、歌詞の主語を「沖縄人」ととらえなおすことで、これを沖縄「独立」運動の歌とみなす、というようなわけには、当時、けっしていかなかっただろう。

にもかかわらず、大工は、この歌を〝楽隊〟のリズムに乗って、行進曲風に、気持ち良さそうに軽がるとうたった。そこにはアイロニーがある。しかし、大工のうたいかたは、アイロニーとしてのサインを、とどめてはいない。

ただ見ればいい、あるのはただの歌だ、と大工のうたう姿は言っている。気持ち良ければ気持ち良いほどいい。そのことによって、それはなにか別種の感情を、人に伝えることになるのだと。

「見られるもの」としての沖縄は、いまに始まったものではない。ステージの上からサイン抜きにそのことを伝えるという芸能者としての自信、そこから、なお新しいものをつくりだしていけるのだという自負心が、軽妙な曲目の構成をつらぬいているのを感じた。

いわば〝団塊〟の世代にあたる大工哲弘は、唄者としての実力には早くから定評があったが、それを職業に選ばず、那覇市職員として勤めながら舞台の活動を続けてきた。シャイな人柄に見えるが、音楽関係者の不見識な発言に対しては、間髪入れずステージの上から、沖縄の近代史と島唄の関係についてひとくさり語るのを見たことがある。それだけの心の準備と緊張を、つねに携えている人だと思った。だが、この日の大工は曲目の紹介以外に、ほとんど何も語らなかった。彼はただ、うたったのだ。

後記

二〇〇二年夏、航路で沖縄から台湾に渡った（この船便は、いまはない）。

そのおり、往路、沖縄・糸満の「平和の礎《いしじ》」に立ち寄った。黒御影石の幅広な碑に刻まれて、沖縄戦で命を失った人びとの名前が、海のほうに向かってたくさん並んでいる。それらのなかに、京都府出身の戦争犠牲者が刻まれた碑もあって、そこに並んだ名前を目で追っていくと、地面すれすれの低い位置に、「高橋貞雄」とあるのを見つけた。「作文」同人で、沖縄戦に兵士としてくわわり落命した、日向伸夫の本名である。

「作文」の刊行は、現在（二〇一三年初秋）も続いている。最新号は、第二〇六集（二〇一三年七月刊）。故・青木実さんから編集・発行人を引きついだ秋原勝二さんが、編集実務、執筆、発送など、すべてを受けもって、こなしている。秋原さんは、一九一三年（大正二）六月生まれ、すでに満百歳だ。創刊（一九三二年）の年、「作文」第二集から同人に加わった。現在、同人数は三人に減り、満洲時代からの同人は秋原さんだけとなった。近い将来、これにも終わりが来ることを考え、同人への新規参加は遠慮願っているという。

秋原勝二『夜の話――百歳の作家、満洲日本語文学を書きついで』（編集グループSURE、二〇一二年）という作品集を、編集・解説に私があたって、先ごろ刊行することができた。「孝行者」（一九三二年、著者一九歳）から「飯田橋の夜半」（二〇〇九年、著者九六歳）にいたる九作品と、著者へのインタヴューなどを収めている。現地で七歳から暮らした著者によって、「満洲」はどのように書かれてきたのか。それを明らかにするための一冊である。

洪水の記憶

テレビの輪郭

このところ、部屋にテレビを置かずに暮らしているので、神戸の大地震やオウム関連の事件にも、いまひとつ実感を持てないままだ。私は、炎上する神戸の街の映像を見なかったたし、オウム真理教の教祖や信者の肉声も聞くことがなかった。だから、それらの出来事さえ、なんだか遠い世界からの伝聞のように感じる。いや、むしろそのことを通して、私は、この世界の出来事が、ことごとくテレビによって輪郭を与えられていることを改めて実感し、ついに自分が「一九九五年」を経験しそびれていたような気分すら覚えるのだ。

この世界は、テレビのなかの出来事として、構成されている。——一九六四年生まれの切通理作のエッセイ集『お前がセカイを殺したいなら』を読みはじめて、そのことへの自覚の深さが印象に残った。切通は、この本の序文で、震災のテレビ映像を見たとき、それが「天災」であるのにかかわらず、「自分がしてしまったことのように」感じたと語っている。それは、高速道路がなぎ倒され、赤々と燃えつづける神戸の街の映像と、「怪獣映画、特撮テレビドラマにおけるミニチュアの破壊」とが、重なって見えたことによっている。つまり、このとき、切通ら〝ウルトラマン世代〟(私もその年代に入るはずだが)には、「人間」であると同時に「怪獣」としての視角が、染みついている。

けれども、これは、〝ハルマゲドン〟の感覚とは違う。〝ハルマゲドン〟を信じる者は、反面、自分自身については、その最終戦争後の風景の目撃者となることを想定するので、彼の視点はつねに瓦礫の世界の〝外部〟にある（政治指導者を自任する人びとは、とくにそうだ）。だが、切通の視野は、むしろどちらかというと瓦礫の下に自分が埋められることを想定している。以前、切通は「いじめられっ子」であった自分を振り返って、怪獣は僕自身だ、というようなことを書いていたが、そのとき、彼は、この都市の破壊を夢想すると同時に、そのことによって、自分を含む社会関係をすべて瓦礫の下に埋め立てて更地にしてしまうことを、思い描いていたのではないだろうか。

怪獣になる少年は、この世界に対して〝外部〟を持たない。むしろ彼は、この世界の内部だけに――それはテレビ画面のなかなのかもしれないが――封じ込められながら生きているのだ。

最近、一九六二年生まれの小熊英二の『単一民族神話の起源』を読み、いくぶんこれに似た認識を感じた。大学の修士論文として執筆されたという、この大著の基本的な問題意識ははっきりしている。――近代の日本国家は、台湾、朝鮮などの植民地を領有した。そこでは日本の総人口の三割が非〝日本民族〟によって構成され、国家経営の理念は、この〝多民族性〟との整合を求めずにはおれなかった。つまり、「単一民族神話」なるものの定着は、むしろ、第二次大戦敗北にともなう植民地の放棄、それと連動した台湾人、朝鮮人からの日本国籍剝奪以降の歴史と、軌跡をともにするだろうというのが、ここでの基本認識なのだ。――だから、小熊は、「単一民族神話」の起源を、新撰姓氏録、記紀などの古代的世界へ遡って求める方向をとらず、一八七七年（明治一〇）のE・S・モースによる大森貝塚発掘に民族起源論議のはじまりを見定め、以後、明治・大正・昭和と時系列に沿うかたちで、この問題を追い込んでいく考え方に立っている。つまり、「神話」の「起源」を求めるという、その問い自体がまた〝悠久の歴史時間〟を措定してしまうトートロジー（同義反復）を、小熊は自覚的に斥けている。そうすることを通して、明治以後一三〇年の時間の内側に「単一民族神話」をあとづける作業、そこでの歴史との対面がなされているのだ。

加藤典洋は、「『日本人』の岬――I問いの位置」（「へるめす」第五六号、一九九五年）で、「日本人とは何か」という問いには「どこか同義反復的な感じがつきまとう」ことを指摘している。日本人という概念は近年になって作られたフィクションにすぎない、という最近よく目にする言い方は、では、なぜ、「日本人とは何か」と問うことそれ自体が可能になったのかという疑問に、答えきれない。ここで、人は、もう一度、そこでの「日本人」という概念の〝容器性〟はどのように生まれたかと、問わなければならなくなる。「日本人とは何か」と問うとき、この「日本人」という概念は、言説論に言う「実定性」にもとづいていることになる。だが、ここで言う〝容器性〟は、加藤が見るには、言説の内側に位置する「実定性」とは違い、いわば言説の外部に位置する。加藤は、そのことを、地上に露出した下水道管になぞらえている。網野善彦らによる「日本人」とはフィクションであるとの指摘のしかたは、ある時期以降に「日本人」という概念が生まれてくるという土管内のできごとに、いわば土管の外からチョークで印をつける。しかし、「はじめに日本人ありき」との歴史像の廃棄とは、この土管の外側の認識の改変にとどまらず、いわば身を置く場所を土管の外側から内側に移しかえ、現代から古代に続く道を、その土管の内側沿いに進む経験こそを意味するのではないか、と言うのだ。

「指摘されなければならないのは、『日本人』という概念が虚構、フィクションならぬ歴史的制作物、歴史的存在だということだ。この二つのことは違っている。あるものがフィクションであるとは、それがそのメタレベルにわたし達を立たせる、ということだが、あるものが歴史的存在であるとは、逆にそれがそのメタレベルにわたし達をけっして立たせない存在であることを、意味しているからである。」

魔鳥の闖入

一九二三年に佐藤春夫は、「魔鳥」という小説を書いている。台湾の先住少数民族、いわゆる高山族（現在の台湾では、山地「原住民」との呼称のほうが公的に使われる）の世界に題材を求めて書いた、浪漫的な短篇だ。

――この世界には、ハフネと呼ばれる魔鳥がいる。それは、鳩にすこし似て白く、足は赤いと言われている。言われている、というのは、その姿を知る人が、この世にはいないからである。なぜなら、この鳥を見た人は、必ず死なねばならない。それを見て死なないのは、マハフネと呼ばれる魔鳥使いだけだ。そして、魔鳥使いは、その鳥を自由に操って人を悩ます恐ろしい存在なので、彼を見つけた場合、本人だけでなく、その家族も一人残らず殺戮することになっている。「一旦こういう魔鳥が実際にあるものと信ずる以上は。」

——

ここでは、山の住民の世界と、魔鳥が属する世界とは、いわば土管の内と外のように、はっきりと分かれている。魔鳥を見ると、人間は死んでしまう。だから、人間界と魔界をつなぐ通路は、いわば隠し扉のような仕掛けで痕跡を消されていて、誰にも見えない。

しかし、それでも、ときとして、魔鳥使いは、人間たちの世界に、まぎれ込んでいるのが見つかるのである。なぜか。それは、この山の人々が、魔鳥を連れているかどうかにかかわらず、魔鳥使いを見分ける特徴を知っているからである。たとえば、魔鳥使いは、憂鬱な顔をしている。彼らは、伏し目がちに歩く。人との交わりを避けがちになる。そうであるに違いない。——つまり、魔鳥についての言説が、その「実定性」を産出した時点で、すでに魔鳥使いは人間界という土管の内側の存在になっている。というより、人々は、そうした他者の闖入を想定することによって、はじめて、自分たちの世界の共同性、その土管性（あるいは〝容器性〟）を、見いだすことになるのだ。

佐藤春夫が「魔鳥」を発表するのは、一九二三年一〇月。それを三年さかのぼる一九二〇年夏、満二八歳の佐藤は、約四カ月にわたって植民地台湾に滞在した。当初はせいぜいひと月ほどの予定だったが、友人宅に逗留するうち、台北博物館館長代理をつとめていた森丙牛の提案で厦門《アモイ》に二週間ほど渡ったり、そのあと森宅に滞在することになったりで、予定は思いのほか延びることになった。九月二二日には、森丙牛を介して下村宏（海南）台湾総督府総務長官（民政長官）からの便宜を得て、先住少数民族タイヤル（アタイヤル）族の居住地域、霧社に入山している。この四日前には、霧社奥地に住むタイヤル族「サラマオ蕃」が蜂起して日本人七名を殺害する事件があり、霧社付近は軍隊も到着して、不穏な様相を呈していた。ともあれ、このおりの台湾旅行は、佐藤に強い印象を与えたらしく、彼はこれをもとに一〇篇以上の小説・紀行文などを発表している（「魔鳥」のほか、「星」、「旅びと」、「霧社」、「女誡扇綺譚」、「日章旗の下に」、「殖民地の旅」、「かの一夏の旅」など）。「魔鳥」の創作にあたっては、森丙牛『台湾蕃族志』第一巻中の第五篇「信仰及心的状態」が参考にされたと見られている（『佐藤春夫全集』第六巻、牛山百合子による校註）。

この「魔鳥」で、佐藤は高山族をさして「野蛮人」という呼称を用いている。だが、それは、必ずしも彼の高山族に対する蔑視を、直接に反映するものとは言えない。なぜなら佐藤は、ここで冒頭から、「一たい野蛮人にだって迷信はある。この点は文明人と些《いささか》も相違はない」という語り口で、「野蛮人」と「文明人」という紋切り型を、故意に転倒させて示そうとしている。この両者は、いわばメビウスの輪になっていて、表を語れば裏、裏を語ればそれは表の姿なのだ。

魔鳥使いだとみなされやすい憂鬱な顔、それは「個人的の憂悶」、そしてまた「他人に打解けて説くことも出来ないようなものを霊に抱いている」らしき表情だと、佐藤はここで述べている。

《何という無法な事だ！　――とそう考える人もあるかも知れない。そうだ。それは無法でないこともない。けれども注意すべき点は、この無法は決して彼等所謂《いわゆる》野蛮人だけに特有なものではなく、全くその通りのことが所謂文明人のなかにもそっくり行われているという一事である。》

そして、こんなことを言う。

《私はこの同じ旅行中にも或る文明国の殖民地を見たが、そこではその文明国人が殖民地土着の民で――けれども相当の文明を持っている人間を、その風俗習慣を異にしているということのために、殺しはしなかったけれども牛馬のように遇しているのを見た。これなども文明人が他の表情を異にしている文明人を圧倒しようとする有りふれた一例である。また私は或る文明国の政府が、当時の一般国民の常識とややその趣を異にした思想――それによって一般人類がもっと幸福に成り得るという或る思想を抱いていた人々を引捉《ひっとら》えて、それを危険なる思想と認めて、しばしばその種の思想家を牢屋に入れ、時にはどんどん死刑にしたのを見聞したこともある。文明人たちもまた、野蛮人たちと同じく、自分たちの理解しないものを悉《ことごと》く悪と決定し去って、その不可解な表情——霊の表情を持っている人を根絶することに努力する。——文明人のなかにもまた、「魔鳥使い」と認められた人々は多数にある。》(傍点・原文)

佐藤は作品中で、この「或る文明国」を日本、「殖民地」を台湾とは、一度たりとも名ざしはしない。それは、検閲に対する警戒でもあろうが、むしろここでは、そのことに、浪漫的な作風の寓意性を力として生かそうとする意識が働いているのを見るべきだろう。〝幻想的〟ゆえの権勢に対する猛烈な反発、そうした作品の力は、泉鏡花のような作風から、ここにも引きつがれているのである。

「魔鳥」は、「中央公論」一九二三年(大正一二)一〇月号に発表され、翌二四年一月、短篇集『美人』に収録して、新潮社から単行本として刊行されている。しかし、些細だが、ここで気になることが一つある。この『美人』にいくつかの短篇を収録するにあたって、佐藤は「魔鳥」にだけ、初出掲載時になかった年記を作品末尾に追記している。そして、そこには「大正十二年十月作」と、記されているのだ。

なぜ佐藤が、わざわざのちになってこんな年記を付したのか、その意図を私たちは振りかえっておく必要があるだろう。つまり、作者は、そのとき、この作品が「大正十二年十月」、一九二三年九月に関東地方を襲った大震災の翌月に〝書かれた〟ものであることを、あらためて断わっておこうとしている。これによって、「或る文明国の政府」が「一般人類がもっと幸福に成り得るという或る思想を抱いていた人々」を「牢屋に入れ」「時にはどんどん死刑にした」というくだりが、震災時における大杉栄、伊藤野枝らの殺害など、社会主義者たちに加えられた迫害を示唆するものであることを、よりはっきり読者に印象づけようとしたとも考えられよう。また、この「文明国人」が「殖民地土着の民」を「牛馬のように遇している」というくだりは、台湾の植民地支配への批判であるとともに、震災時の東京周辺で数千人におよんだ朝鮮人虐殺をほのめかしているようでもある。——少なくとも、震災の翌年二四年一月の単行本『美人』刊行時に、およそそのような意図が佐藤に働いていたことは、ほぼ間違いないだろう。

けれども、考えておかねばならないことは、ほかにもある。

大震災が起きたのは二三年九月一日。そして、この「魔鳥」が初出掲載されるのは、同年の「中央公論」一〇月号である。あらかじめ温めていた台湾の少数民族のエピソードを、震災という〝事件〟にからめて短期間で一気に書き上げたものだとしても、一〇月号に掲載されたそれが、「十月作」であるというのは、妙な気がしないでもない。いったい、いつ、佐藤は「魔鳥」を書き上げたのか。また、「中央公論」一〇月号の刊行は、何月何日だったのか――震災による被害の影響で、刊行日が遅れていたことも考えられる――。そのことを、まず考えてみなければならない。

いま、「中央公論」一九二三年一〇月号の奥付を見ると、「大正十二年九月三十日　印刷納本／大正十二年十月一日　発行」となっている。「印刷納本」とあるのは、当時の検閲制度のありようをうかがわせる。新聞紙法は、新聞・雑誌の発行に先だって、内務省に二部（これは同省警保局図書検閲課によって検閲される）、管轄地方官庁、地方裁判所検事局および区裁判所検事局に各一部、納入することを義務づけていた。だから、この記載は、すでにそうした義務を果たしていますよ、という表示の意味も含んでいる。そして、「発行」は「十月一日」、つまり通常通りである。検閲制度のもとにもあるので、刊行物の日付記載に、（いまの書籍・雑誌の奥付のように）大幅な〝サバ読み〟がなされているとは考えにくい。

関東大震災は、東京周辺の新聞・出版界にも甚大な打撃をもたらした。たとえば新聞では、丸の内にあった「東京日日新聞」「報知新聞」、内幸町の「都新聞」を除いて、「東京朝日新聞」「時事新報」「読売新聞」「国民新聞」「やまと新聞」「中央新聞」「万朝報」「二六新報」「東京毎日新聞」など、いずれも壊滅的な被災だった。ラジオ放送はまだなかった。被害の比較的軽かった「東京日日新聞」「報知新聞」「都新聞」にしても、ただちに通常の発行が行なえたわけではない。活字ケースが倒れて、活字は床いっぱいに散乱し、送電も同月五日まで停まっていた。だから、当面のあいだ、新聞社員は手書きの謄写版刷りで号外を発行したり、活字を拾いあつめて足踏み印刷機や手刷りで少部数の号外をつくることで、精いっぱいという状態だった。手で書いたものを直接に壁や電柱に貼りつけて歩くこともあった。

「中央公論」はどうだったのか。

中央公論社は、この年四月、丸の内に新築された最新様式の近代ビルディング、丸ビル七階に移転したばかりだった。だから、本社の被害自体は軽微だった。しかし、連日激しい余震が続き、本社に通っていては危険でもあり、交通事情などもかえって悪いので、「中央公論」本誌は滝田樗陰（哲太郎）主幹の自宅、「婦人公論」は嶋中雄作主幹の自宅を本拠として、ただちに震災関連の原稿依頼や編集プランづくりの体制を組むことになった。さいわい、雑誌の印刷にあたる印刷会社・秀英舎は、活字ケースが倒れただけで、印刷機などは無傷だった。また、前月号の刊行直後だったこともある。こうしたいくつかの幸運が重なって、中央公論社の雑誌編集体制は、通常の刊行日程を維持するかたちで機能していたのである。

一九年入社の「中央公論」編集者・木佐木勝の日記、『木佐木日記』を見ると、彼らが連日「朝鮮人来襲の噂」を聞いたり「夜警に引っ張り出される」苦労を負いながら、編集に奔走している様子がよくわかる（なお、「中央公論」「婦人公論」は、朝鮮人や社会主義者へのテロに同調しない論調をおおむね取ることになるが、寄稿者たちが必ずしもひと色の態度を示していたのではなかったことも、彼の日記を読むとわかる。たとえば、同月一一日、木佐木は田山花袋を訪ねたおり、自警団に追われて自宅に逃げ込んできた朝鮮人を「なぐってやった」と花袋が自慢していた様子を書きとめ、「老人の蛮勇は、甚だ感心せず」と記している）。

だが、だとすれば、佐藤春夫が「魔鳥」を単行本『美人』に収録するさいに追記した、「大正十二年十月作」という年記は、正確な事実ではなかったことになる。これはあくまで〝発表〟の日付であり、書かれたのは、おそらく九月中、しかも編集・印刷・製本・配本の工程を考えると、せいぜい中旬までの時期だったことになるだろう。佐藤は、いつ、どうやって、「魔鳥」を書いたのか。

九月一日、大地震が起こったとき、彼は友人の堀口大學といっしょに、東京大森の望翠楼ホテルにいた。

その後も当面、彼は東京にいる。したがって、その間、朝鮮人や社会主義者をめぐる〝不穏〟な風聞を耳にしていたことは、たしかなはずである。また、それが、住民、あるいは軍や警察による朝鮮人の殺害、社会主義者への迫害などを直観させたことも、十分に考えられる（これらは、刊行が再開されだした新聞の紙面からも推測できることだった）。しかし、それだけでは、「或る文明国の政府」が「或る思想を抱いていた人々」を「時にはどんどん死刑にした」とまで、事態を断定的に物語ることはできにくかったに違いない。

ところで、「魔鳥」のこうしたくだりから、まず連想させられるのは、震災直後、九月四日に起こった亀戸事件である。このとき、東京の亀戸警察署内で、南葛労働会の川合義虎ら八名、純労働者組合の平沢計七ら二名が、多数（おそらく百名近く、あるいはそれ以上）の朝鮮人、また中国人、自警団員らとともに、軍・警察の手で殺害された。しかし、この事件について警察発表が行なわれたのは、翌月の一〇月一〇日、新聞で一斉に報道されたのもその日から翌日にかけてのことだった（事件の一端については一〇月八日の「時事新報」号外が最初の報道だった）。つまり、亀戸事件が明るみに出るのは、「魔鳥」の発表よりもあとのことなのである。労働運動内部の少数のメンバーが、この殺害の事実をほぼつかんだのさえ九月中旬のことなのだから（鈴木文治「亀戸事件の真相」、「改造」一九二三年一一月号）、局外にあった佐藤が「魔鳥」の執筆前にこれを知るのは不可能だったと言っていい。

また、大杉栄、伊藤野枝が、甥の橘宗一《むねかず》とともに、麴町の憲兵隊内で甘粕正彦大尉らによって殺害されるのは、九月一六日。これについては記事差し止めの命令が各新聞社に出されており、解禁になるのは一〇月八日である。ただし、九月二〇日に「時事新報」が号外で報じて（ただちに発禁）以来、一部の新聞で事件に言及されることはあった。しかし、たとえ佐藤が九月二〇日にこれを知ったとしても、それから小説の稿を起こして一〇月一日発売の雑誌にまにあわせるのは、不可能であったとするのが妥当だろう。

このようにして、佐藤が、関東大震災のもとでの社会主義者殺害事件を具体的に念頭に置きながら、「魔鳥」を執筆したという論拠は、ほとんどなくなってしまうのだ。

これをどう考えればいいのか。

私が考えているのは、佐藤が「魔鳥」を執筆したとき、彼が具体的に念頭に置いていたのは、震災下以外の〝事件〟だったのではないかということだ。また「魔鳥」の記述は、当時の読者に対しても、震災下以外の〝事件〟を想起させる効果をもったのではないか。もう一度、この小説の文章を見てみたい。彼は、「或る文明国の政府が……或る思想を抱いていた人々を……時にはどんどん死刑にし」と、書いているのである。

亀戸事件も甘粕事件も、「死刑」ではなかった。それは、刑執行のかたちを借りない、ただむき出しのテロルなのである。では、この一九二三年という時点で、当時の多数の読者に、「或る思想を抱いていた人々」の「死刑」という言葉が何を喚起するかと言えば、それははっきりしていて、「大逆事件」であろう。

大逆事件による〝関係者〟逮捕は、一九一〇年（明治四三）五月から八月にかけてのことだった。そして、幸徳秋水はじめ一二名の「死刑」が執行されるのは、翌一一年一月。佐藤春夫には、震災下の街に〝不穏〟な流言が行き交うなかで、とっさの反射のように、この事件を思いうかべるだけの理由があった。

佐藤春夫は、一八九二年（明治二五）、和歌山県新宮町（現在は新宮市）で生まれた。家は代々の医家だが、父・豊太郎は、春夫の母となる政代をめとるにあたって、家長である祖父と意見が合わず、実家のある下里村八咫鏡野《やたがの》（いまの那智勝浦町）から新宮に出てきて開業したのである。

医家によくあるように、佐藤家は儒家を兼ね、漢詩を能くする人が多く、豊太郎も俳句、狂歌を好んだ。狂歌づくりの仲間は、同じ新宮の同業者、大石誠之助だった。大石は剛胆なところのある人で、米国オレゴン州立大学に渡って医師の資格を取り、一八九五年、満二八歳で新宮に戻ってやはり医院を開いていた。しばらくすると、大石は狂歌と狂句を「団々珍聞《まるまるちんぶん》」に投稿するようになった。幸徳秋水もその雑誌で「茶説」（社説）を受けもっていた。そのころ二人にはまだ面識がなかったが、一九〇六年、大石は東京に出むいて、幸徳と会った。翌年には幸徳が紀州を訪れて、大石の周囲の知人たちも、交際に引き入れられる。このとき、佐藤豊太郎は、北海道で経営する農場に出むいて、新宮にいなかった。息子の佐藤春夫は新宮中学の生徒として、二度目の第三年級をすごしていた。文学は好きだったものの、数学は苦手で、進級が許されなかったのである。家が地元の有力者であることも手伝ってか、春夫には、学校の教師に対して不敵な態度を示すところがあり、原級留置は不良性生徒を懲戒する意味を兼ねるとされた。

大石誠之助はかねてから社会主義の考えかたを抱いていた。そうした話をする仲間に、新宮教会の代理牧師（のち牧師）の沖野岩三郎、僧侶の高木顕明、大石の甥にあたる西村伊作らがいた。やがて沖野たちと相談して、西村伊作所有の空き家に、無料の「新聞雑誌閲覧所」を設けることにした。佐藤春夫も、文芸雑誌などを読みに、よくそこに通ってきた。一九〇九年夏、雑誌「スバル」を創刊したばかりの与謝野寛、石井柏亭、生田長江らを東京から招いて、新宮で「文芸講演会」が開かれた。大石は主催者側の一人として資金面でもこれを支え、新宮中学生徒の佐藤も、世話人の一人として、そこに加わった。そのころ、彼は、地元の「はまゆふ」という歌誌に拠りながら、さかんにあちこちの雑誌・新聞に詩や歌や短文を投稿するようになっていた。しかし、学校からは、むしろ大石誠之助らとの交わりによって、社会主義にかぶれた輩とにらまれていた。「文芸講演会」の開演が遅れて、時間つぶしに前座の演説を引き受けたさい、その演説のなかに「虚無思想」とか「教育の害」といった言葉がまじっていたことを問題とされて、佐藤は無期停学を命じられた。

この直前まで、大石誠之助の医院には、幸徳秋水のもとからやってきた新村忠雄という書生がいた。幸徳の周辺で爆裂弾をつかった決起が話題に上ったりしていることは、大石も知っていた。この年七月、大石医院の新村のもとに、これも幸徳のところに出入りした信州の宮下太吉から、爆裂弾用の塩酸加里を送ってほしいと手紙があった。新村は大石医院の勘定でこれを一ポンド入手し、宮下に送った。その直後、幸徳から、平民社が手不足なので戻るようにと新村に手紙があり、彼は東京に帰った。なお、新宮の大石誠之助の身辺でも、彼が噂として伝えた東京での計画に感化されて、爆裂弾づくりを本気で考える成石《なるいし》平四郎という青年がいた。しかし、彼の爆裂弾は完成しなかった。

なお、佐藤春夫への停学処分は、新宮中学在学生の反発を買い、同盟休校が広がった。学校はこれに手を焼いて、反対に、必ず来春卒業させるとの約束を与えて、佐藤を復学させた。年長の〝主義者〟たちの影響を校内にもたらすような佐藤を、学校側は早く所払いしてしまいたかった。佐藤もこの間の経緯に嫌気がさし、年が明けて一九一〇年春に卒業すると、第一高等学校を受験するとの名目で、さっさと東京に去ってしまった。

まもなく見つかった下宿は、本郷団子坂の森鷗外宅、観潮楼のすぐ向かい側の崖下にあった。深夜、便所に行って外を見ると、観潮楼の二階の窓からは、いつも煌々と明りが洩れている。こんな夜更けに、高名な軍医の文士はまだなにか書きものをしているのだろうかと、彼にはそのことが気になっていた。

それからひと月あまりのち、五月末近くの新聞に宮下太吉、新村忠雄という社会主義者が爆裂弾を製造したかどで逮捕されたという旨が、新聞に小さく載った。幸徳秋水が逮捕されたのは六月一日だった。それからあとも、大石誠之助、高木顕明、成石平四郎ら「紀州グループ」六名を含む多数の人々が、次々と逮捕されていた（伊藤整『日本文壇史』による）。

これらの知らせを受けて、佐藤春夫は、ひやりとするものを感じていたに違いない。一高受験はもとより自信がなかったし、七月に試験が始まっても、やはりできなかった。一日目、二日目と受験して、三日目には放棄してしまった。

年が明けて、一九一一年一月一八日、子ども時代から親しんでいた大石誠之助への判決は「死刑」だった。六日後の二四日、幸徳、大石をはじめ一一名の刑が執行され、管野須賀子への執行は日没で翌朝に延期されて、行なわれた。

その後まもなく、佐藤春夫は「愚者の死」という詩を書いた。「スバル」同年三月号に発表している。

千九百十一年一月二十三日
大石誠之助は殺されたり。
……
『偽より出でし真実《まこと》なり』と
絞首台上の一語その愚を極む。
……

なぜ実際の処刑の日から一日ずらして、「一月二十三日」としているか、わからない。佐藤は、故意に愚弄の言葉をもって、親しみを抱いていた死者を記念した。「魔鳥」とは少し違った韜晦のしかたが、ここにもある。

「うそから出たまこと」とは、死刑宣告後に、大石誠之助が書き残した言葉である。この裁判は偽りのものだが、死刑の判決は自分の謀叛の心にふさわしい、ということなのだろう。佐藤の詩のレトリックは、大石の語り口を受けとりなおしたものだった。佐藤はこのとき満一八歳、大石は満四三歳。まだ彼の詩は、大石の言葉ほど、感情の波立ちをぬぐいきれてはいない。

「魔鳥」の話に戻る。

佐藤が、関東大震災のあと、朝鮮人や社会主義者への迫害の噂を聞いたとき、すぐに甦ってきたのは、この一二年前の記憶であったに違いない。そして、これを念頭に、彼は「魔鳥」を書いたのである。

では、のちになって、なぜその年記を「大正十二年十月作」と付けくわえたのか。関東大震災の記憶をそこにとどめるためだけなら、実際に書いた日付どおりに「九月作」としたほうが、そのものずばりと、震災の月をさしたのにかかわらず。

明確な理由があったと、私は思わずにいられない。

当時、佐藤は、大杉栄とほぼ一〇年にわたる交流があり、その人柄に好感を抱いていた。「よく笑う男」であった大杉、しらっとした態度で人好きのする大杉、原敬の暗殺にまったく共感を示さず、むしろ悲哀の色を浮かべた大杉、小説を読むのが好きだった大杉、伊藤野枝の前夫の辻潤とも変わらぬ態度で交際を続け、そのことでまた相手に複雑な心境を抱かせずにおかない大杉、ひと月ほど前に出会ったときの服装で殺されたらしい大杉。佐藤が思い浮かべるのは、そのような大杉栄の姿である。大杉の死が判明してまもなく、佐藤は長文の回想文、「吾が回想する大杉栄」を書いている（「中央公論」二三年一一月号）。この文章にも、のちに年記を加えており、「十二年十月」となっている。

「魔鳥」を掲載した、その翌月号にあたる同誌への寄稿だが、年記は同じ月なのである。

つまり、こういうことなのだろう。

「魔鳥」は九月中に書かれ、しかも、大杉たちの死を知る前に、おそらく佐藤の手を離れていた。だが、奇しくもその内容は、彼らに加えられたテロルとも一致するものとなっていた。まず震災下での無際限なテロルの拡大があり、この不穏な空気を「大逆事件」の記憶と重ねあわせながら佐藤は「魔鳥」を書いたのだが、その渦に大杉たちも巻き込まれてしまっていた。

だからこそ佐藤は、この作品にこめた「或る文明国」への文学上の抗議に、大杉たちにもたらされた死の意味をも、含めておきたかったに違いない。大杉たちの生に対する記念の意志を、自作のなかに残しておきたくもあっただろう。これを「九月作」とするのでは、事件の経過（九月一六日に大杉たちが殺害され、二〇日以後になって事件が判明した）から見て、作品と大杉との関係が、あいまいになる。「十月作」とすれば、その作品には確実に、大杉たちの死の意味まで入るのだ。

したがって、この「魔鳥」は、一九二〇年の台湾旅行から材を得ながら、一方に一九一〇年から翌年にかけての「大逆事件」を、もう一方に一九二三年の「関東大震災」を——日本の二つのテロルの時代を往還する、底意をひめた小説なのである。震災直後の佐藤が、まがまがしい「流言」の横行にさからって放ちかえした、いわばもう一つの「流言」による小説であるとも言えよう。(注1)

ともあれ、「魔鳥」では、そのような長い前置きを経たのち、ようやく〝本題〟が語りだされる。それは、小説家の「私」が、武装した警官たちに左右を守られながら台湾中部の高山地帯——「蕃地」を行く道すがら、彼らのひとりの通訳を介して、道案内を兼ねた運搬係の「全く帰化している蕃人」二人から聞いた話として語られる。

およそ、こんな話だ。

——ピラとコーレという姉弟がいた。彼らはサツサンの子どもだった。ピラはいちばん年上、コーレがいちばん年下。ほかにも、たくさんのきょうだいがいたけれども、皆いっしょに殺されてしまった。生き残ったのは、ピラとコーレだけだった。

事の起こりは、ピラが一八になっても刺墨《いれずみ》しないことだった。ピラは美しい娘だったが、「蛮人」のあいだでは、額と頬に刺墨しない娘に、嫁のもらい手はない。村の人々はいぶかった。それに、彼らの家族は、父のサツサンをはじめ、皆、地面を見つめて歩く癖がある。人と行き違うときには慌てて目を上げるが、すぐにまた目を逸らせてしまうのだ。また、彼ら一家は子どもさえ、けっして笑ったことがない。人々が、彼らを魔鳥使いではないかと思うのも無理はなかった。

それればかりではない。そのころ、「蕃社」には大変な不幸が降りかかっていた。というのは、「或る文明国」の軍隊の長い隊列が、彼らの土地を貫いて強行軍したのである。その兵士らは、ある村で男たちに一カ所に集まるように命じてから、建物を締め切って外から火を放った。男たちは皆、焼け死んだ。そうしてまた軍隊は、行軍を続けたのである。サツサンの村ではそのようなことは起こらなかったが、それでも、三人や五人ぐらいは殺された。村人たちは、このときにも、自分たちの「種属」に降りかかった災難を見て、これにはきっと魔鳥使いの呪術があるに違いないと信じたのである。

なのに、ピラはその軍隊のあとをついて歩いていると噂する人があった。そして、なかには、ピラはその軍隊の兵卒に犯されたのだと言う者もあった。それが理由で、ピラは刺墨をしないのだろうというのだ。たとえ刺墨をしても、他種族の民と交わった女をめとる者はあるまい。それに、刺墨をしようと思えば、女はいままで自分の身に起こったことすべてを、刺墨のときに打ち明けて話さねばならないのが彼らの掟なのだ。……とはいえ、そのように言う者も少しはあったけれども、ほとんどの者は、彼女らをまず魔鳥使いと決めてしまった。サッサンの小屋に火が放たれ、家族は捕まっては殺された。しかし、ピラとコーレだけは見つからなかった。

三日ほどして、ピラはコーレを背負って戻ってきた。そして何もかも告白した。ある者たちが噂していた通りのことだった。ピラたちは、命だけは助けられたが、部落から追放されることになった。ピラはコーレを背負ってもう一度山に入り、粗末な小屋を作って何年かのあいだ弟を養った。ピラは、コーレに言った。

〝私たちは魔鳥使いではなかったのだ。だから、お父さんもお母さんも、虹の橋を渡って無事あの世に行っている。でも、私たちは不幸を与えた人に復讐をしなければならない。コーレ、おまえは新月の出るときに、いつもその方向に矢を射らなければならない。そうでないと私たちは意気地のない人間になって、霊の怒りを受けなければならないから。〟

コーレは木の枝の矢を、新月に向かって放つようになった。新月はいつも西、彼らが追われた故郷の上に現われた。

コーレが一三になったとき、山のなかの遊び場から激しい驟雨のなかを帰ると、ピラが死んでいた。毒蛇に嚙まれたのだ。やがて雨はやみ、小屋の上に虹が出た。その日からあと、コーレはもう元の小屋に帰らなかった。彼は、草原のなか、森のなかを、どこまでもどこまでも進んでいった。雨のあと、まるい虹が出ることがあったが、それを追っても、やがて断崖の突端につきあたり、虹は足もとの青い雲の底にきっぱりと消えているのだった。

同じころ、一隊の「蛮人」たちが、狩の支度で林のなかにひそんでいた。ふと彼らのひとりが、遠くに、うしろ向きに立っている少年の姿を見かけた。彼はそれを指さした。それが自分たちの村の者でないことを見定めると、彼らのひとりは鉄砲の狙いを定めた。次の瞬間、少年は頭を地面にたたきつけ、まっすぐにぶっ倒れた。

狩り人たちは這いながら現われ、おくれた者に声をかける。〝来い。早く来い。来て、この首を取るのだ。おまえの嫁取りの資格はできた！〟若者が出てきて、この見知らぬ少年をのぞき込んでから、幅の広い刀で、その首を切り落とした。——

小説は、次のような一節で終わる。

《……きっと裸で、そうして首のない小さな屍《しかばね》がひっそりとしたところへ残されていたであろう。そうしてその上であの大きな虹がおもむろに薄れて行ったろう。そうしてその断崖には海の方の下界から夜が来ただろう……私は蛮人たちの話を聞きながらその屍がそんなふうに横《よこた》わっていたという場所を、私たちが今行こうと目差しているその並はずれた風景のある場所を空想していたが、やがて歩きつづけて行くうちに、私は蛮人の社会にもあるところのさまざまの迷信に就てまた文明人の迷信に就て、何かと考えて見たのであった——それはこの文章の前半に書いたとおりのことである。》

最後の情景は、あのランボーの「谷間に眠るもの」を思いださせる。川辺の緑の上で、若い兵士が気持ち良さそうに眠っている。だが、私たちの視線が、彼のほうに近寄っていくと、そのわき腹には赤い花のような小さな穴が二つあり、彼が、普仏戦争の死者であることを知るのだ。

しかし、この「魔鳥」で重要なのは、「或る文明国の軍隊」というものが、浪漫的な世界の「内側」深くにまで、入り込んでしまっていることだろう。ランボーの詩では、近代的な「軍隊」はその外側からやって来るので、赤い小さな穴を自身の痕跡として残すだけだが、「魔鳥」の「或る文明国の軍隊」は、むしろこの世界の〝住人〟となって、動いている。

ここで〝魔鳥〟のありかは、いわば三重の同心円のかたちになっている。
「或る文明国の軍隊」は、「蕃人（蛮人）」たちを「魔鳥使い」、自分たちの植民地帝国の異分子だとみなして、「蕃社」を掃討する。一方、「蕃人」たちの世界にとっては、「或る文明国の軍隊」が持ちこむ災難が、「魔鳥使いの呪術」の侵入として、映っている。そして、サッサン一家は、「或る文明国の軍隊」の乱暴がもたらした「憂鬱」のせいで、「蕃人」の村から「魔鳥使い」とみなされ、殺戮（あるいは追放）されることになるのだ。

「自分とは誰か」という問いを可能にするのは、その前にあるべき、「（自分ではない）おまえは誰か」という問いである。あるいはそれを、「日本人とは何か」を可能にするのが「（日本人以外の）他者とは何か」という問いであったと、言い替えてもかまわない。魔鳥とは、おまえは誰か、人が人に、そう問わずにおれなくさせる、何かである。この鳥が跳梁跋扈したあとで、人はその世界で、「自分とは誰か」、そう問いはじめたのだ。

滞留と記憶

ここでひとり、日本語文学の植民地経験のすぐれた例として私があげておきたいのは、坂口䙥子《れいこ》という戦時期を植民地台湾ですごした作家である。中島利郎編「坂口䙥子著作年譜」（『台湾文学研究会会報』第二〇号、一九九三）と垂水千恵『台湾の日本語文学』を参考にしながら、坂口の簡単な経歴を記しておく。

――坂口䙥子（旧姓・山本）は、一九一四年（大正三）、熊本県八代に、父・山本慶太郎、母・マキの次女として生まれる。慶太郎は当時八代郡書記をつとめ、のち八代町長となった人だった。三三年、坂口は女子師範学校を卒業し、母校・代陽小学校の教員となる。そのころ、八代郷土史の研究会で、文学上の最初の師ともいうべき中学教師と知りあった。彼女と中学教師のあいだには恋愛感情が生じたようだが、もともと体が弱く、三〇歳まで生きられまいと思っていた坂口は、あえて結婚を望まなかった。やがて相手の中学教師には縁談が持ちあがり、それと前後して山口県に転勤してしまう。満二三歳の坂口は、「台湾へ傷心の自分を埋めようとして」、海を渡ることになるのだった。

三八年四月、彼女は台中州北斗郡の北斗小学校への勤務をはじめ、北斗郡の前街長、陳家の離れに寄宿する。このころ、のちに彼女が結婚することになる坂口貴敏、およびその妻・きよこ（あるいはキヨ子）との交際が始まった。

三九年春、彼女は気管支炎を発病して入院したのちに退職、いったん熊本に帰郷している。だが、翌四〇年には、坂口貴敏との結婚のため、家族の反対を押し切って再度台湾に渡ることになる。前年夏、坂口貴敏の妻きよこは病死しており、生前、彼女はきよこから、その二児について「私が死んだらこの子たちを頼む」と言われ、なにげなくうなずいたことがあったという。貴敏は台中の公学校（台湾人児童が通う初等学校）につとめながら歌人としても活動し、坂口にも執筆を強く勧める人だった。坂口は、高等女学校時代、少女雑誌に小説を投稿して特選に選ばれたり、熊本への帰郷中、同人誌に小説を連載したことはあったが、主婦業のかたわら本格的に創作に向かうようになるのは、これ以後のことである。

この年、坂口は〝台湾放送局一〇周年記念〟の放送物語に「黒土」で応募し、特選を受賞。これ以後、いくつかの自作の新作小説を、彼女はラジオで朗読した（ただし、坂口の脚本による放送ドラマ「赤い道白い道」は台中局の放送で好評を博したあと、全島放送が企画されたが、台北での検閲にかかり中止されている）。これらをきっかけに台湾総督府の機関誌「台湾時報」からも作品を依頼され、九州から台湾への農業移民家族を描いた「春秋」（四一年）、かつて台中で寄宿した陳家をモデルとする「鄭一家」（同）を発表した。そして、おそらく四一年秋ごろ、台中郵便局で、彼女は面識のない台湾の小説家・楊逵《ようき》から声をかけられ、

「台湾文学」に同人として参加することになるのだった。一九〇五年生まれの楊逵は、日本のプロレタリア文学運動の影響も強く受けた民族意識の強い作家で、重ねて投獄歴もあり、当時は「首陽農園」と名づけた花卉農園で園丁生活を送りながら、創作を続けていた。

「台湾文学」は、台湾人（植民地下では「本島人」という呼称が使われた）の民族主義的な意識の濃い文芸家たちの結集をめざして、一九四一年五月に創刊された日本語の文芸雑誌である。現地台湾人に対する総督府の皇民化政策は、日中戦争開戦（三七年）とともに熾烈なものになっており、その年に出された新聞の漢文欄廃止令は、雑誌に対してもきびしい抑圧をおよぼし、台湾の文芸運動はひとつの空白期を迎えていた。この状況のなかで創刊された日本語の文芸月刊誌に「文芸台湾」（四〇年創刊）があったが、総督府の強い影響下にある日本人中心の雑誌運営に、作家意識の強い台湾人メンバーはあきたらず、それらの面々が分離独立するかたちで、この「台湾文学」の発刊にいたったのである（季刊雑誌で、創刊部数は千部だったという）。そうした経緯もあり、日本人筆者が多数を占める「文芸台湾」とは違って、「台湾文学」に、日本人でしかも女性の筆者として加わった坂口䙥子は、異例のケースと言うほかない。この「台湾文学」で、坂口は「時計草」「微涼」「灯」「曙光」「盂蘭盆」などを発表、そこでの活動は四三年一二月、同誌の廃刊にいたるまで続く。

その後、坂口は、夫・貴敏が台中州臨時情報部主任から理蕃課所属の教育所教員に転じたこともあり、四五年四月、能高郡の「蕃地中原」に疎開する。そして敗戦をはさんでの一〇カ月、この先住少数民族タイヤル族の山地居住地で暮らすことになるのだった。疎開直後に夫は召集され、坂口は替わって現地の代用教員をつとめた。その間、生活全般にわたる世話を受けたのは、タイヤル族の若い女性だった。

坂口一家が、台湾から郷里八代に引き揚げたのは、四六年春のことである。のち、坂口は五三年に発表した「蕃地」で第三回新潮賞を受賞。また、「蕃婦ロポウの話」（六〇年）、「猫のいる風景」（六二年）、「風葬」（六四年）で、三度にわたり芥川賞の候補にあがっている。――

以上が、戦中から戦後にわたる坂口䙥子の略歴である。

ここに至るまでの坂口の作品の傾向は、およそ次の三点に特徴づけることができるだろう。
①「蕃地作家」と呼ばれることもあったように、植民地当局による「理蕃」政策の理不尽、そこに身を置く人々の葛藤、また、山地の少数民族との交際などを題材としたもの。
②台湾人家族の生活風景、あるいは日台結婚、異民族間の混血などの題材を扱ったもの。
③日本人移民家族の台湾での生活、あるいは彼らが台湾に移住するまでの〝内地〟での生活を描いたもの。
これらの題材は、ひとつの作品のなかで、しばしば互いに重なりあう。そして、これら坂口の作品が評価される際には、主として次のような論点から語られることが多かった。

第一は、坂口の「台湾文学」でのデビュー作「時計草」（四二年二月）が、全四八頁中の四六頁という、冒頭と末尾を除く全文の削除処分を受けたという事実。また、これに象徴されるように、彼女が植民地当局の同化政策や「理蕃」政策に対する強い批判を持続させた人物だったことである（「時計草」は、一九三〇年に起こった山地先住民族の日本人に対する蜂起、霧社事件に言及しながら、先住民族と日本人の混血者である山川純、その日本人婚約者・錦子のあいだに展開する物語だったと推測できる。このモチーフは、戦後の作品「蕃地」に引き継がれた。なお、四三年九月に刊行された小説集『鄭一家』〈台北・清水書店〉には、「時計草」という同題の小説が収録されているが、先の「時計草」とのあいだには大幅な改作があったと思われる）。

第二には、その彼女が、台湾人や山地のマイノリティに対しても腰を引くことのない、ことに文学表現の上で対等の感覚の持ち主だったことである。

これらの評価は、坂口の作品の特色を的確に言い当てている。彼女は「時計草」の発表を検閲によって潰されてからも、そこでの批判を撤回せず、戦後、「蕃地」「霧社」などの作品で、当初の作品の構想を復元し、さらに展開させた。また、その彼女が、戦中・戦後を通して、台湾人、山地のマイノリティに対する贖罪意識にも押し負けることがなかったことは、その文体に強靭なバネと、張りのあるユーモアももたらした（注2）。

ただし、こうした評価は、いずれも、先に挙げた作品の傾向では、①と②とにかかわる。しかし、むしろ私は、ここで③に対する評価も試みることなしには、坂口という作家の全体像は浮かび上がってこないのではないかと、考えている。

先に挙げた履歴で言うと、③にあたる小説は、「台湾時報」掲載の「春秋」、「台湾文学」掲載作だと「時計草」を除く全小説（「微涼」「灯」「曙光」「盂蘭盆」）が該当しており、戦時下の坂口の作品の主要部分を占めている。なのに、なぜ、これらは、概して論者の言及からはずれてきたのか。

ひとつには、「時計草」ほぼ全文の検閲削除というエピソードの衝撃度があまりに強く、その後の「台湾文学」における坂口の作品が、論者たちの印象から薄れがちだからだろう。そこには、民族主義的な肌合いが強い台湾人作家メンバーが中心を担うことで当局の忌諱に触れることも多かったと思われる「台湾文学」の雑誌としての性格が、このいわば〝ヒロイック〟なエピソードと予定調和しているふしがあることは、否めない。だが、個々の作品を具体的に見ていくならば、この時期の坂口の作品のなかでは、むしろ「時計草」のほうが〝異色〟の題材に属するのである。――そして、もうひとつ、③に属する作品が相応に語られない理由を挙げるとするなら、これらが坂口の〝戦争協力〟〝植民地協力〟の問題にかかわってくるからだろう。

結論から言うと、この時期の坂口の作品には、戦争協力の姿勢があった。そして、その姿勢が作品に浮上してくるのは、四一年一二月の「大東亜戦争」開戦を経て、「微涼」（四二年七月）からのことであった。そのことと、彼女の同化政策や「理蕃」政策に対する批判は、必ずしも矛盾しない。なぜなら、この時期、彼女の作品に現われる「大東亜戦争」への信頼は、いわば竹内好が開戦の報に触れて書いた「大東亜戦争と吾等の決意」（「中国文学」第八〇号の巻頭に無署名で発表）に似て、欧米列強に対するアジア諸民族の解放へのたたかいとしてそれを支持する、という態度に通じるものだったからである。つまり、ここでは、山地少数民族の尊厳、また、台湾人の誇りを尊重することなどと、「多民族帝国の支配のイデオロギー」（小熊『単一民族神話の起源』）による戦争を容認する心持ちは、小熊英二も指摘するように、相反したわけではないのである。

けれども、重要なのは、そのことではない。この時期、坂口の創作には戦争支持の姿勢がたしかにあった。しかし、むしろここでは、彼女の創作の内側で、その「戦争」がどのようにたたかわれていたかが、問われなければならない。また、その「たたかい」のありようが、どのような推移をたどったか。それを見ることで、彼女のなかにある戦争支持と戦争批判との関連、これらと彼女の創作や生活に内在する力とのつながりが、考えられねばならないのである。

以下、この時期の坂口の作品のありようを、簡単に述べておく。

まだ「大東亜戦争」開戦前の「春秋」(四一年四月)では、台湾への農業移民である若い夫婦の暮らしが、たんたんと微妙な色彩をもって語られている。やがて、妻の出産が迫り、故郷九州から老母が勇敢に海を越えて訪れるが、そうしたなかでも、家には、ふと移住民の拠りどころのない寂しさが忍びこむ。そして、老母は、つい、これだけ故郷の鎮守様から遠く離れても、はたして鎮守様のご加護は孫たちにも及ぶだろうかと言って、涙を落としてしまうのである。——こうした、移住民たちの暮らしのなかの〝寂しさ〟は、これ以後、戦中の坂口の作品を通底する固有のトーンとなっていく。

一方、開戦後の「微涼」(四二年七月)では、物語の構成要素は、かなり変わる。舞台は日本人移民の商家。その家の息子、高等学校を落第した主人公・精吉は、父の放蕩、家のなかに何気なくただよう性の匂いに、鬱屈した気分でいる。だが、開戦は、彼の気分を「急角度に、国家意識と殉忠必死の思いに向け」てもおり、彼は家業の同業者たちの「今度の戦争は、我々の小さい時のと、まるで違いますな。悪いものがドシドシ倒れていって、新しく生れるのは、すべて美しいもの、よいもの、完全なものだという気がしますな」といった議論に、ひどく感激したりするのだ。とはいえ、彼は、元使用人でいまは娼家で働いている娘に、やり切れぬ思慕を抱いてもいる。物語は、結局、いささか唐突に、父――そして時局との和解を示唆して終わる。「灯」（四三年四月）の舞台も移住民の商家である。ここでの夫婦は、ほとんど寄る辺のない身同士として結ばれ、子どももない。だからこそ、夫に召集令状が来てからも、妻は気丈な自分を演じつづけ、出征の見送りにも行かないと言い張ってしまう。だが、彼女の本心は、どうして「もっと素直に愛情をみせあえなかったか」「その鎧が脱げなかった」かと、苦しくてしょうがない。出征の日、彼女はかろうじて駅に駆けつけ、夫が乗り込んだ列車に小旗を振って送りだすが、家に帰ると、一人きりの部屋はがらんとしている。彼女は、神社に出かけ、灯明の小さな炎を見つめながら掌を合わせる。

「曙光」（四三年七月）では、ふたたび移民農家が舞台となる。近隣の家族と張りあう農婦の姿を中心に、軽妙で細やかな心理描写はユーモアの豊かさを感じさせる。だが、台湾における「戦時文学」という観点に立つなら、これは坂口の作品中でも注目すべき問題作の一面を持っている。たとえば、戦地から戻った賢く働き者の農夫・修は、内地育ちで女学校卒の品子に、こんな持論を展開するのだった。「優性学という事に就ては、充分知らないのですが、（中略）劣性の救済という事も考えねば、ならんと思うです。（中略）私は、優性と結合すれば、半優性に近付く可能性のある劣性を救う為に、結婚指導という事は、もっと深く研究されねばならぬと思いますね。私は、自分の結婚には、充分慎重なつもりです。」

これは「内台融和」、「理蕃」政策をすすめるにあたっての内台結婚の奨励、それを根底から支える〝優生思想〟の露骨なかたちでの表明と言えよう。一方の品子も、それなりに生マジメな若き〝皇国女性〟ではあるのだが、彼女は、修の主張に対してはこのように反論する。「私は、ああいう（注・修の言うような）考え方で結婚すれば、怖くてたまらぬのじゃないかと思いますの。自分達から産れる子供が、どんなものを持ってくるか、それを考えると、劣性に結びつく事が、不安でならないんじゃないかと思うんです。（中略）それと、私は、一生、優劣を明瞭に判別された夫婦が、うまくやってゆけるか、という事も考えますの。劣性を救うという事は、余程、自己犠牲の気持がなくちゃならないでしょうけれど、片方が、犠牲だと思う結婚生活で、不幸なんじゃないでしょうか。」

ここから先のやりとりは、修が、自分が結婚を強いられそうな移民農家の娘をさして「劣性の尤《もつとも》なるもんですよ」と、捨て鉢な軽口を言い、「そんな事、おっしゃってはいけません」とたしなめる品子に対して、さらに「あれを救え、とお袋が言ったら、僕は救わねばならんですよ」と言いつのったりして、混ぜっかえされ、結論は出ない。結局、修は品子との結婚を望んでいるらしいのだが、品子はそれを断わる。そして、彼女は独身のまま移民の子どもたちに勉強を教えていく決意をして、「昭和十八年の元旦」の日の出を迎え、物語は終わるのである。――つまり、この「曙光」では、戦時体制、他民族支配のひとつの究極としての〝優生思想〟が、はっきりとしたかたちをとって議論されるが、それに対する作者・坂口䙥子の考えは、明瞭にはわからない仕掛けになっている。おそらく、坂口の内部では、そのような両者の対話、葛藤として、この問題はあったのだろう。いずれにせよ、この作品は、そうしたかたちでひとつの〝高度戦時体制的〟作風を、示すのである。

だが、ここからあと、坂口の作風は、再度がらりと様相を変える。四三年一二月、「台湾文学」がいよいよ廃刊に追い込まれるその最終号に発表された「盂蘭盆」は、熊本時代の生家を思わせる自伝的な作品で、戦争の姿はいっさい現われない。そして、四四年七月、台湾文学奉公会発行による「台湾文芸」に発表された「隣人」の主人公は、日本人移民ではなく、台湾人の夫婦なのである。

――この「隣人」は、これまであげた坂口の作品で、もっとも短く（四百字詰め原稿用紙で約二五枚）、しかも暗い。主人公となる台湾人夫婦は、一二軒の隣組に、ただひと組の台湾人家族として住んでいる。妻・秀梅は内気、というより一種のメランコリーにとらわれており、周囲の日本人家族たちに心が開けない。だが、隣家に新たな日本人家族が引っ越してきて、その家の闊達な夫人にだけは、なぜか秀梅もうちとけられるようになった。なのに、まもなく隣家はまた引っ越していくことになり、秀梅は、ふたたびメランコリーのなかに引きこもることになるのだった。

そこで描かれているのは、しごく小さな、暮らしのなかの断片的な挿話にすぎない。防空訓練のとき、屋根にするすると登っていく隣家の夫人の軽快な身のこなし。湧き水で洗濯する台湾人の娘たちの手もとに、泳ぎ寄ってくる家鴨の雛、それをそっと押しやる娘たちの手の動き。電灯を消した、闇の色。――戦局がもっとも深まった時期に、このような短篇をぽつんとひとつ発表した坂口の心の動きは、どんなものだったのか。ここにある温度。その滞留。

「春秋」の日本人農業移民の寂しさと、「隣人」の台湾人の妻のメランコリー。そのふたつは、一本の線でつながっている。しかし、それは、たわんでいる。だが、そのたわみをこらえ、戻ってくる緊張に、私は、坂口䙥子という作家の文学の、すぐれた植民地経験の例を見る思いがする。植民地における文学のいとなみは、作家に、その「外部」に立つことを許さないので、彼らは、このたわみへの強制力を避けて通ることはできない。しかし、そのたわみに滞留すること、その場所をある温度をたもって描くこと、そのことのなかに、彼らの文学表現のかすかな拠りどころが、あったと言うべきではないだろうか。

だが、ここで、残された問題がひとつある。戦時下の坂口の作品は、「微涼」「灯」「曙光」と、順を追って進んでいく。「灯」の妻は、夫を戦地に送りだしたあと、ただひとり神社の灯明に掌を合わせた。それは、「春秋」の主人公たちが故郷の「鎮守様」を思う寂しさ、柳田國男の「常民」たちの祈りの小さな場所に、通じるものだ。だが、「曙光」での〝優生思想〟をめぐる対話は、それらとまったく異なる水位へと、達していく。そうしたなかを進んでいく、おそらく肌も粟だつような感触は、しかし、戦後の坂口からは語られることがないのである。――植民地統治について彼女が抱いた批判。それに対する当局からの言論抑圧(たとえば「時計草」の検閲削除)。記憶において、当時の彼女の心境は、こうした〝事実〟のあいだで整序されていく。このような記憶の整序は、読者の側でも、書き手の内部でも、ともに起こる。もちろん私は、ここで彼女が虚偽を述べているなどと言いたいのではない。ただ、ことに植民地という場所、いまや消失してしまった〝版図〟における〝事実〟と〝記憶〟との関係においても、やはり、穏やかな記憶の整序というかたちで虚構が滑りこむ余地はあるのだという留保を置いておきたいだけなのである。

私が思いだすのは、植民地朝鮮に育ち、その地の記憶を小説に書きつづけた、湯浅克衛のことである。湯浅克衛は、一九一〇年（明治四三）生まれ。朝鮮で巡査の職を得た父に同伴し、満六歳から一七歳までを、朝鮮の京畿道水原ですごした。当時、一家は、その町の李根沢子爵邸内に住んでいた。ちなみに、李根沢子爵とは、もとは第二次日韓協約（一九〇五年）にも連署した朝鮮王朝末期（大韓帝国）の軍部大臣で、後世には「乙巳五賊《ウルサオジョク》」（乙巳は、干支で一九〇五年をさす）という最大級の非難の言葉で同胞から〝売国〟をののしられることになる、当時の五人の有力政治家の一人である。

「カンナニ」は、湯浅二五歳のときのデビュー作である。――主人公の龍二は、子爵邸づきの巡査の息子で、数え一二歳。カンナニは、同じ屋敷の門番の娘で、一四歳になる朝鮮人の少女である。カンナニは龍二に言う。

「父は日本人大嫌い、憲兵一番嫌い、巡査、その次に嫌い。朝鮮人をいじめるから、悪いことするから――」。幼くも痛切な恋物語が、水原の町を舞台に、つづられていく。

だが、「文学評論」（三五年四月号）に発表されたこの小説は、まさに一九一九年（大正八）春の水原を背景とするものであったため、後半部、全文のほぼ半分にあたる四百字詰め原稿用紙で約四六枚分の削除を余儀なくされた。というのは、この一九年春、朝鮮全土で湧きあがった三・一独立運動のなか、日本軍は、水原郊外堤岩里のキリスト教会に付近住民を閉じこめ、銃弾を浴びせた上で建物を焼き払って殺戮する事件を引きおこしていた。つまり、当時九歳の湯浅は、この事件を間近に見聞する日本人植民〝二世〟だったのである。

第二次大戦の敗戦後まもなく、湯浅は、記憶をたよりにこの削除部分を新たに書きなおし、『カンナニ』

全文を刊行する。当時の朝鮮での生活情景が、小説全編で生彩を放っている。だが、それだからなおのこと、失われた当初の後半部分のヴァージョンはどのようなものであったのか、そのヴァージョンと新しいヴァージョンはどの程度一致し、また、どの程度記憶のなかで整序されることになったのか、そうしたいまとなっては解けない問いが、私のなかに残る。

ともあれ、失われなかった前半部分で私にもっとも印象深いのは、朝鮮の自然描写、特に洪水のシーンである。毎年夏に朝鮮を襲う大雨のなかで、川があふれ、そこにマクワ瓜が流れキュウリが流れ牛豚が流れ、家が流れて、その屋根の上には流された家族が乗っている。岸辺の子どもたちは、喚声をあげ、水際に寄せてくるマクワ瓜やスイカに手を伸ばす。つかんでいた柳の木が根元から抜け、濁流に落ちて、呑み込まれてしまう子どももいる。それを見た大人たちの絶望の叫び声。この日本とは異質な自然、その力が、ここに書きとめられている。

私は、その風景の痕跡を、見てみたいと思った。水原の街に着いたのは、六月のことだった。だが、堤岩里の教会も、李根沢子爵邸の跡地のことも、そこで誰に聞いても、知っているという人はいないのだった。ようやく、堤岩里が、水原市内ではなくバスで小一時間ほど離れた華城という町の、さらにはずれにあるらしいとわかったのは、翌朝になってのことである。教会も残っているという。ぬかるみのバス停で降り、教会に電話をかけると、泥だらけのライトバンで牧師自身が迎えにきてくれた。五〇代の、作業着姿の人である。

急な坂をあがると小さな礼拝堂が見え、そこの背後に回ると、ささやかだが美しく手入れされた虐殺の殉難者二三名の土まんじゅうがあった。

堤岩教会は、日本軍による焼きうち後、荒廃にまかされた。多数の死者を出した礼拝堂付近の土地は、村の人々から忌まれ、信者の数は目に見えて減少した。この姜信範牧師がはじめて堤岩里を訪れた六〇年代、地元の信者はわずか六、七人だったという。

牧師一家の居室に招じられると、四〇歳ぐらいの小肥りの男性が一人いた。教会に備品を納入する出入りの業者らしく、牧師と手形のやりとりをしている。牧師に私が教会の来歴を尋ねていると、それをさえぎり、彼が口をはさんだ。「この牧師様は自分ではぜんぜんおっしゃっていないようだけれども、ここの教会は、十数年、この人自身がすべてをなげうって復興してきたのですよ」。そして、さらに付け加えて、「おかげでこの人は貧乏だけれども、こんなふうに、教会に関するものにだけは金払いがいいんです」、そう言って、彼は牧師といっしょに笑うのだった。

私は、湯浅の小説に出てくる川について尋ねた。水原の街を歩いたが、それらしい川はなかった。いったい、あの川は、どこに流れていたのだろうかと。

彼が、牧師に代わって答えた。

――わたしは、子どものころからずっとこの里に住んでいますが、水原近辺にそんな川はない。けれど、このあたりは、夏の大雨ごとに、周囲の山が土砂崩れを起こすんです。そのたびに、いっぱい家が流れた。きっと、そのイルボンサラム（日本人）の作家は、子どものころの記憶のなかで、この土砂崩れを、洪水の川のように覚え違えていたんでしょうね――と。

（注1）　佐藤春夫は、後年、「魔鳥」執筆のころを回顧して、「その原稿を受け取った記者が、この場合これは一種の流言小説とも名づくべきものでしょうねと評したのを、そう言えばそんなものかなあと思ったのをおぼえている」と書いている（『詩文半世紀』、一九六三年）。

なお、佐藤は、この「魔鳥」の素材となった台湾の山地旅行をもとにして、のちに「霧社」（二五年）という紀行文を書いた。その旅行と前後して、「蕃地威圧の目的」で派遣された日本軍の飛行機が「蕃山」に墜落し、墜落機は破壊され、飛行士は首と性器を切断された死体で見つかった旨が報じられた。これについて――

「その時M氏（注・森丙牛をさす）は温雅な表情をやや憂鬱にして予に告げるには、一たい蕃人の人を殺すやその目的は決して殺人その事にあるのではなく、ただ彼等は一種の宗教的迷信のために人の首を得たいのみであって、もし仮りに首さえ得られるならば命は残して行く位なものである。妊婦の腹を割いてみたり死人の男根を断つような彼等の宗教上に無意義な惨虐を楽しむような風習は、彼等の古来の習慣には少しも発見出来ない事実である。恐らくはかかる所業は彼等の祖先からの習ではなく、外来の或る種族から学んだところの新らしい蛮風であるらしい、云々。」

ここでも、「外来の或る種族」は日本人、また、その「新らしい蛮風」を先住少数民族にもたらしたのが「理蕃に就《つい》て極力高圧的手段を惜まなかった」日本軍であることが、はっきりと示唆される。なお、「理蕃」とは、台湾総督府が先住少数民族に対しておこなった、融和・教導をたてまえとする〝理蕃政策〟をさしている。

（注2）　坂口のユーモアの感覚のありようについては、尾崎秀樹の指摘がある。「鄭一家」の富豪一族の家長・鄭朝は、率先して皇民化に努めようとする生マジメな好人物だが、その描写をめぐって尾崎は述べている。

「作中で一高官の接待に当った鄭朝が、皇民化問題にふれて、『私は、台湾語を内れも外れも（台湾人の発言は、ダ行とラ行の区別がつかないことが少なくなかった）使わないのを誇りとしております。皇民化は、国語を徹底させる事につきると思います』と述べたあと、ホテルでの宴席にはべった台湾人ホステスの無遠慮な台湾語の高調子な会話に腹をたて、『国語で話せッ』と怒鳴ったつもりが、ついウッカリ『汝講国語好啦《リコンコツギイホラ》！』と口に出してしまう。鄭朝はどっとあがる笑声のなかで、顔から血の気が退いてゆくのを知るのだが、私は『鄭一家』のこの一節を発表当時に読んで、胸をつかれた記憶がある。……私はその時鄭朝の血の気のうせた表情のうらに哀しみのこころを読む坂口䙥子の作家意識に、何か強く教えられるものを覚えたのだ。」（尾崎『近代文学の傷痕』）

また、坂口は、戦後になっても作品中で「蕃地」という呼称を使いつづける理由については、次のように記している。

「私が、敢てはばかりもなく『蕃地』とよんできたのは、私にとって格別な意味がある。

まず私にとってそれは、東京の練馬、とか、大阪の新地というような、固有名詞である。しかも私は、『蕃地』という時、『ふるさと』といっているような、なつかしさを心にぬくくたたえている。私にとっての『蕃地』は、終戦をはさんだ十カ月間の、生活の場だったし、心をあたためてくれた人々が、現在住んでいる土地であり、その山河は、私のなかに生きている。」（「〝蕃地〟との関り」）

風の影

おぼろなもの

一九一一年（明治四四）四月、高浜虚子は、下関から釜山にむかう連絡船で、朝鮮へ旅立った。朝鮮が日本に「併合」された翌年のことである。

このあと、虚子は、同年六月の朝鮮旅行の体験とあわせ、同年六月から、長篇小説「朝鮮」を「東京日日新聞」「大阪毎日新聞」に連載しはじめる（翌一二年、実業之日本社から単行本『朝鮮』として出版）。当時、虚子は満三七歳だった。

これより六年前、虚子が夏目漱石に勧めて「ホトトギス」に書かせた「吾輩は猫である」は、大きな反響を呼んでいた。一九〇三年に英国留学から帰国した漱石は、このころふたたび神経衰弱の徴候が現われ、あらぬことを口走ったり、ものを投げつけたりして、妻を困惑させた。そこで虚子は、漱石がしきりにものを書きたがっているのを知っていたので、一九〇四年暮れ近く、何か書いてみるように勧めたのだった。すでに創作への意欲が溜まっていた漱石は、猛烈な勢いで、書きはじめた。これに刺激されて、反対に虚子自身も俳句を中断し、随筆風の小説を次々発表しはじめることとなるのだった。

高浜虚子『朝鮮』は、ある月夜に、「余等《よら》」夫婦が、下関の停車場に降りたつところから始まる。プラットホームのすぐ先に桟橋がある。乗客たちはそこから艀《はしけ》に乗って、沖合いに碇泊している連絡船に乗りうつるのだ。

――停車場の壁上の大きな黒板には、いくつもの船名が記され、それぞれ仁川行き、釜山行き、大連行きと、出航時刻が書かれている。これを見た「余等」夫婦は、一種もの悲しい旅愁につかまれる。


《さすがに妻は淋しさに堪えぬような顔をして余に寄り添いながら、

「この人達は皆釜山に渡るのでしょうか。」とそこに雑沓《ざつとう》している多くの人を指して聞いた。

「無論そうだろう。この一室は皆関釜《かんぷ》連絡船に乗る乗客ばかりだもの。」

「でも、あの大勢の家族連《づれ》が飯櫃《おはち》を紐でからげたのを持って居《お》ったり、一人旅らしい女が子供を背《せなか》にくくりつけたりしているのを見ると何だかすぐ御近処にでも行くようですわね。」

「そうさなあ、けれどもその無造作なようなところに淋しい心持があって、本土を離れる人というような感じが強いじゃないか。」》

やがて船は釜山に着く。そこから二人は、大邱に移る。

大邱には妻の叔父夫婦が住んでおり、「余」は、妻の従妹「お久さん」から、まがいものの陶器の壺を三〇円でつかまされる。このあたりから、朝鮮の植民社会を取りまく空気が、じわじわと彼らにまといつきはじめるのが、文章の運びからわかる。ここで彼らは、鶴見慶之助という名で壮士芝居の旅一座に加わる、文学志望の若者とも出会う。しかしこの男は、多くの文学志望の青年たちが、東京に出さえすれば成功するものと意気込んで上京するのとは違って、なにか東京を恐れて遠くに眺めながら、いよいよ後じさりしていくかのようなのだった。ともあれ、こうして「余等」夫婦は、大邱からも離れ、さらに京城（現在のソウル）、平壌へと、移動していく。

この小説は、今日の目で見れば、なんとも奇妙な感触を持っている。漱石は、虚子の小説の作風について、ある共感をもって「余裕のある小説」、また「触れない小説」だと述べている（「『鶏頭』序」）。デタッチメント（detachment）。つまり、そこには主人公「余」の主観的な意志や感慨が表だって記されることが、ほとんどない。また、べつの言いかたをすれば、そこには、作者が主人公の心境を読者に伝える、いわば超越的な視点がほとんど存在していないのだ。「余」が、この植民地の日本人社会の腐っていくような空気を敏感に感じているらしいことは、俳人作家のすぐれた視覚、聴覚、皮膚感覚を通して、たしかに私たちにも伝わってくる。だが、それだけだ。作者は、主人公の感受のしかたを、それ以上、説明しない。おかげで、私たち読者は、ここからおぼろげに伝わってくる、ある種の〝いやなかんじ〟だけを頼りに、小説空間のなかを進むことになるのである。

この主人公は、何に出会っても〝驚く〟ということがない。そして私たちも、やがてこの主人公の感覚の内側にとらえられてしまうのだ。この希薄さ、それがこの小説全体のおぼろな構造を支えている。

たとえば、京城に移った「余等」夫婦を迎えるのは、石橋剛三という大陸浪人じみた旧知の人物だが、この人物が何者かということは、実は「余等」にもよくわかっていない。そして、もう一人、「余等」夫婦の現地での世話をこまめに受け持つのは、洪元善という日本語の達者な朝鮮人である。彼は、もとは抗日運動の志士だったらしく、歯は拷問のためにすっかり失い、入れ歯で、萎びた口元には「傷ましい影」を浮かべている。その洪が、石橋剛三から「ねえ洪《こう》さん。その頃の事を考えると隔世の感があるだろう」と問われ、微笑を浮かべて「そうでございますとも。夢のようでございます。貴方にお目にかかった時分からでも大変な違いでございますからねえ」と、へりくだった日本語で受け答えしている。——この不気味さ。にもかかわらず、「余」は、そうした彼らの暮らしがどうして成り立っているのかさえ突きつめて考えることなく、彼らの饗応を受けながら、過ごしている。「余」はただ一度だけ思う。「彼（注・石橋剛三）は何をしに朝鮮に来ているか。ほとんど彼を首謀者としての浪人組の活動は何を意味するか。彼は洪元善と何事を為すべく結託しつつあるか。」けれど、その疑問も、一度そうつぶやいただけで、放置されてしまうのだ。

一方、妻のほうは旧友の「お房さん」、いまは「従五位勲四等」金成龍夫人となっている人のところに遊びに出かけて何日か泊まり込んだりして、過ごしている。下関を船出するさいの心細い思い、それはいくらかアンニュイな空気をともないながら、植民地でのから騒ぎへと、入れ替わっていく。そして、彼らの周囲を、元芸者・お筆、旅館女中・お京といった、浪人たちとのいわくありげな女たち、大邸から移動してきた旅一座の鶴見慶之助らが、三々五々に動いている。また、石橋にも、不穏な動きをしている気配がある。

ここで「余」に起こるのは、たとえば次のような〝事件〟である。

ある夜、「余」は、石橋と洪とに導かれ、一軒の朝鮮料理屋に入る。楽人たちの前で舞う妓生《キーセン》のなかに、目につく女性が一人おり、それが洪の旧知らしい素淡という妓生だった。店を引き上げ、これから三人で素淡の家に行こうということになるが、素淡は、次の機会にしてくれと哀願する。だが、洪はあきらめない。結局、その夜三人は、素淡の家に押しかける。門口に出てきた素淡は、「アイゴー」と泣きそうな声を出す。洪は、強引に、家へ上げろと彼女に談判する。その談判のあいだの出来事を、虚子はただ次のように書いている。

《洪さん一人ならば兎《と》も角《かく》余等二人の日本人の交っているという事が素淡に取っては余程の苦痛らしく見えた。彼等二人の話し合っていることが如何なる意味のものであるかは解らなかったが此際《このさい》余と剛三とはぼんやりと其《その》談判の結果を待つよりほか致し方がなかった。其時《そのとき》驚いたのは突然門内から衣冠束帯の朝鮮人の現われ来った事で其《それ》も一人や二人でなくほとんど四五人も引続いて現われたのが、皆格別余等の方を見るでもなく、風の流れるように、知らぬ風をして表へ出てしまった。》

虚子が書くのは、これだけだ。だが、夜中に妓生の私宅に、男が一人でなく、このように大勢で集まっているのはおかしい（つまり「余」たち一行も相当おかしなことをしているわけだが）。だから、これはなんらかの抗日運動に関する集まりが持たれていたに違いない、注意深く読めばそうとしか読めないように、虚子は書いている。だが、そうならば、なぜ洪は、わざわざこんな奇妙な行動を取っているのか。洪が素淡の情夫の一人で、彼女へのなんらかの当てつけをするためなのか。読者には、素淡と、先の貴族・金成龍の弟が、なんらかの接触を持っているらしいことしかわからない。しかし、それらのことについても、これ以上、虚子は書かないのである。虚子が描く人物像は、もっと希薄で、しかも複雑だ。彼はただ次のように書いている。

《日韓併合の前後に頻出した兇徒には必ず妓生《キイサン》が色彩を添えているという事であった。（中略）けれども洪《こう》さんは斯《か》る浅慮客気の若者とは大分趣を異にしていた。彼は天下の大勢にも通じ世の辛酸をも嘗め尽していた。彼の目には余の如き文学者は固《もと》よりの事、剛三の如きすら恐らく小児の如く映ずるのであろう。其《その》抑え難い内心の侮蔑は時々彼の言動に現われようとしたが彼はいつも巧《たくみ》に其《それ》を韜晦することを忘れなかった。》

とうとう「余等」は素淡の部屋に上がり込む。洪は、彼女のいないあいだに簞笥・鏡台の引出しなどをことごとく片っ端から開けてしまう。そして、櫛や笄《こうがい》といっしょに、「斯《こ》んな物がありました」と、絵はがきのアルバムまで引っぱりだしてくるのだった。「余」が覗くと、それはこのようなものだった。

《アルバムを開けると劈頭《へきとう》第一に安重根《あんじゅうこん》の朦朧たる写真があった。これは複写に複写を重ねたものが絵葉書に写されているのであった。次には麻布の御用邸に在《あ》る王世子殿下の日本服を召した写真があった。其《その》次には鬚髯《しゅぜん》悉《ことごと》く白い伊藤公の写真があった。其次には日本の子供の玩具を持って遊んでいる写真があった。其次には素淡と同じような服装をした妓生の写真が五六枚もあった。其次には赤坂萬龍の写真がこれも四五枚並べて挟んであった。

絵葉書を見るのは其儘《そのまま》素淡の心を読むような心持もした。》

この話も、これだけで終わる。当時は、安重根による、ハルビン駅頭での元韓国統監・伊藤博文の暗殺から、まだ二年も経っていない。だから、その暗殺者の写真、東京でいわば人質のように扶育されてきた朝鮮王朝の王子・李垠の写真、殺害された伊藤博文の写真などが、妓生の持ちものからその「心を読むよう」に出てくるのを見るのは、日本人の旅行者に、もっと衝撃的な事態であったはずだ。

しかし、「余」も石橋も、これにことさら〝驚き〟はしない。そして、話は、さっさと別の雑談へと流れていってしまうのである。

つまり、こういうことではないだろうか。ここで虚子が語ろうとしているのは、安重根の写真という〝衝撃的〟な事実よりも、むしろ、その写真の「朦朧」たるさま、それらの連なりにこそ彼女の「心」のありようが映っているという、ある種の詩的直観についてなのである。

さて、このようなことがあってから、「余等」夫婦は、さらに平壌へと向かう。いったんばらばらになった石橋、洪、お筆、鶴見慶之助、お久さん、お京、素淡も、それぞれの都合と道筋で、同じ町へと流れていく。

平壌の町は、ここで「余等」夫婦にどんなふうに映っているか。——まず平壌は「朝鮮で一番気の利いた宿屋」がある町である。停車場に着くと、旅館「松屋」の「番頭」が出迎えている。そばには「人車」、つまり人間が押して動かす小型車両の軽便鉄路が通っている（日本内地にもあったが、蒸気機関車による軽便鉄道などに変わりつつあった）。「余等」に用意された二台の「車」（これは人力車で、車夫が牽く）には、「松屋という二字を白く染め抜いた紫の旗」が翻っている。そして、車夫は、草履ばきで、「松屋の印絆纏《しるしばんてん》」を羽織っているのだ。——つまり、この景観は、当時すでに、ほとんど〝内地〟の観光地そのままなのである。ただし、「人車」を押している人夫は朝鮮人で、人力車を牽いている車夫は日本人であるらしい。

ともあれ、平壌でもひと通り、植民地的な（？）軽躁を繰りひろげたのち、彼らはついに別れを迎える。

とはいっても、彼らはどこに〝帰る〟のか。洪、お京、素淡は、京城に。お久さんは、夫の新任地、朝鮮北辺の旧義州に。そして、石橋、お筆、鶴見慶之助は、さらに北上して鴨緑江を越え、満洲へと渡っていく――。

満洲には、朝鮮総督府鉄道（「鮮鉄」と略称された）の行きあたり、新義州で小蒸汽船に乗りうつって、鴨緑江を渡る。対岸の満洲・安東（現在の丹東）からは、安奉軽便鉄道（満鉄安奉線）が奉天（現在の瀋陽）へと続く。日露戦争（一九〇四～〇五年）とポーツマス条約締結（一九〇五年）は、こうした日本人の自由通行圏を、朝鮮から遼東半島まで、地続きに拡大していくことをも意味していた。

虚子の旅行後まもなく、一九一一年一一月一日には、鴨緑江への架橋工事、安奉線の国際標準軌への改修工事も完了し、朝鮮総督府鉄道から満鉄への直通運転が始まる。つまり、日本は、これによって、朝鮮、中国、ロシア、さらにヨーロッパにまでいたる、鉄道での国際連絡輸送のアクセスを手に入れることにもなる。

一九〇四年（日露戦争開戦の年）に約三万人だった朝鮮在住の日本人人口は、一九一〇年（韓国併合の年）には一七万人余りにまで急増していた。――絶えざる移動だけがあって、帰還というものはない。それが、この新しい「植民地」という場所で、虚子が見ていた風景だった。

とはいえ、何が、こうした奇妙な文体を、彼にもたらしているのだろうか。

中断された紀行

夏目漱石は、虚子におよそ一年半先だって、一九〇九年九月はじめからの約一カ月半、満洲・朝鮮に旅行している（下関帰着は一〇月一四日）。悪化する胃病に悩まされながらの旅だった。このときの旅行の模様は、同年一〇月二一日から一二月三〇日まで、「満韓ところどころ」として『東京朝日新聞』に連載された（『大阪朝日新聞』では同一〇月二二日から一二月二九日まで）。

漱石の旅は、いくつかの点で虚子の朝鮮旅行と違っていた。第一に、それは安重根による伊藤博文暗殺

（一九〇九年一〇月二六日）直前、つまり、韓国「併合」よりも前だったことである。第二に、この旅は、まず関東州の大連まで船で渡って満洲を回遊後、朝鮮の新義州から南下するという、虚子とさかさまのコースをたどったことである。第三に、漱石は、このときの朝鮮での見聞を、結局、「満韓ところどころ」に書かなかった。彼は、満洲での旅程の一部を書いただけで、連載を打ち切ってしまったのだ。

「満韓ところどころ」連載第一回の冒頭部分は、こんなふうに始まっている。

《南満鉄道会社《なんまんてつどうかいしゃ》っていったい何をするんだいと真面目《まじめ》に聞いたら、満鉄《まんてつ》の総裁も少し呆《あき》れた顔をして、御前《おまえ》もよっぽど馬鹿だなあと云った。是公《ぜこう》から馬鹿と云われたって怖《こわ》くも何ともないから黙っていた。すると是公が笑いながら、どうだ今度《こんだ》いっしょに連れてってやろうかと云い出した。是公の連れて行ってやろうかは久しいもので、二十四五年前《ぜん》、神田の小川亭《おがわてい》の前にあった怪しげな天麩羅屋《てんぷらや》へ連れて行ってくれた以来時々連れてってやろうかを余に向って繰返す癖がある。》

是公とは、当時の満鉄総裁、中村是公である。中村と漱石は、彼らが一八歳のとき、大学予備門の同級生で、同じ下宿屋ですごした。その男に誘われ、漱石は「満韓」の旅に出むいたのだ。

大連で偶然に合流する橋本左五郎（東北帝大農科大学教授）も、予備門入学前の下宿での自炊仲間だった。いまは旅順の関東都督府で警視総長をつとめている佐藤友熊も、そのころの仲間である。かつての書生仲間たちは、二〇数年後、日本国家の要職を占めるにいたっていた。

「満韓ところどころ」では、現地の中国人をさして、「チャン」、また、一地方の土着の人、という意味で「土人」という言葉がつかわれているくだりがある（ロシア人のことを「露助」とも書いている）。これが漱石の中国人（またロシア人）に対する侮蔑感情を示すものとして、今日ではしばしば指摘される。それはもっともで、当時の彼は、同時代の日本人一般の「アジア」認識から外に出ていないし、出ようともしていない。だが、そうした点も含めて、ここに顕著なのは、満鉄総裁、帝大教授、警視総長、流行作家といった顔ぶれでのやりとりを、すべて一七、八歳の書生同士の与太話のようなものに、引きもどして書こうとする態度だろう。なんというか、中年男になった〝坊っちゃん〟たちが、いまだにわいわいと騒ぎあっているようなスタイルだ。

漱石は、こうした文体で、のろのろのろのろと、この連載を続けていった。そんな態度を通すことで、まじめな紀行文、生々しい現地報告に近づくことを、避けているようにも見える。中村是公から招かれての旅行であったことも、影響しているかもしれない。漱石にははじめから満鉄の提灯もちの原稿を書くつもりはなく、中村もあえてそれを求めなかったが、実際にそこから金が出たという事実は彼の意識に残っていただろう。それが逆に、何の役にもいっさい立たない、だが面白いという文章のありかたに、彼を固執させていたのではないか。つまり、これは、ルポルタージュの形式を借りた、いわば反ルポルタージュ的な作品なのだ。

といっても、漱石はここでも、満鉄下級社員の凄惨な集合住宅（日露戦争当時の病院で「化物屋敷」と呼ばれていた）、植民地高級官吏らの豪勢な生活、日露戦争の壮絶な白兵戦の跡など、「満洲」の急所を押さえたポイントは、すかさず読者に伝えている。だが、これらが彼の創作の血肉に変わっていくのは、さらにしばらくのちのことだ。

「満韓ところどころ」の旅は、大連、旅順から始まって、熊岳城、営口、湯崗子、奉天、撫順、ハルビン、長春、さらに朝鮮に入って、平壌、京城、仁川、開城と続いた。しかし、同年一二月三〇日、話題がようやく撫順にさしかかったところで、連載は唐突に打ち切られる。「ここまで新聞に書いて来ると、大晦日になった。二年に亘るのも変だからひとまずやめる事にした」と、漱石は最終回の末尾で言い訳している。しかし、これは少し考えてみれば妙な理屈で、むしろ彼は、こうしたタイミングで打ち切りの機会をうかがっていたようにも感じられる。そもそも彼には、もっと要領よく論を進めて、表題通りに、朝鮮での話題までひと通りはこなしておくこともできたはずだ。だが、そうしていない。「満韓」という看板をないがしろにしてまで、中途半端なまま連載を投げだしてしまっている。

なぜだろうか。漱石が満洲・朝鮮への旅から帰国し、この連載を始めた直後、一九〇九年一〇月二六日、ハルビン駅頭で伊藤博文が安重根に射殺されている。この事件が、彼の心持ちに影響を及ぼしたことは疑えない。

およそ一〇日後の一一月六日、東京朝日新聞主筆、池辺吉太郎（三山）宛て書簡で、彼は書いている。

《満韓ところ〴〵此間の御相談にてあとをかくべく御約束致候処伊藤公が死ぬ、キチナーが来る、国葬がある、大演習がある。——三頁はいつあくか分らず。読者も満韓ところ〴〵を忘れ小生も気が抜ける次第故只今渋川君の手許にてたまりゐる二三回分にてまづ御免を蒙る事に致し度候》

ここに言われている「三頁」とは、「満韓ところどころ」の掲載紙面をさしている。……伊藤公爵の死、英国インド軍総司令官キチナー将軍の来日、伊藤の国葬、日本軍の大演習……。相次ぐ事件・行事のために割り込んできた記事で、そのスペースがつぶされ、自分の原稿がしばしば休載とされることに、彼はいらだっているのである。連載開始からこの日までの一七日間のうち、すでに計一〇日、社員でもある漱石の「満韓ところどころ」は休載とされていた。これでは原稿も書きにくいので、あと二、三回で打ち切りにしたいと、漱石は三山に申し入れている。

さらにしばらくのち、同月二八日付でベルリンの寺田寅彦宛てに出した手紙を見ると、このときの漱石の気分は、さらにはっきりする。

《（満韓旅行から）帰るとすぐに伊藤が死ぬ。伊藤は僕と同じ船で大連へ行つて、僕と同じ所をあるいて哈爾《ハル》賓《ピン》で殺された。僕が降りて踏んだプラトホームだから意外の偶然である。僕も狙撃でもせ［ら］れゝば胃病でうん〳〵いふよりも花が咲いたかも知れない。
夫《それ》からキチナーといふ男がくる。宇都宮で大演習をや［る］。中々賑やかな東京になつた。僕は新聞でたのまれて満韓ところ〴〵といふものを書いてゐるが、どうも其《その》日の記事が輻輳《ふくそう》するとあと廻しされる。癪《しゃく》に障《さわ》るからよさうと思ふと、どうぞ書いてくれといふ。だから未だにだら〴〵出してゐる。》

伊藤博文を、特に気の毒には思っていないような書き方だ。気心の知れた寺田宛ての手紙とはいえ、伊藤が殺されたのを知ったときにも、ああ、なるほど、しょうがないですな、ぐらいで済ませてしまっただろうような冷淡な調子である。けれど、漱石は、その気分を、わざわざ自分で外に向かって書くようなことをするのは、いやだったのではないか。これには神経衰弱の気質も関係しているかもしれない。伊藤の暗殺を知って、なおさら、自分の紀行文が朝鮮での話題におよぶことを、重苦しく感じるようになったのだろう。

漱石が、朝鮮を旅行したおり、何を感じたか。それを知るためのもう一つの手がかりは、「満韓ところどころ」の手控えを兼ねて彼がつけていた、このときの日記である。

《一度朝鮮に入れば人悉く白し
水青くして平なり。赤土と青松の小《ちいさ》きを見る。》（九月二八日付）

これが朝鮮に入って第一日目の印象だった。

平壌では、彼も虚子が見たのと同じ人力式の鉄道を見ている。

《……人車鉄道の様なものが通る。

朝食のときボイ曰《いわ》く此辺《この》では朝鮮語を習ふ訳に行きません。朝鮮人の方で日本語を使ひますからと。日清戦争のときと日露戦争のとき通訳の必要から起る也。》（同二九日付）

《京城着。車で天津旅館〔引用者注・正しくは「天真楼旅館」〕へ行く。道路よし。純粋の日本の開化なり。旅館も純日本式也。》（同三〇日付）

《仁川は京城より調へる日本町あり。去れどもさびれて人通り少なし。（中略）壮士芝居の一行車にて自己を広告してあるく。》（一〇月二日付）

なにかこれでは、虚子の『朝鮮』は、漱石の見聞を確認して歩く旅だったようにも思えてくる。ふたたび京城に戻って、漱石は、松山中学、五高教師時代の教え子で、いまは京城の通信管理局に勤務する矢野義二郎という人物から、現地の日本人が朝鮮人をだます手口について聞かされた。

《期限をきつて金を貸して期日に返済すると留守を使つて明日抵当をとり上げる。千円の手附に千円の証文を書かして訴訟する。自分の宅地を無暗《むやみ》に増して縄張をひろくする。

余、韓人は気の毒なりといふ。》（同五日付）

もう一つ、虚子の『朝鮮』と似た話がある。

《町で高麗焼《こうらいやき》の水指の様なものを見る。見やげに買つて行かうと思つて聞いたらもう売れたと云ふ。いくらで売れたのかと聞いたら四十五円だといふ。驚ろくべし。》（同七日付）

《朝鮮人を苦しめて金持となりたると同時に朝鮮人からだまされたものあり。》(同九日付)

ともあれ、朝鮮現地での漱石の見聞は、さほど明瞭な見解をともなうものでもなかった。帰国して直後、彼は大阪朝日新聞の鳥居素川(赫雄《てるお》)に宛てた書簡で、こんなふうに書いている。

《此度《このたび》旅行して感心したのは日本人は進取の気象に富んでゐて貧乏世帯ながら分相応に何処迄も発展して行くと云ふ事実と之に伴ふ経営者の気概であります。満韓を遊歴して見ると成程《なるほど》日本人は頼母《たのも》しい国民だと云ふ気が起[以下欠]》

これは、虚子が『朝鮮』でわずかに書きつける、こんな感慨に重なりあう。

《余は内地に在る間は我国民というものを一民族として世界の多くの人間から切り放して考えようともしなかった。従って海外の発展という事に就ても深い考慮を費した事も無く、陸海軍人の赫々《かくかく》たる功名に就ても世の多くの人の如くに酔わされなかった。それが足一度海峡を渡って朝鮮の土地を踏んでからは、全く矛盾した二個の考が絶えず起った。その一はこの衰亡の国民を憫《あわれ》む心であって、路傍の石に腰掛けて煙草をくわえているソクラテスのような老人は何故に他国人に征服されねばならぬかと憫れに思った。その二はかく一方に被征服者を憫みながらも、同時にこの発展力の偉大なる国民を嘆美する心持で、「さすがに日本人は偉い。」と初めてこれ為す有る民族の上に、自己もその民族の一員としての抑え難き誇《ほこり》を感ずるのであった。かくしてこの山間の小駅に於ける細帯の婦人も醜い顔の小学児童もこの時余が眼にはただ頼母《たのも》しい我国民として映った。》

漱石も虚子も、日本の植民地という新しい場所をはじめて体験し、アンビヴァレントな感情を抱えた。だが、伊藤博文暗殺直後の新聞連載紀行文で、それをどのように表現すればよいか、漱石にはまだよくわからなかった。彼は、無理にそれを続けるより、早く次の小説に、気持ちを集中させたいと思っていた。

そのころ、一七歳の李光洙は、東京の寄宿先で、「愛か」という日本語の小説を書いていた。

李光洙は、のちに朝鮮近代文学の樹立者と呼ばれ、民族独立運動に積極的にかかわり、さらに植民地支配が押しつまってからは、転じて皇道主義的な「親日派」としての言動が多くなり、朝鮮「解放」後には親日行為の責任を問われもした人物である。だが、いずれも、これよりずっと先のことだ。このときは、ただ、明治学院普通学部に在籍する留学生徒の一人として、学内雑誌「白金学報」に載せるため、小説を書いていたのである。

朝鮮平安北道定州に生まれた。だが、幼時に父母を失い、一九〇五年に渡日し(のち一時帰国)、一九〇七年、この学校の三年生に編入した。一〇年春に卒業し、朝鮮に戻る。

李光洙が、幼名の〝李寶鏡〟という署名で書きあげた短篇小説「愛か」は、一九〇九年一二月、「白金学報」第一九号に掲載されている。この小説は、明治末という時代に、少年同士の性愛が、内面のもどかしさをともないながら率直に表現された作品としても、記憶されていい。

――主人公の「文吉」は、わざわざルビをふって〝ぶんきち〟と読ませてあるが、「ある高官の世話で東京に留学することになった」とのくだりなどから、朝鮮人であるとわかる。そこには、早くに両親を亡くして孤児となった李光洙自身の履歴が、重ねられている。この「文吉」が学期末の試験を終えて、明日には「帰国」せねばならない。だから、彼は、なんとか今夜のうちに同窓の「操《みさお》」と会いたいと、願っている。

……文吉は二年前に東京に来て、中学三年に編入した。成績は良かったが、友と呼べる人はできず、「渇《かわき》はますます激しく、苦《くるしみ》はますますその度を高めるのみ」だった。ところが、「今年の一月」、彼は運動会で、一人の少年を見た。「その少年の顔には愛の色張《みなぎ》り、眼には天使《エンジエル》の笑《え》浮《み》んで」いた。彼は「恍惚《うつとり》として」相手を眺め、「胸中に燃ゆる焔《ほのお》に油を注《つ》いだ」のだった。

文吉は手紙で自分の胸中を操に告げ、「愛を求め」た。すると操も、「己の孤独なること、彼の愛を悟りたること、自分も彼を愛するとのこと」を書き送ってきた。文吉はうれしかった。しかし、いま文吉をいっそう苦しめているのは、操がきわめて無口なことだ。操が自分を「愛してくれないように」感じ、「冷淡であるように」感じ、その「煩悶」が胸中から消えない。現に、今夜も、こうやって勇気をふるって、操の寄宿先まで訪ねてきているのに、彼の声が聞こえているはずの操は、いっこうに部屋から出てきてくれない。……もう夜一一時。思いあまった文吉は、その家を飛びだし、渋谷近くの線路に横たわって、汽車がさしかかるのを待つ。「ああ淋しい、一度でも好いから誰かに抱かれてみたい、ああたった一度でも好いから。」涙がとめどなく彼の頬を流れる。――

李光洙少年がこれを夢中になって書いているあいだ、そこに伊藤博文の死や故国の政治状況が、割り込んでくる余地などなかったようだ。そして、彼は、自身の異郷での人恋しさと、エロチックな性的渇望を、ほとんど韜晦することなく、ここに書いている。

こうした表現自体が、すでに朝鮮在来の文学的伝統からはみだし（また、ある点で日本のそれからもはみだして）、彼という近代小説作家の出発点を告げている。また、このことのなかに、のちに自由恋愛を主張し、旧道徳にもとづく朝鮮の結婚観の批判者ともなっていく李光洙の行き道が、はらまれているのを見ることもできるだろう。そして、この主人公の名を、意図して「文吉」という、日本人〝ぶんきち〟とも朝鮮人〝ムンギル〟とも取れるような二重の鏡像のなかに置いたことにも、彼という作家にとっての近代の意味が反映している。〝日本〟あるいは〝日本語〟は、李光洙という少年の身体に、いわばアマルガムと化して溶け込んでいる。

その年の暮れで夏目漱石は「満韓ところどころ」の連載を打ち切り、一九一〇年の新年を迎えた。次の連載小説の構想に、彼は没頭しはじめたが、題名もなかなか決まらなかった。三月一日から連載を開始することだけは決定されていたので、予告広告を載せるために、朝日新聞は題名を重ねて督促する。とうとう二月なかばも過ぎ、漱石は、朝日新聞文芸欄で彼の下働きをしていた森田草平に、何でもいいから題を考えて、それを社のほうに報告してくれと頼んだ。困った森田は、同じく漱石のもとに出入りしている小宮豊隆に相談に出かけた。妙案の浮かばなかった小宮は、おみくじでも引くつもりで、手もとにあった本をぱっと開けた。偶然そこにあった文字によって、夏目漱石の新連載小説のタイトルは『門』と決まり、同月二二日付の「朝日新聞」紙上でその旨が予告されたのだった。

始まった連載小説は、友人の妻と呼ぶべき女性を奪って（また、夫と呼ぶべき人から逃げて）一緒になった男女が、崖下の小さな家で過去に追いかけられながら暮らすという、まさに今日的な新しい（当時で）主題をもつものだった。作品の冒頭近く、この夫婦のあいだで、伊藤博文暗殺の話題が語られる。つまり、これは、伊藤暗殺から数カ月のあいだを時代背景とする、まったくの「同時代小説」なのである。

《宗助は五、六日前伊藤公暗殺の号外を見たとき、お米の働いている台所へ出て来て、「おい大変だ、伊藤さんが殺された」と云って、手に持った号外をお米のエプロンの上に乗せたなり書斎へ這入《はい》ったが、その語気からいうと、むしろ落ち付いたものであった。

「あなた大変だって云うくせに、ちっとも大変らしい声じゃなくってよ」とお米が後から冗談半分にわざわざ注意した位である。その後日ごとの新聞に伊藤公の事が五、六段ずつ出ない事はないが、宗助はそれに目を通しているんだか、いないんだか分らないほど、暗殺事件については平気に見えた。》

だが、この男は、こんなことをも言いはじめる。
《「己《おれ》みたような腰弁は殺されちゃ厭《いや》だが、伊藤さんみたような人は、哈爾賓《ハルピン》へ行って殺される方がいいんだよ」と宗助が始めて調子づいた口を利《き》いた。
「あら、何故《なぜ》」
「何故って伊藤さんは殺されたから、歴史的に偉い人になれるのさ。ただ死んで御覧、こうは行かないよ」》

漱石の作品は、はっきりと、「植民地文学」の質を帯びている。「満韓ところどころ」で朝鮮体験を語るのを回避した漱石だが、彼はこうしたかたちで、それを消化することを準備していた。自身の文学のありようが、いやおうなくそんな時代に呑みこまれてしまっていることに、彼は敏感だった。

宗助の弟・小六は、親戚の不始末で学費が断たれそうなことに、じりじりしている。そして、彼は「もし駄目なら、僕は学校をやめて、いっそ今のうち、満洲か朝鮮へでも行こうかと思ってるんです」と口にする。宗助夫婦の並びの貸家の隠居夫婦は、息子が「朝鮮の統監府」の役人で、そこからの仕送りで彼らは暮らしている。また、家主の弟は、満洲、さらに蒙古（モンゴル）まで渡って、正体不明の「冒険者《アドベンチュアラー》」となっている。そして、宗助たちが裏切った元の親友（お米の元の夫）安井は、いまではその家主の弟とともに、蒙古で動きまわっているらしいのである。

小説のクライマックス、宗助にとっての内面の危機は、この安井が家主の家に訪ねてくるという知らせでもたらされる。つまり、彼ら主人公たちの内面につきまとっている幽霊は、「外地」から戻ってくるのである。

おぼろなもの。高浜虚子が『朝鮮』で描いたものの正体には、その程度の前史があった。

長州藩の足軽から尊王攘夷運動に突きすすんだ伊藤俊輔（博文）は、青年時代、いわば日本の独立運動の義兵であり、国学者・塙《はなわ》次郎を斬殺した暗殺者でもあって、のちの安重根に似た役回りを演じていたとも言える。それから約半世紀後、彼は元韓国統監として安重根に射殺され、漱石はそのことを、ほとんど感慨をはさまずに眺めていた。

しかし、ここから始まる不安というものもある。漱石は、この新しい「植民地」の時代を、すでに自分の体内に呑みくだしてしまっていた。伊藤というシンボル抜きでも、彼のなかに「植民地」は生きていた。それはもっと扁平で、「触れない（detached）」性質のものだった。

そこでは、継時的で固有な空間での因果は毀れ、地理の広がりのようなものに変換されていた。より良きものも、より悪しきものも、同じ濃度で混じりあっていて、これについて洞察する（insight）より、地図を眺めるように、触れない（detached）表層的な目で見なければ、そこにある意味を読みとれないように彼は感じた。それは虚子の『朝鮮』で、素淡の「心」が、一連の絵ハガキの写真に、なりかわっているのに似ている。

自分の属する世界には、悪しきものが混じっている。しかし、それは紙に漉きこまれた糸くずの繊維のように、脱色できない。自分の奥深くに潜むものは、いちばん遠い場所からやってくる。それは地平線のほうからだんだん近づいてきて、その相貌は何かに似ている。あるいは、それが自分の顔でないのかと、彼は思いあたる。

この年六月一二日、漱石は『門』の連載を終えている。同月一八日、彼は満韓旅行以来いっそう悪化させていた胃病治療のため、東京内幸町の長与胃腸病院に入院した。七月末退院。さらに八月六日から、療養を兼ねて、修善寺の旅館に滞在した。ところが病状は快復せず、同月二四日には、とうとう大量に喀血して、一時は人事不省の状態におちいるのである。回復の途上、彼はウィリアム・ジェイムズの『多元的宇宙』を興味をもって読んだ。一〇月一一日、小康を得た漱石は東京に戻って、そのまま長与病院に再入院している。ここでジェイムズの訃報に接し、その死去の日が、自分が喀血で危篤状態だったときにあたることを知って、不思議な感を抱いた。

漱石は、『門』の宗助同様、ことさら時事にも関心を寄せない心持ちに戻っていた。一〇月二〇日一一時半ごろ、突然、花火が上がる音を、彼は病室で聞いている。「寺内統監の帰京の由也」と、その日の日記にある。

この年八月二二日に韓国「併合」の調印を了えて、韓国統監・寺内正毅は、一〇月一日をもって初代朝鮮総督に就任していた。だが、漱石は、変わらず「統監」と記している。

「安重根」異聞

谷譲次は、一九三一年（昭和六）、「安重根——十四の場面」という戯曲を発表している（「中央公論」四月号）。〈めりけんじゃっぷ〉もので騒々しくデビューし、林不忘の名で〈丹下左膳〉ものを大ヒットさせ、牧逸馬の名では風俗小説を書きまくっていた流行作家・谷譲次が、なぜ、こんな時期になって、「安重根」なる戯曲を書いたのか。理由はよくわからない。きっかけとして考えられることなら、一つある。それは、一九二八年（昭和三）春、彼が「中央公論」特派員として、およそ一年三カ月の旅程で、ヨーロッパに赴いたことである。往路、朝鮮の釜山から満洲を横断してヨーロッパに向かう国際列車の旅は、途中、ハルビンにも寄っている。そのさい、駅のプラットフォームで、彼は、同行する妻・和子を前に、ここで伊藤が撃たれて倒れたのだと、何度も倒れるまねをして見せたという。

とはいえ、だからといって、日本への帰国後、これをわざわざ一四場もの戯曲に仕上げねばならない謂われはない（ハルビンの駅頭では、多くの日本人たちが同様の空騒ぎを繰り返していたようで、古くは伊藤暗殺の翌年、一九一〇年三月、「大阪朝日新聞」特派員としてロンドンに向かう長谷川如是閑が、「哈爾賓《ハルビン》では伊藤公の殺《や》られたプラットフォームに下りて、この辺だとか、彼処《あすこ》だろうとか及ばぬ詮議をやって見」ている。旅程から算出すれば、これは三月二三日夕刻、つまり、安重根が旅順監獄で処刑される三日前のことである。長谷川如是閑『倫敦《ロンドン》！ 倫敦《ロンドン》？』による）。さらに、はっきりしているのは、一九三一年当時、もはやこのような戯曲の上演は許されそうになかったということだ。戦争が終わっても、さらに半世紀以上にわたって、一度も上演された様子がないという。谷譲次の存生中（三五年没）、この作品は単行本にも収められることがなかった。

伊藤博文は、一九〇九年一〇月二六日、日露関係調整の交渉のため非公式にハルビンに赴き、その駅頭で韓国人義兵・安重根によって射殺される。発射された六発の銃弾のうち、最初の三発は伊藤に命中し、致命傷を負わせた。続けて放たれた三発は、随行する中村是公満鉄総裁の体をかすり、室田義文貴族院議員の外套とズボンを貫通して左手指にすり傷を負わせ、川上俊彦在ハルビン総領事の腕と肩、森泰二郎（槐南）宮内大臣秘書官の腕、田中清次郎満鉄理事の踵に当たり、それぞれ軽傷を負わせた。安重根は、このときロシア軍兵士たちに組み伏せられながら、「コレヤ・ウラー（ロシア語で韓国万歳）」と叫んだともいう。かたや応急処置を受けた伊藤は、医師の勧めるブランデーを呑み、狙撃犯が韓国人であることを知らされたのち、二杯目のブランデーを要求してさらに呑んだが、三杯目はすでに呑む力がなく、被弾から三〇分後、午前一〇時に絶命したと言われている。安重根の身柄は、旅順の関東都督府監獄に移された上で、公判開始から判決まで一週間の裁判を受け、事件からちょうど五ヵ月後の一九一〇年三月二六日、伊藤暗殺と同時刻に処刑された。法の執行においても、仇討ちめいた因縁がかつがれている。

谷譲次は、戯曲「安重根」で、ウラジヴォストーク、ポグラニチナヤ、蔡家溝、そしてハルビンを舞台に、いわば「英雄」でも「逆賊」でもなく、「揺れうごく」安重根、「憂鬱な」安重根を描いている。また、そうした「弱さ」を通して「人間」としての安重根像を描こうとしているとも言えるだろう。――戯曲のなかでの安重根は、伊藤暗殺の効力に疑いを抱き、それによってメランコリーにとらわれている。おまけに、彼のそうした内心に耳を傾ける者は一人もおらず、彼は仲間たちからの〝期待〟にひたすら背中を押されるようにして、その行為へと踏み出していく。――こうしたドラマが、ちょっとブレヒトばりの対話劇、群衆劇として展開される。しかし、そのころ谷譲次は、同時代ドイツの演劇人、ブレヒトのことをまだ知らなかっただろう。

たとえば、安と愛人「柳麗玉」の会話。

《**安重根**　（下の道路に注意を払いつつ）僕が伊藤を憎むのも、つまりあいつに惹かれている証拠じゃないかと思う。（間、しんみりと）何しろこの三年間というもの、伊藤は僕の心を独占して、僕はあいつの映像を凝視《みつ》め続けて来たんだからなあ。三年のあいだ、あの一個の人間を研究し、観察し、あらゆる角度から眺めて、その人物と生活を、僕は全的に知り抜いているような気がする。まるで一緒に暮らして来たようなものさ。他人とは思えないよ。（弱々しく笑う）この頃では、僕が伊藤なんだか、伊藤が僕なんだか――。

柳麗玉　解るわ、その気持ち。

安重根　白状する。僕は伊藤というおやじが嫌いじゃないらしいんだ。きっとあいつの好いところも悪いところも、多少僕に移っているに相違ない。顔まで似て来たんじゃないかという気がする。

柳麗玉　（気を引き立てるように噴飯《ふきだ》す）ぷっ、嫌よ、あんなやつに似ちゃあ――。で、どうしようっていうの？

安重根　（間、独語的にゆっくりと）伊藤は現実に僕の頭の中に住んでいる。こうしていても僕は、伊藤のにおいを嗅ぎ、伊藤の声を聞くことが出来るんだ。いや、おれには伊藤が見える。はっきり伊藤が感じられる！

柳麗玉　（気味悪そうに）安さん！　あたし情けなくなるわ。

安重根　（虚ろに）伊藤がおれを占領するか、おれが伊藤を抹殺するか――自衛だ！　自衛手段だ！　が、

右の半身が左の半身を殺すんだからなあ、こりゃあどのみち自殺行為だよ。》

谷譲次は、日本国家によりも、安重根の孤立に、共感を寄せている。しかも、そのことを、左翼文学の流儀とも、民族主義的な義憤とも異なるしかたで書こうとしている。何が谷譲次をそうさせたか、わかっていることもいくつかある。

ひとつは、当時、谷譲次は、この事件・裁判に関する詳しい資料を手に入れ、それをていねいに読みながら「安重根」を書きすすめていったらしいということだ。これだけの情報を得られる資料は、おそらく、満洲日日新聞社が一九一〇年（明治四三）に刊行した『安重根事件公判速記録』のほかにはない。同年二月七日から一二日にわたって旅順の関東都督府地方法院で行なわれた公判、および判決（同月一四日）を、現地紙の「満洲日日新聞」が連日詳報し、これを一冊にまとめなおしたものである。同年三月二八日、つまり、安重根の死刑執行から二日後に初版八千部が刊行されて、まもなく売り切れ、再版五千部が同年五月一三日にあらためて発行された。

なお、この『安重根事件公判速記録』は、夏目漱石のもとにも、当時の満洲日日新聞社社長、伊藤幸次郎（好望）から贈呈されて、その旧蔵書を保管する東北大学附属図書館の漱石文庫に残っている。それと同じ資料を、なんらかの経緯で谷譲次も入手したのだろう。

なお、谷譲次の戯曲「安重根」は、主要な事件関係者は実在の人物に符合するものの、展開においては彼の自由な想像が発揮されている。しかし、この想像も、なんらかの事実に根ざすものが多い。たとえば、安重根の獄中手記「安応七歴史」（応七は安重根の字《あざな》）には、一九〇九年秋、ノボキエフスクに滞在中の彼が、突然、原因不明の「心神憤鬱」に陥り、自分で自分をどうすることもできなかったという記述がある。これを機に、彼は、自分でも理由がわからないけれどもとにかくウラジヴォストークに行こうと思うと仲間たちに告げて出発し、そこで伊藤がハルビンにやってくる情報を入手する。――むろん、安重根自身は、連累がほかに及ぶことを避けるためにこのような書きかたをしたのかもしれない。しかし、このエピソードは、戯曲「安重根」の第二場「同年（一九〇九年）十月十七日」で、ウラジヴォストークの朝鮮人街に忽然と現われる安重根の姿に合致し、戯曲全体の核心をなしている。というより、むしろ谷譲次は、この「心神憤鬱」、重い憤りをともなうメランコリーにとらわれたという安の逸話から、一気に、彼にとっての安重根像を造形していったようなのだ。

「安応七歴史」は、たしかに魅力的な手記である。冒頭、「一千八百七十九年己卯七月十六日、大韓国黄海道海州府首陽山下に一人の男児が生まれた。姓は安、名は重根、字は応七」（原文は漢文）と書き起こされるが、『安重根――日韓関係の原像』の著者・中野泰雄によると、一族の系譜を大切にする韓国人の自叙伝で、こうした書き出しは異例なのだという。安重根より三歳年長の独立運動家・金九の自叙伝『白凡逸志』（四七年刊）が、約千年前の安東金氏敬順王から書き起こされているのと較べても、彼が両班《ヤンバン》としての身分意識から自由だったことがわかると、中野は述べている。祖父は、黄海道の名士で県監をつとめた人だった。父は学問に秀でて「仙童」と呼ばれ、科挙の試験にも合格している。だが、安重根自身は仙童ではなかったらしく、幼時から狩猟を好んだという。

伊藤暗殺後の「訊問調書」にも、こんなパーソナリティは反映している。第一回の訊問（一九〇九年一〇月三〇日）で、彼は氏名年齢身分職業などを問われ、「氏名ハ安応七。年齢ハ三十一歳。職業ハ猟夫」と答えている。だが、のちの調べで身上が明らかになると、「猟ハ致シマシタルモ猟夫デハアリマセヌ。職業ハ何カト申セバ義兵ト云フヨリ外ハアリマセヌ」（同一一月一八日、第五回訊問）と言っている。彼は、豆満江両岸で日本軍に対する義兵活動を続け、ついに「兵糧尽キ日本兵ノ責ムル急ナルヨリ」（同一二月二〇日、第八回訊問）敗走を強いられたのだった。けれども、おまえはこれまで嘘の供述をしていたではないかと問いつめられると、彼はこのように切り返す。「少々偽リヲ申シテモ伊藤サンノ偽リニ比セバ何デモナイ事デアルト私ハ思ツテ居リマス。然シ私ノ一身上ニ関シテハ決シテ偽リハ申シマセヌ。只、人トノ関係ニ付テハ

少々偽リノ中立ヲ致シタ事ハ相違アリマセヌ。」（同一一月二四日、第六回訊問）
　彼はカトリック信者だったが、現実に対抗し、同志たちを守る方途として、嘘の効力を認めていた。
　また、こんな発言もある。

《韓国ノ為、牽イテ世界ノ為メ、伊藤サンヲ殺シタノデ、私ハ名誉ノ為メニ実行シタ訳デモアリマセヌ。若シ名誉ノ為メトセバ、宅デ安然トシテ居ルノガ特《ママ》策ト思ヒマス。》（同一一月一六日、第四回訊問）

　谷譲次が描いた安重根の原像が、ここにある。安は、どこか醒めて孤立したものをもっている人物だった。集団としての熱気に身を任せるのではなく、一人の個人として、冷静に状況を判断しようとした。こうした取調べや裁判での受け答えは、いちいち日本語通訳を介しながらのものなので、安重根の言葉（朝鮮語）は大きなハンディキャップを負っている。だが、それを乗り越えて、簡潔な言葉で、日本の軍・検察・司法と渡りあっているところに、安重根のもう一つのたたかいの大きさがあった。

　谷譲次は、資料をゆっくりと読みときながら、ここにある彼の精神から、いわば「アナーキスト」「実存主義者」（室謙二『踊る地平線――めりけんじゃっぷ長谷川海太郎伝』）としての安重根像を再創造していった。それは伊藤博文暗殺から二二年後、日本軍が満洲で「満洲事変」を起こす、その年のことだった。

　谷譲次こと本名・長谷川海太郎は、一九〇〇年、佐渡で生まれた。父の長谷川清（のち淑夫と改名）は、楽天、世民とも号し、当時は佐渡中学で英語教師をつとめていた。また、「佐渡コンミューン」とも呼ばれる政治・文化的高揚のなか、「佐渡新聞」などで教育論や短歌に筆をふるったという。佐渡中学での教え子には北輝次郎（一輝）らがいた。長男の海太郎が生まれた翌年、清は東京に出て、政治雑誌「王道」の創刊に参加、さらにその翌年には一家で函館に移った。

　函館で、清あらため淑夫は、三度罪に問われ、二度の入獄を経験している。最初は海太郎が少年だった一九一〇年夏、大逆事件と韓国「併合」の年に、主筆をつとめる「北海新聞」に「昔ノ女ト今ノ女」を連載して、不敬罪に問われた。禁固一年、「北海新聞」は発行停止となる。二度目の入獄は、一七年、あらたに主筆をつとめていた「函館新聞」（のちに社長も兼ねる）紙上に書いた記事が、選挙違反に問われ、禁固二カ月。さらに三度目は、一九年、同じく「函館新聞」に「トロツキー氏の『過激派と世界の平和』を読む」を書いて、今度は新聞紙法違反に問われることになるのだった。

谷譲二の戯曲「安重根」では、ウラジヴォストークの朝鮮語紙「大東共報」編集部でのやりとりが描かれる場面がある。主筆・李剛を中心に、すれっからしで小所帯のジャーナリストたちが、故国・朝鮮の独立運動に関与しながら、集団生活さながらに熱気を帯びたやりとりを繰り広げるくだりは、幼時から同様の現場を見ながら育った作家の背景を感じさせる。

父親の長谷川淑夫は、天皇を敬愛していたが、必ずしも世相に共感的に接したわけではなかった。また、彼はそうしたときの判断を、子どもたちの前でもはばからずに口にする人だった（次男・潾二郎の記憶では、淑夫は、のちに北一輝から食事に招かれ、家に戻ったとき、「北の思想はよくない」ともらしていたという。さらにのち、画家になった彼には「決して戦争画は描くな」とも言っていた。以上、室謙二『踊る地平線――めりけんじゃっぷ長谷川海太郎伝』による。また、末子の長谷川玉江さんから、同様の話をうかがった）。「右翼的な面と、リベラルな面、その両方が父にはあって、多少は、いい加減だったんじゃないでしょうか（笑）。出たとこ勝負みたいなところがありましたから」（玉江さん談、「兄たちのこと、父母のこと」、黒川創編『〈外地〉の日本語文学選』月報2）。長男・海太郎、次男・潾二郎（〇四年生まれ）、三男・濬《しゅん》（〇六年生まれ、作家）、四男・四郎（〇九年生まれ、作家）、長女・玉江（一四年生まれ）、彼ら子どもたちの最初の政治経験は、まず、この家庭の内側にあったのである。

当時、函館の街自体が、亡命ロシア人や欧米からの宣教師なども多い、新開の植民地都市だった。長谷川淑夫も、家を洋館造りにして、西欧風の生活様式を好んでいた。

玉江さんの記憶では、市内の湯川《ゆのかわ》温泉の先に、反物を行商する家が集まった、〝ダンスケザワ〟と呼ばれる貧しげなロシア人村があったという。三男の濬は、少年時代、よくそこまで遊びにいった。ソ連船が入港するのを聞くと、出かけていって、教会で習っていたロシア語に磨きをかけた。中学卒業後には漁船に乗り、船はカムチャツカ半島まで出むくこともあった。

一九二〇年、二〇歳の海太郎、つまり若き日の谷譲次は、米国に渡っている。

二〇年代の米国は、ジャズ・エイジのアメリカ、禁酒法のアメリカ、都市とマスメディアのアメリカ、そして排日のアメリカだった。八月五日、日本郵船の「香取丸」から、シアトル港に上陸。一泊したのち、大陸横断列車に乗ってオハイオ州のオベリンをめざした。アメリカは広かった。中継点のシカゴまでで、北米大陸の四分の三を横ぎる。もし東京から南に向かえば、ゆうにマニラまで至る距離だ。シアトルは当時、九千人の日本人移民が住む街だったが、列車に乗ってしまえば、もう彼は一人ぼっちだった。フィリピン人？　中国人？　ハワイの人？　ユダヤ人だろ？　日本だと答えても、相手はぽかんとしてしまうだけだ。「色のついたの――Coloured――にはお宿をしません。お気の毒さま、へい」と宿泊を断わったホテルマンは、彼を黒人だと信じていた。

海太郎は、当初留学したオベリン大学を、英語力の不足で授業についていけず早々に退学。あとは三年あまりのちの帰国まで、中西部・東部の都市を放浪し、職業を転々としながら過ごした。米国では長距離列車を使って渡り歩く浮浪者たちを「ホーボー」と呼んだが、これは日本語の「ほうぼう」つまり〝あちこち〟に由来する言葉だという。海太郎も、ときにその一人だった。

そこで聞こえてくるさまざまな言葉は、音素の猛烈な塊のようなもので、学校で習った「英語」とも、函館の教会で習った「英語」とも、違っていた。それは、たぶん、江戸時代の漂流民たちがはじめて聞いた異国語の響きに、似ていただろう。

そして、おそらく最初はクリーヴランドの街で、谷譲次は風来坊の元日本人たち、つまり〈めりけんじゃっぷ〉たちと出会っている。その溜まり場に、彼はこんなふうにして迎え入れられた。

《「飯《めし》は食ったかね、飯は。」

「ルウムは取ったかね、ルウムは。」

「なあに、スクウロがオウプンするまで、ステカラウンドしていたまえ。Easy, see!」

じい・ほいず！

これがわが親愛なるめりけん・じゃっぷの諸君だった。》（谷譲次「じい・ほいず」、『めりけんじゃっぷ商売往来』）

ちなみに、「スクウロ」はスクール。「じい・ほいず」は谷譲次によるとGee-whiz、「おやおや」ぐらいの意味だという。彼らは皆、けっこういいかげんだが、それぞれ独立した心と度胸を持ち、〝正しい〟日本語は忘れてしまって、それなりに陽気に生きている。つまり「じい・ほいず！」は、言葉の境界域を溶解させる、いわばおまじないの文句だった。

さて、長谷川海太郎こと若き日の谷譲次にも、いずれは日本に引き上げる潮時が訪れる。二三年の秋、デトロイトにいた谷譲次は、ひどく憂鬱な状態にとらえられた。室謙二によると、その原因のひとつは恋愛問題で、もうひとつは関東大震災だったのではないかという。それまで、日本を自分の戻る場所であるとは、彼はほとんど考えていなかった。だが、東京が地震で壊滅状態に陥ったというニュースを聞いて、彼は、もう一度日本を見てみたいと思ったのである。

日本に戻るには、いまや、船員となって船に潜りこむしか方法はない。だが、彼は船員手帳を持っていなかった。手もとにあるのは、五大湖汽船料理部部員証というものだけだ。とりあえずニューヨークに出て、それでつかめるチャンスを待った。ようやくチャンスが訪れたときには、一二月も終わり近くになっていた。船は、パナマ海峡からオーストラリアを経由し、そこからふたたび北上する。

海太郎がありついたのは、船底での石炭夫の仕事だった。全身を真っ黒にしながら働きつづけているあいだ、「私」はピストンの音に合わせて「にっぽん、だいじ、にっぽん、だいじ」と繰りかえしていたと、彼は『テキサス無宿』で書いている。それは日本国家のことではないだろう。日本語を忘れた〈めりけんじゃっぷ〉たちのなかに生きる「にっぽん」、ピジンの世界からとらえ返された「にっぽん」、あの植民地都市・函館の雑居性とともにある「にっぽん」なのだ。

やがて船は大連の港に入り、彼はここで脱船する。そこから鉄路で朝鮮に入り、さらに南下、関釜連絡船で日本に渡った。

それから四年が過ぎた一九二八年、長谷川海太郎は、谷譲次、林不忘、牧逸馬の三つのペンネームを使って書きわける、とびきりの流行作家になっていた（父は、作家になった長男の書くものが気に入らず、「教養の邪魔になる」と言って、下の子どもたちに読むことを禁じようとした）。この年三月、彼は、中央公論社の特派員として、一年三カ月にわたるヨーロッパ旅行に妻同伴で出発している。行程は、まず急行の一等寝台車で下関まで移動して、関釜連絡船で朝鮮の釜山へ渡り、京城を通って満洲の安東、奉天、長春、ハルビン、ここから満洲里を通ってソヴィエト・ロシア領に入り、広大なシベリアを横ぎってモスクワに、そしてヨーロッパに至るというものだった。

ハルビンに近づく国際列車の寝台車内で、谷譲次は「これが映画なら、さしずめここでカット・バックというところ」と、伊藤博文の暗殺当日の経緯を思い浮かべている。そして、「日露の親和がこの汽車中にはじまり、汽車の前進するがごとくますます進展せんことを望む。……余は露西亜人を愛す《ヤ・リユブリユウ・ルウスキフ》」と、伊藤がロシア側に挨拶したという車中での言葉をも。かたわらでは、同乗の満鉄職員が、かつての事件当日の模様を大声で彼に付けくわえた。

《汽車を降りた私たちは、二十年前に公の狙撃された現場に立った。その地点は、一・二等待合室食堂へ向って、左から二番目と三番目の窓の中間、ちょうど鉄の支柱前方線路よりの個処だ。が、いくら見廻しても、どこの停車場のプラットフォウムにもある、煤烟《ばいえん》と風雨によごれたこんくりいと平面の一部に過ぎない。

(中略)

G氏の案内で構内食堂の隅に腰を下ろす。ここはその朝、外套に運動帽子といういでたちで(中略)安重根が、近づく汽車の音に胸を押さえながら、ぼけっとのブロウニング式七連発を握りしめたという椅子である。殺した人も殺された人も、もうすっかり話しがついて、どこかしずかなところでこうして私達のようにお茶を喫《の》んでいるような気がしてならない。

ハルビン――不思議が不思議でない町。

ＯＨ・ＹＥＳ！　ＨＡＲＢＩＮ。》(谷譲次『踊る地平線』)

三年後、彼が「安重根――十四の場面」を書いたとき、「余は露人を愛す《ヤ・リユブリユウ・ルウスキフ》」の科白は、この老政治家の短いけれども印象的な登場場面で、同じロシア語のまま使われている(第一三場)。大詰め、安重根が、列車が進入してくるハルビン駅のプラットフォームに吸い込まれるように入っていく場面は、パントマイムで演じるよう指示されている。かつて自分自身が、同じ場所に立ち、女房を相手に、撃たれて倒れるまねをして見せたときと同じように。


安重根が書き残した獄中手記「安応七歴史」に、ジョージ・ワシントンが出てくるくだりがある。かつて、安たちの義兵団は、日本軍に追われて壊滅し、敗走した。そのとき、彼のわずかな希望を支えたのが、米国独立の戦乱で多くの苦難を耐えつづけたワシントンの逸話だった。みじめな敗走のなかで、もしも無事に生きながらえたら、いつか自分は米国に渡って、ワシントンを回想し、崇拝しようと安重根は考えていた。

谷譲次の『テキサス無宿』のなかにも、「ジョウジ・ワシントン」という小咄がある。アメリカ時代、街をぶらついていた「私」は、米国海軍に入って世界見物しないかと勧誘される。ところが結局、市民権がないから登録できないと言いわたされて、追い返されることになってしまった。最後に、彼は「名は？」と訊かれて、「ジョウジ・ワシントン」と答えたというのだ。――室謙二も述べていることだが、ここには、アメリカ合州国公認の平等の原理に対する、彼個人の体のなかから湧き出るような、対等の主張がこめられていたと言えよう。

谷譲次と安重根は、この個人を支えている独立の理想を通して、つながっている。だからこそ、「安重根――十四の場面」は、林不忘でも牧逸馬でもなく、谷譲次の名で書かれねばならなかった。なぜなら、彼にとっての「安重根」は、〈めりけんじゃっぷ〉がそうであったのと同じく、一人の自立した世界人の肖像にほかならなかったからである。

ちなみに、韓国の文芸評論家・金允植から教えられたところによると、谷譲次「安重根――十四の場面」が「中央公論」三一年四月号に発表された翌月、同年五月に、朝鮮では作者・李泰浩の名で、『ハルビン駅頭の銃声』なる朝鮮語の戯曲作品が刊行されているという。そして、実はこれ、谷譲次「安重根」の〝海賊版〟だったというのだ。ただし、植民地当局の検閲を配慮してか、『ハルビン駅頭の銃声』では、谷譲次『安重根』の第一場（ウラジヴォストーク近くの朝鮮人村で、安重根が韓国の抗日独立を訴えて孤独なアジ演説をする場面）と第一三場（伊藤博文が長春からハルビンに向かう車中で、ロシアの文官・武官と会見する場面）のすべて、また途中の歌の場面などが一部割愛され、原作品では全一四場のところを全一二場の戯曲に改作されている。この『ハルビン駅頭の銃声』は、三七年に発行が禁止されるまで、相当な売れ行きを示し、出版元の活動を支えたという（金允植「主人と奴隷の弁証法――三中堂版『ハルビン駅頭の銃声』について」、韓国）。

この〝海賊版〟の出版を、谷譲次本人が生前に知りえたという証拠はない。しかし、彼が戯曲「安重根」に託した理想は、少なくとも当時の朝鮮に、好意的に受けとめる読者を得ていたことがわかる。これら異言語の発表媒体間の比較検証は、植民地時代の文学史をとらえる上で、当時の言論抑圧からの一種の死角の部分をなしており、また、いまなお未解明の領域として残っている。

一九三五年、谷譲次こと長谷川海太郎は、三五歳で世を去った。米国から戻って以来、三つのペンネームで、異様なほどに書きつづけたなかでの突然死だった。

幽霊の内面

おぼろなもの。それは、昭和の戦局の深まりとともに、植民地での「皇民化」が徹底強化されていくなかで、次第に薄らぎ消えていくものなのだろうか。そうではない。むしろそれは、より表層に浮きでるようなかたちで、なおあちこちで目撃されている。

小尾十三という、いまではほとんど忘れられている作家も、その目撃者の一人だった。

太平洋戦争下の満洲新京、森永製菓満洲本社で働きながら、彼は「登攀」という小説を書いていた。詩を発表したことはあったが、小説を書くのははじめてだった。原稿は、そこから朝鮮の京城に送られ、「国民文学」という日本語雑誌の一九四四年（昭和一九）二月号に掲載されている。芥川賞が戦況悪化で中断される直前、第一九回の同賞を、この作品で受けた。

「登攀」には、彼が朝鮮北部の元山で、公立商業高校の教諭をしていたころの経験が生かされている。小尾十三は、一九〇九年、山梨県北巨摩郡に生まれた。共産党の影響下にある農民運動などに一時かかわったが、左翼運動の退潮とともに職を失い、三四年、満二五歳となる年に朝鮮へ渡って、当初は総督府逓信局につとめていた。そして、これ以前に彼は夜学で商業科の教員免状を得たことがあったので、三九年から三年間ほど、元山で教職につくことになったのだった。教師が不足していて、ほかの科目も兼任で教えたらしい。

〝山岳小説〟とでも呼べそうな作品群があるが、「登攀」も、いわばそうした趣をもっている。だが、この小説は、山頂での和解とカタルシスのようなものに終わっていない。登り道のあとに、下山の道がある。山頂で、一見明瞭な解答が与えられたかのような問題が、後半、道を下るにつれ、ふたたび霧のなかに覆われる。そうした作品としての構造が、「登攀」をすぐれたものとして支えている。

――主人公の北原は、朝鮮北部の中学につとめる若い教師。学校には、朝鮮人生徒と日本人生徒が、ほぼ同数ずついる。そして朝鮮人生徒らが、やり場のない鬱屈と反発を抱えながら過ごしていることは、教師の立場からさえよくわかるのだった。

北原は、独身生活のあいだ生徒とも熱心に交わり、彼らからの信頼を得ている自信もあった。だが、いざ結婚すると、妻はとりわけ朝鮮人生徒を家に招くのを喜ばず、彼にはこれが苦しかった。やがて、結婚生活も破綻する。そんな週末、彼はひさしぶりに好きな登山をしようと思うが、一人ではなにか寂しく、連れがほしい。それで彼は、以前から気にかけてきた安原寿善という朝鮮人生徒を、金剛山への登山に誘うのである。

寿善は、授業中にとつぜん手を挙げて、「美しい道徳の伝統は、農村に保持されると言われましたが、私は反対です」と北原に質問（？）し、彼の「心を激しく捉えた」ことがある生徒である。その後、寿善が引き起こす問題とつきあううちに、彼がすでに父を亡くし、引き取られた親戚の家のなかで、母とその愛人とのあいだに生じた問題まで抱えて、心楽しまぬ思いですごしていることもよくわかった。

あるとき、上級の朝鮮人生徒のあいだに「思想的団体」が発覚し、十数名が警察に拘引される事件が起こった。朝鮮北部は、植民地支配が深まってからも、抗日運動が絶えなかった地域である。北原は寿善を呼びだし、「お前は、あの連中とは関係あるまいね」と問いただすが、「ありません！」と彼が答えるので、安心した。だが、ほかの教師が寿善の家を検査すると、何冊か問題となる本が発見されたりもする。さいわい、地元警察の高等主任が理解を示してくれて、寿善については大した問題にならなかった。だが、以来、北原は、寿善という生徒に心引かれながらも、彼の心や行動について、ばくぜんとした不信と不安にとらえられている。

金剛山に二人が登るのは、こんな時期だった。紅葉の好天だったが、登るにつれて山は荒れはじめ、雷雨、突風、さらに猛烈な吹雪に変わっていく。それでもどちらからも引き返そうとは言わず、めまいがするような断崖絶壁を、彼らは山頂めがけて懸命に登っていく……。

その後、北原は、離婚した事情もあって、満洲新京の中学校に転任した。やがて彼は、寿善からのこんな手紙を受けとる。

「――先生。私は一体どうしたらいいのでしょうか。私は昨夕警察の家宅捜索を受け、夜十二時頃までケイサツに行っておりました。今日また中間考査後、行く事になっています。京城の中学にいる友達に出した手紙、彼から来た手紙に疑いをかけられているのです。私はただ正直に云いました。――ずっと以前は悪かった。昨年までは迷っていた。今も突きつめれば迷っているかも知れない。しかし完全な日本人になることが私の熱願である――。今日行っても私は正直にそれを繰返します。これが私のぎりぎりの真実ですから、真実に与えられる答を待つよりほか、私に方途はありません。先生。どうか私の心を信じて下さい。この世界で、先生まで信じて下さらなかったら、誰とてお縋《すが》りする人はありません。そしてもし、この葉書が着く前に、ケイサツヨリデタ、という電報が参りませんでしたら、先生が保証されてでもして、何とぞ救い出して下さい。神かけて申しますが、私は何も悪い事を企んだ覚えはありません。私は朝鮮人として、いや一人の人間として、人生万事を疑い悩んだまでです。草々――」

これが、この小説の、冒頭である。

しかし、電報は来ない。北原は迷っている。すぐに、あの朝鮮北部の街に駆けつけるべきなのか。それとも、寿善は、あの世代独特のうっちゃらかしぶりで、無事でいるのに連絡してこないだけなのか。一〇月なかば、すでに満洲の冬が始まっている。これほど彼が迷わずにおれないのは、満洲に発つ二、三カ月前、寿善とのあいだに起こった、さらにもう一つの出来事のためだ。

その日、寿善は、京城大学予科の受験に、京城へ向かうことになっていた。だが、朝早く北原をたたき起こす者があり、出てみると寿善だった。急いで相談したい事情を、寿善はこのように話した。……前夜、母の愛人の男が現われ、どうか母を返してくれと懇願した。母は、いったんは家を飛びだし、彼とのあいだに子どもまで産んだところを、寿善の強い願いで、また親戚の家まで戻ってきていたのだった。寿善は、今度は母が出ていくのを黙認した。だが、家の主である伯父は、母を連れ戻してこないことには、いっさいの援助を断つと寿善に向かって激怒したのである。言いつけに従わなければ、寿善が警察から隠して預けておいた書物を、警察に提出すると、伯父は言うのだ……。

そんな悶着のおかげで、結局、寿善は伯父と義絶してしまった。不足の学費は、東京の従兄から送ってよこすよう、北原も段取りを手伝った。しかし、今度こそ、北原の寿善に対する心には、「何か滓《おり》を残して澄み切らないもの」が残ったまま消えていない。だが、そう思いながらも、彼の心は、いまにもあの朝鮮北部の街へ翔けとんでいく。

北原は、新京にとどまったまま、寿善への善処を求めて、警察の高等主任宛てに手紙を書いた。また、その前任地の中学校長宛てにも書いた。そうこうするうちに、寿善の母親が亡くなった知らせが、べつの朝鮮人生徒から入る。これが北原を「足許のよろめくような」感情に落としこむ。そのうち、またべつの生徒から、寿善が登校してきたという手紙が来る。だが、当の寿善からは、知らせがないのである。

一〇日ほどして、寿善からの手紙がようやく届く。だが、それは予想以上に、薄く軽い手紙だった。

「――先生、総てをお赦し下さい。私は先生のお赦し下さることを信じてこの手紙を書いています。そしてまた、何もお訊ね下さいますなとお願いしたいのであります。

――先生、どうぞ私をお見棄て下さい。先生は何というくだらぬ人間をお愛し下さったのでしょう。……」

北原は、もう一度、いまこそ寿善に手紙を書かねば、書かねばと思いながら、それができない。

「……果して愛というものが、現実生活の波浪を越えて、相手に何かを捧げるものなのか。それはかえって、孤愁に悩む自分に対する、僭い自藉《じしゃ》の手段なのではあるまいか」――。ここで北原をとらえている疑念は、それまでとは違っている。自分が教師として寿善に振りむけてきたはずの「愛」。だが「愛」とは何か。それは相手にむかって何をなしうるもので、また、なしえてきたのか。

どうか「私の心」を信じてください、と寿善は言ってくる。信じてください、と言い、お赦しください、と言い、お見棄てください、と言う、「私の心」。しかし、自分には、その「心」のなかに広がる地理のようなものを、読みとることができない。この足もとからの疑念が、彼をとらえて放さないのだ。

物語の結末。寿善からさらに一通、北原に手紙が届く。それは先の手紙の非礼を詫び、あれは破り捨ててくださいと言うとともに、上級学校への推薦は不可能だと学校から通告を受けた旨が、記されている。しかし、自分は独学への望みを捨てないとも言っている。かつて金剛山で、震えながら鉄梯子を登っていく自分を、猛吹雪のなかで、先生がぐんぐん引っ張ってくださった。いまの自分の心は、あのときの心と変わりありませんと。――だが、それが、どれほどのことなのかは、わからない。ともあれ、この物語は、ここで唐突に、終わるのである。

結局、北原からも、読者からも、安原寿善という少年の内面は見通せないままに、小説は終わる。押しつまった植民地の濃霧のなかで、教師は、この朝鮮人の生徒を前に、断絶とうしろ寒さを覚えずにいられない。どれほど親しみを抱いている生徒の心さえ、自分が理解しているという確信には至れないからである。「愛」は信じられるか。互いのあいだに、いったい確かな何があると、思うことができるのか。

うつろって、孤独で、とらえどころのないような寿善の姿。それは、ほかならぬ北原の心の反映でもある。彼らは、そのことを、互いのなかに見ている。そのようなかたちでしか、彼らは互いの関係を、確かめることができない。山上の猛烈な吹雪のなかで、視界を失い、そこに存在していた「触れない（detached）」もの。このおぼろさのなかに、小尾十三という人物が経験した、植民地朝鮮での自分の居場所が浮かんでいる。

一九一九年（大正八）、のちに在日朝鮮人の作家となる金達寿は、朝鮮慶尚南道で生まれた。一〇歳で渡日。すでに父を亡くしていたことから、納豆売り、屑拾いなどをしながら、東京品川の夜間小学校に通った。その後、いくつかの仕事を移りながら、屑屋、仕切り屋（廃品回収の問屋）の仕事に行きつく。それらの合い間に、廃品回収で手に入る雑誌や小説を読んでいた。のち日本大学法文学部国文科の専門部を受験し、合格、さらに芸術科へ編入した。それまでの学歴が、私立大学の専門部入学資格（本科生は中学四年修了、別科生は同三年修了）に満たなかったため、妹の夫の名を借りて受験したのだという。

四一年末に日大を繰り上げ卒業し、地元・横須賀の「神奈川日日新聞」（まもなく「神奈川新聞」に改称）の記者となっている。だが、小部数のローカル紙での仕事には飽きたらず、一時朝鮮京城に戻ったおりに「京城日報」で就職口を見つけ、四三年五月から翌年二月まで、その新聞社で働くことにした。日本語新聞「京城日報」は、朝鮮語新聞の「東亜日報」「朝鮮日報」がすでに強制的に廃刊されていたこともあり（四〇年八月）、発行部数は百万部に迫っていた。金は、朝鮮語より日本語のほうがずっと達者な在日朝鮮人の記者（はじめは校閲係）として、そこに就職したのだった。しかし、これが朝鮮総督府の〝御用新聞〟であることは、金自身まだ知らなかった。

社会部記者となって、まもなく彼に割り当てられたのは、学徒出陣を「志願」（実際には多くが強制されて）した朝鮮人学生たちの談話取材だった。先方を訪れると、いまにも泣きだしそうな顔や、激情に駆られた表情で、彼らは金にむかって話しだす。

「あなたはなにを書こうと勝手だが、聞いてくれるというのなら聞いてもらいたい。いったいぼくたち朝鮮人の敵は、どこにいるのですか。いったいどれが、どちらがぼくたちの敵なのですか」

「どうしてぼくたちは戦場へ行って人を殺し、そして自らも傷つき、死ななくてはならないのですか。だいたい、何で、どうしてぼくたちは日本天皇のために命を捧げなくてはならないというのですか」

金は、このときはじめて、自分がいま立っている場所とはどこなのか、激しい不安を感じた。

まれに、このように言う者もいた。

「ぼくたちが犠牲になることで、三千万朝鮮民族が受けている差別が少しでもなくなれば、それでいいのです。ぼくはよろこんで一つの使命をはたしたという自覚のもとに、たたかって死んで行きます」

これはその通りに談話を書いた。しかし、それにはデスクの赤筆が加えられ、記事になるときにはべつの文面に変わっていた。「いまこそぼくは、大いなる栄誉と任務とを自覚し」うんぬんと（金達寿『わが文学と生活』）。

ここで言われている「学徒出陣」とは、四三年一〇月二〇日付で施行された陸軍特別志願兵臨時採用をさしている。これにしたがって法文科系統の大学・専門学校・高等学校在学生が「特別志願兵」として募られ、一一月二〇日で締め切り、翌四四年一月二〇日に彼らを入営させることになっていた。

金達寿の長篇小説『玄海灘』（五二〜五三年）は、当時の彼自身の経験を下地として、植民地末期の京城の街のありさまを描いた。

――副主人公の白省五は大地主の息子で、東京の大学で教育を受け、植民地支配に反発する気持ちを抱えながらも、ことさらそれを表には出さず、屋敷に引きこもって過ごしている。だが、日本帰りの高学歴者はおしなべて「要視察人」であり、定期的に警察の特高係が訪ねてくる。彼のところにやってくるのは、李承元という朝鮮人の巡査だった。

省五のもとへの訪問が重なるにつれ、李承元はほんの少しずつ、地下に潜伏して続いている抗日運動についての情報を、朝鮮語で話しはじめる。省五もじょじょにそれに耳を傾けるようになり、李承元のことを、いつしか抗日組織の秘密メンバーであると確信するようになるのだ。やがて、省五は李承元の導きで、地下組織の活動家たちと接触する。だが、そのことが糸口となって、市内の中学校では、抗日運動にかかわった容疑で生徒たちが多数連行されてしまう。李承元は、いわばダブルスパイを働いていたのである。まもなく、省五も警察に拘引される。

物語の大詰め、取調べ室の省五の前に、ふたたび李承元が現われる。そして、彼は、このように言う。

「つまり、私は正直だった、ということだ。嘘は、何一つとしていっていないということだ。少くとも私は、あなたのところへいってしゃべったことに嘘はなかった。資料も、とっておきの最新のものだった。私らにさえ、門外不出のものだった。

それで、私はべんきょうをした。いや、これは、べんきょうをしなおした、といった方が正確かも知れない。何しろ私は、いま自分が正直だった、正直であるということについてはなしているのだから、これにも嘘はない方がいい。つまり、私もむかし一時は、あなたとおなじような病気を、いや、これは失礼——考えをもっていたことがあった。

そんなふうであったから、私は、あなたを説得するためのべんきょう、研究の過程で、自分もときどき錯覚におち入ることがあったほどだった。これは、強調しておかなければならない。強調しておくに足ることです。

しかし、——ここが大切なところだが、私はさいしょ賭けたとおなじように、さいごも賭けた。こうしてみると、人生とは、また賭けなのですな」

ここに、虚子が描いたあの日韓「併合」直後の洪元善——日本語が達者で、もとは抗日運動の志士であるらしく、歯は拷問のためにすっかり失い、いまは日本人の大陸浪人といっしょに動いており、萎びた口元には「傷ましい影」を浮かべた男の姿が、幽霊のように戻ってくる。それは鏡のなかの像のように、白省五の内面さえ、映しだす。それは、あちらに揺れ、こちらに揺れ、どちらに動いてもおかしくないように見える。あの洪元善のしぐさのなかでも、「安重根の朦朧たる写真」は、ちらちらと動いていたのだ。

李承元は話しつづける。

「そこで、私のことを、もう少しいわしてもらうが、私はといえば、一言にしていうと、飽きたのです。私は、朝鮮人であるということに、飽きたのです」

「あなたは私を憎悪し軽蔑しているかも知れないが、そうにちがいないが、しかし、私にもいい分はあるのだ。私は、あなたとはちがって、東京などへ留学したりすることはできなかったが、ひととおりの努力はした。故郷の少しばかりの田畑は、私を専門学校へやるためすべてなくした。よくあるはなしで、親というやつは、そんな学校をさえだせばよくなるというのでね。

しかし私は、うっかり、みとおしのないまま運動にとび込んだ。が、いったい夜明けはいつくるんだ！私は転向して、巡査になった」

植民地をつつむ真っ白な蒸気のなかで、どこまでいっても、分水の嶺は見えない。霧に映って見えるのは、自分の影だけだ。ただ、そこのなかで、自身の感覚を研ぎすましていくことで、ほんのかすかな方向感覚のようなものをたぐり寄せるほかはない。それが、「内地」で成人した金達寿にとっての、戦時下の京城での経験だった。

社会部記者として金が働いたわずかの期間のあいだに、「学徒出陣」の「志願」枠は、前年度卒業者、さらに前々年度卒業者にまで拡大されていった。「学徒兵」の志願が既卒者に呼びかけられるのも奇妙なのだが、それはこの時点の朝鮮で、まだ徴兵制が実施されていなかったからである。総督府当局による懸命の日本語化の努力にかかわらず、日本語の解読者率はまだ「十分」とは言えず（四一年度で推定一六・六一％）、根強い反日感情もあいまって、朝鮮での徴兵制実施をなお躊躇させていた（朝鮮で徴兵制を実施することはすでに閣議決定されていたが、第一回徴兵検査の開始は四四年四月までずれこんだ）。

けれども、こうした状況のなかで、「どうです。きみも一つ学徒出陣に志願しないかね」との声が、金にも上司からかかるようになり（四一年末に日大を繰り上げ卒業していたが、本来の卒業年度は四二年だったため）、身の危険を感じた彼は、いったん横須賀の実家に戻って結婚してくると偽って、そのまま戦時下の朝鮮から脱出したのである。四四年二月のことだった。

ガラクタと「原風景」

長崎県の大村湾岸のテーマパーク、ハウステンボスの建築家として、池田武邦は知られている。その前身のオランダ村を設計したさい、彼は、海の側から見るような施設を思いついた。

「一般的な発想だと、車でアプローチするから道路に沿った部分が表になって、入江の方は裏になってごみ捨て場になってしまう。（中略）

僕はもともと船乗りだから、基本的に海から陸を見る。そうすると松の井（注・オランダ村のもとになったレストラン）は入江の一番奥にあって、抜群にいい位置にあるわけです。もし僕が改修工事にかかわるなら、海の方をメインにして県道の方は裏にすると提案した。」（「聞き書　建築家・池田武邦⑮」、「建築ジャーナル」一九九七年一〇月号）

海を汚さないよう下水処理を徹底的にするには、コストもかかる。環境保全と経営維持を両立させるため、何度もオーナーと経営計画を立てなおした。成功の一番の理由は「やはり大自然の魅力」。いい状態の自然環境のなかに、建物がうまく配置され、自然の生態系が生かされているから、全体が魅力的な空間になったと池田は言う。

一九二四年（大正一三）生まれの彼が、「もともと船乗り」と言っているのは、戦争中、海軍士官だったからである。

湘南中学から海軍兵学校に進み、そこを二年八カ月で繰り上げ卒業して（正規は四年）、すぐに軽巡洋艦〝矢矧《やはぎ》〟への乗組みを命じられた。一九四三年、配置はいきなり最前線だった。マリアナ沖海戦、レイテ沖海戦（ともに四四年）に加わって、多数の僚艦が撃沈・大破されるのを眼前にしたが、矢矧は数十人の戦死者を出しながら、艦は中破程度で二度とも「内地」まで帰投した。四五年に入ると、戦闘可能な軍艦は、矢矧のほかは戦艦大和を除き、ほとんど存在しなかった。同年四月、米軍の沖縄上陸に呼応するかたちで、戦艦大和と軽巡洋艦矢矧、ほか八隻の駆逐艦で海上特攻隊を編成、片道のみの燃料で沖縄への突入作戦を行なうことが決定された。池田にとっても、矢矧にとっても、三度目、そして最期の出撃となるはずのものだった。出撃から十数時間後、沖縄への海路なかばで一〇隻中六隻が撃沈され、作戦は中止されたが、大和も矢矧も沈んだ六隻のうちに入っていた。

重油に覆われた東シナ海で、米軍機による低空からの機銃掃射にさらされながら数時間漂流するうち、池田は救出された。火傷と衰弱による発熱のため、佐世保の海軍病院に入院。そのとき見た美しい海が、大村湾との最初の出会いだった。

戦後、偶然のように入った東大建築学科で、池田の印象に残っているのは、もう八〇歳を越えていた伊東忠太の講義だという。世界地図をアジアからヨーロッパまですーっと一筆で描き、ときどき懐中時計を取りだして目をやりながら、たんたんと話す。夏休みが近づき、学生が彼一人になっても、その態度は変わらなかった。

「つい一、二年前まで戦争ばっかりやってたのに。いつでも、死ぬ場面が身近にあった。それが戦争がなくて、東洋史や建築史が聞けるなんて夢みたいな話だった。」(「聞き書　建築家・池田武邦③」、「建築ジャーナル」一九九六年八月号)

池田は、その後、山下寿郎設計事務所を経て、日本設計事務所(のち日本設計に改称)を設立。霞が関ビル、筑波研究学園都市、新宿三井ビルなどの建設プロジェクトの中心を担った。

生態系を基礎に置いて都市建築を考える。この自分たちの理念を一〇〇％貫徹してきたとは、とても言えない。だが、超高層ビルがいいとか悪いではなく、超高層をどういう目的のために建てるかということが大事だと彼は言う。

新宿三井ビルは、超高層にすることで、都市中央の低層部に、あれだけの緑と太陽と水がある公共的な空間を確保できた。一方、新都庁舎は、延べ床面積が新宿三井ビルの約二倍、使える敷地は三倍近くある。ところが、せっかく開放できる土地がありながら、過半の面積が議事堂に占められ、庁舎専用の広場のようになって、都市空間として機能しなくなっている。「ああいうのはだめなんです」と、池田は言う。「しかし、いかなるプロジェクトにも必ずプラス面とマイナス面とがあり、それが巨大になればなるほど、その両面が大きくなるわけで、プラスが五一で、マイナスが四九なら良しとするべきでしょう」とも（「聞き書　建築家・池田武邦⑩」、「建築ジャーナル」一九九七年五月号）。

とはいえ、あるプロジェクトが明らかに環境破壊になるとわかれば、「やめざるを得ない」。

たとえば、琵琶湖の環境博物館構想が持ち上がったとき（九一年）、社内の担当者たちが作った立案内容を、池田が代表者としてプレゼンテーションに出むくことになり、事前に建設予定地を下見した。すると、その敷地は、生態学的に見て、琵琶湖にとってなくてはならない貴重な湿地帯にあたっていた。しかも、そこには、ブルドーザーが何台も入って、一部はすでに六メートルを越える丘へと変貌してしまっている。立案担当者たちを説得し、滋賀県のヒアリングの席上、池田はこう発言した。

「日本設計に指名を頂いて大変光栄に思います。（中略）一応、与条件の中でわれわれはこういう案を持ってきました。しかし私はどうしても与条件そのものに問題があると思います。この博物館はここには絶対建ててはいけないものです。先ほど現地を見てきましたが、まだ半分くらい葦が残っています。今からでも遅くないですから、すでに埋め立てたところは元に戻し、葦が生えるようにするのがまず第一ではないでしょうか」――。けれど環境博物館の考え方はとても大切だから、それは「環境博物船」として活かす。一五〇億円あれば立派な船ができる。琵琶湖を周遊しながら環境問題を学習できるようにしたらどうか、これが私の提案です、と。

審査委員長は、琵琶湖生態学の大家に発言を求めた。生態学者は、池田の意見に同意した。しかし、「これは既に決まっており、県の予算もついて、工事も始まっているので、私どもが云々する立場じゃありません」と、方向を転じる。

こんなやりとりが続くなかで、これは「大東亜戦争、太平洋戦争と同じだ」と、池田は思いあたる。
「戦争はよくない、と良識ある人はみんな考えている。ところが、もう支那事変もやっちゃった、それは撤退するのがいいけれど、ここまできちゃったからしょうがない、全部それですよ。反対すればクビになってしまう。あるいは命がない。『しょうがない』で、きている。
だから戦争責任が誰にあるのかと言ったら、見識のない指導者は当然ですが立派な見識を持った指導的立場の人々も、『しょうがない、しょうがない』と時の権力に流されてしまったことにあったとも考えられる。環境問題も同じだと思う。（中略）
戦争に反対するのは命がけだからね。支持しても生命まではとられる心配のない環境問題ですら、これは会社の仕事だからしょうがないなんてやっている限り、戦争反対とか戦争犯罪者なんて言う資格はない。」（「聞き書　建築家・池田武邦⑫」、「建築ジャーナル」一九九七年七月号）
「社会的には、大学の先生は非常に問題があると思うんですよ。（中略）研究職の立場にある人は自分の研究なり考え方を堂々と貫いてくれないと。（中略）行政側から『ぜひ、委員になってください』と言われてホイホイなる人は必ず、一応もっともらしいことを言いながら、現実は行政の意に添うように妥協してしまう人が多い。まさに、戦時中の戦争協力者と同じ状況です。大学の先生がなんで行政に迎合しなくちゃいけないのか、信じられないですよ。」（「聞き書　建築家・池田武邦⑬」、「建築ジャーナル」一九九七年八月号）
池田武邦は、現在という時世に、おぼろなものの影を見ている。湖の生命を支える湿地帯が、ブルドーザーの積みあげる丘へと変容していく。その風景の広がりの表層に映る心。戦争末期の重油の海に漂ったときから持続する目で、いまここにある影をとらえている。
建築家の作法に、もっとも重要な重石となるのは、その人の抱えている「原風景」だと池田武邦は語っている。
たとえば、彼が子どものころ、江戸時代の話は、自分たちの身辺の話とそれほど違わなかった。爪上げ、コマ、メンコのような遊び。おばけの話。野や山の風景——。

「近代化は明治以降ずっと進んで、軍事だとか産業という方面は近代化してるけど、一般の生活環境っていうのはほとんど近代化してないんです。（中略）

水道がひかれたのは大部分が戦後ですから、戦前は日本中みんなほとんど井戸に頼っていた。井戸に頼っていうことは、水を大事にせざるを得ないから周辺をとっても大事にしたんです。周りの環境を汚すと井戸が汚れるから、たとえば裏庭なんかでね、小便なんかすると怒られたもんですよ。井戸の水がどうかってのは子ども心にとってもよくわかるんです。（中略）

下水や、水を流した行き先というのを全部自分たちで管理してるわけです。だから、もとから自分の後始末まで管理することが、どの家でも当然のように行なわれていたし、自分たちが排泄した便所は、近所の農家の人が肥えを汲みにくるわけですよね。で、その肥えを肥だめに入れて半年ぐらい浄化させてほんとうの肥やしになったものを撒いてるわけですよ。

それから農家には牛が必ずいましたよね。それで牛が残飯を食べてくれるし、豚を飼ってるところでは僕たちの食べ残したのを、農家の人が取りにきてくれる。ぼくは農家の子どもたちと一緒に遊んでるから、食べたものがどういうふうになって土に返るかっていうことが全部見えてるわけね。」（「聞き書　建築家・池田武邦①」、「建築ジャーナル」一九九六年六月号）

おぼろな幽霊の出現の場所を考えてみる。ある言い方で、そこを「植民地」、またべつの言い方で、「原風景」の崩壊が強行されていく場所と言ってもいい。そうしたところで、何かがかすかな悲鳴を上げるように、おぼろな幽霊は現われている。

鏡に映る自分の顔は、思っていたものと違っている。だが、自分の本来の顔とは、いったいどういうものだったのか。そこに遡っていくことは、もはやできない。この断絶と孤立への覚醒が、人を震えさせる。こうも映り、ああも映る、あやふやな内面。明示的に描こうとすれば、取り逃がしてしまう自画像。「植民地」

とは、いまここで、深化しつつある領域だ。

西成彦から借用（「ガラクタとしてガラクタに接する」）して言うなら、私たち一人ひとりの中身は、ばらばらのガラクタの寄せあつめであり、そのガラクタを、ときどきに使いこなして、私たちは生きている。英雄としてであれ悪玉としてであれ、お決まりの紋切り型に追いやられていた「安重根」を、ふたたび「人間化」して見せることができたのは、谷譲次のなかのガラクタの力である。非母語での表現に、憂鬱で、しかも生き生きしたエロスを宿すことができたのは、李光洙少年のなかのガラクタの力であろう。もちろん、そこでの「安重根」は、もう以前の「安重根」ではない。いまの私たちが、もはや、遡ることができない「本来」の、私たちではないように。

バブル経済破綻後の日本の都市や地方を、どんな「原風景」を透して見るか。ここにある環境を壊せば、人間という生物も、ともに滅ぶ。この閉鎖系のなかをいまはまだ生きている。心もとなく、やがて途切れてしまうかもしれないが、それがかろうじて「原風景」へとつながる小径ではあるだろう。

池田武邦が藤沢で育った小学生のころ、子どもたちの遊び歌に、日露戦争の歌が残っていた。

「せっせっせ、一れつ談判破裂して日露戦争始まった。さっさと逃げるはロシアの兵……。」それを歌っていると、隣家の浅見さんという上品なおばさんが血相を変えて飛び出してきて、「そういう歌、歌っちゃいけません。ロシアでも立派な方はおられるんです」と、きびしく叱られた。この婦人に叱られた経験が、池田の「原風景」の一部となって残る。しかし、もう一方から言うと、彼女も自身の「原風景」に照らして、少年の池田をたしなめたのである。

大学に入るより前に強く影響を受けた人はと問われて（聞き手は杉浦登志彦）、池田は、蔡七峰君という小学校で六年間いっしょだった朝鮮人の同級生のことを話す。

――学年はいっしょだったが、蔡君は六歳ほど年上だった。背がとても高かった。その彼が、みんなから「朝鮮人、朝鮮人」といじめられる。本当に怒ったら、反撃できるのに、じっと我慢して、何もしない。彼がいじめられるのを見るのが悲しかった。でも、その様子が、この人は大した人だなと思わせた。

蔡君は、屑屋、仕切り屋の家が集まる朝鮮人の集落に住んでいた。そこは自分にとっても通学路の途中だったので、ときどき蔡君といっしょになって、結構いろいろと話をした。

小学校六年のとき、つまり彼は一八、九歳になっていたのだが、蔡君は結婚する。かわいらしい奥さんのいる新婚家庭に、自分一人が招かれた。こちらはまだ本当の子どもで、結婚がどんなことなのかも、よくわからなかった。蔡君が、「家内が……」と言うのが、いったい何だろうと思っていた。

その後、自分は海軍に入り、戦争に行ったので、蔡君の消息は知らなかった。戦後帰って、彼が硫黄島で戦死したことを知った。蔡君は、高等小学校を出てから、軍属を志願していたのだ。

小学校の入口のげた箱のところで、小さな子どもたちが、大柄の蔡君をとりかこみ、「朝鮮人、朝鮮人」と揶揄していたのを、いまでもよく思いだす。思い出のなかの自分は、悲しい気分でいるが、かといって積極的に蔡君を守ろうとする姿でもない。——

「原風景」のつらなりは、池田武邦自身のものから、浅見のおばさんのものに、あるいはどこかの知らないロシア人のものへと遡り、遠いむかしの国境の外側へと散っていく。そして一方、蔡君という一人の友人がいま不在であるという事実が、なおも新たな「原風景」を生みおとす。

そこを吹きぬけていくかすかな風のようなものに、触れた気配がよぎることもある。

後記
『安重根事件公判速記録』(一九一〇年、満洲日日新聞社)は、近年、龍渓書舎から復刻版が刊行されている(「韓国併合史研究資料⑯」、二〇一一年)。

漂流する国境——しぐさと歌のために

境界上のしぐさ

寺田寅彦の『柿の種』に、こんな寸話がある。

——あるとき、根津権現の境内の酒を飲ませる店に、大学生が数人集まっていた。夜がふけ、あたりが静かになると、どこかでふくろうの鳴くのが聞こえた。

「ふくろうが鳴くね」と、一人が言った。

するともう一人が、「なに、ありゃあふくろうじゃない、すっぽんだろう」と言った。

彼の顔のどこにも戯れの影は見えなかった。

しばらく顔を見合わせていた仲間の一人が、「だって、君、すっぽんが鳴くのかい」と訊いた。

その男は、「でもなんだか鳴きそうな顔をしているじゃないか」と答えた。

皆が声を放って笑ったが、その男だけは笑わなかった。——

寺田寅彦は、そこでこんな感想を付けくわえている。

《その席に居合わせた学生の一人から、この話を聞かされた時には、自分も大いに笑ったのではあったが、あとでまたよくよく考えてみると、どうもその時にはやはりすっぽんが鳴いたのだろうと思われる。》

これを読んだときには知らなかったが、歳時記に「田螺《たにし》鳴く」がある。春の季語である。たにしだって鳴かないだろう。鳴きそうにない。しかし、五感を澄ますと、たにしも笑う。そうした機微が、俳句の気分には含まれているらしい。

昭和一〇年代に入るころから、ブラジルや台湾のような赤道に近い土地で詠まれる俳句の季語をどうするかということが、「内地」の俳壇でも議論になった。高浜虚子は、やがて、「日本本土に興った俳句はどこ迄も本土を基準として、本土に生れた歳時記を基準として、其《その》歳時記は動かすべからざる尊厳なるものとして、熱帯の如きは一括して『夏』の季に概当すべきものである」との考えを示した（「熱帯季題について」、「ホトトギス」一九四三年四月号）。これに対して、永田青嵐は、熱帯や寒帯にもそれぞれの土地にそれぞれの季節があり、「其土地土地の歳時記が自然に存在して居る」という反対の説を立てた（「熱帯季題の考え方」、「ホトトギス」一九四三年五月号）。

青嵐こと永田秀次郎は、東京市長、拓務大臣、鉄道大臣を経て、四二年には陸軍最高軍政顧問となって同年二月フィリピンに赴任し、南方各地で軍政への助言をおこなった。学生時代から続けてきた俳句については、「虚子盲従主義」を称して二歳年長の俳壇の最高指導者・高浜虚子に敬意を表し、自分の俳句は「余技である」との態度を通していた。だが、日本の歳時記の季語区分を世界のどこに行っても固守せよとする虚子にむかっては、俳人永田青嵐として、世界それぞれの土地に根ざした「俳句の詩としての存在」がありうることを論じ、「俳句の自治」とその自由の立場を守った。

「神様の作られた歳時記は其《その》土地土地の気候風土によって作られたものであって、行政区画で作られたものでは無い。そこで私の結論は、神様の作られた歳時記は何処でも厳存して居る、唯《ただ》人間の作った歳時記はできて居ない、之《これ》を各地に於て作る事は自由であり又必要である。」

これを述べたとき、彼は南方でマラリヤや脚気を病んで帰還（四二年一〇月）、東京で療養中の体だった。この四三年九月、満年齢六七歳で死去している。

フォトジャーナリストのロバート・キャパは、あるとき、記者から「どうしたらこんなにリラックスした自然な表情を撮ることができるんでしょうか」と質問されて、こんなふうに答えている。――「人を好きになることさ、そして相手にそれを伝えることだよ。」

ハンガリーのブダペストに、一九一三年秋、ユダヤ人の洋服屋の息子として生まれた。ホルティ独裁政権のもとで抗議行動に加わり、警察につかまって、一九三一年、国外に脱出する。まだ一七歳の亡命者だった。本名のエンドレ・フリードマンに、やがて恋人が「ロバート・キャパ」という名前を付けてくれた。彼女のほうは「ゲルダ・タロー」で、これは当時パリにいた岡本太郎にあやかっていた。

キャパはどこにでも行けるが（出入国に必要な書類さえ用意できれば）、どこにいても外国人だった。戻ることのできないハンガリーを除けば、彼は世界のどこでも「へたくそな言葉」を話すカメラマンにすぎなかった。だから「好き」だと相手に「伝える」には、言葉だけでは足りない。あらんかぎりのしぐさと表情を動員して、やっとどうにか、というところだっただろう。キャパは陽気だった。彼には、そうであることが重要だった。キャパが残した写真を見ていると、そのときファインダーのこちら側で、彼がどんなふうに振るまっていたかまで、ありありと感じられる。彼にとって、言葉は、しぐさ、表情、声、そこにある体温、そのすべてだったのだ。

国境の上から、風景を見る。

たとえば、長谷川四郎の『鶴』は、第二次大戦末期、満洲の最奥部、ソ連国境にある満洲里の監視哨から、毎日まいにち望遠鏡で国境のむこうを眺める日本兵士の話だった。砂地も草原も沼も、望遠鏡のなかで、ゆらゆらと揺れている。その上を、鶴が一羽、彼方に消えていく。

ティム・オブライエン『カチアートを追跡して』は、ヴェトナム戦争で、不寝番の歩哨に立つ米兵の話である。なんと長い夜だろう。その闇をじっと見つめているうちに、彼のなかでは、脱走した仲間の兵士を追って、どこまでもどこまでも、数かぎりない国境を越えて（やがてパリまで）、追跡しつづける物語が展開しはじめる。いつまでも、この追跡が終わらなければ、もっといい。逃げている兵士カチアートは、追いかけている彼自身なのだ。

韓国映画の「ホワイト・バッジ」（鄭智泳監督）も、状況は同じだった。ヴェトナムの戦地に派兵された韓国人部隊。いったい何が起きるかわからない深夜、じっと闇のむこうを見つめている。自分がここでたたかわねばならない理由は、どこにあるのか。韓国人の自分が、なぜここにいるか。身を守るために、人を殺さねばならないことへの不安。恐怖。後悔。孤独。何も見えない、だが、ありとあらゆる気配を含んでいる闇に目をこらすうちに、次々といろんな想念が浮かんでは消えていく。繰り返し挿入される、この静かな闇のシークエンス。それが、この映画の語り手だったと言ってもいい。

私たちは、ここから、どこにいくのかと。

井伏鱒二の漂民

このところ文芸の世界でも、「ボーダーレス時代」ということが、盛んに語られている。だが、私の見方は少し違う。というのは、「ボーダーレス時代」というかけ声がどれほど堅固な「国境」に守られた言説であるかを、これらの言葉は取りおとしているように思えるからである。

言語や文学が、いかなる特定の国家や民族に所属するものでもない以上、それがつねに、国境を越えて行き交うのは自明のことだ。しかし、個々の文学作品は、特定の言語によって表現されるので、その言語を成りたたせる文化からの拘束をまぬがれることはできない。したがって、文学にとっての「国境越え」とは、むしろ、そこでの表現にとっての「国境」の意味を、たえず画定しなおすことを通してしか現われてこないだろうというのが、私のここでの見当のつけかただ。

そうした見地から、まずここで取りあげたいのが、井伏鱒二（一八九八〜一九九三）のケースである。

井伏鱒二に「朝鮮の久遠寺」（一九四〇年）という作品がある。私は、この小説が、一種特異な国境抜けの態度を示していると、思っている。なぜか。それは、当時の井伏が、実際には日本から一度も海外に出ないまま、この朝鮮慶尚南道の実在の土地を「私」が訪れるという体裁の短篇小説を、書いているからである。ストーリーは、およそ次のようになっている。

――朝鮮慶尚南道泗川郡の三千浦町に旅した「私」は、久遠寺という寺に宿を求める。久遠寺はクオンジと読むのが本当だが、町の日本人たちはみなキュウエンジと呼んでいる。住職は、もろ肌ぬいで尻まくりした老人で、鮎釣りの獲物をたらいのなかに放していたが、「泊りたければ、泊んなはれや」と言った。

下宿人用の長屋の一室を与えられた「私」は、崖の上に立ち、下の池を住職といっしょに見おろす。池の反対側には、中学校の校舎が建っている。池には鮒でもいるのですかと「私」が訊くと、「いや、鮒も鯉も私がみんな釣ってしもうたのや」と住職は答える。池の元の所有者は、中学校建設のために土地を町に売ってからも、池の水や魚は自分のものだと言い張っている。その魚を住職が釣ってしまったので、元の所有者はかんかんに怒り、今度は食用蛙を日本内地から仕入れてきたらしい。「いっそ、食用蛙も釣ってしもたろ」と住職は言っている。

部屋の襖には書がしるされている。山陽ですかと尋ねると、「いや、わしが書いた山陽だもん、似るはずがないのやね」。べつの部屋には水仙や梅の襖絵がある。この蘭水とはどこの画家ですか、と訊くと、「仮りにこういう画家があるとして、それを真似たのや」と言う。「わしのところには、なんにも真物はないのやね。それで真似をして書いてみたのやが、この寺の仏様も売薬もわしが扱うとみんな偽物や」と住職は言うのである。

翌朝、部屋の雨戸を開くと、正面に見える校舎の二階で、英語の授業が始まっている。崖下の池から蛙がぐわーぐわーと鳴く声がする。窓際の生徒が、机から小石を取りだして池に投げつけると、しばらく鳴き声がやむ。また鳴くと、べつの生徒が小石を投げる。先生も、教壇から降りてきて、生徒から小石を一つもらって、池に投げつけた。

授業は、漢文、さらに西洋歴史と進んで、「私」は窓の外からの「授業見学」を打ちきり、出発する。住職は、鮎釣りに行くという書き置きを残して、留守である。下の堤防では、さっきまでキセルで煙草をくゆらせていた朝鮮服の人夫が、池のぐるりに板囲いをめぐらせはじめたようで、いまはその音で食用蛙も鳴りをひそめている。――

ここには、日本国家が朝鮮支配を突きすすめていくことに同調しない、しぶといユーモアがある。なんというか、それは大阪弁の住職と同様の――「わしが扱うとみんな偽物や」――贋物精神のようなものである。この植民地の日本人町を、井伏は、なまぐさ坊主と、ニセ美術品と、食用蛙の鳴き声と、池のまわりの板囲いやらで、芝居の書き割りのような町に仕立てて見せる。池の堤防でのんびりキセルをくゆらせたりしている朝鮮人の人夫だけが、絵のなかにまぎれこんだ見物人のあんばいだ。しかも井伏は、自身がその地を歩いたようなそぶりで、この作品を書いている。なぜ、彼はこうした作品を書いたのか。また、書くことができたのか？

ちなみに、井伏は、この「朝鮮の久遠寺」を「新潮」一九四〇年三月号に発表する前年、「一路平安」という小説を「満洲日日新聞」に連載している（三九年一～六月）。当然、彼には満洲に招かれる機会もあったはずだ。だが、井伏はそうしていない。だとすれば、彼は、この時期、おそらく意識して海外には出なかったのである。井伏がはじめて海外に渡るのは、四一年一一月、陸軍宣伝班員に徴用されて、翌月、マレー方面に送られるときになってのことだった。

こうした井伏のなかにある「国境」の感覚。ここで述べたいのはそのことだが、それを形成する核として、私はとりあえず次の三点をあげておきたい。

①ピジン（混成言語）への関心。

②漂流への関心。
③のちのマレー、シンガポールへの従軍体験。

①は、異言語間の接触への、井伏の強い興味である。母語をべつべつにする者同士が、生身の接触を通して、どのように新しい共通の「言葉」を獲得していくか。「朝鮮の久遠寺」では、日本人の「私」と朝鮮人の「人夫」のあいだの動きが、意図して、いわば黙劇のうちに終始させられている。しかし、彼らがひとたび互いの言葉で会話しはじめれば、どうなるか。言いかえれば、人間の文化としての言葉の翻訳、言葉の再定義の問題である。

②は、漂流民を主題とする、井伏の作品の多さとなっても現われる。漂流とは何か。それは脱国や亡命とも違い、まったくの偶発事によって、ある個人や集団が異文化のなかに突然投げこまれる事態である。言ってみれば、これ以後、彼らはランダム・サンプリングされた文化の標本となって、「国境」に生きることになるのだ。

③は、一九四一年（昭和一六）一一月、井伏が徴用令状を受けとって、陸軍宣伝班員として輸送船で南方に送られることに始まる（出航は一二月二日）。その後、約一年間におよぶ「外地」での経験は、戦争という人為的な不条理から異文化接触の問題をとらえかえすという視点となって、戦後の井伏の創作のなかにも持続された。

井伏鱒二が、はじめて漂流民への関心を作品の上で表明するのは、三四歳のとき、一九三二年の「日本漂民——小説ノート」である。これは、一八世紀末、アリューシャンに漂流した伊勢の船頭・大黒屋光太夫一行がロシアのペテルブルク経由で帰国するまでの経緯を聞き書きした『北槎聞略《ほくさぶんりやく》』、同じく仙台藩下の津太夫一行がアリューシャンに漂流してロシア、さらに大西洋から南アメリカの南端をまわって帰国するまでの経緯を聞き書きした『環海異聞』などからの、抜き書きによって成っている。

このノートの、たとえば次のような記述に、のちの井伏の漂民小説に見いだされる関心のありようをうかがうことができる。――カムチャツカに反乱を起こして船で澳門（マカオ）に逃亡したシベリア流刑囚 von Benyowsky が、日本では署名の誤読から「ハンベンゴロウ」と呼びならわされたという逸話。漂流民個人間の気質の違い。イルクーツクで津太夫一行の通訳にあたったのは、さきに遭難していた光太夫一行の一員で、日本に戻らず現地にとどまったニコライ新蔵であったというめぐりあわせ。ロシアの日本語学校は、一八世紀初頭以来、日本からの漂流民を教師としていとなまれていたという事実。――（「日本漂民――小説ノート」のうち、津太夫一行についての抜き書きの部分は、七年後の『一路平安』のなかで、小説に利用されている。）

国境で囲いこまれた領域の外にも、漂民たちが国を越えてかたちづくる異種のネットワークが広がっていた。そのことに、当時の井伏は興味を寄せている。ニコライ新蔵は、日本での船乗り時代は無筆だったが、ロシアでは皇帝による日本幕府あての書簡の翻訳まで担当するにいたっていた（ただし、これを受けとった長崎奉行は、その日本語を判読することができなかったという）。また、von Benyowsky――「ハンベンゴロウ」の逸話を面白がっていることからもわかるように、井伏は、コミュニケーションというものを正確な情報の受けわたしの連鎖のようにとらえるのではなく、むしろディスコミュニケーションのなかから新たな意味が生まれてくるという側面に、引きつけられた。こうした関心は、べつの漂流の実話から題材をとる、『ジョン万次郎漂流記』（一九三七年）、『漂民宇三郎』（一九五四〜五五年）などの骨組みとなっていく。

ここには、いわばメタ小説のような関心の傾きがある。小説が書かれる、その言葉とは何か。この興味のはじまりは、一九二八年、三〇歳の彼が、インドの独立運動家サバルワルの翻訳助手をつとめた経験に求めることができるようだ。井伏は、日本に亡命中のサバルワルを佐藤春夫から紹介され、インドの作家プレームチャンドの小説の翻訳を手伝うことになったのだった。サバルワルは、インド語（ヒンディー語）とアラビア語（ウルドゥー語）のテキストを対照しながら、日本語に移していく。彼は流暢に日本語を話すが、読み書きは苦手だった。サバルワルと井伏の共同作業は、次のようなやりとりを経ながら、ゆっくりと進んだ。

《「人間が十九になると、十九になって、アズ、スーン、アズ、美しいもの、美しいものというのは、ここではファンムを指しているのですが、このファンムのために、人間が十九になると、アズ、スーン、アズ、マルナーです。ヒンドスタニーのマルナーは死ぬという動詞です。ダイ、フォアです。しかしここでは死ぬというわけではなくて、マルナーは、メランコリイに陥ることの意味に用いてあります。心臓にメランコリイがペネツレイツするような気持になるのです。マルナーはどう訳したらいいでしょう？」

そこで私は相談に応じる。

「やるせなくなると訳してもさしつかえありませんか？　それとも参ってしまうと訳したらどうでしょう？」

「参る？　やるせなくなる？　アイザー、ウィル、ドゥ。人間が十九になると、アズ、スーン、アズ、人間は美しいファンムのためにやるせなくならなくてはならないようだ。私には、――私にはというのは作者のことで、このサバルワルでないことをはっきり申しておきますが、私には青春とともにマウトウが近よって来た。マウトウとはマルナーの名詞です」

そういう解説的な訳述で、私は訳語を見つけるのに戸まどいした。しかしこの程度ならあまり困るほどでもなかったが、サバルワル氏は原文の感動的な場面を読むときには熱狂して手真似でもって更に片ことまじりで訳述した。

「ミラー・バイは、美しい女神のようでございました。そして……或るときのこと、とてもこれです！　とても、これでございます！」

サバルワル氏は彼自身の胸を打ち固く歯をくいしばってみせる。それでミラー・バイが或るとき怒ったのかとたずねると、「ノー、ノー」と云って彼自身の胸をかきむしってみせる。よくよくたずねると、それはミラー・バイがついに正義の念に燃えたという意味である。彼は熱狂したあまり、正義という訳語を思い出せなかったのである。》（井伏鱒二「自叙伝」一九三六年、のち『雞肋集《けいろく》』と改題）

ちなみに、ロシアにたどりついた日本漂民は、世界最初の露日辞典もつくっている。

一七二九年、カムチャツカの南端の海辺に、約七カ月間の漂流を経て、薩摩の船が漂着した。一行一七名のうち一五名が現地のコサック隊長によって殺され、ゴンザという少年とソーザという壮年の男だけが生きのこった。二人は、ヤクーツク、トボリスク、モスクワを通ってペテルブルクに送られ、アンナ・ヨアノヴナ女帝に謁見している。のち二人は洗礼を受け、一七三五年には科学アカデミーの日本語学校に身柄を預けられて、ロシア語を学ぶとともに、ロシア人子弟に日本語を教えることを命じられた。言語の学習の上で、抜群の才能を発揮したのは、年少のゴンザだった。翌三六年、一八歳のゴンザは、日本語学校の組織者でアカデミー図書館司書補でもあったアンドレイ・ボグダーノフの助力のもと、露日辞典の執筆に着手することになる。そして、以後二年で、彼は約一万二千語からなる『新スラヴ・日本語辞典』の原稿を完成させたのだった。この辞典は、F・ポリカルポフ編『スラヴ・ギリシア・ラテン三カ国語辞典』（一七〇四年、モスクワ）の教会スラヴ語およびロシア語項目を土台とし、さらにボグダーノフが提供する資料などを加えて、これらについてゴンザが日本語（より正確には薩摩語、表記はキリル文字による）への翻訳をはかったものだという。

近年、日本版で刊行されたゴンザ編、A・I・ボグダーノフ指導『新スラヴ・日本語辞典』（一九八五年、ナウカ）に依拠すると、ここでゴンザは次のような対訳をおこなっている。

ロシア語	日本語
バラライカ	シャムシェン（三味線）
感謝	カタシケネコト（かたじけないこと）
思慮ある	ヨカタマシノト（良か魂の）
女郎屋	ワルカコトスルトコル（悪かことする所）
放蕩者	ボボシ（ぼぼし）
神	フォドケ（仏）
富者	ブゲンシャ（分限者）
内臓、下腹部	クソブクロ（糞袋）
いつも不平を言う	フチェコトユ（太いこと言う）
初等読本	イロファ（いろは）
平和	ナカナヲイ（仲直り）
友	ネンゴロ（ねんごろ）
悪魔	ガワッパ（河童）

これらを見ると、翻訳とは、異種の言葉のユニットのあいだで取りかわされる、意味の再定義であることがよくわかる。ゴンザとボグダーノフのあいだでも、井伏とサバルワルのようなやりとりが、いく度となく積みかさねられていっただろう。ゴンザは一〇歳までしか日本ですごしていないが、この点では驚異的な能力を発揮した。もし漂流という事態に出会わなければ、これは郷里の薩摩で、彼に生涯求められることなく終わったかもしれない能力である（彼は二一歳でペテルブルグで死去した）。「潔癖の」「反乱」などの単語はロシア語のみが書かれ、日本語の欄は空白のまま残されている。ゴンザには、これらを意味する日本語が思いあたらなかったということであろう。現在では、これらをもとに当時の薩摩語の研究も進められ、ゴンザ訳のアクセントや語尾の分析から、彼の出身地は薩摩半島中部ではないかという説が出されているという。

井伏鱒二『漂民宇三郎』の主人公は、自分たちに約一世紀さきだつ漂民のゴンザ、約半世紀さきだつニコライ新蔵らの面影に、世界の思わぬ場所で出会っている。その第一は、助けあげられた米国の捕鯨船上で、オランダ人の医師が《ロシアの学者が多大の年月と国帑《こくど》を費して、ロシアに漂着した日本船頭を助手にして編纂した字引》を使いながら、カタコトの日本語で話しかけてくる場面。これは、『新スラヴ・日本語辞典』とはべつにゴンザが著した、『簡略文法』（露日対照文法）をさすものだろう。第二は、カムチャツカの町で、ロシア人の老人から、生前のニコライ新蔵の消息を聞く場面。この老人は、イルクーツクの日本語学校（一七五三年にペテルブルクから移った）に学んだ人だが、そこにはニコライ新蔵の指導でロシア語訳された早引節用集や浄瑠璃本、林子平『三国通覧図説』の仏語版などがあったというのだ。「そなた、浄瑠璃の心中天の網島を御存じか」と、ロシア老人は尋ねる。そして「叔母うち連れて孫右衛門、うちに入れば、ヤ兄者人……」と東北なまりの日本語で節をつけ、語ってみせたりするのである。なお、この小説では、ゴンザの助力にあたったアンドレイ・ボグダーノフは、日本漂民とロシア女性のあいだに生まれた人物として語られている。これは事実に反するが、言語学者・村山七郎によると、同様の伝説は実際にロシアでも流布していたとのことである（日本語版『新スラヴ・日本語辞典』、村山七郎の「解説」による）。

このように、井伏の作品のなかの漂民は、それ自体がクロスカルチュラル（cross-cultural）な存在である。つまり、漂民たちが移動する先ざき、そこがつねに、彼ら自身にとっての「国境」なのだ。「故国」を見るにも、そこには、「異国」を見ているような自分のまなざしが混じる。それが、「国境」に生きるということの意味である。

たとえば、『ジョン万次郎漂流記』で、米国東部に暮らしはじめた万次郎が捕鯨船に乗り、日本近海で故国の漁船と行きあうくだり——。「その船はどこの船か！」、懐かしさあふれて舷側から万次郎が尋ねる。「センテイ、センテイ」と相手側は答える。仙台がなまったものだろうと思いながらも万次郎は相手のほうに短艇を漕ぎよせ、「皆様方の船は土佐に帰らるる船か?」と問うが、相手は合点のいかない顔で「知らぬ」と答える。「それではお手前方には、私の云う言葉が通じないのか?」と、問いなおすが、やはり相手は「知らぬ」とだけ言う。——仙台の言葉と、郷里の土佐の言葉。どちらにとっても、互いに「異国」の言葉なのだととっさに理解するのは、すでに万次郎が、いずれにも属していないからである。かといって、彼は米国に溶けいっているのでもなく、やはり、いつでも故郷の土佐を懐かしんでいる。故郷を望みながら、それが異郷でもあること。混じり気のないものの喪失。それが、「国境」に生きるということの、代償だ。

『漂民宇三郎』で、主人公が、ウワヘ島（ハワイ島）のヘイド（ヒロ）という港で時計商をいとなむカントンマン（中国系住民）のもとに身を寄せ、そこのポリネシアンとの混血の娘からメリケン語（英語）を教えられていくくだり。

《忝《かたじ》けなきことは、ウェレウェレ、タンキ。いざ御座れ御座れは、カメヤ、カメヤ。汝の故郷の妻子は息災《そくさい》なるやは、ヨーワイフ・チルダラ、ウェレウェレ。妻子は御座らぬは、ノーハブ。いつでもお互に好きは、オルセム、ライケ。これをカナカ語ではレキレキ。気持をそこなうことは、ボロケ。引っぱれよは、ハールト。これをカナカ語ではホーケ。好きになったことは、ライケ。いやになることは、ノーライケ。口を吸うことは、キースミ。歌をうたえよは、センゲ。舞踏は、ヤンキリヨリ。これをカナカ語ではホラホラ。笑うは、ダフ。カナカ語では、アカアカ……。》

この小説は、一八三八年に仙台沖で漂流、ハワイ、カムチャツカ、オホーツク、アラスカをめぐって、四三年にエトロフから日本へ帰りついた富山の長者丸の一行一〇人をモデルとしたものである。大筋は『蕃談』『時規《とけい》物語』などの談話記録にもとづいているが、主人公の宇三郎だけは創作上の人物である。史実においては途中で死亡した者を除き六人全員が帰国したが、小説では、一行の人間関係に嫌気のさした主人公が帰国を拒んで海外にとどまることになっている(ハワイ島の混血の娘のもとに戻ってその地で没する)。

こうした筋立てを思いついたのは、戦争中、マレーに徴用されたおり、輸送船のなかでの仲間うちの軋轢がたまらなかった、「その気持の憂さばらし」の心づもりがあったと作家本人は語っている。

花の街で

一九四二年(昭和一七)二月一五日、日本軍による一週間におよぶ猛攻のすえ、英領シンガポールが陥落した。日本陸軍の宣伝班員・井伏鱒二が、この街に「入城」したのは、その翌日のことである。前年一二月、輸送船に乗せられ大阪を出発した井伏は、海南島、サイゴンを経てタイのシンゴラ港に到着し上陸、さらにマレー半島を南下して侵攻する日本陸軍に同行し、ついに、ジョホール水道をシンガポールへと渡ったのだった。

南方に送られる一年半ほど前、井伏は、東京荻窪の自宅近所に住む児童文学者・石井桃子から勧められ、ロフティング「ドリトル先生物語」の原書を読んでいた。医者のドリトル先生が、仲間の動物たちを引きつれ、アフリカに航海する話だった。石井は、子ども向きのいい本が戦時下で出なくなったのを不満に思い、なんとかこの本を井伏に訳してもらって、自分が文藝春秋社の記者を辞めた退職金を資金に当てることで、なんとかこれを出版したいと考えていたのだった。井伏は、この主人公が「動物の言葉を解する」ことなどが特に面白いと思い、魅力を感じたが、翻訳はいっこうに進まなかった。待ちかねた石井は、自分で下訳をして、井伏のもとに届けた。彼はそれにていねいに手を入れて、完成稿に近づけていった。そのさい、主人公のドクター・ドゥーリトル（やぶ医者先生というほどの意味）という名前を、井伏は「ドリトル先生」と訳した。登場する動物たちのダブダブ、トートー、ガブガブ、チーチーといったオノマトペ（擬音語）による名前に、先生の名前の語感もうまく合うようにしたいと思って考えたのだ。

この『ドリトル先生「アフリカ行き」』は、四一年一月、石井たちがつくった白林少年館という出版社から刊行された。だが、出版社は、これ一冊を出してすぐにつぶれてしまった。本への反響はかなりあったので、井伏はシリーズ二冊目の『ドリトル先生航海記』も訳して講談社の少年雑誌に連載することになったが、三分の一ほど訳したところで徴用令状が来た。井伏は南方に向かい、ほぼ同時に太平洋戦争も始まった。出版社は、開始されていた連載も、作者が英国人であることから、軍部の意向に遠慮して、たち消えにしてしまった。

大阪から出航した輸送船では、ほかにも多くの徴用作家たちが同船していた。それに先立つ一一月二二日、中部軍司令部への出頭が命じられていた井伏と高見順は、前夜、大阪市の中央ホテルに一泊、連れだって入営する。一二月二日、出航。同八日、彼らは、対米開戦のラジオ放送を香港沖合いの洋上で聴いている（輸送船上では、徴用された新聞記者たちによって「南航ニュース」というガリ版刷りの新聞が発行されており、その日彼らが寄せた「感想」が載っている。高見順は「来るものが来た。運だめし」。井伏は「かうなるやうになつたと思ふ。もう少し早く発てばよかつた。風邪をひいて頭が重いせゐかショックというやうなものは余り感じなかつた」）。その後、「ビルマ組」に所属する高見ら八〇名はサイゴンで下船し、「マレー組」に属した井伏たちは、もはや彼らの消息を知ることがなかった。マレーからシンガポールに向かう「マレー組」の第一次徴用の宣伝班員は、総勢一二〇名。マングローブの林などをここではじめて見て、ロフティングによる「ドリトル先生」での南島の描写が正確であったことに、井伏は驚いた。

宣伝班員とは何なのか。そのことを宣伝班員たち自身が知らなかった。「ドイツのペン部隊を真似たらしいという噂があるぐらいのことは知っていた」（井伏鱒二「徴用中のこと」、七七〜八〇年）。だが、具体的にはまだ何の命令も出されてはいなかった。以後、四二年一一月の徴用解除まで、井伏は、このシンガポールの街で、当初は日刊英字新聞「昭南タイムス」の編集・発行人をつとめ、これを辞したあとは、昭南日本学園（現地の希望者に三カ月という速成の日本語教育を行なった）で小学校教科書『日本歴史』を通訳つきで講義したりして、すごすことになる。

シンガポールに上陸した井伏には、街はずれのナッシム・ロードの植物園裏手、接収された邸宅が、分宿用の宿舎として割りあてられた。大きくはあるが、砲弾を受け、雨漏りのひどい家だった。ゆるやかな傾斜のある広い芝生の庭がついていて、はずれの道には二、三本、ヤシの木が生えていた。陥落二日後、この島は「昭南島」と名を変えられている。〝昭和〟の〝南の島〟――。当地の日本人社会で昭和初期から続いていた「照南神社」（四〇年に「シンガポール大神宮」から改称）に影響されての命名だったとの説もある。しばらくして、「照南神社」も、「昭南神社」に変わった。

日本の軍政が布かれてまもなく、この島では、大規模な華人虐殺が始まっている。中国系住民らの抗日組織メンバーを摘発するとの名目で、一二歳以上の男性住民（一部の地区では女性を含む）が指定された狭い地域に閉じこめられ、憲兵、補助憲兵らによる粗雑な「検証」を受けた。その結果、〝敵性〟の疑いありとみなされた二万人ともそれ以上とも言われる住民が、裁判も受けることなしに殺害されていく。これは侵攻時の戦闘にともなうものではなく、軍政実施後の、民間人に対する継続的な大量殺戮だった。

井伏たちからひと月ほど遅れて、第二次徴用の宣伝班員も、シンガポールに到着している。一行中に、詩人の神保光太郎、フランス文学者の中島健蔵らもおり、この二人といっしょに、井伏は、市内の住宅街オーチャード・ロードの、これも接収されたカンポン・ハウス（田舎風の棟割長屋）に引っ越すことになった。

以来、これら三人は、同じ家に寝起きし、神保は五月上旬に開校される昭南日本学園の学園長、中島は学園の顧問をつとめた。井伏は正課外の嘱託講師だったが、やがて通訳をつかうのをやめて、自分なりの英語で古事記のことなどを話した。生徒は、一五歳以下が占める割合は低く、一六歳から二五歳の者が多かった。民族別には、多い順に、中国系、インド系、マレー系、ユーラシアン（西欧人とアジア人の混血住民）となり、つまり、シンガポールの住民構成をそのままに反映するものだった。性別には、男性生徒が八割以上。職業では、無職・求職中がもっとも多く、次いで学生、ほかにさまざまな有職者がいた。日本支配下での求職や商売のための「実用」日本語が、そこに求められていたことがわかる。ほかに、現地人児童むけの普通公学校も、このころから次々に開かれていた。

ともあれ、そこでの〝日本語普及運動〟については、神保や中島のほうが、井伏よりも熱心だったようだ。しかし、かんじんのカリキュラムは、彼らの懸命の取り組みにもかかわらず、即席の域を越えるものではなかった。わずか三カ月の「速習」では、生徒としても丸暗記式でのぞむしかない。学園長の神保は、生徒のための職探しに熱心で、在校生や卒業生から「ミスター・ジンボー」と呼ばれて人気があった。だが、彼にしても、こんな粗末な語呂合わせの「詩」を思いつき、悦に入っているありさまだった。

汝が名をば
昭南《シンガポール》にてわれにつかえし誠実なるマライ男タムリンに日本名を与えし夜

タムリンよ！
汝が名をば　田村《たむら》と称《よ》ばん
そのかみの　やまと島根に

坂《さか》の上田《うえた》村麿《むらまろ》なる　誉れある武夫《もののふ》のあり
大君の御詔《みこと》かしこみ　海山《うみやま》を越えて進みし
いさましの　いくさ語《がた》りや
タムリンよ！
汝が名をば　田村と称ばん
……

ここで呼ばれているタムリンは、神保、中島、井伏の家で、給仕として働くマレー人の青年だった。はじめは独身者に見えたが、二、三日たって、身重の妻を連れてきているのがわかったという。妻を大事にし、拭き掃除、料理、花壇の手入れまで、いっさいを自分ひとりで取り仕切って働いていた。

タムリンというマレー人の名から「田村」という日本人の名前（平安時代はじめの征夷大将軍）を連想し、これを相手の日本名として「与え」て、自分ひとりで感極まる。それは、赤道下の異民族たちの島シンガポールを「昭南島」と呼びかえて恥ずかしがらずにいる態度と、同じものだ。タムリン夫婦に赤ん坊が生まれたとき、中島健蔵は、昭南島の「昭」をとって「アキラ」と名づけるように彼に言った。タムリンのほうは、そういうことに頓着しない様子でやりすごしていたらしい。

「花の街」という小説を、井伏はシンガポール現地で書いている（「東京日日新聞」「大阪毎日新聞」に四二年八月から一〇月まで連載。翌四三年、単行本化にあたって『花の町』と改題）。井伏本人とおぼしき主人公・木山喜代三が、現地人たちから「マルセンの旦那」と呼ばれながら、骨董などを求めて、シンガポールの街なかをうろつく話だ（日本軍の宣伝班員は、日の丸のなかに「宣」の字を書いた徽章をつけたことから、「マルセンの旦那」と呼ばれたという）。この多民族社会を歩きまわるなかで、軍政当局が強いつつある日本語と、現地人のマレー語、中国語、英語とのあいだに、奇妙な食いちがいが積みかさねられていく。

現地で進行していた華人虐殺に、この作品は、少なくとも直接には触れていない。いや、たとえ触れても、それが検閲を無事に通過することはなかっただろう。徴用中の作家やジャーナリストによる原稿は、日本の新聞・雑誌社に送る前に、すべて軍の検閲を受けていた（井伏は自身の原稿について「五回に四回ぐらいの割で検閲を通らなかった」と、「徴用中のこと」で述べている）。

ともあれ、「花の街」で、井伏がとらえる「日本語」の質は、神保のそれと較べてすら、もっと軽い。いや、むしろ、神保の詩が露呈してしまうような「日本語」の軽さ、そのぺらぺらの触感を、井伏の小説はとらえている。

たとえば、この小説には、昭南日本学園の秀才、「ベン・リヨン」という華人の少年が現われる。

――あるとき、「マルセンの旦那」こと木山喜代三が、骨董屋の店先を通りがかると、華人の主人がペンキ屋と言い争っている。書きかけの看板には、カタカナで「ダイトウア、コットウ」とあり、「コットウ」の「トウ」の部分が指でこすって消してある。ペンキ屋はこのように書いたが、主人は、いや違う、ここは「ダイトーア、コットー」と表記すべきだと日本学園の秀才ベン・リヨンが言っている、と主張し、争っているのだ。ついに、店主の隣人、ベン・リヨンが呼びだされる。彼は、教室で習った通り「起立、敬礼」の動作をし、「はい、それは、なんの用事ですか。私は昭南日本学園生徒ベン・リヨンと申します。国籍は支那人であります」と、兵隊のように声を張りあげ登場する。

ここで「マルセンの旦那」は、ベン・リヨンにむかって、「君の仮名づかいが、間違っていたと、注意してやったらどうだろう」と声をかける。しかし、ベン・リヨンは、それに対して、日本語で次のように答えるのだ。

《「いえ、私はあなたのいうことがわかりません、それは何の用事でございますか。あなたは何が欲しいですか。私は日本語をよく話せません。はい、私は広東語と福建語と英語とマライ語が話せます。はい、あなたは何が欲しいですか。あなたは、早く云いなさい。」

これらの日本語は昭南日本学園のガリ版刷の教科書にみんな書いてある。要するに、ベン・リヨンは学校で教わった言葉だけ器用に組合せて喋っている。》

もっとも、ここでのベン・リヨンの主張には、それとして正当な理由がある。

彼が日本語を習ったとされる教科書は、どうやら、昭南日本学園の『ニホンゴ・トクホン・マキ一』（日本語読本巻一）であったようだ。川村湊『海を渡った日本語』によると、昭南日本学園では、当初、日本語教育の上で、かなの表記を発音通りにするか、日本で使われてきた従来のかな遣いにのっとるかの、議論があった。前者の表記法は満洲の小学読本などで採用されており、それによると、たとえば「白イ　ケムリオ　ダシテ」「アレ　ワ、新京エ　イク　ノ　デシヨオ」のような表記となる。

こうした「表音式仮名遣い」か「歴史的仮名遣い」かという言語政策と「国語」改革をめぐる議論は、植民地支配が進むにつれて、日本国内の言語学・国語学の領域でも、深刻な議論の的となった。イ・ヨンスク『「国語」という思想』は、そこで論じられた問題について、踏みこんだ分析を示している。イによると、国語学者・保科孝一による当時の主張は、戦前・戦後にわたる日本の「国語」行政に、重要な役まわりを果たすことになったという。保科らは、従来の日本語にむずかしい漢字・漢語が氾濫し、かな遣いは発音と一致せず、書き言葉が話し言葉とかけはなれすぎているなどの問題点を挙げて、日本語がより高度なものとなるには、「表音式仮名遣い」にもとづく根本的な改良が「内地」「外地」を通じて必要であると論じた。こうした日本語〝改革派〟の主張が、より合理的な言語政策の推進を勧めることで、植民地支配の維持強化をめざしたことは疑えない。だが、より深い問題は、保科らが指摘した日本語の欠点は現在にもおおむね妥当であるという事実に、根ざしている。この事実を認め、言語自体に含まれる多元性や雑種性にも頼りながら、日本語をいまより明晰で学びやすいものとすることは目指せるか？　その手だてを置きなおさないことには、保科らが示した（そして現在の文部行政に続く）一元的な言語イデオロギーを解除することはできない。

ともあれ、昭南日本学園では、この表記法のいかんについて、結局、折衷案をとることになったらしい。具体的には、「ハ」「ヲ」「ヘ」を助詞として使う場合の表記は従来通り、その他はできるだけ発音に即して表記することとし、また、「ナンヨウ」のような延音は「ウ」、ただし「マレー」のような〝外来語〟に類するものは線引きの「ー」、促音の「ッ」は小さい文字を使うというような方針である。だが、それもしばらくして、軍政部などから意見があり、表音式の原則によるということに、ふたたび方針が改められる。川村湊が言うように「教えるべき日本語のほうがドロナワ式」のていたらくだが、そんなわけで、ベン・リヨンが店主に教えた日本語は、軍政部肝煎りの「表音式」に、より忠実にのっとってはいるのである。

ちなみに、昭南日本学園でも、中級用の『日本語読本　巻二』では、「内地は」「思ひます」「はたらいてゐます」といった歴史的かな遣いを採用していた（川村湊、前掲書による）。また、当時、朝鮮でも、小学校低学年と高学年の教科書のあいだに、同様の不整合が存在した（イ・ヨンスク、前掲書による）。これは、日本国内での出版物を実際に読んだりするためにも、避けることのできない二重基準だった。さらに、徴兵制の実施が日程化されつつあった植民地朝鮮では（四四年度からの実施を、四二年五月に閣議決定）、兵器使用法をまちがいなく読みとることなど、軍事上の最低限の必要としても、それはいっそう不可欠な要請事項だった。日本の植民地支配、占領支配のなかでなされた言語政策は、このようなぬかるみの道を進んでいた。「花の街」は、こうした「日本語」の表層を、いわば路上観察のような手つきで〝採集〟して歩くおもむきをもっている。

——話は進み、ある日、昭南日本学園の園長「神田幸太郎」（神保光太郎がモデル）は、日本語教育の成果を示そうと「木山喜代三」を街に案内する。学校を開いてまだ三カ月。しかし、初等科で実用会話を教えたのが功を奏して、日本語普及はかなりの実績を上げたと神田は誇っている。

「嘘だと思うなら、すぐそこのガールス・スクールの看板をお目にかけようか。」神田は、車夫に命じて、人力車を止める。けれども、その校門の看板には、「オーチャード・ロード・ポーイス・スクール」と書かれているのだった。「こいつはどうもおかしい。昨日の夕方、ガールス・スクールと書いていて、しかもガールスのカの字に半濁音をつけていたが、今日はこの通りだ。ボーイス・スクールになっている。それに、ボーイスがポーイスになっている。」

神田は校長に面会を申し入れる。華人の校長は、流暢な英語で、あなたのおかげで昨日はペンキ屋の誤字を修正することができましたと、にこやかに神田に言う。神田は明らかにまごついて、あまり上手ではない英語で、校長を詰問しはじめる。

……………

《「左様、あなたは昨日、仮名づかいについて熱心な態度を示されたが、はからざりき、あなたは余りにも事態に対して楽観的であった。あの校門のところの看板は、決して大過なきを得ているとは云われない。もしあなたがあの看板が大過なきを得ていると主張されるなら、あなたは無意識的であるなしにかかわらず私を愚弄されるも同然である。」

「おお、それは意外千万である。」

……………

「スクール・マスター、私は云う。昨日、私は諸君にこう云って指摘したと確かに記憶する。この看板のガールス・スクールのガの字が違っていると指摘して、カの字に濁点を打てばガと濁って読む文字になる。しかし、カという字に半濁音の印をつける法はないのである。昨日、私は諸君にそう云ったのであった。」

「左様、昨日の貴官の説明によれば、カの字に半濁音の印をつける法はない。しかし、ボーイス・スクールのホの字には半濁音をつけ得るのである。昨日、そういう貴官の説明であったと記憶する。故に、われわれはペンキ屋を呼び、ガールス・スクールと正確に書き改めるように申しつけた次第であった。」

「いや、私のいうのを聞け。」

神田幸太郎は躍起になった。

「なんというこれは大きな間違いであろう。いま、あなたは、あなたのいったことによって、あなたは仮名文字を読み書きする訓練を充分に積んでいないことを表明したようなものである。この看板の片仮名はガールス・スクールという文字ではない。ボーイス・スクールという文字である。しかも、遺憾ながらボという文字が一つ、ほんの僅か間違っている。」

「おお、それはなんという不覚なことであったろう。」》

なんだか英語教科書のジャックとベティみたいな会話だが、井伏の目と耳は、この会話のぎこちない紋切り型を、そのようにとらえている。つまり、神田がしゃべっているのも、あのベン・リヨンの「日本語」と同型の、「英語」なのだ。井伏は、この双方を、ほとんど等質のものとして描く。また、そこに、昭南日本学園で現地人に日本歴史を講義する、彼自身の戯画が含まれていると言えなくもない。

……神田と木山は学校を出て、表通りに戻る。神田が上機嫌を取りもどしたようなので、木山は自分の好きな骨董の話をする。だが、神田は骨董の話になど乗らないで、現地人に対してどうやって正しい日本語やかな文字を普及させるかを、なおも熱心に語りつづける。

《二人の話はこんな風にたがいに得手勝手で、ちぐはぐであった。こんなのをマルセン旦那の仲間では「いかれている」または「頭が開いている」といっている。「南方ぼけ」とも云っている、しかし必ずしもそれは非難をあびせる意味の言葉ではない。》

さらに話が進んで、木山喜代三はたまたま知りあった気のいい軍曹といっしょに、食堂に入る。ここの給仕の娘たちも華人で、彼女らは注文を取るのに、一字ずつゆっくりと丁寧に、鉛筆でカードに漢字を書いていく。「儞飲啤酒嗎?」、これで「ビールを飲むか」である。うなずくと、「啤酒! 我們祇有小瓶的、儞要食什麼?」と続く。「——ビールは小瓶しかないが、それにしても何を食べるか」ということだという。木山はカードを受けとって、いいかげんに漢字を書き並べる。「我等要啤酒、小瓶的、没有問題。而我要、這様食物、毎様両碗。」ビールが届き、やがて料理も運ばれてくる。

少しして、別の女給が、カードを木山の前に置いた。

《冒頭に「請問先生這個宣字的襟章」と書いてあった。「マルセンの旦那にお願いします」という意味である。それは次のような白話文であった。

「儞衣上樹着那個宣字襟章、我想儞必会認識山田先生的、我想請儞代我送封信給他! 前日儞請儞一定昨晩会来這店子、但是儞又不来! 使我失望得很! 儞是有病嗎? 使我燥急極了! 我感覚很孤独的人生呀。」

その意味は「貴官は上着にマルセンのしるしをつけているから、山田さんを知っているだろう。では、山田さんにこの手紙を渡して下さい。山田さん、貴方は一昨日の夜、明日は来るといって来なかった。私は煩悶します。貴方は病気でしょうか。私はたいへん心配です。私は独りぼっち、淋しがり屋の弱虫です」という程度の一種の艶書である。

……孤独的だと称する女給のため、木山はカードに次のように書いた。

「不要傷心、我此信書給山田先生。」

彼女は椅子から乗り出してそれを読み、料理を持って来るため奥に立って行った。すると、指の爪を赤く染めた女給がカードに書いた。

「山田先生的心太多。」

すると料理を運んで来た女給がそれを見て、それに対する仕返しを書いた。
「南京虫先生是無頼漢。」
彼女たちはみんなで愉快そうに笑い、木山と軍曹に料理を分配してくれた。》

このように、井伏が描く言葉の景色は、日本語、英語、中国語、マレー語と、くるくると変わっていく。「日本精神を覚えるには、日本語を知らんければいけないです。私、日本語を自由に話せるですから、私、もう日本精神をよく覚えておるです」と、へんてこな日本語で主張するマレー人も、現われる。木山喜代三は、それに対して「君、無茶をいってはいけない」とたしなめるが、相手に「いえ、無茶でないです。日本語と日本精神のこんな関係において、この前、マルセンのポスターにもちょっと書いてあったですからね」と言い返され、言葉に詰まる。つまり、これは、日本国家が「日本語」で宣伝する理念のタテマエ（八紘一宇とか大東亜共栄圏とか）を、その表層において、とことん貫いた世界の風景なのだ。徹頭徹尾、表層的であること――。それによって、世界は、風景を変えるのである。

だが、それでも、やわらかなユーモアをもって書かれているこの作品のあちこちには、シンガポール社会で現実に進行していた現地人虐殺への、井伏の心苦しい胸の内が、にじんで見える。また彼は、それがにじんで見えるように書いている。

たとえば、木山喜代三が、さきほどの軍曹と、街を「ジャランジャラン」（マレー語で散歩の意）するくだりの会話。――日が暮れ、酒場から日本の歌のレコードが大音量で流れはじめると、近辺の長屋の二階の窓が、次々にぱたぱたと閉じられていく。

《「あんなに、宵のうちから面当てみたいに窓をしめて、暑いことでしょうなあ。しかし、あの蓄音器も相当な声を出しますなあ。」

「あの長屋の窓が一つ一つ閉じられるごとに、ちえッちえッちえッ……閉じている当人が一つ一つ、舌打ちしていると考える見方もありますね。ちえッちえッちえッ……もっとも、歌をききたくない人には、歌は雑音と同じですね。」
「自分も、あんな歌は好かんですな。（後略）」》

「花の街」との表題とは、夜のシンガポールに漂うチャパカの花の甘い匂いをさしている。作中、地面にうがたれた大きな穴の底の溜り水に、何者かの手でチャパカの木の枝がどっさり投げこまれている、という場面が、この題の由来である。そして、その穴は、シンガポール市陥落の前日、日本軍の砲撃によってできたというのだ。

「花の街」という明朗な響きと、そこに沈むにがさ。この小説が、そのような二重化された気配を帯びるのは、当時の井伏が、軍による華人虐殺の詳細を、間接的ながら身近に察知しうる場所にいたからである。のちに井伏は書いている。

《〈昭南タイムス社への〉出社第一日早々に、掲載を急がせられる原稿がたくさん来た。最初に来たのは、シンガポール入城に際してマレー人に告げる軍司令官諭告の原稿である。これはどうしても第一号に掲載しなければいけないと命令された。つづいて軍政部からの布告や警備司令部からの布告が来た。なかでも無気味なのは、「在住華僑の十八歳以上五十歳までの男子は、来る何月何日までに左の地区へ集結すべし」という警備司令部の布告であった。》

《粛清の始まる前の情況のうち、私の記憶に残っているのは、何千人もの華僑が広場に集結している光景である。私は昭南タイムス社へ通勤の行き帰りに、ところどころの広場でそれを見た。そこに三千人、あそこ

に二千人というように集結させられていた。》

《粛清の実施された直後のころ、私たちが現地で知った情報によると、補助憲兵たちはあんまりたくさんの無辜の民を粛清させられることになったので、空怖しくなって一部だけ粛清して「もうこれで勘弁してくれ」と憲兵隊の者に謝まると、「駄目だ。上からの命令だ。貴様たちは上官の命令に反くのか」と補助憲兵たちを叱りつけて無理やり実行させたそうだ。粛清は広場で行なわれたとも云い、浜辺で行なわれたとも云い、またブラカンマチの印度人の灯台守が、何千人という犠牲者が後手に縛られて曳船で曳かれながら、次から次に機銃掃射されるのを見たそうだという噂もあった。》(「徴用中のこと」)

ちなみに、「花の街」での昭南日本学園の優等生、ベン・リヨンのモデルは、リン・カナンという華人の少年だった。彼の父も、日本軍の布告にしたがって指定の場所に出かけていき、それきり行方不明となっていた。しばらくのち、父が日本憲兵の手で処刑されたとはっきりわかってからも、じっと我慢して、井伏たちの前では日本人を恨んでいるようなそぶりは見せなかった。お世辞は言わないが、日当を渡せば忠実に働いた。その様子が、痛切な印象となって、井伏のなかに残っていた。だが、それを、表面的な感傷でつくって書くことは、彼は自身に禁じていたのだろう。

シンガポールとは、井伏にとって、どのような場所だったのか。

徴用を解除されて日本に戻ってまもなく、彼は、英国植民地当局からも東洋人社会からも排斥されてきたシンガポール現地のユーラシアンの少女の日記を翻訳し(「或る少女の戦争日記」、四三年)、また、中国語を知らない華人世代に受けつがれている中国的風習を、自身の交友関係を通して徴用日記に描いて発表している(「昭南日記」、四二年)。戦時下に、こうした文章を発表することには、それなりの度胸と工夫を必要としたはずだ。また、それ以上に、ここで彼が、シンガポールというアジアの植民都市を、いわば、あらゆる住民にとっての孤独な「国境」地帯、つまり、「国」とか「伝統」といったものへの全幅の信頼とは対照をなす都市として見ていることに、注意を要する。

シンガポールの華人たちと知りあうにつれ、井伏は、彼らのたいていの家に、日の丸と青天白日旗（中国国民党の旗）の小旗が、一本ずつ用意されているらしいことを知るようになっていた。リン・カナンの部屋でも、井伏はそれを見た。あるとき、市内の大通りの店が何かの勘違いで日の丸を掲げると、三〇分もたたないうちに、その通りいっぱいの家々に日の丸が並んだ。しかし、それから三〇分もしないうちに、これらの日の丸は一本残らずふたたび消えてしまったという（「徴用中のこと」）。

井伏鱒二のなかに長く残ったシンガポールは、そのような風景である。そして、彼は、繰りかえしそこに立ちかえって、自身の戦地体験を、生涯を通じてもっとも頻繁に書いた作家の一人となった。

敗戦と国境

敗戦後の一九五〇年、井伏は「遙拝隊長」という短篇を書いている。

主人公の遙拝隊長こと岡崎悠一は〝村の馬鹿〟である。マレー戦線で陸軍中尉だったが、現地の事故で頭部に障害をきたし、戦後のいまも、郷里の村で戦地勤務中だと思いこんで暮らしている。発作が出ると、誰彼のべつなく「突撃に進めえ」「伏せえ」などと号令をかけ、「ぐずぐずいうと、ぶった斬るぞお」と物騒なことを言う。村の男たちは、悠一が発作を示したときには適当に調子を合わせ、折りを見て逃げだしてしまう要領を心得ている。――この「ぐずぐずいうと、ぶった斬るぞお」は、かつて井伏たちが南方に送られたさいの輸送指揮官の口癖だった（海音寺潮五郎は「ぶった斬ってみろ」とすごみ返したという）。一日に何度となく徴員たちを甲板に整列させては宮城遙拝をとりおこなうので、この指揮官には閉口させられたのだそうだ。

「遙拝隊長」の話に戻ると、この〝村の馬鹿〟の言いぐさに我慢ならないと言う男たちもいる。村の外から来る人々である。あるとき、炭の買いだしに来た兵隊服の青年が悠一となぐりあいになり、止めに入った村の者とのあいだで、このような問答が生じる。


《「ぶった斬るとは、何ごとじゃ。まるで、軍国主義の亡霊じゃ、骸骨じゃ。おい棟次郎《むねじろう》さん、放してくだされ。おい放せ、村松棟次郎さん。この危急存亡のとき、わしの自由を村松棟次郎さんは、奪うのか。」

「まあ落ちつけよ。けんかの相手は、あのとおりだ。抵抗力がないいんだよ。」

「いや、ぶった斬るとは、何ごとじゃね。軍国主義の化け物が、言うことじゃ。あの一言で、わしは腹わたが煮えくりかえる。」

「まあ、そう言うな。戦争中だと思ったら、お互いに我慢できんこともなかろう。戦争中には、さんざんにきかされた言葉じゃ。お互いに、よくきかされて来た間がらじゃないか。」

「こりゃ、村松棟次郎さん、戦争中だと思えとは何ごとです。由々しき失言、許されんです。非武装国と誓った国じゃ。そんなこと言いなさるなら、あんたから買った炭、わしゃ、みんな返すんじゃ。」

「ああ返せ、わしもお前には売らん。」》

そんな問答が続くうちに、村のべつの青年たちが、悠一をうまく導いて引きあげさせる。

《「のう、悠一ッつぁん、もう帰ろうや。——中尉殿、さあ、敵前迂回作戦であります。」》

ここにはっきりと見てとれるのは、事の順逆に関する、井伏鱒二という作家の見地だろう。

戦争中、井伏は、遙拝隊長に同意する立場では、けっしてものを書かなかった。そして、敗戦後、〝戦後民主主義〟の新しい合言葉と、〝村の馬鹿〟となって生きのこった遙拝隊長を較べるとき、その〝村の馬鹿〟

のなかにある意味あいを重く見る。「ぐずぐずいうと、ぶった斬るぞお」を、懐かしがって擁護するのではない。「軍国主義の亡霊」「危急存亡」「わしの自由」「由々しき失言」「非武装国」、そうした東京わたりの新流行語（そのうちいくつかは旧時代の流行語と同じ）の腰の軽さを、〝村の馬鹿〟のなかに継続している昨日の自分たちの言葉にぶつけ照らして、試金石にかけるという体勢である。そこにかかる風圧。この重みのいかんが、井伏という作家にとっての、戦争の意味である。

かつての遙拝隊長たちを戯画化して軽妙な筆誅を加えることは、戦後、井伏の腕前なら容易にできただろう。けれどもそうせず、むしろ、恨みの残る遙拝隊長を、そのまま〝村の馬鹿〟として、意味の担い手へと転生させていく。このとき、彼の内部に働いている複雑な抵抗の感覚、作品のなかの持久力をとらえることが、重要だ。

「国境」のどちら側かに所属することではなく、むしろ、「国境」を生きることから産みだされる言葉の力、折衷の知恵に働く複雑なダイナミクス、創造の拠りどころとしてのピジンへの関心。ここでも、彼は戦中と戦後を通して、同じ難所に目を向けている。戦争のなかで、本当に語られねばならなかったこと、語りえなかったことは、新しい戦後の言葉によって、どのように語りうるのかと。

口語の機能に重きを置きながら、それを均質なものとして整理・統合していく方向にではなく、方言、意味の多元性の積みかさなりとしてとらえていくことにおいて、井伏の姿勢は戦前・戦後の「国語」改革論者たちとの対立をなしている。この点で、柳田國男、中野重治、井伏鱒二らは、それぞれの場所での営みを通して、戦後を迎える日本語に、もうひとつの流れを示そうとしていた。

村という持続的な時間の場所から、戦争をとらえる。その視点は『黒い雨』（六五〜六六年）に続いている。「わしらは、国家のない国に生まれたかったのう」――『黒い雨』の主人公・閑間《しずま》重松《しげまつ》は、被爆直後の広島市内で、腐乱した死体を次々にトタン板で運んで炎のなかに投じていく兵士の口から、こんな声が洩れるのを聞いている。これとほぼ同じ言葉が、「遙拝隊長」のなかに見つかる。それは、主人公・岡崎悠一中尉が、マレーの戦地で頭部に大けがをしたおり、担架で野戦病院に運んだ兵士の一人が「あれを見い。マレー人が、わしゃうらやましい。国家がないばっかりに、戦争なんか他所《よそ》ごとじゃ。のうのうとして、ムクゲの木を刈っとる」と、仲間につぶやくだりだ。おそらく、戦地の井伏鱒二も、同輩の誰かの口から、このような言葉を聞いたことがあったのだろう。

敗戦の日、一九四五年八月一五日。『黒い雨』では、まったく唐突に、ブラジルのコーヒー豆が出てくる。主人公の勤務する工場に「重大放送」を聴きにきた家主の隠居さんが、新聞紙に包んでもってくるのだが、二十何年か前にブラジルへ出稼ぎに行った甥が何年か前に送ってよこしたのを、どんなふうにして食べたらいいのかわからず、いままで戸棚にしまいこんでいたというのだ。

国破れて、「国境」の向こうあり——。敗戦の日に、それが反射的に思い起こされているところに、作家としての井伏の資質が、鮮やかに現われているように思える。

移民とコロニア

ブラジルのサンパウロで、「オーパ」という日本語雑誌が刊行されている。日本人移民の準二世（子ども時代に親に連れられて移民した世代）たちによる六十数年ぶりのはじめての日本「里帰り」談義が載っており、そこには、かつて日本の外にとどまった漂民たちから現在へとわたる、日本語の語られかたの響きがある。

《**大和田**（忠雄、一九二三年生まれ）　広島に行った時の思い出は一生、忘れられんね。日本人として原子爆弾のあれを見逃したら、と思ってわざわざ行ったんだよ。

停車場からルア（道）に出て、原爆の広場に行くにはどうしたらいいかな、と考えておったんです。そしたら六十五、六のおばさんが通りがかったもんね。そのおばさんに尋ねてみると、オレの顔をジロジロ見よったよ。

「おじさん、どこからお出でになったの」って言うもんね。「はるばる南米ブラジルから原爆のあれを見に来ました」って言ったら喜んじゃってね、「私が案内するよ」って言うんです。で、その婆ちゃんに「タクシーで行きましょう」って言ったら「ノーノー、そんな無駄な金使わんでいいから」ってオニブス（バス）に自分が先に乗って二人分払ってくれたんですよ。それから原爆のドームで、その婆ちゃんに写真を撮ってもらって、三時間も一緒に歩いてくれましたよ。

記念碑に拝んで、最後に資料館を見ようと思って、エントラーダ（入場券）二枚買いました。そうしたらそのお婆ちゃん、「私はこの中に入りません」って言うんだよ。でも無理に入ってもらったら、涙ポロポロこぼして。

自分のパレンチ（親類）や従兄弟が亡くなっていて、自分もあの煙を見たんだって。だから、あれを見られんのだよ。ヨ（私）はこんなガラガラな男でも胸にバッときて、おわび言ったのよ。

それで別れ際に二千円ばかり紙に包んで、お礼で出したんですけど、受け取らんのよ。その辺にカフェ飲む所もないし。

オレ、旅慣れてないんだな、やっぱりあがっていて、あの人の名前から住所、何も聞いてないんだよ。それが返す返すも残念でな。》（「オーパ」一九九六年一〇月号。一部、改行を割愛した）

この大和田さんは、福島県生まれ。一一歳で両親、兄弟とともにブラジルに渡ったので、日本での戦争の記憶はない。故国の被爆というより広く、この世界の受難としての原爆という感覚が、おのずとここに開かれているように感じる。

だが、準二世たちの現代日本社会への印象は、在日する日本人の自己評価以上に、はっきりとした批判を含む。

《**渡辺**（香代子、一九二九年生まれ）　日本はここみたいに「のんきのんき」はできないね。
　奥さんが仕事しない人でも、ここなら「ヴァーモス・トマ・シャ（お茶でも飲みましょう）」とか言うでしょう。日本は確かそれはないね。
大和田　日本の人は金もうけが忙しいんだ（笑）。
渡辺　こっちだったら人が来れば、仕事休んで一緒に歩くでしょう。日本はそれができないでしょ。
大和田　食事もほとんどレストランで、あまり手作りってのはないね。
田口（フミ子、一九二三年生まれ）　○○さんの奥さんが行きなったら、「おばさん、どうして帰らんの」ってソブリーニャ（姪）らが。もうあれにはびっくりしたって。
大和田　日本に行ったら「いつ帰りますか」って言われる前に引き上げなきゃいかんのだ（笑）。》（同）

　ブラジル在住の元日本語新聞ジャーナリスト、歌人の清谷益次は、『岩波菊治――短歌に辿る一移民の心の軌跡』（一九九三年、サンパウロ人文科学研究所、ブラジル）という、一人の移民歌人の作品と生涯を追った著作を書いている。

　日本人の海外移民は、一八六八年（明治元年）のハワイ移民に始まり（グアム島にも試みられたが、失敗して撤収）、その後、米国、カナダ、中南米のメキシコ、ペルー、ブラジルなどに移民先は広がって、第二次世界大戦までに日本から出国した移民総数は約百万人と言われている。ブラジルへの移民開始は、一九〇八年、第一陣の笠戸丸一行の七八一名（うち女性は一八六名）。ほぼ同時に、ブラジル移民のあいだでも俳句や短歌が詠まれだしたが、広く発表する手段はまだなかった。そうした舞台がもたらされるのは、一九一〇年代後半、現地で日本語新聞が刊行されだしてからのことだった。とはいえ、このような正規の契約移民以前にも、単独で海外に渡る人はかなりいた。

鈴木貞次郎（虹原、南樹。一八七九〜一九七〇）という人も、清谷益次によると、笠戸丸移民以前にブラジルに渡っている。一九〇五年、当初はチリに渡るつもりだったが、船のなかで気持ちを変えて、ブラジルを選んだ（高橋幸春『日系人　その移民の歴史』）。日本にいたころから、鈴木は正岡子規に俳句の指導を受け、与謝野寛・晶子が主宰する「明星」に拠って作歌していたとも言う。ブラジルでは日本語新聞創刊よりかなり前から、サンパウロ市在住の同好者と回覧雑誌をつくって、短歌を載せたとされている。ブラジルに渡ると、号を「虹原」から「南樹」に変え、当時の作（一九一〇年代前半）にはこういうものがある。

山羊の乳をしぼる娘をぬすみ見つイペの花みつ吾ただならず

ブラジルの移民社会では、短歌、俳句のほか、日本語小説の創作もさかんで、「コロニア短歌」「コロニア小説」などとも呼びならわされて、サンパウロを中心にアマチュアの歌壇、俳壇、文壇を形成した。二世以後の世代の母語は現地語（ポルトガル語）に移っていくが、その一方、第二次大戦後の新移民の作者も新しく加わって、かなり活発な活動が現在も続いている。なかでも、短歌と俳句は、農業その他の多忙な暮らしを縫って、より広い層に親しまれた。

岩波菊治は、一八九八年（明治三一）長野県上諏訪の農家の三男に生まれた。長野県、ことに諏訪地方は、歌のさかんな土地柄だった。尋常小学校を卒業し、のちに小学校準教員の資格を得ている。一九一八年（大正七）、二〇歳で短歌結社アララギに入会。このころアララギの中心をになっていた同郷の人、島木赤彦に作品を見てもらうようになった。二四年に結婚。翌二五年（大正一四）七月、満二六歳で、アリアンサ入植の先発隊の一員として妻とともにブラジルに渡った。当初は、他者の土地にコーヒー栽培四年契約で入植し、間作に米などをつくった。三年後に三〇町歩（約三〇ヘクタール）の土地を買っている。これはかなりの〝スピード出世〟で、夫婦の働きぶりを思わせるものであるという。以後、何カ所かを移転しながらも、終生ブラジルですごし、一九五二年、満五三歳で死去している。なお、伝記をしるした清谷益次（一九一六〜二〇一二）も、一九二六年にブラジルに渡った人である。
また、短歌の岩波と並んで、ブラジル俳句の先人とも呼ばれる佐藤念腹（一八九八〜一九七九）は、一九二七年（昭和二）、移民船に乗ってブラジルにむかっている。高浜虚子は、門下の念腹に、こんな一句をはなむけとした。

畑打つて俳諧国を拓くべし

このとき虚子に、日本人を越え、日本語を越えて生きていく俳句への予感があったとは言えそうにない。
同じ年、岩波菊治は、ブラジル奥地から故国の師を思いだして詠んでいる。

国遠く行きても歌を励めよとのらししみ言忘るべきかは　（赤彦先生を思ふ）

前年の二六年、島木赤彦は満四九歳で没していた。どんな異郷にあっても、そこでの歌に励めばいいと、岩波は師の言葉を受けとめ、心の支えとした。三年後（三〇年）の正月、「日伯新聞」歌壇で選者を受けもつことになったとき、彼は、師・島木赤彦の教えを守って短歌は「写生」を主とし、ブラジルの歌壇の質も向上させることをめざしたいと抱負を述べる（「日伯歌壇に寄す」）。
原始林を開墾し、自営の農地を少しでも広げようとする日が続いた。

暑き日の山の昼餉は水かけてからき味噌漬をそへてわが食す
この国のくらしも慣れつ朝なさな熱きカフェの濃きをたのしむ

うつろへる夕日の色は淡々し霜枯れしるき珈琲畑

風景は、彼の目に美しく映ったばかりではない。サンパウロ、パラナ両州の奥地で開拓に携わった人々は、しばしば結実前のコーヒー園を霜に灼かれ、絶望と挫折感を味わった。この暮らしのなかで、彼はすでに幼い娘を一人、死なせていた。

稲打ちの激しき仕事のつづきつつ妻と寝る夜も無くてすごしつ
稲打ちてかすむ眼は見はりつつ今日とどきたるアララギを読む
蚕を飼ひてミシン購はむといふ妻の願ひはあはれ三年越しなる
現し身の心づかれかふるさとの夢をぞ見つれ三夜つづけて
家建つる仕事に日々は過しつつ我が性慾は久しく起らず

日常のなかの性的な事柄を率直に詠んだ歌も、岩波菊次には多かった。

幾十万本の古き珈琲を伐り捨てし跡にひろびろと棉植ゑにけり
病みあとの心よわれるすべなさは一途におもふ故国にかへる日を
先生の忌日は明日と思ひ居りアララギ二月号がやうやく届きぬ
先生の野分の軸を借り来り今日の忌日にかけておろがむ
アララギの中にしありて疑はず廿年ちかく歌よみて来ぬ

一九三八年、四〇歳となる年の作。

三月二七日は、島木赤彦の一三回忌にあたる。日本・ブラジル間の郵便は、このころ、およそ二カ月かかっていた。だから、明日は先生の命日だなと思っているところに、「アララギ」二月号はやっと到着したのである。岩波は、野分をうたった赤彦の書を知人から借りて、その軸を粗末な土壁に掛けて拝した。前年あたりに、岩波はアララギ準同人に推されていたはずだと、伝記作者の清谷益次は推測している。

この年、岩波一家（子どもが四人いた）は、奥地のアリアンサ移住地での営農に見切りをつけ、サンパウロから一〇〇キロほど内陸にあたるカンピーナス市に移っている。また同年一〇月、歌誌「椰子樹」がサンパウロで創刊されて、岩波は選者にもなり、この動きにかかわった（同誌は、ブラジル唯一の短歌専門誌として、現在も刊行が続いている）。日本語新聞には、短歌のほか、俳句、川柳、自由詩、小説などが競って掲載され、日本人の集団居住地ではさまざまな小雑誌も謄写版刷りで発行されだした。活気づく「コロニア文学」の中心地サンパウロに、少しでも近づいておきたい気持ちが、岩波のなかにもあった。

前年の三七年一一月、「明星」系の歌人、坂根嵯峨こと坂根準三が、サンパウロ駐在総領事に赴任している。また、横浜正金銀行リオ・デ・ジャネイロ支店長、椎木文也は、日本の山下陸奥主宰「一路」の同人だった。この二人は、ブラジル滞在中、移民社会での「椰子樹」刊行に、金銭的な援助ももたらした。

岩波は、「椰子樹」ほかの選者ではあったが、添削料など個人的な謝礼は受けとらず、生涯、農人として地歩を固めることこそを願っていた。

山沢を分け入りゆけば此処にまた日本の民が野菜作れり
トマト売りてゆたかにならば蝕ひし歯をぞ治さむ我も吾妻も
永かりし妻が眼病の癒えしとき幾とせぶりに身ごもりにけり

このあと数年のあいだに、岩波一家はロッシンニア（三九年後半ごろ）、スザノ（四四年七月）、モジ・ダス・クルーゼス（四六年三月）と頻繁に居を移した。いずれも、サンパウロ近郊と呼んでいい地域だった。清谷益次は、一八歳年長の岩波をこのころ短歌仲間らとともに訪ねて、即席の漫吟歌会を催したりもした。ロッシンニアの岩波の家は、背後が低湿地になった傾斜上にあり、裏側を石で築いて、粗末なものだった。スザノでは、「これが人家かと疑われるほどの小屋に住んでいた」という。

一段組みの選歌に載らむ事のみを秘かに願ひ歌はげみ来し
ふるさとの方言はおほかた使はねど稀々にして口に出づることあり

「一段組み」とは、結社雑誌で「その他大勢」の域を抜きんでて、作品一首が一行に正しく組んで印刷されることをさしている。日本から送られてくる「アララギ」で、彼の歌の扱いは、ようやくそこまできた。だが、子どもたちの学用品を買うのもやっとで、妻が歌より金銭の収入を願う気持ちも、よくわかる。野菜作りがまにあわないときには、野生のかぼちゃの蔓を煮て、おかずにした（イタリアやポルトガルからの移民には、普通の蔬菜として食べる習慣があった）。入植以来、まだ海を見に妻子を連れていってもいない。日本からの移民にとって、数十日をかけて渡った海は、故郷と自分をつなぐ唯一の「道」でもあるのだったが。

ブラジルの日本人集団居住地は、北海道から沖縄までの（ときに朝鮮からの）出身者の寄り集まりだから、言葉は次第に混じりあってくる。そこには、なるべく国なまりは使うまいとする気持が働くが、ひょっとした拍子にそれが口をついて出てくることもある。そして、いつしか、現地語とのピジン、「コロニア語」と呼ばれる言葉が、彼らのあいだに広がってくる。

徳尾君武本君仲間君の歌がアララギに載れるを見れば我も励むべし
三月あまり歌怠りてありつるると今宵しみじみと思ひ嘆きぬ

我が歌がアララギ叢書の一冊となり世に出でむこそ今の願ひぞ

短歌は「アララギ」が唱導する写生以外にない、その信念をたもちながら、岩波は周辺の人々に「アララギ」への投稿を強く勧めた。ここに歌われている徳尾君は徳尾渓舟（恒寿）、武本君は武本由夫、仲間君は仲間美登里（南米堂書店主、戦後の「南米時事」創刊者）、いずれも彼の身近で指導を受けた人々である。これら三人の歌が「アララギ」に掲載されたのを見て、ああ、自分ももっと歌に励まねばと、岩波は思った。トマト作りなどのなりわいに忙しく、三カ月ばかり作歌を中断してしまったことを省みても、ますますそれが感じられてくる。

ただ一つの望みは、自分の歌集が「アララギ叢書」に加えられ、日本で一冊の本になることだった。同人だからといって、皆が歌集を叢書の一冊としてアララギ社に刊行してもらえるわけではなかった。叢書に入ることは、作品として、結社のなかで揺るぎない評価を得ることを意味していた。

だが、彼の身辺にも、変化はあった。コロニア（植民地＝移民たちは自分たちの社会をこのように呼んでいる）の短歌界は、太平洋戦争による受難を目前にして、成熟期を迎えていた。地方歌会の生まれる気運がもっとも強かったのも、この時期である。四一年八月、岩波菊治は、小田切剣（清水美貴雄。窪田空穂・松村英一系の「国民文学」同人）とともに、新しく発足される「バストス短歌会」に招かれて、バストスへとむかう。

山の中の町としいへどわだつみの生の魚ありて我に食はしむ（バストス行）
バストスに二日居し間を蕎麦食ひて尚飽かずけり蕎麦好き吾は
たはやすく相対死もなし得むと一途なる君はたかぶりていふ
午前二時すでに過ぎしが話やまず夫婦の愛情などを語りて

ひたすらに吾を信じて師と頼む愛《い》憐《と》しき人に心寄りゆく（某女に）
傘さして夜更けの街を佳き人と共にし行けば心揺らぐも

バストスは日本人の一大集団居住地で、鮮魚など日本食の食材も豊富だった。蕎麦も堪能した。長野の生まれの岩波は、ブラジルに来てからも畑の隅にわずかの蕎麦を育てて、自分でそれを打ってでも食べるほど好物だった。

しかし、三首目は「相対死」、男女の心中をうたって、ただならぬ恋情の歌である。バストスの歌会で会った一人の女性から、先生とならば相対死でもできますと激しく言いきられて、自分の心も傾いていくのを覚えたのだ。歌会は遅くまで続き、そのまま流れて、話は歌論から夫婦間の愛情のことにまでおよんだ。

この「某女」は葛西妙子（葛西喜美、故人）という人だという。東京府立高女を中退して移住、バストスでは助産婦として働いていた。作品水準では「椰子樹」中の第一線にあるとの評価を受けていた。岩波と葛西がはじめて顔を会わせるのは、前年春の坂根準三総領事送別会のおりだったというが、作歌上の師弟として内面の交流はすでに長かった。

バストス歌会で岩波を迎えたとき、葛西の歌には、こんなものが残っている。

海の幸山の幸とはゆかなくに心のたけを並べ参らす
親しみて先生と語らふ時の間の今のうつつをたぬしと言はむ
午前二時過ぎたる夜頃先生に送られし縁ぞ忘らえなくに
真向ひて静かに箸を取らせ給ふ和めるみ顔親しく仰げり

この年、岩波菊治は四三歳、葛西妙子は四五歳。ここで再会するまで、岩波は何度か、書簡とともに、

「アララギ」や土屋文明「短歌入門」を葛西のもとに送っていた。「余りの嬉しさに夢中になり、夕飯の支度をしながら読んで居た為、御飯を黒焦げにして了って主人からさんざん叱られた」と、岩波の没後、振りかえって葛西は書いている。

コロニアの歌人のあいだでは、よく「歌につながる縁《えにし》」ということが言われたと、清谷益次は述べている。新聞雑誌に現われる作品と名前だけを通じて、強い仲間意識と、一種独特な心の交流が生まれる。それは、「移民という、真に心を許し合えるものを周囲に見出すことの難しい境涯が生む、或る種の孤絶感」からもたらされたものでもあろうと言う。だからこそ、そこから生まれる人間関係は、ときに危険視に値するものにもなりかねなかったと。

岩波菊治「バストス行　その他」一四首は、「椰子樹」第一一号（一九四一年一〇月）に掲載された。ただし、「ひたすらに……」「傘さして……」など、自身の心の揺れを示す歌は、彼はそこから省いている。「椰子樹」は、この号で、戦前の最終号となった。太平洋戦争の開戦で、日本語刊行物の発行が禁止されたからである。四七年にそれが復刊されるまでの約六年のあいだ、モジ・ダス・クルーゼス在住の数人の歌人が中心となり、謄写版印刷の「林泉」という歌誌が第三号まで秘密出版されている。

一九四二年の岩波菊治の歌稿は、まったく残っていない。

この年一月末、ブラジルは日本に国交断絶を通告している。これによって、日本人移民は、ドイツ人、イタリア人の移民とともに、敵国人の扱いとなった。

四月、岩波は突然、ブラジル警察官の訪問を受け、「アララギ」バックナンバー約六〇冊、歌稿、諸歌人の色紙・短冊、歌集などを没収のうえ、そのまま投獄された。一〇日後に身柄は釈放されたが、没収品は戻らなかった。短歌の断想をしるした帳面や書籍が、枢軸国側の秘密文書でないかと怪しまれたともいうが、詳細はわからない。ともあれ、歌稿には百数十首の未発表の歌が、色紙・短冊には赤彦、茂吉、憲吉、千樫、百穂、白秋、虚子らのものがあり、岩波にすれば、大事なもののすべてを奪われたようなものだった。これから長いあいだ、彼は立ちなおれず、作歌する気持ちが湧かなかった。
やがて四三年に入って、作歌上の後進、南米堂主人・仲間美登里から「アララギ」を二冊、徳尾渓舟から「椰子樹」を一揃い贈られたことがきっかけとなり、少しずつだが打撃から回復していく。
提督《アルミランテ》山本の遺骸東京に着けるちふ葡字紙読みつつまことと思へず
デマ多き葡字紙は読むに耐へずしてただに信ず母国の海外放送
同盟《アリアード》　枢軸《エイシヨ》といふ言葉すら獄の中に在りて覚えきパンを焼きて尚暁に間があれば珈琲を沸かしアララギを読む
最初の二首は、戦争がブラジルの移民社会にもたらした、深刻な問題を歌っている。
四三年四月一八日、連合艦隊司令長官・山本五十六《いそろく》の搭乗した飛行機が、ソロモン群島上空で行方不明となった。当時、ブラジルでは日本語新聞の発行が禁じられ、日本人移民の主な情報源は、ポルトガル語新聞（葡字紙。これを読みこなせる移民は多くなかった）と、日本からの海外ラジオ放送（ラジオは押収、聴取者は捕まるので、ひそかに聴かねばならなかった）だけに限られていた。このうち、日本の海外放送は山本長官の搭乗機が不明とだけ伝えたが、ポルトガル語紙はそれが米軍機による撃墜であると報じていた。だが、日本軍の絶対的優位を信じていた（信じこまされていた）移民たちは、ポルトガル語紙の報道は信じることができず、連合国側が流すデマ宣伝だと思おうとしたのである。続いて、ポルトガル語紙は、山本長官の遺骸が日本に到着し、近く葬儀が行なわれる（六月五日）ことを告げた。岩波は、これらに接して、いまや信頼するに足るのは日本からの海外放送だけだと、考えたのだった。
こうした事態が、戦後のブラジルの移民社会を長い混乱におとしいれる、「勝ち組」（日本が戦争に勝ったと信じる人々、信念派）と「負け組」（日本が負けたと信じる人々、認識派）の対立の端緒となった。日本敗戦の「デマ」を許せないと憤った人々が、殺傷事件におよぶこともたびたびだった。祖国の大勝利を信じ、ブラジルで苦労して築いたものをすべてなげうって日本に戻っていく人々は、戦後一〇年近くになっても相次いだ。

だが、岩波の場合は、戦争下、かなり早いうちに、冷静さを取りもどしていったようだ。考えてみれば、自分は投獄されるまで、「同盟《アリアード》」国、「枢軸《エイシヨ》」国という言葉さえ知らなかったのだと、思いあたった。わかっていないことがあると自覚して、いまを過ごしていくほかない。夜明け前にパンを焼き、畑に出る時刻までのあいだ、コーヒーを飲みながら「アララギ」を読むという生活へと、彼は戻っていく。

やがて、戦争が終わった。

あたふたと我と交り隣家に寝に行く妻よ既に幾月
老い母のなほながらへて在すや否やたどきも知らに幾年か経し
今日一日諍ひ居しが共に寝てほとに触るれば稍々《やや》になごみぬ
コスモスは秋の花ぞと思ひしがこの国にして時じくに咲く
万葉の歌読みつげば古《いにしえ》はつまどうことも恣《ほしいまま》なりき

戦争直後のスザノでの暮らしがどのようなものだったか、わかっていない。隣家と共同経営で営農にあたるような事情があったらしく、妻はあたふたと性交を終えると、そこに戻っていくのである。すでに何年間も、故郷の消息を知るすべすら断たれており、老母がまだ生きているのかどうかすら、わからない。

妻とのいさかいは絶えない。それでも、夜具のなかで妻の性器に触れるとなんだかほっとすると、岩波は歌う。「ほと」という古事記以来の古語をつかうことに、彼のおおらかな、また、人間（自分）のいとなみもあらゆる動物のいとなみと隔てなく眺めるまなざしが感じられて、おもしろい。
コスモスは俳句の歳時記で言えば秋の季語だが、この国では一年中咲いている。こうして、自分の短歌の世界も、いよいよ日本から離れてきたのを実感している。そして万葉集を読んでみると、むかしは男女が交わりをむすぶのも本人たちのしたいままじゃないかと〝発見〟して、いいなあ、うらやましいなあ、と言っている。
しかし、そこには、五〇歳に達しようとする自分の歳月を振りかえって、苦い思いも混じる。

宿命といふべくは苦し年長く副ひ来し妻と遂にそぐはず
我が歌集がアララギ叢書の一冊とならむを願ふは空しき望みか

長年連れ添った妻とはついに折り合えなかった、それを宿命と言ってはみても、あまりに苦しい、と彼は考える。そして、歌集がアララギ叢書に収められるという生涯の望みも、ついに叶えられずに終わるのではないか。日本のかつての同輩の歌集は、すでにそこに入っている。戦中戦後の数年、「アララギ」との行き来が完全に断たれていたブランクが、いっそうの不安に彼を駆らずにおかない。「アララギ」が入手できずにいるうちに、日本の戦後短歌の世界は、新風が席巻する時代にいたっていた。自分たちは、取り残されてしまったのか。

われらの歌をマンネリズムと貶したる匿名批評も半ば肯定す
新しき世に遅れたる吾が歌と批評されたり我も斯か思ふ
文明選歌に吾と同じく名を並べし君ら十人の歌集「自生地」

文明選歌の「文明」は、土屋文明。

歌集『自生地』は、近藤芳美、高安国世ら「アララギ」若手一〇人の自選作を、それぞれ二百首ずつ収めて、一九五〇年に刊行された。ブラジル短歌界の作者たちが戦後もっとも早く入手できた歌集で、そこに溢れる新鮮な感覚は、彼らに衝撃をもたらした。開戦直前の「アララギ」誌上では、岩波の作は、彼らより格上に位置づけられていたという。年齢でも一まわり以上若い、これらの歌人たちへの羨望と焦燥は、どれほどのものであったろうか。

だが、もはや晩年に入っていた岩波には、それと異なる感慨もあった。

土田さん赤彦先生土屋先生と良き師に就きし幸を思ふ
故里より送られしボール箱の包み解くああ梅干寒天数の子海苔昆布椎茸等々
歌詠みの菊治が作りたる茄子品評会一等に入選したり
花作りに転向なさむ下心先づ手始めにえぞ菊作る
大風呂敷をひろげて得意なる政治屋に軽々しく移民問題を扱はれ度くなし

土田さんは、土田耕平。これらの先人たちに恵まれた幸いを、素直に喜びたい気持ちを岩波は抱いていた。そして、故郷から届いた食品の荷を解くうれしさを、これまでの作にない思いきった破調にまかせて詠んでいる。

まず農人として、ブラジルに地歩を築くのが、彼の願いだった。歌は、そのなかでの自身の愉しみのためのものだった。願いは、十分にかなえられたとは言えそうにもなかったが、自分の茄子が品評会で賞を受けたことは、彼に喜びをもたらした。そして次には花作りにむかおうと、ひそかにささやかな企みを凝らしたのだ。

それでも、移民としての歳月は、長く厳しかった。悲しみと絶望、深い孤立。これを知ろうともすることなく、日本からやってきては調子よく長広舌をふるう「政治屋」たちに、「移民問題」は語ってほしくないと、ほかにない激しさで岩波は憤りを詠んでいる。

一九五二年一一月二三日、岩波菊治は行年五三歳で亡くなった。最期近く、こんな叙景歌がある。

対岸の島山裾の一部落夕べ灯せば近々と見ゆ

彼が半生を通じて望んだ「アララギ叢書」についての顚末を、述べておく。

岩波の没後まもなく、彼に教えを受けたコロニアの歌人たちのあいだで、岩波菊治歌集刊行の計画が立てられた。その全作品を取りまとめ、日本のアララギ社に送って、「アララギ叢書」中の一巻として刊行してもらおうとの趣旨だった。同郷の幼なじみで、作歌上の友人でもあった坪内広代にまもなく訪日の機会があって、アララギ社を訪れたが不調に終わり、ブラジルの歌人たちは意外の感に打たれた。彼らは、アララギ同人でただ一人の海外居住者である岩波が、結社中でも重視されているに違いないと、信じて疑うことがなかったのだ。

その後、「椰子樹」同人の池田重二が訪日したので、再度交渉にあたった。この結果、「アララギ叢書」には加えられないが、アララギ社の関係歌集として刊行するというところまでの話を取りつけた。しかし、そのための条件は、全歌稿の一首一首に製作年月日を添えること、そして、そこから土屋文明の選んだ作だけで歌集を編むというものだった。作者がすでに故人なので、全歌稿に製作年月日を添えるというのが、まず難問だった。また、コロニアの歌人たちが考えるには、岩波生前に何冊も歌集があるなら、土屋という当代一流の歌人が選んでくれるものだけで一巻をなすのもよい、だが、生涯ただ一つの歌集なのだから、多少とも芸術的には劣るところあっても、ブラジルという特異な環境での移民としての生活感情の染みこんだもの、おりおりの岩波菊治その人の面影を伝えるものも、載せたい。結局、この交渉も成らなかった。そして、コロニアの後進たちは、武本由夫らを中心に、自分たちの手で、ブラジル現地で、岩波菊治の歌集を編むことに決めたのである。

日本で最高最大を自負する短歌結社アララギに、礼をもって接しながら、なお断じて退く。先人を失ったコロニア短歌界に、新たな対等の感覚がはぐくまれていたことがわかる。岩波の作品に、もっとも大事なものは何かということをも、彼らは冷静な目で見ていた。

資料収集や経費調達の困難もあって、『岩波菊治歌集』が完成されるまでには七年が費やされた。ブラジルで収集できた岩波の作品三千数十首（「アララギ」、「椰子樹」およびブラジルの刊行物に発表されたもの、歌帳に残されたもの）から一九九六首が採られ、一九五九年に刊行されている。

妻の岩波とめは、菊治の没後になって、はじめて歌を詠んだ。「椰子樹」での発表作に、こんなものがある。

御仏の写真に我等は湯気たつる珈琲をそなふ朝な朝なに

（一九五四年）

夫逝かしめし悔恨は体重三十キロとなりて毎夜眠らざりし夫よ許し給へ

（一九五七年）

我が亡夫の歌集を日本へ発つ友に託して遂に願ひかなひぬ

（一九六〇年）

岩波菊治は郷里の長野時代、キリスト教に入信していたらしい。私が見たかぎり、彼の作に、特にその信仰を思わせるものはないが、岩波とめは菊治の臨終のさいの模様を『岩波菊治歌集』巻末の「病状記」で、こんなふうに記している。清谷益次『岩波菊治』から、その部分を再度引いておく。
「……そんなに悪いにもかかわらず、注射や薬を飲む合間には本を欠かさず見ておりました。本人もすでに最後の近づいたことを悟り、私達も駄目だと感づいた時には、すでに苦しみは軽くなっていて、――ああ、人生とは、かくもはかないものか、そして何とあっけないものかと、しみじみ洩らしました。これが最期と自覚した瞬間、にこにこと笑顔を皆に向け、まず最初に井上様（共営者）に、――色々と御厄介になったね、と、手をのべて固い握手をして、――さようなら。と別れを告げ、次に家族の皆にも、――それぞれ後はしっかりやるんだよ。と別れを告げ、――歌人達にもしっかりやってくれるように伝えてくれ、みんなにくれぐれもよろしく、と言い残し、その間にも子供達の泣き叫ぶのを見て、――大丈夫、泣くんじゃない。といたわり、息をひきとる瞬間、天にむかい手をあげて――ハレルヤーと叫び静に永遠の眠りにつきました。……」

『岩波菊治』の著者・清谷益次は、一九九五年、「日伯毎日新聞」誌上で六回にわたり「入植の記念日今日は……／短歌に追う〝移民妻〟志津野華絵」という記事を連載している。

同じブラジル在住者でも、彼には志津野華絵（花絵とも書いた）という歌人との面識はなく、作品以外にその人のことは何も知らなかった。ただ、戦前から、彼女が現地の女性歌人のなかで質量ともに突出した作品を残している事実が、彼の興味を引いていた。一九三六年ごろから、彼女は「聖州新報」歌壇、歌誌「椰子樹」などに作品を発表していたが、五四年を最後に、活動が見られなくなる。まだ生きているかどうかもわからない。

清谷が発掘した一連の志津野の歌にしたがうなら、彼女が作歌を発表していた約二〇年間は、およそこのようなものだったようだ。――幼い子どもたちと遊ぶ暇もなく開墾と農耕に追われるうち、不意に、風土病で夫を喪う（三九年）。農作の仕事と子どもを抱えて、不安にくれるが、再婚の勧めには従えなかった。一方、子どもたちの教育のことでは、近隣とさそいあって、ひそかに日本語での教育を手配したりもした（当時のゼツリオ・ヴァルガス政権は、ナショナリズム高揚の政策を取り、外国語での児童教育は禁じていた）。やがて太平洋戦争が始まり、作歌は一九五〇年まで中断。ふたたび歌を詠みはじめたとき、子どもはもう都会に遊学する年齢だった。そして、またかすかに内心が揺れだすのを伝えながら、彼女は作歌活動をやめてしまう。このとき、志津野は、まだ四〇代なかばだったと思われる。

そこからいくつかの歌を拾う。

（一九三八年）
月光をまともにうけて浴《ゆあみ》する原始の女のごと恥じらわず
薄紅の小貝の如き子の爪に黒くたまれる土のかなしさ
（一九三九年）
カフェ時子らは違えず遠くより草笛吹きて帰り来りぬ
君ひとり頼りてかくも故郷をさかりて来しになどて逝きたまう
旅人のはかなき心すてさらむ伯国《ここ》を故郷と生れし子のため
（一九四一年）
吾がひと世ついに農婦となりしまま過ぎ終らむか悔ゆるにあらねど
君がみ骨抱きて故郷《くに》に帰らなむ願いもいつか失せゆかむとす
（一九五〇年）
組みし髪ほぐせば一日の吾が業の終りし時ぞときて休まむ
年毎に想い深まりゆくものかとみに無口となりしに気づく
（一九五一年）

妻子ある四十路男の恋文も心切なく澄みて行く秋
（一九五四年）
家内に飼われて慣るるマリタカにこのごろ教えぬ遠き子の名を
（注・マリタカはオウムの一種）

第二次大戦の終盤近く、二二歳の鶴見俊輔は、日本海軍嘱託として従軍中に肺浸潤を悪化させ、東南アジア、ジャワ島ジャカルタのチキニ海軍病院にいた。

あるとき病院内で俳句と短歌の募集があって、第一席に入ったのは、看護婦Dさんの「今宵はも星は静かに兵を守《も》る」という作だった。Dさんは気丈な人で、誰かが重体になったとき〝この人まだ生きてるわ〟と患者に聞こえるように言ったという逸話の持ち主だった。その人に、やさしい心情をうたわせる定型とは、不思議なものだと彼は感じた。また、定型に身をひそめるたのしみが、南方の傷病兵、看護婦のあいだにも生きているという事実が、強い印象となって彼のなかに残った（鶴見俊輔「わたしの韻文批評」）。

うたわれた歌が、事実のすべてであるとは、かぎらない。歌というものがある形をなして、人を支えることには、またべつの仕組みが隠されているようにも思える。

けれども、残された歌から、いまはない生命の残光を、呼びもどそうとする努力は、空しくない。なぜなら、それを通して、私たちは、おびただしい死者たちのなかにも、たち混じって生きることができるからだ。ブラジルでの同胞の歌に対する清谷益次の向きあいかたは、いまの私たちに、働きかけてくるものをもっている。

松井太郎の小説『うつろ舟』（一九九五年、ブラジル）は、コロニア文学のなかでは異例な、長篇小説である。

――舞台は、サンパウロ、パラナ両州の境界、パラナパネマ川の上流あたりだろう。第二次大戦ごろから終戦後にかけての時期を、背景とするらしい。

最初の舞台となる農場は、ポルトガル人とインディオの混血した大家族によって、大がかりに経営されている。主人公のジンザイ・ツグシ（神西継志）は、日本名を捨てて「マリオ」と名乗り、この農場の牧夫として働いている。彼はもとはかなり成功した移民一家の息子だが、妻と別れ、日本人社会からも離れて、いまは一人で生きている。牧場主の姪はツグシに関心を寄せるが、彼にはそれさえうっとうしく、牧場から去る。行きがかりで、悲惨な境涯のエバという女と連れあうが、彼女はすぐに死んでしまう。ツグシは、彼女が残した「マウロ」という子どもを、自分の息子として引き連れ、さらにカヌーに乗って流れていく。やがて、ある川べりの集落に上がり、そこで漁師となる。――

力強く、なにか、日本文学とはかけ離れた風格をそなえる作品である。主人公のツグシ（マリオ）は、日本人でも何人でもなく、ブラジルの大きく凶暴な自然のなかで、独力で生きていく。多くの人々が登場し、彼と関係を結ぶが、彼らもまたほとんどが、さまざまに混血していて、何人でもない。国の枠組みを越え、人間という生物に課される試練に向きあいながら、それぞれに生きている。

松井太郎の作品で、読む者に強い力をおよぼしてくるのは、いわば性的なエモーションである。交わり、生殖し、別れる。組みあい、衰え、やがて死んでいく。国を越えたとしても、人はそうした自然の一部としての属性から、自由になることはできない。

一九一七年、松井太郎（たろう、とも書く）は、神戸市に生まれた。三六年、一家でブラジルに渡る。四五年に結婚、子どもが四人ある。六二年、病を得て、開拓地からモジ・ダス・クルーゼス近郊に移っている。しばらくして、はじめて小説を書きはじめた。八七年にサンパウロに転居している。

『うつろ舟』は、一九八八年、著者七一歳のとき、その一部を、ブラジル現地の日本語文学を対象とする「武本文学賞」に応募したものである。ただし未完としたため、授賞の対象からははずされたが、同年の

「コロニア詩文学」第二七号（武本賞特集）に参考作品として掲載された。その後、足かけ七年、同誌第四七号まで続きを連載し、第一部「うつろ舟」、第二部「赤縄」の全編を完結させた。四百字詰め原稿用紙で計三六五枚だった。

著者の松井は、そのあと、ワープロで印字した作品をコピーして自装し、三〇部ほどの手製本をつくって、友人知己などに贈った。このうちの一冊が、ブラジル現地で力を尽くしてくれた人の好意と仲だちを介して、私の手に落ちた。

これに続いて、松井は、初期の短篇六作をまとめて、『短篇集　ある移民の生涯』（九五年）という自装本もつくっている（表題作を含む六六〜八七年の発表作に、書き下ろし一作を加えた）。いずれも、抑制された文体で、登場人物たちの悲痛に触れている。「狂犬」、「山賤記」という作品が、張りのある語り口に引きこまれて、ことに印象に残った。そのあと、さらに、未刊行の後期作品七作をまた自装し、『短編集　うらみ鳥』（九七年）にまとめ終えた。

いま八〇歳の書き手によって、こんな作風の日本語小説が、地球の反対側で書かれているという事実に、驚かされた。

〔後注・二一世紀に入り、これら松井太郎の著作は、日本で〈ブラジル日本人作家松井太郎小説選〉正・続（西成彦・細川周平編）、『うつろ舟』（二〇一〇年）、『遠い声』（二〇一二年）の二冊に編みなおされて、松籟社から刊行された。〕

ブラジルの日系人は、自分たちの社会をコロニア（植民地）と呼ぶ。それは、特定の国家が侵出し、征服した土地という意味とは、違っている。移民としての自分たちが、移動し、いまそこにいる場所、それが彼らにとってのコロニアなのだ。

コロニアは、ある固定された均質な社会を、さすのではない。人が交わり、異質さをはらんで、流動している。何かを生成しながら、消失にもさらされ、国家の庇護の外にあり、自助の必要を負う場所。それが彼らのコロニアだとも言えるだろうか。

植民地の概念に多重性があるというのは、そういうことである。

日本国家は、かつて、朝鮮、台湾を植民地とした。いまも、ソウルに、シンガポールに、ニューヨークに、北京に、日本企業のコロニアがある。しかし、ブラジルでのコロニアのありように重ねるなら、むしろ日本社会が、在日コリアンや中国人の、あるいはイラン人の、ペルー人の、米国人の、フィリピン人の、少し違う言い方をすれば沖縄の、それぞれのコロニアであることも事実なのだ。むろん、ブラジルからの出稼ぎ者たちのコロニアでもある。

あらゆる場所が植民地で、あらゆる文学が植民地文学であるというのは、そういうことである。いや、そうでありうる、と控え目に言っておくとしても。

片方に国家の名による植民地があり、もう一方に、国家の庇護から離脱したという意味での植民地がある。両者は、同じ言葉で示されながら、対立しているのだろうか。それとも、片方の意味で、もう一方を再定義することもできるのだろうか。

私は、どちらかと言えば、それは対立していると考えている。日本の総督府が支配した社会を、国家から離脱した者たちのコロニアであったと、言いくるめることはできない。

当面の問題は、もともと国家という一元的な体制のもとに生みおとされた植民地というものから、どうやって、その一元性が解除され、しかも、それなりに平和な社会が形成されうるかということである。その解答は、なかばまでは、二〇世紀を通してこの世界が経験した現実によって、用意されている。

たとえば、南北アメリカ大陸、ハワイなどにむかった日系移民（またその子孫）は、もとは日本国民であったこと、また言いかえれば、その時点では実質的に国家の庇護の外に出ていたことから、まさに「植民地」人としての受難を経験した。いわば、彼らは国境上の存在だった。国家によって送り出されたはずの彼らが、コロニアに立ったときには、すでに国家から孤立している。革袋はひっくり返るのだ。なぜ、こういう事態が起こるのか。理由は明瞭で、人間の現実の生活行動の広がりは、国家の現有勢力圏、また国家が想定する勢力圏を、絶えず越え出てしまうほかないからである。

彼らが、棄民であったかと問えば、そうであったとは言えるだろう。だが、そのように主体を国家の位置に固定して考えることが、すべての視野をなすのではない。この世界は、移民の位置からも見わたすことができる。たとえば、大英帝国のアメリカ植民地が移民を主体にして独立にむかったときにも、こうした主体の転位があり、とはいえ、そうやって生まれた社会のシステムも、やがてまた新たに国家へと収斂されていく。これを考えると、国家の庇護から離脱したコロニアの尻尾は、神話中の大蛇（ウロボロス）のように、早くもふたたび国家という頭に呑まれつつあるのであって、この閉回路をどう解除するのかという、はじめの問いのところに戻る。

私たちにできるのは、ここにある経験を、さらに深く掘り下げてみることだ。侵食する者は侵食される者であり、侵食される者は侵食する。そして、侵食せず侵食されもしない場所は、社会にも個人にも、もはや存在していない。

藺《い》の花、咲く場所

ヴァイオレット・一恵・デ・クリストフォロ（松田一恵、一九一七〜二〇〇七）は、太平洋戦争下の米国で、日系人を閉じこめた強制収容所において、自由律俳句のグループに加わっていた人である。カリフォルニア州のツールレイク強制隔離センターで「鶴嶺湖（ツールレイク）ヴァレー吟社」に最年少のメンバーとして参加し、当時から五〇年を隔てて、彼女はわずかな生存者の一人となり、編著書『さつきぞらあしたもある――アメリカ日系人強制収容所俳句集』を完成させた。

一九一七年、ヴァイオレット・一恵・デ・クリストフォロは、ハワイ島ヒロ市に近いニノレ町で、移民一世の両親（山根勝一、シカ）のもとに生まれた。ヒロは、井伏鱒二『漂民宇三郎』で、捕鯨船に拾いあげられた主人公が、はじめて陸に上がる港にあたる。一恵は、現地の小学校と日本語学校に通ったが、七歳のとき、両親が郷里・広島に帰ることを決め、連れられて日本に移った。

一三歳になると、両親は一恵に米国式の教育を受けさせようと考え、カリフォルニア州フレスノ市在住の友人、スチュアート夫妻のもとに彼女を送った。そこで高校に入学。当時、その街の日系人は、場末の、市街地から見て鉄道線路の向こう側にしか、住むことが許されていなかった。弁護士だったスチュアート氏は、それは不公平なことだと、はっきりと彼女に教えた。

高校を卒業すると、松田茂（松田碧沙《へきさ》明《めい》）と結婚。この相手は、一恵より一一歳年上で、さきにアメリカに渡った父親によって郷里・広島から呼びよせられ、一〇代でフレスノへ移民してきた人だった。彼は、両親と書店を営むかたわら、日本語学校で教え、英語・日本語のいくつかの新聞で取材記者もつとめていた。また、尾澤寧次が主宰するヴァレー吟社俳句会（二七年、もしくは二八年発会）の創立メンバーで、日本の自由律俳句誌「海紅」の会員でもあった。

フレスノでの自由律俳句の指導者、尾澤寧次は、一八八六年に長野県諏訪に生まれ、カリフォルニア大学バークレー校で薬学を専攻して、卒業後は薬局を営んでいる人だった。医者ではないながら、日系移民社会ではその代役も果たして、敬意を集めていた。八百ページにおよぶ『病者のガイド』という本を書き、辺地の移民農家に重宝される手引書となった。

茂と一恵のあいだには、やがて子どもが二人生まれた。三九年、一恵は子どもたちを連れて一時広島に戻り、翌々年の太平洋戦争開戦直前に、再度フレスノ市の自宅へと帰ってきている。

四一年一二月七日（日本時間では八日）、太平洋戦争が始まり、まもなく、家族の預金二万七千ドルが敵性外国人法によって凍結された。続いて、フランクリン・D・ルーズヴェルト大統領は、米国市民であるなしにかかわらず、すべての日系人に立ち退きを強制的に指令できる行政命令九〇六六号に署名。これによって、四二年春、松田一家は、家も家財も書店も捨てさせられて、フレスノＷＲＡ（戦時転住局）集合センターに収容された。三人目の子どもを、一恵は、そこで産んでいる。

アネモネの花病みてあれば国は遠い　　尾澤寧次（フレスノＷＲＡ集合センターにて）

この集合センターには、約五千名の日系移民が収容されていた。場所はフレスノ共進会場内、競馬場の敷地だった。およそ八〇あったバラックのなかは、容赦のない暑さで、食中毒者が続出した。この集合センターは四二年秋には閉鎖され、入所者の大半はアリゾナの砂漠にあるヒラ強制収容所に送られた。だが、松田一家を含む残りの人々は、ジェローム強制収容所まで移送されることになった。

ジェローム強制収容所の場所は、北米大陸をはるか三分の二ほども横切った中南部、アーカンソー州のデンソンである。おんぼろの車両に詰め込まれて、四泊五日の道のりだった。両手に持てるだけの荷物を提げて、夫の年老いた両親、三人の子どもたちもいっしょだった。汽車が人気のないところで停まったときには、少しのあいだ車両を降りて歩くことは許されたが、武器を手にした憲兵（military policemen＝ＭＰ）がすぐそばで監視していた。厳しい残暑のなか、汽車は南まわりでアリゾナ州のユマ市を通り、ニューメキシコの砂漠地帯を越え、アーカンソーにむかう。軍用列車の通過のさいや、一般米国人の居住地区を通るときには、見張りの兵が「防衛のため」にブラインドを下ろすように命じた。

アーカンソーの湿地帯の気候は、ほとんどがカリフォルニアやハワイからやってきている収容者には、苛酷なものだった。夏は蚊やツツガムシの大群に悩まされ、冬には屋外のトイレ、シャワー、食堂などに通うごとに、くるぶしまでぬかるみに浸かって寒さに耐えねばならなかった。フレスノからの俳人たちは、この収容所で「電遜（デンソン）ヴァレー吟社」を創立している。

四二年末、米国陸軍当局は、日系アメリカ人特別戦闘部隊を編成するために、「忠誠調査」によって志願兵を募ることを決めた。これによって収容所拘留者の一部を釈放できるという、戦時転住局のもくろみもあった。さらに当局は、これと並行して、一七歳以上のすべての拘留者が「収容所出所許可申請書」の質問項目に回答することをも義務づけた。これらのアンケートへの答え方で、米国に対する忠誠の有無を判断しようとするものだった。

のちに収容所内の空気をいっそう悪化させることになるのは、こうやって米国陸軍の志願兵となった二世の若者が、まだ収容所にいる親や親戚を訪問するときに生じる、複雑な反目だった。鉄条網のなかで暮らす一世たちにとって、自分たちの息子が生命をかけて尽くそうとしている国が、その親を「敵」として拘束しているという矛盾した現実は、強い失望と怒りを味わわせるものだった。そして、この憤りは、おうおうにして、自分たちの息子の世代に向かってぶつけられた。

一九四三年秋、全米に点在する一〇の強制収容所の一つ、ツールレイク強制収容所が、監視のもっとも厳しい「不忠誠分子」隔離センターに変更されている。これも、先のアンケート調査がもたらした影響のひとつだった。もとからの収容者でほかへの移動を希望しなかった六千名に加えて、アンケートでＷＲＡを満足させられなかった九千名の隔離拘禁者が、新たに全米の強制収容所からそこに集められることになった。松田茂・一恵の夫妻も、そのなかにいた。

野蒜ひっそり咲いて別れの日近づく
はなればなれに別れの日の夏の雲

藤川幽子（電逐ヴァレー吟社惜別句会で）

ツールレイク「不忠誠分子」隔離センターは、カリフォルニア、オレゴン両州の州境近くに位置していた。

四四年秋には、全米の収容所中の最多数、一万八千人を収容したと記録されている。

この隔離センターは、二万六千エーカー（一〇五平方キロメートル）におよぶ藺《い》の繁った湖底の火山灰の上に建っていた。この不毛地帯は、年間三〇〇ミリも降雨があればいいほうで、夏の気温は四〇度近く、冬はマイナス三〇度くらいまで下がることもたびたびだった。「キャンプ」と呼ばれた隔離センターは、高い鉄条網に囲まれ、サーチライトと機関銃をもった兵士が配置される監視塔が、一定間隔に設けてあった。収容者の生活区域から離れた、収容所中央の区画には、憲兵隊の大隊と戦車が保安のために駐留していた。「キャンプ」の外側には、三千エーカーの畑地があり、指名された拘留者は、監視のもとで農作に従事した。作物は、自分たちのキャンプのほか、陸軍駐屯軍、ほかの強制収容所、そして、それとは無関係な数々の陸海軍部隊のためのものだった。ほかの収容所同様、拘留者は月一二ドル、一六ドル、あるいは一九ドルの労賃を受けとった。農業、技術者、特殊技能者の別によって、この三段階にわかれていた。

ほかの収容所からの拘留者がツールレイクに移されてくると、俳人たちは連絡を取りあい、「鶴嶺湖（ツールレイク）ヴァレー吟社」を結成している。ニューメキシコ州サンタフェの司法省収容所など、ほかの収容所に移送された拘留者も作句を続け、それがツールレイクの家族や知人に届いて句会で披露されることを願った。しかし、俳句も、厳しい検閲の対象となっている。

松田一恵の俳句から——。

三ッ葉の花咲きし日々たしかに生きん
植物貧弱と思ふそここ夏の畑
ほうれん草は青きもの地より生へ一うねほうれん草
たんぽぽほゝけている雨上がりの地を行く
女は男より忙しく雑然人住ふかきつばた

結婚十周年（七月三日）
月おぼろ嫁ぎし夜の空だった
米国軍人　弟ディックへ
便り来ず想ふことはるかなり戦線西南太平洋
深く息する女は女の心持ちで夏草のしげり
監禁者、断食する
何も見ていない心の日がつゞき高原夏たけなわ
昆虫かずある夕べ吾子いよいよ成長したり

夫・松田碧沙明（茂）は、こんな句を詠んだ。

しかと聴く東京（ニッポン）よりの声膝正しく聞く

また、松下翠香という俳人は、次のように詠んでいる。四四年に鶴嶺湖ヴァレー吟社の同人となっているが、松田一恵にも、この人について具体的な記憶はない。

貝殻に在りし世の遠くほろ〳〵崖くづれ
生くる寂しさとあり蘭は花をこぼす
コスモス咲いて戦あるやうなないやうな
働けば身につきまとふ疲れ蘭草枯れ敷くに寝て
山時雨ひそひそ鉄柵濡らし降る

夜明ければ現実がある鉄柵の烏麦
紅芙蓉そんなもの永く忘れた
雛罌粟夕べ妻ようすものの肌匂はせ
掘ればいくつも貝殻と暮れるまゝに在る

四四年五月、岡本という青年が、キャンプ内で狙撃されて死亡する事件があった。

或日は泣いてもみたしこんな日々曇天つづく
松田一恵

柩車見送るはらからに五月末日の雨降り
松田碧沙明

松田一恵の夫、碧沙明こと松田茂は、一九四四年一二月、ツールレイクからニューメキシコ州にある司法省管轄の敵性外国人強制収容所、サンタフェ収容所に移送されている。さらに、四五年一二月、終戦から四ヵ月後に、日本へ移送された。

一方、松田一恵は三人の子どもとツールレイク強制収容所に残り、四六年に入ってから、日本に送還されている。

一恵が広島に到着すると、両親もその家も原爆の炎に消え、夫は再婚していた。戦後の荒廃のなかで、自分と三人の子どもが生きるためには、同時に三つの仕事をこなさなければならなかった。彼女が小学校時代に通っていた段原小学校は、爆心地から東に二キロたらずの場所にいまもある。井伏鱒二『黒い雨』で、死骸を片づけている兵士が「わしらは、国家のない国に生まれたかったのう」と洩らした、紙屋町あたりまで、歩いても二〇分ほどの距離であろう。

一九五三年に現在の夫と結婚。ヴァイオレット・一恵・デ・クリストフォロとなった。五六年に三度目の米国に渡る。六一年から八〇年に退職するまで、カリフォルニア州モントレー市の出版社で、システムとプログラムのコーディネーターとして働いた。その間、七〇年末に松田茂が死去したとの通知を受けとった。

一九八一年、ヴァイオレット・一恵・デ・クリストフォロは、米国政府の委員会で、日系人の強制立ち退きによる社会心理学的衝撃について証言を行ない、以後、リドレス運動（謝罪と補償を求める運動）への積極的な支持を続けた。八七年、自身の収容所時代に詠んだ俳句のなかで、かろうじて残ったものを集めて、句集『繭の花——俳句によるツールレイクの回想』として出版している。

ここまでの私の記述がもとづいた『さつきぞらあしたもある——アメリカ日系人強制収容所俳句集』は、収容所時代、多数の俳人に詠まれた数千の自由律俳句を彼女が発掘したなかから、約三百句を選んで、日米両国で出版したものである（英語版のタイトルは *"There's Always Tomorrow"*。日本語版は、一九九五年、行路社）。自由律俳句運動の舞台となったそれぞれの強制収容所の概略、また、収録した句の作者たちの知りうるかぎりでの経歴が、列記されている。そのなかの一人として、故・松田碧沙明（茂）のものも見える。彼女という個人が、持続する熱意によって実らせた紙碑であり、そこでの慈悲の大きさに頭が下がる。

俳句は、もともと一行に書きくだされるが、やがて英語によって世界に広まったハイクでは三行、あるいは二行に書くのが、定型となった。言語の境界をまたぐことで生まれた新しい詩型と言える。日系人社会でかわされた自由律俳句にも、そうした転生を用意するリズムのうごめきが感じられる。季語はない。というより、ここの背景に詠みこまれている自然が、未知の土地での季節をうたった新しいインデックスをなしている。繭は、日本の歳時記では夏の季題にあたるが、ツールレイクの俳人たちは、それに縛られていない。繭に取りまかれた世界にも、そこでの季節のうつろいがあった。

話は、戦時下の昭南島ことシンガポールに戻る。

一九四二年八月九日、シンガポールの港に二隻の船が入港した。浅間丸と、もとはイタリアの客船だったコンテ・ヴェルデ号。両船合わせて、およそ一五〇〇名の日本人を乗せていた。

一行が出発したのは、六月一八日、ニューヨーク。およそ一週間、沖がかりしてからの出港だった。当初はグリップスホルム号というスウェーデン船籍の大型客船一隻に全員が乗り、ブラジルのリオ・デ・ジャネイロに寄港、そこから大西洋を横切って喜望峰をまわり、三〇日あまりかけてアフリカ大陸の東海岸、ポルトガル領モザンビークのロレンソ・マルケス港に入港した。ここで日本からやってきた浅間丸とコンテ・ヴェルデ号の二隻に乗り換えて、シンガポールまでやってきた。船の最終目的地は、日本の横浜だった。

交戦下の日本と米国のあいだにかわされた第一次交換船である。戦争が起こり、交戦当事国間の国交が断絶されると、中立国が仲立ちして、互いの在留民を交換するための交渉が始まる。実務的には、大使をはじめとする外務省その他の官吏、銀行・商社員およびその家族らを「交換」することが、先決事項となる。今回の交換船では、さらに、民間の一般会社員、官庁関係の下級職員、大学研究者・留学生といった在米日本人も、送りだされることになった。すでに中南米諸国から米国に移送されていた現地駐在の外交官らも、そこに加わった。(日本から米国側に送り返される民間米国人には、宣教師やその関係者が多かった。)

ニューヨークを出航したグリップスホルム号が、七月二日にリオ・デ・ジャネイロ港に入ると、さらに、ブラジル駐在の日本外務省その他の官吏、商社員などが、乗船してきた。彼らは、四二年一月二八日、ブラジルが米国支持を明確にし、日本に国交断絶を通告して以来、外界との接触を断たれていた。

これらをすべて合わせて、乗船者は総計一四六六名である。超満員の船内は、社会階層別に(上級官吏がもっとも上とされた)、上層階の高級船室から窓もない船底の二段ベッドまで、六層にクラス分けして、過ごすべき場所が割りふられた。

同じ時期、日本で拘禁下にあった米国およびカナダの外交官、宣教師、その他の民間人ら、およそ一五〇〇人を乗せた浅間丸、コンテ・ヴェルデ号も、横浜から出航している。

ポルトガル領モザンビークのロレンソ・マルケス港に、米国と日本、双方からの船が到着するのは、七月下旬である（グリップスホルム号は七月二〇日、浅間丸とコンテ・ヴェルデ号は七月二二日）。戦場から遠く離れたアフリカ東岸の港で、交戦国間のそれぞれおよそ一五〇〇人同士の二つのグループは、互いの船に乗りうつるかたちで「交換」された。そこは、日米いずれの「国」でもないので、雰囲気はわりあいなごやかだった。七月二三日の午前で、細かな雨が降っていた。船内にすし詰めになっての長旅から一時解放されて、相手のグループに顔見知りをみつけたら、長い立ち話をする程度のことは黙認されたという。

ロレンソ・マルケス港に到着するまでのグリップスホルム号の「六等船室」、つまり、喫水線より階段二つ下がった船底の集団のなかには、二〇人ほどの若手研究者、留学生たちが含まれていた。細胞生理学者の神谷宣郎、数学者の角谷静夫、経済学者の都留重人、コロンビア大学などで宗教哲学と思想史を学んでいた武田清子……。またコロンビア大学で哲学の博士課程に進むことが決まっていた鶴見和子、ハーヴァード大学哲学科を卒業したばかりの弟の鶴見俊輔も、そこにいた。

鶴見俊輔は、これに先だつ同年三月、連邦捜査局（ＦＢＩ）の捜査官によって逮捕され、東ボストン移民局の留置場に入っていた。開戦直後の移民局での取調べに、自分は無政府主義者だからどちらの国家も支持しないとうっかり答えていたことが、逮捕の理由となった。以後、彼は、ニューヨークのエリス島移民収容所、メリーランド州のミード要塞内捕虜収容所と移され、そこで日本に戻ることを選んで、交換船に乗った（留置場の便所の蓋の上で大学卒業に向けての優等論文を書き、大学はそれを受理して、卒業させてくれた）。

一方、姉の和子は、六月一日に米国務省から、交換船で帰国するか否かを二四時間以内に返電せよとの電報を受けとり、これに乗ることに決めている。和子は、佐佐木信綱の門下として歌誌『心の花』に拠って、留学中も歌を詠んでいたが、交換船に乗るさい、ほかの書類とともに歌稿はすべてＦＢＩに没収された。船のなかで、俊輔は満二〇歳になった。和子は、出航まぎわの六月一〇日が二四歳の誕生日だった。

これらの研究者、留学生はほとんどがロレンソ・マルケス港で浅間丸に乗りうつり、やはり最下層の大部屋に全員が入れられたので、満員だった。八月に入ってシンガポール港に着くと、使いがあった。永田秀次郎（青嵐）からだった。

永田青嵐については冒頭で述べた。世界のどこに行っても日本の俳句歳時記の季語の区分を固守すべしとする高浜虚子に対して、それぞれの土地にはそれぞれの季節があり、これが尊重されるべきだと青嵐は反論したのである（「熱帯季題の考え方」）。

青嵐こと永田秀次郎は、四二年二月、陸軍最高軍政顧問となってフィリピンに赴任している。しかし、この八月上旬にはシンガポールにいた。官舎も現地にもっていたのだから、シンガポールに置かれた南方軍総司令部にあって、軍政への助言にあたっていたのであろう。

その豪壮な官舎に、永田秀次郎は、交換船に乗っていた前田多門（ニューヨーク日本文化会館館長）とともに、鶴見姉弟を招いている。船上では最上層部の人だった前田といっしょに、船底部屋の若い姉弟が招かれるのも奇妙なのだが、永田と前田は後藤新平（鶴見姉弟の祖父にあたる。当時・故人）の東京市長時代（一二〇～一二三年）にともに同市助役をつとめており、その懐かしさも手伝い、彼らにも声をかけてみることにしたのだろう。ほかの留学生たちも、一〇人ばかり、彼らについてきた。

永田は温厚な人柄だったが、このとき、馬鹿になれ、馬鹿になれ、とさかんに言った。そのおりの鶴見和子の歌が残っている。

「人間は馬鹿がえゝ、馬鹿が。」と宣《の》らしつる
大人《うし》の肩を越え棕櫚《しゅろ》葉《は》風《かぜ》吹きぬ
（私家版『里の春』より。『コレクション鶴見和子曼荼羅Ⅷ　歌の巻』所収）

陸軍最高軍政顧問という役職から考えると、同年二月下旬に始まって三月上旬まで続いた華人虐殺のあいだ、永田はシンガポール現地にはいなかったとしても、南方の軍の中心部近くにあって、そこでどんな事態が進行しているかを知りうる立場にいたはずだ。だが、同時に、文官出身者として軍政への助言をおこなう立場に過ぎない永田は、現地での待遇こそきわめて高かったものの、それ以外の軍の動向に対する発言権など、まったくなかったことも明らかなのだ。

馬鹿になれ、馬鹿になれ、という言い方には、このときの自分の無力さへの自嘲が、にじんでいるように感じられる。世界それぞれの土地にそれぞれの季節があると言う俳人・永田青嵐として、彼は「俳句の詩としての存在」とその自由をよく守ったが、そのことによって、いくばくかでも戦争の現実が食い止められるわけではない。この点で、日本帰還後、彼が病身を押して虚子に論戦をいどむ「熱帯季題」論は、自身の「うた」の挫折の記憶とともにあったものだとも言えよう。

私たちは、うたの力と弱さ、その両論を併記するかたちで心にとめておくほかない。

話を北米に戻すと、ヴァイオレット・一恵・デ・クリストフォロは、さきの『さつきぞらあしたもある』を、このような作者不詳の四行詩を引用することで閉じている。

"Through the mist of the surging seas
has emerged a beacon to help us
recall our past and guide us on
our course."

打ち寄せる波しぶきを通して見えるかがり火が
我々の過去を想起させ進路を教えてくれる

この英語詩は、収容所に拘留された日系人たちによる自由律俳句の残響を帯びている。添えたのは、ヴァイオレット・一恵・デ・クリストフォロによる日本語訳だが、訳し方はいく通りにもあるだろう。

今後、二〇年、三〇年のあいだには、ハワイ、北米に続いて、日本語を話す南米の移民世代も、消えていくことになるかもしれない。それでも、その土地土地の英語、ポルトガル語、スペイン語のなかに、彼らが話した日本語の痕跡が残るだろう。それは、かつて井伏鱒二が、江戸時代のハワイ、アリューシャン、カムチャツカなどへの日本漂民の言葉に、国と運命を同じくしない日本語の道筋を、見いだしたことに見合っている。

ひとつの詩のまわりに、さらにいくつもの言語、数かぎりない詩型による翻訳が、ならんでいる。

かしこい旅行者は、空想だけで旅をする。

サマセット・モーム「ホノルル」

98年版『国境』のための「あとがき」

小学校への入学前、二年ほどキリスト教会が経営する保育園に通った。昼食と、午前と午後のおやつの時間、一日三度、たべものの前でお祈りする。

いまも覚えている。

「天の神さま……きょうもおいしいおやつ（ごはん）を感謝します、朝鮮へ行ったつよし君もまもってください、お帰りの道もまもってくださ い……。」

子どもから子どもへ、祈りの文句は、ある種の「型」をもって伝わっており、先生が指導するわけでもないのに、どの子が当番（？）になっても、だいたい同じなのだ。

「朝鮮へ行ったつよし君」とは誰だったのか、当時もいまも、私は知らない。けれども、「つよし君」のことは、祈りのなかで、一日三度、必ず口にされた。

大人になって考えてみれば、きっと、在日朝鮮人の帰還事業で、両親について北朝鮮に渡っていった子どもなのだろうと思いあたる。けれども、それに私が気づいたのは、お祈りしてから、二〇年近くものちになってからのことだった。当時の保育園の若い女先生たちが、「つよし君」本人を知っていたのかどうかさえ、あやしかっただろうと思う。朝鮮への帰還事業が始まるのは、一九五九年。ひょっとしたら「つよし君」は、私が生まれるより前の時代の園児で、ただ祈りのなかでだけ、子どもたちに語りつがれていたのかもしれない。

私にとっての最初の「国境」の記憶は、そんなかんじだ。

数年前、『リアリティ・カーブ』という本を出版したあと、日本語文学と旧植民地との関係を、考え残したと感じた。それがきっかけで、『〈外地〉の日本語文学選』全三巻を編んだ。だが、これをやると、さらに旧植民地という「領域」を越えて、この問題を考えてみたくなった。

歴史のなかでの時間と空間を、長く連続したものとしてとらえていきたい欲求が、私のなかにある。けれども、それらは、どこまでもまっすぐに続く一本道のようなものではなく、しばしば、しなりを帯び、深い谷や崖崩れに出合って、奇妙な非連続性を示していたりもするだろう。したがって、むしろ私がここで思いうかべているのは、連続と非連続のなかをつらぬいて進んでいく、思考のフーガのようなものだと言っておきたい。

記憶が、確かなものだとは言えない。私たちは、絶えず自分の記憶を、つくりかえながら生きている。その点で、私にとっての記憶とは、すでにそれ自体が、いわば砂まじりのものなのである。記憶を疑ってみる必要がある。また、自分の思考自体を縛る、日本語というものを。どこかに、純粋な真理とか、揺るぎなき「正義」とかが、あるわけではないだろう。あらゆる事実が、さまざまな人々や事物のなかの記憶、さまざまな語りかたで構成されている。あらゆる「事実」の下に、記憶の鉱脈が走っていると言ってもいい。そして、この誤りを含みうる砂まじりの地歩を、私は大切にしたいと思っている。

砂まじりの事実に、砂まじりの記憶をあてがいながら、折り重なる層のなかをさかのぼり、すりあわせ、行きあたる事実に埋もれている記憶をさらに開示していくこと。そうすることで、言葉や文学作品に機能してきた「国境」のありよう、広く言えば、社会の想像力のなかに働いてきた「国境」のありよう、また、ありうる「国境」の破れ目へと、接近していく。それが、本書で取ろうとした、唯一の持続的な方法だ。

巻末に付す初出一覧からもわかるように、本書の構成は、「国境」連作を除けば、なかばは書き下ろしと言えそうなものとなっている。しかし、いずれの論稿も、ここ数年のあいだに発表したものに母胎とも言うべきものを負っており、それらについて補記しておく。

「輪郭譚」は、既発表のものが四百字詰め原稿用紙で三八枚ほどだったのに対し、今回のものは一八〇枚ほどあり、中核にあたる部分はほとんどが書き下ろしである。ただし、〝他者からの満洲〟の章節には、「螺旋のなかの国境」（黒川編『〈外地〉の日本語文学選② 満洲・内蒙古／樺太』解説、新宿書房、一九九六年）で展開した論旨と、重なる点がある。なお、既発表のヴァージョンの論旨は、〝ヘルシンキ、ソウル〟〝「転轍器」の輪郭〟〝うたの臨界〟の章節に生かした。

「洪水の記憶」で触れている佐藤春夫「魔鳥」については、「多面体の鏡」（『〈外地〉の日本語文学選① 南方・南洋／台湾』解説、一九九六年）でも論じたことがある。そのさい、木村一信氏から、記載の不備について指摘を受けた（木村一信「消えた『虹』」、栗原幸夫編『廃墟の可能性――文学史を読みかえる①』、インパクト出版会、一九九七年）。本書ではその点を訂正するとともに、そこから力を受けて、なお私なりの論点を前に進めることができた。木村氏に感謝する。

「風の影」での〝おぼろなもの〟〝「安重根」異聞〟の章節には、「『外地』から『在日』へ」（『へるめす』第五八号〈一九九五年一一月〉）の論旨の一部を生かした。

「漂流する国境――しぐさと歌のために」での井伏鱒二に言及した部分は、「表層譚――井伏鱒二・高見順・武田泰淳らの『外地』」（『思想の科学』一九九五年八月号）、「漂流と国境――井伏鱒二の視野から」（河合隼雄・鶴見俊輔編『現代日本文化論9 倫理と道徳』、岩波書店、一九九七年）などに書きついだ論考が土台となっている。

引用にあたっては、特に必要を認めないかぎり、詩歌ならびに書簡・日記は原表記、小説や随筆、座談会での発言などは現代かなづかい、漢字については新字をもちいることを原則としている。必要に応じて句読点を加えるなど、その他については個々に判断した。

ブラジルでの日本語刊行物については、サンパウロ在住の小山昭子さんが導きを与えてくださった。本書の担当編集者・竹中龍太さんには、最初のプランづくりから、最後の最後まで、たいへんなご苦労をかけてしまった。竹中さんからの大きな助力と、出版社メタローグの寛容がなければ、こうしたかたちに本書をまとめるのは難しかったと思う。

装幀は平野甲賀さんにお願いして、引き受けていただいた。ひさしぶりの著書が、平野さんのデザインで、仕上がるのを見るのはとてもうれしい。

初出時にお世話になった方々とともに、これらの皆さんに、あらためて心よりお礼申しあげる。

数年前に考えたことには、数年前の痕跡が残っている。すでに亡き人々の言葉から開かれた考えには、なにがしかのかたちで、その人々の声の響きが残ってもいるだろう。それらの意味で、本書の語りもまた、いわばピジン（合成語）じみた成りたちを持っている。

ところどころの難所で、私の声は、ひいひいと悲鳴のようなものを上げかけているかもしれない。それでも、私は、努力して、普段どおりの声で語ろうとしたつもりだ。

声が高くなるとき、自分のなかで、何かが衰えているのを感じる。だから、望みとしては、できるだけ自然な抑揚で語りたい。世の中のあらゆる美しいものについて、私たちが語りあっているときのように。

一九九八年新年

黒川　創

視野と方法――［完全版］のやや長いあとがき

「ミッシングリンク」という言葉を本書の冒頭で使った。失われた環。

一九九八年初めに旧版『国境』を上梓したとき、自分にとって、このテーマはきりのない仕事になるだろうな、と実感した。日本の旧植民地を背景として書かれた、たくさんの（そして、いまは大半が忘れられている）「日本語文学」と、そこに流れた精神史のかかわりを明らかにしたいと考え、手探りでこの作業に取り組みはじめたのは、まだ、一九九〇年代の前半だった。

編著書『〈外地〉の日本語文学選』全三巻（一九九六年、新宿書房）を上梓し、その二年後、旧版『国境』を刊行した。ボーダーレス、越境、といった合い言葉が、景気よく使われる時代だった。だが、むしろ私は、それより手前の「国境」のほうが気になった。誰もが、そこに接するようにして、生きている。いや、簡単に「越境」などできない（それが〝観光〟以上のことを意味するならば）からこそ、いまだに、「国境」というものがある。この現実と文学表現のあわいを掘り下げていくことのほうに、なにかしら、意味の豊かさも見いだせるのではないかと感じていた。いまだって、そうである。

夏目漱石という作家は、二〇世紀初頭のたった一〇年間を、創作に心血を注いで生き、そして死んでしまった。彼は時代への参加者でありながら、すぐれた傍観者でもあった。私には、その人柄が、ほほえましく感じられる。森鷗外という人が、支配体制の枠組みのなかに辛抱してとどまりながら、つい、ときどきは、崖っぷちのぎりぎりまで覗きに行って、また戻ってくる、そうした態度を示すことについても、また。

三年余り前のことだが、長く世間に忘れられていた漱石の「韓満所感」という一文を、ふとした偶然から、発掘することができた。とはいえ、こうした「発見」資料についてさらに重要なのは、それが書かれるに至るまでの外的な背景、また、作家自身の内的な動機をできるかぎり究明し、誰の目にも見えるかたちにしておくことである。本腰をそこに入れられるまでには、なお、しばらくの時間が必要だった。私は、こうした作業と並行させて、以前から準備していた材料と合わせて『暗殺者たち』という小説も書いていった。

ポール・ヴァレリーに、――Écrire, c'est prévoir.――という文句がある。書くこと、それは予見である、といった意味になるけれども、もう少し実感に引き寄せて言うなら、もの書きにとって、書くことと理解することとは、手を携えるようにしてやって来る。つまり、私は、この小説を書き終えることで、やっと初めて、「韓満所感」という一文が、漱石をめぐる日本の近代文学史のミッシングリンクとして、残されたままだったことを理解した。

なぜ、「韓満所感」が、ミッシングリンクか？　――さかさまから言うなら、これの存在が判明することで、初めて、いろんな事実が、ひと連なりに説明できるようになったからである。

漱石の満洲・朝鮮旅行から帰還（一九〇九年一〇月）後まもなく、西村誠三郎（濤蔭）という彼の書生が大連に渡って「満洲日日新聞」で働きはじめたことは、以前から漱石の書簡や日記でわかっていた。『ボヴァリー夫人』の日本語初訳らしき訳稿（夕波こと水上齊による）の掲載を、漱石が「満洲日日新聞」に口利きしたことも。さらには、漱石の〝修善寺の大患〟後、まとまった見舞金が親友の満鉄総裁・中村是公の意向で、彼に届けられているということも。

いずれも、そうした記録は、すでにあった。ただし、ことさらそれらに注目する人もいなかった。なぜなら、これらの個々の事実は、ありきたりな日々の出来事に過ぎないからである。漱石が、自分の書生に働き口を世話して、何の不思議があるだろう？　もとの教え子からの頼みごと（訳稿の掲載紙誌さがし）に手を貸すことや、地位ある者が病気の旧友に金銭的援助をもたらすことにも、とくに目を引くところは何もない。

ところが、「韓満所感」の存在がわかると、これら、ばらばらだった事実すべての脈絡が一気につながって、違った意味を帯びたのだ。なぜなら、そこに書かれた内容から、漱石は満洲滞在中にこの一文の寄稿を「満洲日日新聞」と約束していたことが、明らかになったからである。つまり、中村是公が漱石を「満洲に新聞を起すから来ないか」と誘ったのは、漫然と、お大名旅行をさせてやろうという意味ではなかった。満鉄トップの中村には、傘下の新聞経営を軌道に乗せるために漱石からの助力がほしいと、はっきりした望みがあった。だからこそ、彼は東京の漱石宅までわざわざ足を運んで、満洲に「来ないか」と、みずから誘うことにしたのだった。満洲現地で、漱石は、こうした満鉄側からの希望を受け入れている。初めて、それがはっきりしたのである。

この先のことは、改めて繰り返すまでもないだろう。

『国境』の仕事を本当に完結させるためには、さらに自分がここから何を書くべきか。足かけ二〇年ごしに、やっと、それが見えてきた。これを実行したのが、本書『国境［完全版］』である。

一歩ずつだが、そうやって、この仕事を続けてきた。

従来、満洲における日本語文学の草創期は、大連で安西冬衛、北川冬彦らが集った詩誌「亜」（一九二四〜二七年）などに求められてきた。ところが、さらに、漱石の「満韓ところどころ」（一九〇九年）まで遡って、これを見るなら、彼の書生をつとめた濤蔭こと西村誠三郎は、同年中に大連へ渡って「満洲日日新聞」編集部に勤務しはじめる。彼は、自身でそこに連載小説を発表したりしながら、ほかの連載陣（日本内地に住む作家たちが多い）をも差配する立場にあった。さらに彼は、「満洲日日新聞」編集部を去ったのちにも、文芸同人誌「鼎」を主宰して、日本の租借地となってまもない関東州大連で、日本人居留民たちのアマチュア文壇を領導していたことまで見えてきた。

こうした時と場所から、すでに〝満洲日本語文学〟の歴史が始まっていたことは、明らかだ。

このような視野のもとに、その後の文学史の展開をとらえれば——。

シベリア出兵（一九一八〜二二年、ロシア革命に対する干渉戦争）で衛生兵（看護卒）としてロシア極東・沿海州の戦地に送られた黒島伝治による〝シベリアもの〟。また、同じくシベリア出兵を背景に、ハルビンの日本軍司令部など、現地軍部内外の謀略と腐敗のなかの人間模様を描いた夢野久作『氷の涯』（一九三三年）。これらの作品も、〝満洲日本語文学〟の周縁部分に見えてくることになるだろう。

夢野の父・杉山茂丸は、伊藤博文をはじめ、政界との深いつながりを持つ人物だった。父を通して、夢野は、シベリア出兵下、陸軍大臣・山梨半造らまでが関与したと言われるロシア金塊（ロシア帝国の金準備）の秘匿・横領疑惑などについても、内情を耳にする立場にあった。『氷の涯』のような作品には、そうした、現在も未解明の、彼らが実際に身を置いていた世界の残響がある。

補足して、黒島伝治にも、触れておく。

黒島伝治は、一八九八年（明治三一）、瀬戸内海の小豆島（当時の香川県小豆郡《しょうずぐん》苗羽村《のうまむら》）に生まれ、一九二一年（大正一〇）五月、満二二歳のとき、シベリア出兵でロシア極東・沿海州に派遣された。現地で肺結核が悪化し、翌二二年四月に内地へ送還、同年七月に除隊となって、故郷の島で療養にあたりながら、以前から志していた小説を書きはじめた。一九四三年（昭和一八）一〇月、満四四歳で病没している。

〝シベリアもの〟と呼ばれる黒島の作品群は、アムール川（黒竜江）流域周辺から沿海州一帯にわたって展開された、日本軍によるシベリア出兵を舞台とする。ただし、日本の将兵だけではなく、互いに立場が異なる、現地のロシア人、中国人、朝鮮人たちまでが、国境などあいまいなこの土地の上で生き生きとうごめいている。無残ななかにも、彼らは、なお、心を通わせてもいるかのようだ。

たとえば、「橇」（二七年）は、日本兵らを戦野に運ぶための橇の供用と馭者役を、現地の日本人商人から持ちかけられるロシア人父子の話。

「渦巻ける烏の群」（二八年）は、兵舎の調理場で働く日本兵らが、生じる残飯を現地の貧しいロシア人の子どもらに乞われるまま与えたり、パンや砂糖、缶詰などを貢ぎ物に使って、近くの民家のロシア娘たちのもとに通ったりもしている。だが、あるとき彼らは、ロシア娘の家で、日本軍の大隊長である少佐と、鉢合わせになってしまう。少佐は、若い兵隊たちへの嫉妬に駆られ、彼らが所属する中隊を急遽、パルチザン部隊との戦闘が頻発する前線守備へと差しむける。雪中の行軍で、その中隊は全員がもろともに遭難してしまう。春になり、雪解けが始まると、群れ飛ぶ異様な数のカラスによって、彼らの遺体が雪の下から現われてきたのがわかる、という話。

「穴」（二八年）は、沿海州、ウスリー鉄道沿線の野戦郵便局で、偽造紙幣が見つかる。陸軍病院勤務の主人公（黒島自身の職務に重なる）に嫌疑がかかって憲兵隊に連行されるが、やがて朝鮮人の阿片中毒患者の老人が「犯人」としてとらえられてくる。主人公には彼が真犯人とは信じられず、処刑場に引き立てていく憲兵伍長に確かめようとするが、「犯人はこいつにきまったんだ。何も云うこたないじゃないか」と突っぱねられる。白樺林のかげに掘られた穴の前に老人は立たされ、将校の軍刀が振り下ろされる。老人は傷つきながらも、号泣と朝鮮語の叫喚とともに、穴のなかに飛び込んで逃れる。将校が、老人を生きたまま埋めてしまえと兵士らに命じ、彼らは震えながらシャベルを動かす……。まるで些細な小事件のように、これらのことは過ぎていった。ところが、次の俸給日、病院勤務の兵士たちは、受け取った俸給が偽札だと気づく。いや、連隊の者も、憲兵も、ロシア人も、みなが偽札をつかまされていて、それらは沿海州の全域に流れ広がりつつあるらしい、という話。

「国境」（三一年）という題の短篇小説もある。ここでは、もはや戦闘は背景に退いて、黒竜江（アムール川）の両岸、ソ連（ロシア）側のブラゴヴェシチェンスクと、中国側の黒河の町を行き来して商売する、中国人、ロシア人、そして日本人の闇商人たちの話である。冬のあいだ、この大河は氷結し、馬橇、荷馬車、そして徒歩で防寒服を着込んだ中国人たちも行き交う。やがて、春になれば、厚い氷も溶けて、また大河は流れはじめる……。

プロレタリア詩人の壺井繁治は、黒島と同じ小豆島の苗羽村出身で、ひと学年、壺井のほうが上だった。ただし、集落が違っていたので、互いに知るようになったのは、分教場から本校に上がってからだという。壺井は、大阪の私立中学から、東京の早稲田大学に進んだ。一方、黒島は小学校と実業補習学校を出たあと、島で漁師や醤油工場の工員として働いた。

二人が東京で再会するのは、一九一八年（大正七）、神楽坂で開かれた中村星湖（作家で、本書「漱石・満洲・安重根」に登場するフローベール『ボヴァリー夫人』の初期訳者の一人）の講演会場でのことだという。講演後の廊下で、二人はばったり出会った。ともに文学志望の青年になっていて、黒島はロシアの作家たち、ことにトルストイ、ドストエフスキー、チェーホフ、それから志賀直哉に傾倒していた。黒島は勤め人の身だったが、壺井から勧められ、翌一九年（大正八）春、早稲田大学予科英文科の選科に（替え玉受験で）入学する。

満二〇歳。ちょうど徴兵検査を受ける年である。ところが、当時、「選科」の学生には一般の大学生のような徴兵猶予が適用されず、その年一二月、満二一歳となる直前に、彼は姫路の歩兵第一〇連隊に入営しなければならなかった。さらには、あと七カ月ほどで満期除隊となるはずだった二一年五月、シベリア出兵でロシア極東・沿海州に派遣されることになるのだった。

文学を志しながら、彼はまだ一本の小説も発表できていなかった。ただし、入営に先だつ一九年一一月から、彼は文学についての思索に満ちた日記をつけはじめていた。シベリア派遣が決まった二一年四月二二日、彼は「除隊の日は何日か分からない。／この日記を書くのももうこれでやめる」。そして、日記帳の末尾には、壺井繁治に宛て、さらにこのように書きつけた。

《壺井兄に

自分は、近いうちにシベリアへ行く。生きて帰れるか帰れないか分らぬ。死んだならば、必ずこの日記を世の中に出してくれ。僕の一生に於て、現世に残して行く、おくりものは、この一篇だけだ。この日記もものの足りないものだ。が、僕の心の一部だけは、表わしている。時に、字がまちがったり、文句がへんになっているところがある。が、そんなところをなおすまがない。

さらば我を知りてくれし人々よ！
繁治兄よ、松蔵兄よ、
梅渓氏よ！

なすこと少なくして、吾れは、遙か北なる亜港の地に行くぞ！》

＊引用者注・「亜港」とは、北サハリンのアレクサンドロフスク・サハリンスキーのこと。

実際に彼らが船で運ばれた先は、沿海州の町ウラジヴォストークだった。そこから、北方一〇〇キロほどのニコリスク（現在のウスリースク）へ。そのあと南に三〇キロばかり移動し、ラズドリノエという寂しい村に建つ赤煉瓦の兵営、そこの病院勤務についた。職務のかたわら、ロシア語を懸命に学んでいた。（「穴」には、主人公がロシア語を熱心に学んでいることで、軍隊内でロシア側との内通を疑われる場面がある。）

黒島の没後、壺井繁治は、頼まれていたことを守って、シベリア出兵下での日記も合わせ、黒島伝治遺稿『軍隊日記――星の下を』（一九五五年、理論社）を編んだ。いま私の手もとにある、この新書版の本の扉ページには、万年筆で、編者たる壺井繁治から金達寿への献辞が記されている。ページをめくると、ところどころに、黒鉛筆、ときに色鉛筆で、傍線や書き込みがある。

「書かぬ間が一番苦しい。」

こんな独白にも、鉛筆の傍線が引いてある。

書き込みが金達寿によるものだという確証はない。ただ、私は、生前、この人から手紙や原稿をいただいたことがあり、同じ筆跡であるように感じる。金達寿氏の没後、長い歳月を経て、売り値一〇〇円の古書として、私の手に渡ってきた。


《細かい程よい、早い程よい、デリケートな程良い。一粒の砂の千分の一の大きさは世界の大きさである。

（中略）

小説を書いてみたいと思う。

目で見るのではない。手でとらえるのではない。心が行ってそれと合体するのだ。》（一九一九年一二月七日、『軍隊日記』より）

こういうことを日記に書きつける東洋の一兵士。彼のなかに残るチェーホフの影響、ドストエフスキーの影響。それらを通して、「橇」「渦巻ける烏の群」「穴」「国境」などのロシア人、日本人、朝鮮人、中国人らの人物像は描かれた

一九〇九年一〇月二六日、ハルビン駅頭で朝鮮人義兵・安重根が、日本の元韓国統監・伊藤博文を暗殺する。あの事件においても、安重根は、こうしたロシア極東・沿海州の地理と風景のなかを移動しつづけ、最後の日、そこに至る。

『暗殺者たち』を発表したさい、高名な作家から、大逆事件、安重根事件については、すでに「個々に膨大な研究がなされている」との批評があり、驚いた。大逆事件は、一世紀余りを経た現在も、あの事件によって全国でいったい何人が逮捕・検挙されたのかさえ、まだ明らかにできていない。

まして、安重根事件について、本格的な「研究」書は、日本ではまだ一冊も書かれていないという事実がある（調書などの発掘や概説書としては、市川正明『安重根と日韓関係史』、中野泰雄『安重根』といった、まじめな取り組みがあるけれども）。

安重根事件についてのまともな「研究」が、なぜ、この日本に現われないかというと、事件の現場が日本ではなかった、ということが、最大の原因ではないかと思う。つまり、この事件の根本資料は、（少なくともその多くは）日本語では残されていないのである。捕縛された被告はほとんど日本語を解さない朝鮮人（国籍は大韓帝国）であり、ハルビンは当時の清国領であり、しかも、事件現場のハルビン駅は東清鉄道附属地としてロシアの行政警察権の下にあった。この事実を現実認識から取り落としてしまいがちなところに、当時もいまも、日本人の無意識の領域にまで深く達した植民地主義とでも言うべきものがあるのではないか。しかし、私たちは、こうした難所を心に留めて、なお、事実の解明に向かう努力を重ねてみるほかはない。

すでに韓国統監を退いた（役職としては枢密院議長の地位にあった）伊藤博文が、どういう目的と交渉経緯をふまえて、ロシアの財務大臣ココフツォフと、ハルビンという極東の町で落ちあうことにしたのか。日本側からの資料では不明なままの点が多く、これには、ロシア側の外交資料からの探索も必要だ。また、当時は、これら中国東北（満洲）、ロシア極東地域で刊行されていた諸メディア（中国語、ロシア語、朝鮮語、日本語などによる）の全貌が、いまだ明らかではない、という現実もある。さらには、個々の資料の解読にも、こうした多言語環境に相応の困難が伴うことになるだろう。（たとえば、本書「漱石・満洲・安重根」中の三八ページに掲載した、ウラジヴォストークで発行されていた朝鮮語新聞「大東共報」の紙面を見てもわかるように、当時のこうした朝鮮語の記事は、まだ今日流の〝分かち書き〟〔ティオスギ〕もなされていない。地名表記などでも、たとえば「ロシア」を意味するには、今日とは違って、中国語による「俄羅斯」という漢字表記を朝鮮語読みした「アラサ」と、ハングル表記されているなど、古風な文体で述べられている。）

藤村操が華厳の滝に「巌頭之感」を残して投身したのち、新聞記者から、そこに書かれていた「ホレーショの哲学」とは何かと質問されて、ある哲学の大家（東京帝大教授の井上哲次郎だと言われる）が、「ホレーショなど、哲学としては大したものじゃない」と、とっさに見栄を張って答えてしまったという〝伝説〟がある。本書中でも述べたように（「漱石が見た東京」）、むろん、ここのくだりはシェイクスピア『ハムレット』の登場人物ホレーシオと受け取るしかなさそうで、「ホレーショなど……大したものじゃない」、この威張り癖は、現代にも通じる寓話となって生きている。

本書『国境［完全版］』は、今年（二〇一三年）に入って新しく書いたものと、旧版『国境』に収めた主要論考で構成することにした。巻頭の「漱石・満洲・安重根」から「それでも、人生の船は行く」までが、今年の新しい論考。それより後ろのものが、旧版『国境』に収めていたものである。これらにも、執筆当時の時制を前提としながら、必要と思える加筆・改稿を行なった。

新しく書いた論考の多くは、〝ですます〟調である。とくに強い理由があったわけではないが、威張らず、つまり、必要な説明をはしょることなく、丁寧に論旨を運べるのではないかという意識はあった。また、先に書いた小説『暗殺者たち』が〝ですます〟調（作家が講演しているという設定の一人語り）だったので、その語り口に合わせることで、「小説」と「評論」の違いがどのように現われてくるか、比較できるようにしてみよう、との動機が、「漱石・満洲・安重根」を書くときなどにはなくもなかった。むろん、これについては、いくつか例を挙げ、説明を試みることもできるだろう（さほどおもしろいものとは思えない）。だが、いざ、これを実行してみて、むしろ私が自覚したのは、どちらの書き方をとった場合も私自身の関心はそこでの〝人間〟にあるのだな、という凡庸な事実である。表現が、小説の形をとるか評論の形をとるか（また、どちらとも違う場合もあるだろう）は、そのときどきの、方法上の選択にすぎない。大工が、建てる建物と状況に合わせ、道具を選びなおして仕事にかかるのと同じだろう。

旧版『国境』の執筆後、多くの方たちが亡くなった。金達寿氏（一九一九〜九七）、台湾の王昶雄氏（一九一六〜二〇〇〇）、坂口䙥子さん（一九一四〜二〇〇七）。そして、谷譲次（長谷川海太郎）ら「長谷川四兄弟」の妹、長谷川玉江さん（一九一四〜二〇〇五）。

池田武邦さんは、なお壮健で、硫黄島の戦闘で亡くなっていた小学校の同級生、蔡君（本書「風の影」）の親族を長年かけて捜しだし、八〇歳代なかばで韓国まで会いにいかれた。

今年の夏、恩師が二人、亡くなった。韓国民衆文化研究者の梁民基先生が、七月二九日に享年七八歳で。考古学・古代学の森浩一先生が、八月六日に享年八五歳で。

梁民基先生には、学生時代に朝鮮語の自主講座を開きたいとお願いして、教えを受けた。まだ、大学の第二外国語にも、NHKのラジオ講座にも、朝鮮語がない時代だった。梁先生が手作りしてくださった教科書は、サインペンで丁寧に手書きされ、コピーして折りたたみ、一部ずつ紐で綴じたものだった。

私は、森浩一先生に教えを受けることを望んで、一九八〇年、同志社大学文学部文化学科文化史専攻に入学した。最初の授業（文化史基礎演習）に、森先生はハンチングをかぶり、活力に満ちた風貌で現われた。新入生をいくつかに班分けして、グループ学習とその発表で授業を進めていくとのことで、「誰か、日朝関係史の班をつくる者はおらんか?」と、おっしゃった。

思わず、これに手を挙げたことが、のちに梁先生にお願いして朝鮮語の自主講座を始めることにつながり、また、考古学・古代学のコースをまっすぐ進むことから離れるという結果にもつながった。けれども、「同業の師弟」という立場を取らずに、卒業後の足かけ三〇年間も森先生から間近に学ぶことができたのは、私には幸せだった。

梁先生の朝鮮語の自主講座では、言い出しっぺのくせに、私はいつも劣等生だったのが、恥ずかしい。だが、二年遅れてそこに加わった太田修君は、いまでは『日韓交渉』などの著書をもつ日朝関係史研究者となり、同書の版元「クレイン」も、同じく梁先生に学んだ人物（文弘樹）の手で経営されている。そのように見るなら、あのちいさな自主講座も、確かに実りを残している。太田君（いや、太田修同志社大学教授）には、今回も、私には歯が立たない朝鮮語表現の解読などで助力を願った。また、森先生の担当編集者を長くつとめた古澤陽子さん（元・朝日新聞社）には、祖父にあたるという古澤幸吉（元・在ハルビン日本総領事館勤務、元「哈爾賓日日新聞」社長）の履歴についての照会に、重ねて応じていただいた。

先生がたお二人に学んだ経験なしには、いまの自分の仕事のしかたはなかっただろうと、改めて思いいたる。

本書を企画・担当してくださった阿部晴政さん、前任者の朝田明子さん、そして、深刻な出版不況のなか、あえてこのように地味な本の刊行を決断していただいた河出書房新社に、お礼を申しあげる。

長年にわたって行動を共にすることができた鶴見俊輔さんに、本書を献呈する。「思想の科学」の刊行、編集グループSUREの活動など、鶴見さんと関わりながらの仕事のなかで、ここでの構想は、じょじょに温められてきた。九一歳の長寿を今日まで保ってくださったことをありがたく思っている。

旧版『国境』を刊行して間もなく、それは鶴見さんが大病をされてさほど時日を経ない時期だったと思うが、何かの集まりが東京であって、夜更けて宿舎のホテルまでお送りしたことがあった。ホテルのロビーには入らず、そのまま私は玄関口で別れて帰ろうとすると、

「あ……、帰るのか？」

と、おっしゃった。

なにか？　と問い返すと、

「――『国境』、感想を指詰めで伝えるつもりで、持ってきたんだがな」

と鶴見さん。いつものわれわれならロビーでしばらく雑談してから散開するところだったので、その日も

鶴見さんは京都から本を持参してくださっていたのだろう。

あ、それならロビーで……。と、私が言うと、今度は鶴見さんのほうが、

「いや……、よろしい、よろしい。もう、お帰りなさい」

と、少し照れたような表情になって、おっしゃった。私が乗るべき電車の最終の時間を気にかけられたのかもしれない。そういうわけで、普段の私の図々しさではありえないことなのだが、その日はなんとなく互いに譲り合うような感じで、少し妙な別れ方をして、私は帰った。

いまだに、その夜のことをときどき思いだす。きっと、鶴見さんはいつもの習慣から、赤と青の色鉛筆で、あの本のあちこちにいろいろと書き込みをしておられたのだろうということも。

心残りとともに、その夜のことを思いだすと、私は、少しだけうれしくなる。

二〇一三年九月一日
関東大震災から九〇年の日

黒川　創

初出一覧

＊漱石・満洲・安重根――序論に代えて（書き下ろし）
＊漱石が見た東京（原題「漱石の目に映る、変りゆく都市東京」を改題。「芸術新潮」二〇一三年六月号）
＊居心地の悪い旅のなかから（「kotoba」第一二号〔二〇一三年六月〕）
＊漱石の幸福感（「新潮」二〇一三年五月号）
＊それでも、人生の船は行く（東京都写真美術館『米田知子　暗《やみ》なきところで逢えれば』カタログ、平凡社、二〇一三年七月）
＊国境
　船迎（ひなむけ）（「造景」第五号〔一九九六年一〇月〕）
　川とおしっこ（「造景」創刊号〔一九九六年二月〕）
　海と山が交わる町（「造景」第二号〔一九九六年四月〕）
　京都／上海（「造景」第三号〔一九九六年六月〕）
　非中心へ（原題「海の形象」を改題。「造景」第四号〔一九九六年八月〕）
　離郷について（「造景」第六号〔一九九六年一二月〕）
　それぞれの初出に加筆。
＊月に近い街にて――植民地朝鮮と日本の文学についての覚え書き（「思想の科学」一九九五年三月号に発表したものを大幅に改稿）
＊輪郭譚（「思想の科学」一九九五年一〇月号に同題のものを発表。大半の部分を書き下ろした）
＊洪水の記憶（「へるめす」第五七号〔一九九五年九月〕に発表したものに加筆、改稿）
＊風の影（書き下ろし）
＊漂流する国境――しぐさと歌のために（書き下ろし）

本書は一九九八年にメタローグから刊行された
『国境』を大幅改訂の上、増補したものです。

黒川創（くろかわ・そう）
1961年生まれ。作家。同志社大学文学部卒業。十代の頃から「思想の科学」に携わり、鶴見俊輔らとともに編集活動を行う。著書に『明るい夜』（文春文庫）『かもめの日』（読売文学賞、新潮文庫）『いつか、この世界で起こっていたこと』『きれいな風貌――西村伊作伝』『暗殺者たち』（ともに新潮社）など、編著書に『〈外地〉の日本語文学選』全3巻（新宿書房）他がある。

国境［完全版］

2013年10月20日　初版印刷
2013年10月30日　初版発行

著　者　黒川創
発行者　小野寺優
発行所　河出書房新社
〒151-0051　東京都渋谷区千駄ヶ谷2-32-2
電話　(03)3404-1201（営業）　(03)3404-8611（編集）
http://www.kawade.co.jp/

装　幀　平野甲賀
カバー写真　米田知子
　　　　ウエディング――中国から北朝鮮を望む国境の川、丹東、2007

組版　株式会社キャップス
印刷　株式会社暁印刷
製本　小泉製本株式会社

Printed in Japan
ISBN978-4-309-02217-8

鶴見俊輔コレクション／黒川創編

Tsurumi Shunsuke

思想をつむぐ人たち

みずみずしい数々の伝記作品から、鶴見の哲学の根本に触れる作品を精選した。

身ぶりとしての抵抗

マイノリティへの眼差しを基底にさまざまな運動にコミットしてきた思考と身ぶりの軌跡。

旅と移動

歴史と国家のすきまから世界を見つめつづけた思想家の新しい魅力を伝える思考の結晶。

ことばと創造

芸術と思想をめぐる重要な文章をよりすぐり、現場から未来をさぐるしなやかな問いの軌跡。